Giganten
Die Magie erwacht

James Riley ist New York Times Bestsellerautor der »Weltenspringer«-Saga und der »Half Upon a Time«-Serie. Obwohl die Biographie in der »Weltenspringer«-Saga etwas anderes behauptet – James gibt es wirklich.

James Riley bei Planet!:

Weltenspringer
Bd. 1

Weltenspringer
Bd. 2: Die gestohlenen Kapitel

Weltenspringer
Bd. 3: Angriff der Schatten

Mehr über unsere Bücher, Autoren und Illustratoren auf:
www.planet-verlag.de

JAMES RILEY

GIGANTEN

Die Magie erwacht

Übersetzt von
Leena Flegler

PLANET!

Dieses Buch ist,
wie alles andere auch,
Corinne gewidmet.

KAPITEL 1

Nur Minuten vor der Attacke in Washington, D. C., blamierte Forts Vater am Lincoln Memorial seinen Sohn bis auf die Knochen.

»Präsident Forsythe Fitzgerald!« Er zeigte auf die Stelle über der riesigen Abraham-Lincoln-Statue, über der bald der Name seines Sohnes stehen sollte. »Allerdings glaube ich, dass wir da eine größere Statue brauchen. Das Dach ist zwar hoch genug, um dir nicht den Kopf zu stoßen, aber du benötigst definitiv einen größeren Sessel.«

Fort verdrehte die Augen, auch wenn er insgeheim grinsen musste. »Ich bin mir ziemlich sicher, dass ein Zwölfjähriger gar nicht zur Präsidentschaftswahl antreten darf«, entgegnete er. »Dafür muss man erwachsen sein. Und hast du nicht gesagt, wenn ich groß bin, werde ich Kommandant einer Jupitermission? Und kann als Arzt Krebs heilen? Das hast du doch alles gesagt, oder? Du solltest dich endlich mal entscheiden, welche Version ich nun bin!«

»Du machst das alles und noch viel mehr«, rief sein Vater. Ein paar andere Besucher des Lincoln-Denkmals drehten sich bereits zu ihnen um, und Fort errötete. »Du darfst nur nicht auf der faulen Haut liegen, bei all diesen fantastischen Dingen, die du erreichen wirst! Und nicht vergessen: Ich will ein Flugauto. Das musst du auch noch erfinden!«

Fort versuchte, seinen Vater in eine weniger belebte Ecke zu zerren, aber er rührte sich nicht vom Fleck.

»Ich mach alles – aber nur, wenn du nicht mehr so *rumschreist*«, murmelte Fort, während zwei Mädchen, die nur ein bisschen älter waren als er selbst, sie beide anstarrten und anfingen zu tuscheln. Na toll.

»Also, ich bin mir recht sicher, dass ich als Erwachsener so laut reden darf, wie ich will«, sagte sein Vater. »Und hör auf, ständig vom Thema abzulenken, Fort! Wir reden hier von deiner Zukunft! Eines Tages bist du eine große Persönlichkeit, und ich kann es kaum erwarten, Fotos von Kindern zu schießen, die ehrfürchtig zu deiner Statue aufblicken.« Er zeigte in Richtung der beiden Mädchen. »Siehst du? Und da wären auch schon zwei Kandidatinnen!«

Die zwei grinsten breit, und Fort spürte, wie sein Gesicht lavarot anlief.

»Tut mir leid«, rief er ihnen zu. »Er findet es urkomisch, mich überall zu blamieren.«

»Na ja, ganz *un*komisch war das nicht«, erwiderte eines der Mädchen.

»Kluge Kinder sind das«, kommentierte Forts Vater lautstark. »Hör ihnen gut zu, Fort! Ich hab mal gelesen, dass Kinder unsere Zukunft sind.«

»*Ich* bin deine Zukunft«, fauchte Fort ihn an. »Werd du erst mal alt, dann entscheide ich nämlich, in welches Altersheim ich dich stecke!«

»Das ging unter die Gürtellinie, junger Mann.« Sein Vater zeigte wieder auf Lincoln. »Glaubst du wirklich, unser geliebter sechzehnter Präsident hätte so mit seinem Vater gesprochen? Dabei ist er doch dein großes Idol!« Verschwörerisch beugte er sich zu den Mädchen vor. »Als mein Sohn noch in den Windeln gesteckt hat, ist er immer mit einem Zylinder auf dem Kopf rumgetapst und wollte von uns mit ›Fort Lincoln‹ angesprochen werden.«

Eins der Mädchen prustete sofort los, während das andere sich wegdrehte, damit niemand es lachen sah. Fort fragte sich, wie lange es wohl noch dauern würde, bis er in Flammen aufging.

»Das hat er sich bloß ausgedacht«, wandte er sich an die Mädchen. Seine Wangen glühten. »Außerdem müssen wir langsam los.«

»Ach was, wir haben noch jede Menge Zeit«, sagte sein Vater und zückte sein Handy. »Ich glaube, ich hab sogar noch ein Foto davon. Wollt ihr es sehen?«

»Ich bin echt hundemüde«, sagte Fort und zerrte seinen Vater am Arm in Richtung Treppe. »Vielleicht sollten wir allmählich in unser Hotel zurück.«

»Blödsinn!«, rief Forts Vater. »Wir haben Einstein doch noch gar nicht gesehen! Wusstest du nicht, dass gleich hier an dieser Straße auch eine Einstein-Statue steht? Und hier, die berühmte Gettysburg-Rede!« Er zeigte auf einen Text, der zur Linken des Präsidenten in die Steinwand gemeißelt worden war. »Guck dir das an – zweihundertundzweiundsiebzig Wörter! Knackig und auf den Punkt!«

Plötzlich ging ein leichtes Beben durch das Bauwerk, so, als würde gerade ein Schwerlaster vorbeifahren. Fort sah sich verunsichert um, doch das Beben dauerte nur ein paar Sekunden an, und von den anderen schien sich niemand groß Gedanken zu machen.

»Was meinst du – erwacht Präsident Lincoln jetzt gleich zum Leben?«, flüsterte sein Vater ihm breit grinsend zu. »Wusstest du, dass vor Lincoln noch jemand eine Rede gehalten hatte – und zwar über *zwei Stunden*?« Er streckte Fort eine Broschüre mit der Gettysburg-Rede in mehreren Sprachen entgegen. »Die Zwei-Stunden-Rede kann ich hier nirgends finden. Wenn das mal nicht der Beweis dafür ist, dass in der Kürze die Würze liegt, dann weiß ich auch –«

Ein zweites, heftigeres Beben erschütterte das Bauwerk. Mehrere Besucher schrien erschrocken auf, und fast hätte Fort das Gleichgewicht verloren. Er konnte nur knapp verhindern, mit beiden Knien auf dem Marmorboden aufzuschlagen. Alarmiert sah er seinen Vater an. War das ein Erdbeben? Was war hier los?

Noch während das Beben verebbte, legte sein Vater ihm die Hand auf die Schulter und wandte sich an die Mädchen: »Vielleicht solltet ihr eure Eltern suchen.« Dann drehte er sich wieder zu seinem Sohn um. »Alles in Ordnung, Kumpel?«

»Alles bestens«, antwortete Fort und hoffte, man würde ihm nicht ansehen, dass ihm das Herz bis zum Hals schlug. »War ja nicht so wild.«

»So gefällst du mir«, sagte sein Vater, wirkte dabei allerdings leicht verunsichert. »Aber womöglich sollten wir *wirklich* ins Hotel zurück und Abend essen. Einstein kann warten. Immerhin ist für ihn Zeit relativ, oder nicht? Und ich bin jetzt relativ hungrig.«

Fort konnte nicht mal mehr die Augen verdrehen. Stattdessen stopfte er sich die Gettysburg-Broschüre in die Gesäßtasche und ging zur Treppe, an der sich inzwischen zunehmend nervöse Leute tummelten. Als er die oberste Stufe erreicht hatte, bemerkte er aus dem Augenwinkel etwas Eigenartiges.

Um das Lincoln Memorial herum verlief ein Kreisverkehr. Dahinter erstreckte sich über mehr als sechshundert Meter bis zum Washington Monument das berühmte Reflexionsbecken. Im Wasser spiegelte sich das Gebäude.

Selbst aus einiger Entfernung konnte Fort sehen, wie unzählige Besucher vom Marmorturm weg in alle Richtungen davonliefen.

Das sah nicht gut aus. Das Merkwürdigste aber war, zumindest soweit Fort es aus der Ferne erkennen konnte, dass diese Leute allesamt in exakt demselben Tempo und in Einerreihen hintereinanderher das Denkmal verließen.

»Dad, siehst du das auch?« Fort wollte sich gerade zu seinem Vater umdrehen, als ein drittes Beben einsetzte, und dieses war noch viel heftiger als die beiden zuvor. Der Steinboden unter seinen Füßen schnellte in die Höhe und schleuderte Fort gute dreißig Zentimeter in die Luft. Er landete hart auf dem Boden – und vor ihm tat sich, quer durch die Steinstufen bis zum Fuß der Treppe, ein tiefer, zerklüfteter Riss auf.

»Weg hier!«, schrie Forts Vater und schubste die Mädchen, die wie angewurzelt neben ihnen standen, in Richtung Ausgang, bevor er Forts Hand packte und ihn die Treppe hinunterzog.

Während hinter ihnen ein grässliches Getöse zu hören war, schafften sie es bis zur Ringstraße, die rund um das Denkmal verlief. Die Erde bebte immer stärker. Inzwischen bewegte sich auch die Masse an Touristen entlang des Reflexionsbeckens – wieder in Einerreihen, einer hinter dem anderen, und sie schauten weder nach links noch nach rechts, als sie die Straße überquerten. Zum Glück waren inzwischen sämtliche Autos stehen geblieben, und die Leute waren ausgestiegen, um sich den flüchtenden Touristen anzuschließen.

So merkwürdig das alles war – noch viel seltsamer war, dass nicht ein einziger vor Angst laut schrie, niemand nach einem Freund rief oder auch nur ein Wort sagte. Im Gegenteil: Es war totenstill, und die Leute bewegten sich, als hätten sie sich abgestimmt und seit Monaten für eine Art Flashmob geübt. Allein die unheimliche Stille, die unter den Flüchtenden herrschte, bescherte Fort eine Gänsehaut.

Vom anderen Ende des Reflexionsbeckens war ein neuerliches grässliches Knirschen zu hören, als würde Fels über Fels schrammen, und dann schrie Forts Vater etwas, was in dem ohrenbetäubenden Getöse unterging. Als Fort herumwirbelte, zeigten alle auf das Washington Monument – und diese Leute schrien!

Zumindest ist das normaler als diese gruselige Stille, schoss es Fort durch den Kopf.

»Passt auf!«, rief jemand, als ein Auto sich über den Kreisverkehr näherte und direkt auf eine große Touristengruppe zusteuerte. Eins der Mädchen, die zuvor mit Fort das Monument besucht hatten, setzte im selben Augenblick einen Fuß auf die Straße. Die Freundin riss sie zurück, und das Auto raste an ihnen vorbei.

»Runter von der Straße!«, schrie Forts Vater und schubste sowohl Fort als auch die Mädchen auf den Rasen, der sich vor dem zerbröckelnden Lincoln-Denkmal erstreckte. »Und dann weg hier!«

»Meine Mutter ist noch da drin!«, kreischte die eine. »Ich muss zu ihr!«

»Ich komme …«, sagte ihre Freundin, bevor sie mitten im Satz verstummte, sich umdrehte und in Richtung einiger Nebenstraßen davonrannte.

»Megan?«, rief die Erste ihr nach. »Wo willst du hin?«

Forts Vater warf einen Blick zurück zum Denkmal.

»Du wartest hier«, sagte er zu Fort. »Beweg dich nicht vom Fleck, bis ich wieder da bin. Ich gehe ihre Mutter suchen.«

Sein Vater sprang immer zwei Stufen auf einmal die Treppe hoch und pflügte durch die Menge, als würde er einen Wasserfall hinaufschwimmen. Fort zögerte noch kurz, dann rannte er ihm hinterher – mit dem übrig gebliebenen Mädchen dicht auf den Fersen.

»Siehst du das?«, kreischte jemand hinter ihm.

»Das kann doch nicht wahr sein!«, schrie ein anderer, der alles mit dem Handy filmte.

Fort warf einen flüchtigen Blick über die Schulter – und blieb wie angewurzelt auf der Hälfte der Treppe stehen.

Unmittelbar neben dem Washington Monument bohrte sich etwas aus der Erde.

Etwas, das aussah wie … Klauen.

Drei Meter lange Klauen.

KAPITEL 2

»Was ist das?!«, schrie das Mädchen neben Fort mit vor Panik brüchiger Stimme.

Doch Fort konnte nicht antworten, bekam kaum noch Luft. Das konnte einfach nicht wahr sein! Solche Sachen passierten nur in Filmen, nicht im echten Leben! Und definitiv nicht mitten in Washington, D. C. …

Gigantische, schwarz geschuppte Finger schoben sich durch die Erde, sodass Gras, Steine und Dreck in alle Richtungen stoben. Aus der Tiefe war ein gedämpftes Brüllen zu hören, das Fort selbst durch den bebenden Boden hindurch spüren konnte.

»Kümmern Sie sich um den Mann, ich nehm das Mädchen!«, hörte Fort seinen Vater irgendwo innerhalb des Gebäudes schreien, während er selbst sich keinen Zentimeter rühren konnte. Mit jedem Herzschlag pulsierte Angst durch seine Adern. Seine Füße auf den Marmorstufen fühlten sich an, als wäre er dort als Statue eingemeißelt worden.

Über ihnen näherten sich Hubschrauber von Nachrichtensendern, drehten dann aber unvermittelt ab, um zurück in

Richtung Stadtmitte zu fliegen. Aus der Ferne waren Sirenen zu hören, die jedoch aus unerfindlichen Gründen nicht näher zu kommen schienen. Im nächsten Moment rannten die Menschen, die unter Fort auf den Stufen gestanden hatten, gruppenweise los, als ginge ein stummer Evakuierungsbefehl nach und nach durch die Reihen. Aber selbst angesichts des Befehls war es kaum möglich, sich über den bebenden Boden zu bewegen, ohne bei der Flucht zu stürzen.

»Das … Das kann doch nicht *wahr* sein!«, stammelte das Mädchen, als eine der Klauenhände sich nach dem Washington Monument ausstreckte und sich meterlange Finger darumlegten. Der Obelisk neigte sich gefährlich zur Seite.

Als er auf dem Boden aufschlug, bebte die Erde unter Forts Füßen, und er wurde in die Luft geschleudert, nur um ein, zwei Meter weiter auf die Stufen niederzukrachen.

»Lauren, wo ist Megan?«, schrie eine Frau von oben. Als Fort aufblickte, entdeckte er die Mutter des Mädchens, die einen alten Mann stützte. Fort hatte ihn zuvor in einem Elektromobil gesehen. »Wo ist sie hingerannt?«

Lauren wollte gerade antworten, verstummte dann aber, und ihr Blick wurde glasig. Ohne ein weiteres Wort machte sie auf dem Absatz kehrt und stürmte die Treppe hinunter.

»Lauren!«, schrie ihr die Frau fassungslos nach und strauchelte auf dem bebenden Boden.

»Dad?«, rief Fort nach oben.

»Fort, lauf weg!«, antwortete sein Vater aus dem Gebäudeinnern. »Ich komme sofort nach!«

Fort ließ den Blick über die zerstörte National Mall schweifen, drehte sich dann wieder zum Denkmal um und zwang sich, Schritt für Schritt die Treppe emporzusteigen. *Schau dich einfach nicht um*, redete er sich ein und biss die Zähne zusammen. *Du schaffst das. Dad braucht deine Hilfe!*

Ein Schritt, dann noch einer – er kämpfte darum, das Gleichgewicht zu halten, während er gleichzeitig verzweifelt versuchte, nicht über das Ungeheuer nachzudenken, das hinter ihm aus dem Boden kroch. Sein Vater *brauchte* ihn. Unter keinen Umständen würde er ihn jetzt im Stich lassen. Er musste …

LAUF!

Der Befehl traf ihn wie ein Hammerschlag. Augenblicklich richtete Fort sich auf. In seinem Kopf herrschte Leere. Im nächsten Moment wirbelte er herum und hetzte die Treppe hinunter. In einiger Entfernung lag das Washington Monument in Trümmern, aber das war jetzt egal. Nichts schien mehr wichtig zu sein – außer mit halbwegs heiler Haut davonzukommen.

LAUF!

Als er den Fuß der Treppe erreicht hatte, hielt er auf die Leute zu, die hintereinander …

»Fort!«, schrie sein Vater, und irgendwie drang der Schrei durch den Nebel in Forts Kopf. Er blieb auf der Stelle stehen. Ein Fuß hing immer noch halb in der Luft.

LAUF!

Die Wucht des Befehls schlug über ihm zusammen wie

eine Welle und spülte sämtliche Gedanken davon. Er setzte sich erneut in Bewegung und schloss sich den anderen an, die in einer Reihe das Weite suchten. Erst als er die Front des Lincoln Memorials fast hinter sich gelassen hatte, wurde er erneut langsamer und blieb dann kopfschüttelnd stehen.

Was machte er denn da? Sein Vater war immer noch dort oben!

Eine junge Frau krachte von hinten in ihn hinein und stieß ihn zu Boden. Sie kam kurz ins Straucheln, rannte dann aber weiter, als wäre rein gar nichts passiert. Einen Moment lang starrte Fort ihr verwirrt hinterher, dann blickte er zurück zur Treppe, wo sein Vater eine ältere Frau nach unten trug, die zuvor mit dem Mann auf dem Elektromobil unterwegs gewesen war.

Fort stemmte sich hoch und rannte zur Treppe zurück. »Dad!«, rief er. »Alles okay? Ich kann mit anpacken!«

»Nein, verschwinde!«, schrie sein Vater und fuchtelte mit der freien Hand, während er versuchte, langsam die bebenden Stufen hinunterzusteigen.

Auf allen vieren machte sich Fort auf den Weg nach oben. Doch als er etwa auf halber Höhe war, explodierte der Marmor unter ihm und schleuderte ihn zurück auf den Rasen jenseits des Denkmals. Für einen kurzen Moment verschwamm alles vor seinen Augen, und er versuchte zu atmen. Sämtliche Luft war aus seiner Lunge gepresst worden.

Im nächsten Moment schoben sich zwei riesige Klauen durch das klaffende Loch in den Stufen, wo Fort gerade eben noch gestanden hatte. Ein Brüllen erschütterte die Umgebung – ein derart mächtiges Dröhnen, dass es in Forts Brust widerhallte.

Hinter ihm donnerte es, als würden sich reißende Stromschnellen ihren Weg durch den Boden bahnen, und als er sich umdrehte, sah er vor sich einen wahr gewordenen Albtraum … einen Albtraum, der aus der Mitte des Reflexionsflbeckens aufstieg: ein riesenhafter, mit schwarzen Schuppen bewehrter Kopf, aus dem mehrere Hörner ragten, die wie eine Art Krone angeordnet waren. Das Wasser aus dem Becken schoss in das Loch hinab, das die Kreatur gerissen hatte. Erneut brüllte sie auf und bleckte Reihe um Reihe massiver, messerscharfer Zähne. Aus ihren rot glühenden Augen sprach rasender Zorn. Angesichts des Grauens völlig fassungslos blieb Fort wie angewurzelt stehen. Er konnte nicht mehr denken, geschweige denn begreifen, was er da vor sich sah.

Weitere Hubschrauber flogen herbei – diesmal waren es schwarz lackierte, und diesmal flogen sie näher an das Ungeheuer heran. Aus einem wurde eine Rakete abgefeuert, die in den Kopf der Kreatur einschlug – doch das Monster schien es nicht einmal zu bemerken.

»Fort!«, hörte er von weiter oben. Als er aufblickte, kauerte sein Vater auf den Stufen direkt unterhalb der Klauen. Inzwischen krachten Teile des Dachs um ihn herum zu Boden, und riesige Marmorblöcke zerschmetterten die Treppenstufen.

»Dad!« Fort versuchte, auf die Beine zu kommen, doch das Beben unter seinen Füßen war einfach zu heftig.

Rund um Forts Vater und die Frau, die er nach unten getragen hatte, wischte das Ungetüm mit der Pranke alles beiseite. Fort blieb fast das Herz stehen, als sein Vater hinter den schuppigen Klauen plötzlich nicht mehr zu sehen war.

Dann krabbelte die alte Frau zwischen den Klauen hervor. Vor Forts Augen ließ sie sich ins Gras fallen – und direkt hinter ihr tauchte endlich sein Vater auf.

»DAD!«, kreischte Fort, als das Monster sich brüllend nach unten beugte. Im nächsten Moment fiel erneut etwas zischend aus einem der Hubschrauber und explodierte auf der schuppigen Haut der Kreatur, aber das war jetzt egal – nichts war mehr wichtig, nur, dass sein Vater entkommen konnte. Er hatte es beinahe geschafft, hatte sich schon halb aus den Klauen des Monsters befreit …

Langsam zog die Pranke sich in die Tiefe zurück.

»Fort!«, brüllte sein Vater noch. Dann legten sich die schuppigen Finger fest um seinen Leib, und das Biest riss auch den Rest des Denkmals ein, als es zurück in der Erde verschwand. »FORT …«

Im nächsten Augenblick war die riesige Pranke der Kreatur weg – und sein Vater verstummt.

»NEIN!«, kreischte Fort, kroch auf das Trümmerfeld zu und versuchte, an das Loch heranzukommen, in dem sein Vater verschwunden war.

NICHT. HAU AB. *LAUF!*

»Ich kann nicht!«, schrie er, obwohl er keine Ahnung hatte, an wen er sich richtete. Er war einfach nur fest entschlossen, seinen Vater wiederzufinden. »Dad! Kannst du mich hören? Dad!«

Fort kletterte über die zerborstenen Steinblöcke und zog sich in Richtung des Lochs. Aus der Tiefe rollte eine Hitzewelle über ihn hinweg, die kaum auszuhalten war. Trotzdem zwang Fort sich weiter voran und starrte schließlich in den Abgrund.

»DAD!«, schrie er erneut …

Im nächsten Moment verlor er die Kontrolle über sich selbst, und etwas Fremdes beherrschte seinen Körper.

Seine Hände stießen sich wie von selbst von dem Abgrund ab, und seine Füße kletterten die Steinbrocken hinunter. Er fühlte sich einfach nur hilflos – als betrachtete er sich selbst aus weiter Ferne durch das falsche Ende eines Teleskops.

Innerlich brüllte er sich die Seele aus dem Leib, doch über seine Lippen kam kein Mucks, während sein Körper einfach weiterlief, ihn aus der Gefahrenzone hinausbrachte und er sich zu guter Letzt der Reihe der übrigen stumm fliehenden Touristen anschloss.

NEIN!, schrie er ins Leere und versuchte, sich mit aller Kraft der Macht zu widersetzen, die ihn von seinem Vater wegsteuerte. Er stemmte sich immer verzweifelter dagegen, bis ihm der Kopf zu platzen drohte und er kaum noch denken konnte. Der Anblick der Kreatur, die seinen Vater mit in den Abgrund gerissen hatte, feuerte ihn an, weiterzukämpfen, sich zu befreien, wieder die Kontrolle über seine Handlungen zu übernehmen, den *Zwang* abzuschütteln …

Und mit einem Mal hatte er sich wieder im Griff. Aus scheinbar unmöglich weiter Ferne konnte er einen Schrei hören, der in seinem Gehirn widerhallte. Es klang wie eine Mädchenstimme, und das Mädchen schien zu leiden, aber das spielte keine Rolle mehr, jetzt zählte nur noch, dass er sich befreit hatte und zu seinem Vater zurückkehren konnte …

Gigantische Schmerzen rollten über Fort hinweg, stürzten seinen Geist in Höllenqualen, bis urplötzlich alles schwarz wurde. Er ging zu Boden, während die Leute um ihn herum in einem stetigen Strom wortlos das Weite suchten.

KAPITEL 3

Durch einen grünen Feuerring schoss das riesenhafte Schuppenmonster auf ihn zu. Fort konnte sich nicht mehr bewegen und brachte vor Angst kein Wort heraus. Eine leise, grässliche Stimme irgendwo hinter ihm murmelte etwas, das er nicht verstehen konnte. Dann endlich konnte er wieder rufen, auch wenn seine Stimme nicht wie seine eigene klang. Sie klang wie die in seinem Kopf, wie die des Mädchens, das er vor Schmerzen hatte schreien hören …

Fort kam wieder zu sich. Diesmal erkannte er seine eigene, angsterfüllte Stimme. Irgendetwas packte ihn, und er schrie noch lauter und versuchte, sich von der Macht zu befreien, die seinen Körper übernommen hatte – was immer das war.

»Alles gut!« Hände legten sich auf seine Schultern, drückten sie leicht und versuchten, ihn unten zu halten. »Jetzt beruhige dich. Du bist in Sicherheit.«

Immer noch schreiend versuchte Fort, sich loszureißen, bis ihm allmählich dämmerte, dass er sich nicht mehr an der National Mall befand. Stattdessen sah er einen sterilen weißen Raum, und um ihn herum standen verschiedene piep-

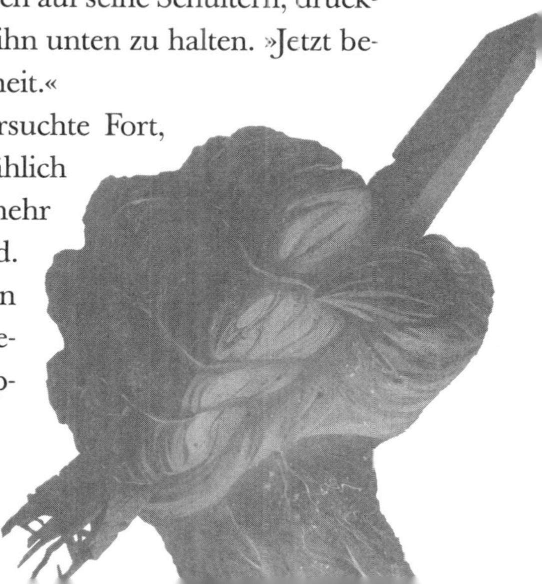

sende medizinische Geräte und leuchtende Monitore. Eine Krankenschwester beugte sich über Fort, hielt ihn immer noch an den Schultern fest und blickte ihn besorgt an.

»Ich … Wo bin ich?«, wollte er wissen. Sein Kopf fühlte sich an wie mit Watte gefüllt. »Und wo ist mein Vater?«

»Du bist hier in der George-Washington-Uniklinik«, antwortete sie. Sie ließ ihn los und machte einen Schritt zur Seite. »Du hast bewusstlos neben der Einstein-Statue gelegen, wo dich jemand gefunden und hergebracht hat. Du hast riesiges Glück gehabt und bist ohne einen Kratzer davongekommen.«

»Wo ist mein *Vater*?«, fragte Fort zunehmend panisch. Vor seinem inneren Auge blitzten Bilder auf – eine Frau, die einen alten Mann die zerberstenden Treppenstufen hinunterführte, und sein Vater, der eine ältere Frau trug, eine monströse Pranke, die ihn packte …

»Wir finden ihn«, beruhigte ihn die Krankenschwester. »Draußen herrscht Chaos, und keiner weiß irgendwas, aber wir finden ihn. Er hat sich retten können, da bin ich ganz sicher.«

»Nein«, flüsterte Fort und schüttelte langsam den Kopf. »Hat er nicht.«

Stirnrunzelnd ließ sich die Krankenschwester auf der Bettkante nieder. »Sagst du mir, wie ihr beide heißt? Wahrscheinlich ist er ebenfalls irgendwo hier im Krankenhaus. Im Handumdrehen haben wir euch zwei wieder zusammengebracht.«

Erneut sah Fort seinen Vater vor sich, wie er in die Tiefe gezogen worden war, ehe irgendetwas ihn selbst von dort wegbeordert hatte; ehe eine Stimme ihm befohlen hatte, die Flucht zu ergreifen. Aber hatte es die Stimme wirklich gegeben? Ein Mädchen, das in seinem Kopf geschrien hatte? Oder hatte er einfach nur jemanden auf der Straße kreischen hören, war dann in Panik davongerannt und hatte seinen Vater diesem … diesem … Monster überlassen? Er spürte, wie ihm die Tränen kamen, und musste sich die Fingernägel in die Handballen drücken, um sich zusammenzureißen.

»Fort«, flüsterte er so leise, dass die Krankenschwester sich vorbeugen musste. »Forsythe Fitzgerald.«

»Das ist aber ein ungewöhnlicher Name«, stellte sie fest und lächelte ihn sanft an. »Kommt der in deiner Familie häufiger vor?«

Fort nickte. »So hieß mein … mein Opa. Der Vater meiner Mutter. Aber der lebt nicht mehr.«

»War deine Mutter auch dabei – dort draußen an der Mall?«, wollte die Krankenschwester wissen.

Wortlos schüttelte Fort den Kopf. Die Krankenschwester wartete kurz, ehe sie aufstand.

»Und wie heißt dein Vater? Dann schau ich mal, ob ich ihn ausfindig machen kann.«

»John«, antwortete er langsam. Inzwischen liefen ihm Tränen übers Gesicht. »Oder auch J.D.«

»John oder J.D. Fitzgerald«, wiederholte die Krankenschwester und machte sich auf ihrem Klemmbrett eine Notiz. »Hab ich mir aufgeschrieben. Und jetzt ruh dich gut aus, Forsythe. Hier kann dir nichts passieren. Was immer draußen an der Mall geschehen ist – das ist vorbei. Alles wird gut.« Dann lächelte sie noch mal und verließ das Zimmer.

Ihr Lächeln war eine Lüge gewesen, genau wie alles andere auch. Was immer dort draußen passiert war – nichts würde gut werden. Jetzt nicht mehr.

Eine Weile blieb Fort allein, schlummerte wiederholt ein, wachte aber bei der Erinnerung an das Ungeheuer und seinen Vater, der seinen Namen rief, jedes Mal schreiend auf.

Bei einer solchen Gelegenheit spähten zwei Polizeibeamte, die gerade draußen vorbeigingen, in sein Zimmer. Als sie sichergestellt hatten, dass es ihm gut ging, ließen sie sich draußen auf dem Flur nieder.

»Wie sieht es eigentlich beim Geheimdienst aus?«, fragte einer der beiden.

»Eine Gebäudehälfte ist komplett zerstört«, antwortete der andere. »Da ist eins dieser Monster durch den Boden gebrochen.«

»Was sind das für Biester? Klingt wie etwas aus einem Godzilla-Film.«

»Wie auch immer – es war ein *Anschlag*. Die National Mall und das Geheimdienstgebäude exakt zur selben Zeit? Das riecht nach Planung.«

»Du glaubst ernsthaft, diese *Monster* hätten das geplant? Die könnten *denken*?«

»Keine Ahnung. Aber wie wahrscheinlich ist es bitte, dass

es im gesamten Land ausgerechnet diese zwei Orte zufällig trifft?«

»Du machst wohl Witze! Wie wahrscheinlich ist es bitte, dass solche Biester überhaupt existieren?«

»Ich sag doch nur, dass es irgendetwas bedeuten muss. Ich weiß doch auch nicht, wer dahintersteckt oder wie das vonstattengegangen sein soll. Aber das sollten wir schleunigst herausfinden. Ich war drüben, an der Mall. Das Militär hat gegen das Monster Raketenwerfer eingesetzt, und das Vieh hat nicht mal mit der Wimper gezuckt.«

»Hat es wohl – es hat sich in die Erde zurückgezogen.«

»Doch nicht unseretwegen«, wandte der zweite Beamte ein. »Es kam durch die Mitte des Reflexionsbeckens, hat dann urplötzlich innegehalten und ist verschwunden. Irgendwas hat es zurückgepfiffen – und genau das Gleiche ist mit dem Monster vom Geheimdienstgebäude geschehen.«

»Wenn das stimmt, haben wir ein Riesenproblem.«

»Psst!« Die Krankenschwester lief an ihnen vorbei auf Forts Zimmer zu. »Da drin liegt ein Kind. Unterhalten Sie sich woanders.«

Die beiden Beamten nickten und gingen ein Stück den Flur hinab. Trotzdem konnte Fort sie weiter hören, bis die Krankenschwester seine Zimmertür ins Schloss schob und sämtliche Geräusche von draußen ausblendete. Dann trat sie an sein Bett. Sie sah aus, als würde sie ihm gleich eine unangenehme Nachricht überbringen müssen.

»Ich hab deinen Vater noch nicht finden können.« Sie

setzte sich an die Bettkante und griff nach Forts Hand. »Aber das ist bestimmt bloß eine Frage der Zeit. Ich frag das nicht gern, aber … Wo hast du ihn denn zuletzt gesehen? Weißt du … Weißt du, was mit ihm passiert ist?«

Fort biss sich auf die Lippe und drehte sich weg, als ihm erneut die Tränen kamen.

Die Krankenschwester zögerte kurz, dann nickte sie. »Verstehe. Gibt es eine Möglichkeit, mit deiner Mutter Kontakt aufzunehmen?«

Fort schüttelte den Kopf. »Sie … Sie ist schon vor Jahren gestorben. Als ich zur Welt kam …«

Die Krankenschwester schluckte schwer. »Ach, Forsythe, das tut mir leid! Und was ist mit … Hast du Tanten oder Onkel oder irgendwen …«

»Es hat ihn verschleppt«, wisperte Fort. »Es hat ihn gepackt und unter die Erde gezerrt, als es sich zurückgezogen hat – wie die Polizisten gesagt haben. Da hat es meinen Vater einfach mitgenommen.« Tränen liefen ihm übers Gesicht, aber das war ihm inzwischen egal. Er wollte nur noch alles rauslassen, die Bilder aus seinem Kopf vertreiben, sodass er sie nicht mehr zu sehen brauchte. »Ich hab noch versucht, ihn zu retten und ihm hinterherzulaufen …« Dann erinnerte er sich wieder an die Stimme, und er klammerte sich daran, als wäre er ein Ertrinkender, der sich nach einem Rettungsring streckt. »Aber irgendwas hat … irgendwas hat mich von dort weggelotst. Ich konnte nicht anders. Als wäre ich nicht mehr Herr meiner selbst, als könnte ich meine Beine nicht mehr kontrollieren. Ich … Ich konnte nur noch zusehen, aber nichts mehr *tun* …«

»Du standest unter Schock«, erklärte die Krankenschwester leise und drückte seine Hand. »Du hattest Panik – und zwar zu Recht. Jeder dort draußen war panisch, sogar Leute, die viel älter sind als du. Dass du davongelaufen bist, wundert mich nicht – ich wäre auch davongelaufen. Dein Vater hätte *gewollt*, dass du dich in Sicherheit bringst.«

»Nein!« Fort war laut geworden. »Ich bin nicht *davongelaufen*. Die anderen schon – aber ich bin stehen geblieben. Ich wollte helfen! Ich konnte nicht zulassen, dass er einfach … Ich konnte ihn doch nicht dort lassen! Aber irgendwas war da in meinem Kopf, das mich von der Stelle weggelotst hat. Es war so, das weiß ich genau!«

Doch noch während er das sagte, fragte er sich erneut, ob die Stimme wirklich da gewesen war. Wie konnte er sich nach allem, was sich ereignet hatte, tatsächlich sicher sein, dass ihn nicht bloß die Angst vor dem Ungeheuer in die Flucht geschlagen hatte? Was, wenn er sich die Stimme nur ausgedacht hatte, um eine Erklärung zu haben, warum er seinen Vater im Stich gelassen hatte?

Fort konnte gar nicht mehr aufhören zu weinen und ließ sich zurück ins Bett fallen. Er wusste nicht mehr, was er noch denken sollte.

Mit einem Seufzer stand die Krankenschwester auf und fing an, an einer Nadel und mehreren Schläuchen zu nesteln, die in Forts Arm steckten.

»Ich verstehe dich, Forsythe. Wir haben alle diese Stimme im Kopf, die uns sagt, was wir tun sollen. Aber du darfst dir dafür nicht die Schuld geben. Du hast genau das Richtige getan, indem du weggerannt bist. Jetzt schlaf erst mal, und in der Zwischenzeit finden wir heraus, was mit deinem Vater passiert ist.«

»Sie werden ihn nirgends finden«, entgegnete Fort, während um ihn herum das Zimmer vor seinen Augen verschwamm. »Er ist … in die Tiefe … verschwunden … mit dem Ungeheuer …«

»Mach dir keine Gedanken darüber, was das für ein Ungeheuer war«, sagte die Krankenschwester wie aus unendlich weiter Ferne. »Da draußen gibt es Leute, die für unsere Sicherheit sorgen. Die beschützen uns vor dem Bösen. Du wirst schon sehen.«

Und damit wurde es dunkel im Zimmer. Doch noch während Fort wegdämmerte, war ihm nur zu klar, dass sie ihn belogen hatte.

KAPITEL 4

»Es ist jetzt fast sechs Monate her, dass er aus dem Krankenhaus entlassen wurde«, sagte Forts Tante Cora, die in der Küche stand und telefonierte. »Ich kriege kaum etwas Nahrhaftes in ihn hinein – und jetzt hat er auch noch einen Verweis bekommen, ausgerechnet wegen einer Schlägerei! Der andere Junge hat wohl irgendeinen dummen Spruch über Washington fallen lassen und so getan, als wäre er dieses … dieses *Monster*, und da ist Fort ausgerastet. Im Nachhinein konnte er sich kaum daran erinnern.«

Fort fuhr mit dem Finger über die verschiedenen Übersetzungen der Gettysburg-Rede in seiner Broschüre – dem letzten Gegenstand, den er von seinem Vater bekommen hatte. Dann drehte er sich wieder zum stumm geschalteten Fernseher um, auf dem Bilder der Verwüstung nach den Angriffen vor sechs Monaten gezeigt wurden.

Erst war ein Kameraschwenk über das Hauptquartier des Geheimdiensts in Fort Meade im Bundesstaat Maryland zu sehen: ein riesiger Büroklotz mit getönten Scheiben, der zur Hälfte in Trümmern lag. Eins der Monster hatte sich

anscheinend genau in der Mitte des Gebäudes nach oben gearbeitet, rundherum alles verwüstet und sich dann wieder in die Erde zurückgezogen. Inzwischen war das komplette Gelände verwaist und wurde von bewaffneten Sicherheitskräften bewacht. Ein Militärhelikopter fing sogar den Hubschrauber eines Fernsehsenders ab und zwang ihn, das Areal zu verlassen.

Dann wurde nach Washington geschaltet, wo schwarze Kuppelzelte über dem Lincoln Memorial und den Überresten der National Mall errichtet worden waren und von Soldaten bewacht wurden. Unter den Kuppeln klaffte ein riesiges Loch, das wer weiß wo endete. Von der Regierung war darüber nichts bekannt gegeben worden; auch nicht, wie tief das Loch war.

Trotzdem – irgendwo dort hinunter hatte das Monster Forts Vater verschleppt.

»Ich weiß nicht mehr, was ich noch tun soll, Lin«, fuhr seine Tante am Telefon fort. »Ich weiß es wirklich nicht. Ich glaube, er schläft sogar nicht mehr als ein, zwei Stunden am Stück.«

Das entsprach der Wahrheit. Wann immer Fort die Augen schloss, sah er ein Monster aus einem grünen Feuerring aufsteigen und auf ihn zustürmen, während eine tiefe, gutturale Stimme etwas in einer Sprache brüllte, die er noch nie gehört hatte. Und immer wenn Fort versuchte zu schreien, war es nicht seine Stimme. Es war jedes Mal die Stimme eines Mädchens.

Und dann die Erinnerungen … Egal woran er dachte – alles erinnerte ihn an seinen Vater. Mehrmals am Tag ertappte er sich dabei, wie er sich vorstellte, dass sein Vater über irgendwas Witze machte oder ihn ohne jeden Grund für etwas Albernes in den Himmel lobte. Jedes Mal, wenn das passierte, fühlte er sich von der Qual und Trauer beinahe überwältigt, und …

Ein Stechen in seiner Hand riss ihn aus seinen Gedanken. Als er hinabblickte, stellte er fest, dass er die Broschüre vom Lincoln-Denkmal in der Faust zerknüllt hatte. Wann war das denn passiert? Behutsam strich er sie wieder glatt, legte sie beiseite und zappte dann wahllos durch die Fernsehkanäle. Ihm war völlig egal, was lief.

»Ein Internat hat angeboten, ihn aufzunehmen«, sagte seine Tante, und Fort spähte in Richtung Küche. »Der Direktor hat erfahren, was mit meinem Schwager … was vorgefallen ist. Er meinte, sie hätten Erfahrung darin, mit trauernden, traumatisierten Jugendlichen zu arbeiten, und könnten Fort vielleicht helfen. Allerdings klang das Ganze wie eine Art Militärakademie, und ich weiß wirklich nicht, ob ich ihn einfach so von hier wegschicken kann. Ich bin doch die einzige Angehörige, die er noch hat.«

Seine Tante dachte darüber nach, ihn wegzuschicken? Ja, das ergab Sinn. Fort nickte kaum merklich und bohrte die Fingernägel fester in seine Handballen. Immerhin war es zumindest teilweise seine Schuld, dass sie sich jetzt um ihn kümmern musste. Cora war die viel jüngere Schwester seiner Mutter und hatte gerade erst das College abgeschlossen. Seither hatte sie mehr oder weniger von der Hand in den Mund gelebt, stotterte ihre Studiengebühren ab und jobbte als Kellnerin, obwohl sie Informatik studiert hatte. Aus der Lebensversicherung seines Vaters war ein bisschen Geld geflossen, allerdings nicht genug. Und es wurde dadurch nicht besser, dass sie ihre Schicht absagen musste, weil sie Fort nach einer Prügelei aus der Schule abholen musste, so wie heute.

Erst hatte sie ihre Schwester – Forts Mutter – verloren, und dann hatte sie *ihn* ohne jede Vorwarnung bei sich aufnehmen müssen. Und alles nur, weil er davongelaufen war, statt seinem Vater beizustehen, der einer alten Frau die Treppe hinuntergeholfen hatte, bevor …

Fort kniff die Augen zu, biss die Zähne zusammen und versuchte, nicht mehr daran zu denken. Nicht, dass es etwas verändert hätte. Seine Tante müsste sich ja doch weiter um ihn kümmern, auch wenn sie das nie gewollt hatte. Und er machte ihr das Leben allein dadurch schwer, indem er existierte.

Fort wandte sich wieder dem Fernseher zu. Ohne es zu wollen, hatte er zu einer Pressekonferenz im Weißen Haus gezappt. Irgendein Typ mit zig Orden und Streifen auf der Uniform stellte gerade einen anderen vor, der ebenfalls vom Militär zu sein schien. Stirnrunzelnd schaltete Fort den Ton wieder an.

»… bin Colonel Charles«, sagte der zweite Mann und lächelte grimmig. »Wie General Matheson gerade erwähnt hat, werde ich die behördenübergreifenden Maßnahmen gegen die Bedrohung leiten. Die Phänomenabwehrbehörde – kurz PAB – hat schon jetzt erste gezielte Abschreckungsmaßnahmen gegen weitere mögliche Angriffe entwickelt, die dem Umstand Rechnung tragen, dass wir in Washington mit herkömmlichen Waffen keine Wirkung erzielen konnten.«

Gezielte Abschreckungsmaßnahmen? Was sollte das denn heißen? Was wollten sie unternehmen, um diesen Monstern Einhalt zu gebieten?

»Wissen wir in der Zwischenzeit, woher die Monster kamen und was sie überhaupt wollten?«, rief ein Reporter dazwischen.

Colonel Charles starrte für einen Moment auf das Rednerpult hinab. »Die Herkunft dieser Ungeheuer ist nach wie vor ungeklärt. Wir können zurzeit nur mit Gewissheit sagen, dass wir mit so etwas nie zuvor konfrontiert worden sind. Allerdings gibt es Hinweise, dass hinter den Anschlägen eine höhere Triebkraft steckt – eine Macht, die die Monster entweder von außen zu steuern vermag oder sie gegen uns aufgehetzt hat. Wir gehen derzeit ausgedehnten Ermittlungen nach, aber Sie verzeihen mir hoffentlich, wenn ich darüber im Moment noch nicht reden kann. Sobald es spruchreif ist, bekommen Sie sämtliche Informationen, die ich rausgeben darf.«

»Steckt eine Terrorzelle oder ein verfeindeter Staat dahinter?«, wollte ein anderer Reporter wissen.

»Müssen wir mit weiteren Angriffen rechnen?«, rief der nächste.

Colonel Charles zog die Stirn kraus. »Es gibt keinen Grund zur Beunruhigung. Wir haben keinerlei Hinweise auf neuerliche Attacken und arbeiten Tag und Nacht daran, dass so etwas nicht noch einmal passiert.«

»Keinerlei Hinweise? Aber den ersten Angriff haben Sie doch auch nicht vorhergesehen, oder?«, fragte derselbe Reporter.

»Und was heißt das überhaupt – ungeklärte Herkunft?«, rief ein anderer. »Wo könnten sie denn hergekommen sein?«

»Und was sind das genau für Maßnahmen? Woher wollen Sie wissen, dass die beim nächsten Mal wirksamer gegen die Monster sind, wenn Sie nicht einmal wissen, womit wir es zu tun haben?«

»Ich fürchte, mehr kann ich Ihnen derzeit nicht sagen«, erwiderte Colonel Charles. »Sie bekommen weitere Informationen, sobald es die Lage erlaubt.«

Dann verließ er das Rednerpult, obwohl die Reporter ihm immer noch Fragen nachriefen, und Fort stellte den Fernseher stumm. Er fragte sich, warum er sich überhaupt die Mühe gemacht hatte.

Sechs Monate war es jetzt her, und immer noch wollten sie nicht verraten, wer sie angegriffen hatte und warum. Ganz zu schweigen davon, dass jeder ständig nur noch darüber nachdachte, ob und wann die nächste Attacke bevorstand. In den Schulen wurden für den Fall, dass sich eins dieser Monster in nächster Nähe aus der Erde grub, Erdbebenübungen abgehalten. Im Internet kursierten unzählige Gerüchte und Verschwörungstheorien: was das für Kreaturen gewesen waren, wo sie herkamen und warum sie aufgetaucht waren. Im Grunde wussten alle nur eins: dass es beim ersten Angriff keine Vorwarnung gegeben hatte. Insofern war wohl nicht davon auszugehen, dass es bei der nächsten Attacke anders sein würde.

»Mag schon sein, aber man kann nicht auf Dauer in Angst leben, Fort«, hätte sein Vater gesagt. »Weil Angst kein Ort ist. Das *Cape Fear*, das Kap der Angst, wiederum – das ist ein echter Ort, und zwar in North Carolina. Dort kann man leben.«

»Du solltest dir das gar nicht ansehen.«

Seine Tante war in der Tür aufgetaucht, und Fort zuckte zusammen. Insgeheim war er dankbar, dass sie ihn aus seinen Gedanken riss.

»Alles okay mit dir?«, wollte sie wissen. »Ich weiß schon, dass solche Gedenktage … nach dem Motto: *heute vor sechs Monaten* …« Sie sprach den Satz nicht zu Ende.

Fort nickte in ihre Richtung, um ihr zu verstehen zu geben, dass er sie gehört hatte. Ihm war schnell klar geworden, dass sie ihm umso mehr Fragen stellte, wenn er nicht reagierte. Er schaltete den Fernseher aus, ließ sich aufs Sofa zurückfallen und schloss die Augen. Vielleicht würde sie den Wink ja verstehen und ihn in Ruhe lassen. Zumindest würde er ihr so nicht ebenfalls die Laune verhageln.

»Ich bestelle Pizza zum Abendessen, einverstanden?« Im nächsten Moment spürte er, wie sie sich neben ihm aufs Sofa setzte. »Ganz egal welche. Komm, wir schlagen mal so richtig zu! Meine lasse ich gleich dreifach belegen.«

Er zuckte mit den Schultern. Für ihn schmeckte derzeit ja doch alles gleich. Da spielte es keine Rolle, was sie bestellte.

»Und anschließend will ich, dass du dich mit jemandem unterhältst, okay?«, fuhr sie fort. »Es handelt sich um … tja, also … um einen Doktor – allerdings nicht wie dieser Therapeut, den du nicht ausstehen konntest. Er leitet ein Internat, und er behauptet, er könnte dir helfen. Er hat von dir gehört, weißt du, aus den Nachrichten, und hat mich daraufhin kontaktiert. Er meint, seine Schule könnte das Richtige für dich sein.«

Mit einem neuerlichen Schulterzucken schlug Fort die Augen wieder auf. Doch diesmal zwang er sich zu einem schiefen Lächeln. Er wollte nicht, dass sie sich schlecht fühlte, weil sie ihn wegschickte. Zumindest würde sie so mit ihrem eigenen Leben wie bisher weitermachen können.

Sie nahm ihn behutsam in den Arm und lehnte den Kopf an seinen. »Mir fehlen sie auch – ganz schrecklich … dein Vater und deine Mutter. Es tut mir so leid, dass du nicht mehr Zeit mit deinem Vater verbringen oder deine Mutter kennenlernen konntest. Sie waren wirklich fantastische Menschen.«

Nein. Fort wand sich aus ihrer Umarmung, und ihm dämmerte, dass sie sich deshalb gleich wieder schlecht fühlen würde, aber er schaffte es einfach nicht. Jedes Mal, wenn sie es erwähnte … *Nein.* Er konnte sich das im Moment einfach nicht anhören.

Er schnappte sich die Broschüre mit der Gettysburg-Rede und steuerte die Küche an. »Ich hole mir eine Limo. Willst du auch etwas?«

Traurig sah sie ihm nach. »Nein, alles gut.«

Er nickte, verschwand in die Küche und dann in Coras Zimmer, wo er den kleinen Zweitfernseher einschaltete. Immer noch Nachrichten. Doch diesmal waren die Demos vor dem Kapitol dran, wo sich Tausende versammelt hatten und einen Militärschlag forderten – nur dass gar nicht klar war, welches Land für die Angriffe verantwortlich gewesen war. Dabei wusste irgendwer doch bestimmt, wer in Wahrheit dahintersteckte. Auf Demo-Schildern standen diverse Vermutungen – und zusehends wütende, verbitterte Kommentare.

Auf der verzweifelten Suche nach etwas, das ihn ablenkte, zappte er erneut durch die Fernsehkanäle, bis er bei einer Zeichentrickserie landete. Da musste er nicht nachdenken. Die Zeit verging quälend langsam, doch irgendwann hörte er, wie Cora den Pizzaservice anrief und nach einer Weile die Tür aufmachte, um die Bestellung entgegenzunehmen. Seine Tante hatte ihnen eine Familienpizza Salami bestellt, was schon in Ordnung war. Cora mochte Salami, und er selbst aß zurzeit sowieso kaum mehr als ein Stückchen.

»Fort, wenn du beschließen solltest, dass du dieses Internat nicht besuchen willst, ist das total okay«, sagte seine Tante und stellte die Teller fürs Abendessen auf den Tisch. »Es ist einzig und allein deine Entscheidung. Wenn du lieber hier bei mir bleiben willst, finden wir einen Weg. Dein Vater hat uns genug Geld hinterlassen, sodass wir vielleicht eine näher gelegene Schule suchen könnten. Oder womöglich versuchen wir es mal mit einem anderen Therapeuten?«

Fort antwortete nicht. Der letzte Therapeut hatte kaum mehr als Forts Namen aus ihm herausgekriegt. Insgeheim hatte er deshalb ein schlechtes Gewissen. Trotzdem war das Letzte auf der Welt, worüber er sprechen wollte – erst recht mit einem Fremden –, was in Washington geschehen war.

Schweigend machten sie sich über die Pizza her, und um die Stille in die Länge zu ziehen, kaute Fort sein Stück so langsam wie nur möglich. Wenn er nichts essen wollte, war seine Tante umso trauriger, also stopfte er immer ein paar Bissen in sich hinein. Außerdem stellte sie ihm, wenn er aß, keine weiteren Fragen.

Als Cora gerade die Pizzareste in den Kühlschrank räumen wollte, klingelte es. Sie streifte Fort mit einem nervösen Blick und lief zur Tür. Von draußen konnte er hören, wie ein Mann mit einer tiefen Stimme sich ihr vorstellte – und zu seiner Verblüffung ertönte außerdem die Stimme eines Mädchens. Als sie die Küche betraten, blickte Fort auf. Trotz des Nebels in seinem Gehirn meldete sich die Neugier.

Ein leicht untersetzter Mann, etwa im Alter von Forts Vater, kam lächelnd durch die Küchentür auf ihn zu. Fort zwang sich, das Lächeln zu erwidern. Der Mann trug einen schwarzen Anzug, und mit Handschellen war eine schwarze Aktentasche an seinem Handgelenk befestigt – was wohl nicht normal war für einen Schuldirektor! Aber vielleicht war das bei Internaten ja anders.

Hinter ihm tauchte ein dunkelhäutiges Mädchen mit kurz geschnittenen Locken auf, das in einer grünen Uniform steckte und sich neugierig in der Küche umsah. Als ihr Blick an Fort hängen blieb, grinste sie breit und winkte.

»Fort, das ist Dr. Oppenheimer«, sagte Tante Cora, und der Mann gab Fort die Hand. »Er ist hergekommen, um sich mit dir über die Schule zu unterhalten, die ich erwähnt habe.«

»Genau richtig«, sagte Dr. Oppenheimer. »Und das hier ist Rachel.« Er zeigte auf das immer noch grinsende Mädchen neben ihm. »Sie hat sich bereit erklärt, dir aus Schülersicht zu erzählen, wie es an unserer Schule zugeht. Erfahrungsgemäß ist das für künftige Schüler sehr hilfreich.« Er sah zu Rachel, die begeistert nickte.

»Ma'am, darf ich Sie erst noch um einen Gefallen bitten?«, fragte Rachel und trat von einem Bein aufs andere. »Wäre es okay, wenn ich kurz auf die Toilette gehe? Es war eine lange Reise.«

Forts Tante errötete. »Natürlich! Komm, ich zeig dir, wo die Toilette ist. Und bitte, sag nicht Ma'am zu mir!«

Rachel winkte Fort kurz zu und lief seiner Tante nach. Dr. Oppenheimer legte die Aktentasche auf den Küchentisch und ließ mit beiden Daumen die Schließen aufschnappen. Zum ersten Mal seit vielen Monaten packte Fort derart die Neugier, dass er näher trat. Als in der Tasche nur stapelweise Papiere lagen, war er enttäuscht.

»Du kannst mich übrigens Dr. Opps nennen«, sagte der Mann, dem es nichts auszumachen schien, dass Fort in seine Tasche spähte. »So wie die anderen Kinder auch.«

»Okay …«

Dr. Oppenheimer nahm die Unterlagen heraus und tastete dann über den Taschenboden. Es machte *Klick*, und er hob den Boden an, griff darunter und zog eine lange Silberkette mit einer Metallkugel am Ende heraus.

»Silber funktioniert besser als jedes andere Metall«, sagte er zu Fort und legte sich die Kette um den Hals. »Warum, können wir leider noch nicht sagen.«

Fort sah ihn verwirrt an. »Silber funktioniert *wobei* besser?«

»Kann ich Ihnen vielleicht etwas anbieten, Dr. Oppenheimer?« Forts Tante war wiedergekommen, blieb aber abrupt stehen, als sie die leere Aktentasche und das Silbermedaillon sah. »Äh, was ist …«

Dr. Opps berührte sie am Arm, und im Bruchteil einer Sekunde ging Cora zu Boden wie eine Marionette, der man die Fäden durchgeschnitten hatte. Fort wich entsetzt zurück.

»Und jetzt«, sagte der Mann und setzte sich, »unterhalten wir zwei uns ein bisschen über die Oppenheimer-Schule.«

KAPITEL 5

Der Anblick seiner Tante, die einfach auf dem Küchenboden zusammengesackt war, hatte Fort zutiefst erschüttert. Doch im nächsten Moment schlug der Schock auch schon in Zorn um, und noch während er sich auf den Mann stürzte, suchten ihn erneut die Erinnerungen an Washington heim.

»Rühren Sie sie nicht an!«, schrie er und holte aus, um Dr. Opps einen Boxhieb zu verpassen. Doch bevor er zuschlagen konnte, traf ihn ein glühend heißer Schmerz in die Seite, und er flog quer durch die Küche bis an die hintere Zimmerwand.

»Rachel, nicht!«, rief Dr. Opps und sprang mit erhobenen Händen zu Fort hinüber. »Alles okay, Forsythe?«

Stöhnend rieb Fort sich den Kopf. Dann tastete er über die Stelle, an der er getroffen worden war. Was zur Hölle war gerade passiert? Sein T-Shirt war an einer Stelle rabenschwarz und verkohlt.

»Was … Was geht hier vor?«

Dr. Opps lächelte ihn traurig an und hielt ihm die Hand hin, um ihm hochzuhelfen. »Tut mir leid wegen deiner Tante. Ich hätte dich vorwarnen müssen.

Aber wir dürfen nicht riskieren, dass sie unser Gespräch mitbekommt. Es geht um Dinge, für die sie nicht autorisiert ist.«

Fort schüttelte den Kopf. Er war sich nicht sicher, ob er gerade richtig gehört hatte. »Sie … haben sie … k. o. geschlagen, weil … Sie mir gleich irgendwas streng Geheimes erzählen wollen?«

»Ich würde eher sagen, ich habe ihrem Gehirn zu einem bisschen Erholungsschlaf verholfen«, entgegnete Dr. Opps und bugsierte Fort zurück auf seinen Stuhl. »Rachel, holst du ihm bitte ein neues T-Shirt? Am besten in der gleichen Farbe wie das hier.«

Rachel sah Fort misstrauisch an. »Wenn du ihn noch mal angreifst, dann wird am Ende ein Häuflein Asche von dir übrig bleiben«, sagte sie. Dann marschierte sie aus der Küche.

Dr. Opps lächelte ihr nach. »Eine meiner besten Schülerinnen.«

Fort starrte ihn an. »Was … Was hat sie mit mir gemacht?«

»Ich fürchte, um dir das zu erklären, müssen wir ein bisschen weiter ausholen, okay?«

Dr. Opps streckte sich über den Tisch hinweg, um nach Forts Hand zu greifen, doch Fort zog sie sofort zurück. Seine Verunsicherung entlockte dem Doktor ein Lächeln.

»Du brauchst keine Angst zu haben. Es geht einfach schneller, wenn wir gewisse Dinge in Gedankengeschwindigkeit erledigen.«

»Wovon reden Sie?« Fort brachte seine Hände unter der Tischplatte in Sicherheit.

Dr. Opps hielt die Kugel an seiner Silberkette in die Höhe. »Das hier haben meine Schüler einzig und allein aus einem Grund hergestellt: Mithilfe dieser Kugel kann ich mich mit dir von Gehirn zu Gehirn unterhalten.« Er zuckte mit den Schultern. »Es ist viel einfacher, gewisse Dinge mittels Erinnerungen zu erklären, ehrlich.«

Fort spähte zu seiner Tante hinüber, die auf dem Küchenboden inzwischen leise vor sich hin schnarchte. Dr. Opps hatte anscheinend die Wahrheit gesagt: Er hatte sie in den Tiefschlaf versetzt. Aber selbst mit diesem Bild vor Augen konnte Fort nicht glauben, dass er Dr. Opps' Gedanken hören oder dessen Erinnerung vor sich sehen konnte. Das war doch total absurd.

Andererseits waren die Anschläge in Washington auch völlig absurd gewesen.

Langsam hob er die Hand und legte sie mit der Handfläche nach oben auf den Tisch. »Ich hoffe wirklich, Sie belügen mich nicht.«

»Ach was, ich lüge nie«, erwiderte Dr. Opps und griff nach Forts Hand. »Das muss ich auch gar nicht. Wenn du irgendwas besser nicht erfahren solltest, dann lösche ich einfach deine Erinnerung.«

Fort riss die Augen auf und wollte die Hand schon wieder zurückziehen, doch Dr. Opps hielt sie fest, und augenblicklich wurde die Küche um sie herum ausgeblendet. Stattdessen saßen sie auf der Rückbank eines Autos, das vor einer Ausgrabungsstätte gehalten hatte. Und nicht nur das: Die Sonne stand hoch am Himmel, während es einen Moment zuvor noch früher Abend gewesen war.

»Was machen Sie denn da?«, schrie Fort, doch aus seinem Mund kam kein Laut. Gleichzeitig stellte er fest, dass er sich nicht mehr bewegen konnte. Er konnte lediglich auf das Lenkrad des Wagens starren, auf dem zitternde Hände lagen – nur dass es nicht *seine* Hände waren. In seinem Kopf konnte Fort außerdem Gedanken hören. Gedanken einer Person, die versuchte, ihre Hände am Zittern zu hindern und den Anschein zu erwecken, alles unter Kontrolle zu haben.

Dr. Opps. Das hier war *seine* Erinnerung, und irgendwie war Fort in dessen Kopf geraten und sah jetzt, was immer der Doktor sah – und er hörte sogar, was der Mann dachte!

Er drehte leicht den Kopf, um einen Blick in den Rückspiegel zu werfen, und fast hätte Fort vor Schreck aufgeschrien. Aus dem Spiegel starrte ihm ein Typ mit Sonnenbrille entgegen – ein mindestens zehn Jahre jüngerer Dr. Opps. Im Spiegel konnte Fort sehen, wie Dr. Opps sich die Haare glatt strich, bevor er die Wagentür aufschob.

Sobald der Doktor ausgestiegen war, wirkte die Umgebung aus der Höhe – der Mann war schließlich viel größer als Fort – irgendwie leicht befremdlich. Noch während er versuchte, sich daran zu gewöhnen, hörte er bereits, wie Dr. Opps beschloss, am besten ganz unbeteiligt zu wirken, wenn er gleich das Gelände betreten würde. Genau wie Geheimagenten, die Fort in Spielfilmen gesehen hatte. Weil seine Hände nicht aufhören wollten zu zittern, schob er sie in die Hosentaschen, wo sie zumindest nicht für jeden sichtbar waren.

Fort seufzte. Damit – und mithilfe der Sonnenbrille – würde hoffentlich niemand hier im Acadia-Nationalpark bemerken, wie wenig er geschlafen hatte; tatsächlich hatte er wach gelegen, seit am frühen Morgen aus der ganzen Welt gewisse Meldungen eingetrudelt waren …

Moment, halt! Fort zuckte kurz zurück. Irgendwie konnte er gerade nicht mal mehr zwischen seinen eigenen und Dr. Opps' Gedanken unterscheiden! Nicht Fort, sondern Dr. Opps hatte zu wenig Schlaf abgekriegt, nachdem irgendwelche Nachrichten eingegangen waren … Das hier war so was von merkwürdig – die Erinnerungen und Gedanken eines anderen nachzuempfinden!

Aber vielleicht sollte er sich einfach darauf einlassen und das Spielchen mitspielen? Im Grunde war es doch gar nicht viel anders, als sich einen Film anzusehen … einen *heftigen* 3-D-Film. In dem man außerdem auch noch die Gedanken eines anderen hören konnte. Und fühlte, was der andere fühlte. Und wusste, was der andere wusste.

Okay, es war absolut nicht dasselbe, wie sich einen Film anzusehen. Trotzdem, er wollte lieber nichts verpassen. Also konzentrierte sich Fort weiter auf das Geschehen.

Zielsicher marschierte Dr. Opps einen Pfad entlang und durchquerte die Ausgrabungsstätte. Er versuchte, gemächlich zu gehen, bis ihn das Gefälle dazu zwang, kurz in einen schnelleren Laufschritt zu verfallen. Er zog die Stirn kraus und hoffte, dass er in seinem schwarzen Anzug nicht allzu lächerlich wirkte, der schon jetzt mit einer Staubschicht und wer weiß was allem bedeckt war.

»Agent Oppenheimer?«, rief eine Frau in einem grünen Ranger-Anzug, der sie als Mitarbeiterin des Nationalparks auswies. Sie stand ein Stück weiter unten und kam jetzt auf ihn zu. »Ich bin Dr. Lang von der Nationalpark-Verwaltung. Oppenheimer … Sie sind nicht zufällig verwandt mit …«

»Nein«, fiel Dr. Opps ihr ins Wort und zückte seine Dienstmarke. »Sie haben einen merkwürdigen Vorfall gemeldet?«

Dr. Lang zog die Augenbrauen hoch. »Merkwürdig trifft es nicht mal ansatzweise. Wir haben bis jetzt drei Funde gesichert, die gar nicht möglich sein dürften. Trotzdem hätte ich nicht gedacht, dass sie gleich jemanden vom Geheimdienst schicken.«

Um seine Anspannung zu überspielen, zuckte Dr. Opps mit den Schultern. »Na ja, ich bin neu bei der Behörde und habe am College alte Sprachen studiert. Vielleicht wollen sie ja einfach nur eine zweite Meinung.«

Sie quittierte die offenkundige Lüge mit einem Stirnrunzeln, bedeutete Dr. Opps dann aber, ihr zur Ausgrabungsstätte zu folgen. Die Frau steuerte auf ein Feld zu, auf dem um fünf Abdeckplanen herum – jede gut drei auf drei Meter groß – ein knappes halbes Dutzend Archäologen bereits auf sie wartete. Der Wind zerrte an den Planen, blies Erde in die Luft und peitschte sie Dr. Opps (und Fort) ins Gesicht.

»Tut mir leid, dass es so windig ist«, sagte Dr. Lang und hob beide Arme vors Gesicht. »Das fing hier unten vor einer Weile an – deshalb haben wir die Funde auch abgedeckt. Wir wollen nicht, dass sie beschädigt werden.«

Nach allem, was er von den anderen Fundstätten gehört hatte, war Dr. Opps sich nicht sicher, ob das Ding überhaupt beschädigt werden konnte. Aber das ließ er lieber unerwähnt.

Dr. Lang bat die Archäologen, die erste Plane anzuheben.

»Hier in der Nähe hatten wir bislang nie aktive Ausgrabungen«, rief sie über den Wind hinweg, während die Plane aus der Verankerung befreit wurde. »Zwei Studenten haben die Knochen bei einer Wanderung gefunden. Wir gehen davon aus, dass sie nach einem Erdrutsch freigelegt worden sind.«

Dr. Opps nickte. Insgeheim hoffte er, dass die zwei Studenten wirklich nur zufällig hier gewesen waren. Aber wenn man den Zeitpunkt bedachte, hatte er so seine Zweifel.

Die Archäologen hoben die Plane in die Höhe, sodass die Funde sichtbar wurden und zugleich halbwegs windgeschützt waren. Lang bedeutete Dr. Opps, näher zu treten. Vorsichtig stieg er über ein Tau hinweg, das die Fundstelle markierte, und ging ein paar Schritte darauf zu.

»So, Mister Geheimdienst, wonach sieht das für Sie aus?«, fragte Dr. Lang von hinten.

Dr. Opps starrte auf die Knochen hinab, die in der Erde lagen. Für einen kurzen Moment schöpfte er Hoffnung – zum ersten Mal, seit am frühen Morgen die ersten Meldungen eingetroffen waren.

»Sieht wie irgendein Dinosaurier aus«, murmelte er.

»Was an sich schon merkwürdig wäre – wir haben im ganzen Bundesstaat nie auch nur ein einziges Dinosaurierfossil gefunden, ganz zu schweigen von diesem Nationalpark.« Dann zeigte Dr. Lang auf etwas, das wie der Schenkelknochen eines großen Reptils aussah. »Und obwohl das da dem Hinterbein eines Theropoden ähnelt – eines Tyrannosaurus beispielsweise –, können wir einen Dinosaurier in diesem Fall ausschließen. Zum einen sind diese Knochen hier nicht fünfundsechzig Millionen, sondern nur ein paar Tausend Jahre alt, und zum anderen …«

Sie nickte in Richtung der Archäologen, die soeben die zweite Plane anhoben. Vom Rückgrat der Kreatur gingen dünnere Knochen aus, die sich zu Fingern verzweigten, ganz ähnlich wie es bei Fledermausflügeln der Fall war.

»… zum anderen hatte der Tyrannosaurus keine Flügel«, brachte Lang den Satz zu Ende.

Dr. Opps rutschte das Herz in die Hose. Fast wäre er an Ort und Stelle auf die Knie gesackt. Ein *vierter* Fundort. Was hatte das zu bedeuten? Das war doch unmöglich, das konnte nicht wahr sein …

»Und das ist nicht einmal das Merkwürdigste«, sagte Lang, während ihre Kollegen die dritte Plane anhoben.

»Ich weiß«, flüsterte Dr. Opps und hielt den Blick weiter auf die Flügel gerichtet. »Es gibt auch einen Reiter.«

Die Rangerin riss überrascht die Augen auf, während unter der dritten Plane ein menschliches Skelett zum Vorschein kam. Es schien auf dem Rücken der Kreatur zu sitzen. »Wie in aller Welt konnten Sie das wissen?«

Er nickte in Richtung der vierten Plane. »Und ich nehme an, der Reiter hält etwas in der Hand?«

Die Archäologen wechselten vielsagende Blicke, während der Wind ihnen um die Ohren peitschte. Nach einer Weile hüstelte einer von ihnen unbehaglich.

»Das hier ist doch ein Fake, oder?«, fragte Dr. Lang.

Dr. Opps entschlüpfte ein nervöses Kichern, das er eilig mit einem Husten zu verschleiern versuchte. »Was auch immer der Reiter in der Hand hält – ich muss es mitnehmen.«

Die Archäologen, die drauf und dran gewesen waren, die vierte Plane anzuheben, hielten mitten in der Bewegung inne.

Nachdrücklich schüttelte Dr. Lang den Kopf. »Sie dürfen nichts von der Ausgrabungsstätte entfernen, Agent Oppenheimer.« Sie sah aus, als könnte sie nicht fassen, dass er auch nur darüber nachgedacht hatte. »Wenn das hier echt ist, dann müssen wir es exakt so dokumentieren, wie wir es vorgefunden haben. Geflügelte Reptilien, auf denen Menschen geritten sind? So etwas haben wir noch nie gesehen! Und noch dazu gerade mal ein paar Jahrtausende alt – jünger als die Pyramiden! Das hier ist viel zu *wichtig* ...«

»Es ist nicht der einzige Fundort, Doktor«, platzte es aus Dr. Opps heraus. Er wies vage über die Ausgrabungsstätte. »Haben Sie eine Ahnung, was dieser Mensch in der Hand hält? Denn *wir* haben *keine* Ahnung. Wir wissen bloß, dass es allein heute sage und schreibe drei identische Funde an den unterschiedlichsten Orten gegeben hat. Was glauben Sie wohl, was *das* bedeutet?«

Dr. Lang wich einen Schritt zurück. Das Entsetzen stand ihr ins Gesicht geschrieben. »Aber das muss doch ein schlechter Scherz sein! Unter gar keinen Umständen ... Von dieser Ausgrabungsstätte haben wir bis vor Kurzem noch nicht einmal gewusst! Wir hätten gar nicht ...«

»Heben Sie die Plane hoch«, forderte Dr. Opps die Archäologen auf. »Bitte!«

Sofort taten sie wie geheißen und deckten behutsam den Rest des Reiterskeletts auf – erst den Leib, dann die beiden Arme. Oberhalb der Arme lag ein eigenartig geformter Schädel, der Kopf des Reptilienwesens, der nach hinten geneigt war, als würde die Kreatur laut aufbrüllen.

Dr. Opps kletterte über die Rippenbogen des geflügelten Wesens hinweg. Ob er die Ausgrabungsstätte dabei durcheinanderbrachte, war ihm egal. Als er sich dem Reiter näherte, fiel sein Blick auf den Gegenstand, der ihn hergeführt hatte. Er lag in der Hand des Reiters und maß gut dreißig Zentimeter. Fort hätte zunächst gar nicht sagen können, ob der Gegenstand immer schon braun gewesen oder ob das bloß Erde war. Doch als Dr. Opps näher heranging, stellte er fest, dass kein Staubkörnchen darauf lag.

Noch etwas, was komplett absurd war.

Er beugte sich vor und inspizierte den Gegenstand genauer, den der Reiter in der Hand hielt. Es sah aus wie ein ledergebundenes Buch.

»Wir haben keine Ahnung, was drinsteht«, sagte der Archäologe, der direkt neben ihm stand. »Wir konnten den Titel nicht entziffern, die Sprache kennen wir nicht. Allerdings muss das Buch erst kürzlich dort hingelegt worden sein. Das Leder wäre unter diesen Bedingungen sonst binnen fünfzig Jahren verrottet.«

Nervös streckte Dr. Opps die Hand aus und strich vorsichtig über das Buch. Als er weder einen elektrischen Schlag noch sonst irgendwas abbekam, nickte er und schloss die Hand darum.

»Nicht anfassen!«, schrie der Archäologe, doch Dr. Opps gebot ihm mit einem einzigen Blick Einhalt.

Mit der freien Hand bog er die Finger des Reiters auseinander, sodass er das Buch an sich nehmen konnte. Noch während er es hochnahm, verschwammen die kryptischen Zeichen auf dem Umschlag, wurden dann wieder klarer und zu guter Letzt deutlich lesbar.

Der Zauber der Zerstörung und seine vielfältigen Anwendungsgebiete.

Dr. Opps spürte, wie es ihm eiskalt den Rücken hinunterlief.

Von den vier Zauberbüchern, die sie am heutigen Tag auf dem ganzen Planeten gefunden hatten, war dies hier womöglich das gefährlichste ...

Im nächsten Moment war die Verbindung gekappt, und Fort saß wieder am Küchentisch im Haus seiner Tante, Tausende Kilometer vom Acadia-Nationalpark entfernt.

»Na«, sagte Dr. Opps wie beiläufig. »Irgendwas Spannendes gesehen?«

KAPITEL 6

»Ich war … Ich habe Ihre Erinnerungen gesehen«, stammelte Fort. Sein Verstand versuchte immer noch zu begreifen, was da gerade passiert war. »Das waren Sie – ich war in Ihrem Kopf!«

Dr. Opps nickte. »Das war vor ungefähr dreizehneinhalb Jahren. An jenem Tag haben wir mehrere … Artefakte entdeckt. Das Buch, das dort lag, Forsythe, und drei weitere Bücher wurden exakt an ein und demselben Tag an verschiedensten Orten auf der ganzen Welt ausgegraben. Und bei den Ausgrabungen wusste keiner von den anderen Skeletten. Erst meine Behörde hat die Verbindung hergestellt.«

»Sie arbeiten also für den Geheimdienst?«, hakte Fort nach. »Ich dachte, Sie wären Schuldirektor.«

Dr. Opps ging gar nicht erst darauf ein. »Allein die Ausgrabungen an sich waren erschütternd«, fuhr er fort, »aber diese Bücher sollten sich als noch tausendmal wichtiger erweisen. Nicht, dass wir das anfangs auch nur geahnt hätten.«

»Was stand in dem Buch?«, wollte Fort wissen. »Es hieß … Zauber … *Der Zauber der Zerstörung und …*«

»Das Buch enthält gewisse Erkenntnisse«, erklärte Dr. Opps, »Wissen, das lange verloren war. Jetzt, da wir wieder über dieses Wissen verfügen, können wir damit Dinge tun wie … tja … dir meine Erinnerungen zeigen.«

Wieder griff er nach Forts Hand, und mit einem Mal befanden sie sich in einem runden Raum mit aufsteigenden Steinbankreihen, die auf ein Pult in der Mitte ausgerichtet waren, auf dem zwei Bücher lagen. Rachel – das Mädchen, das Dr. Opps mitgebracht hatte –, stand in der Mitte und las in dem Buch aus dem Acadia-Nationalpark.

Eine weitere Erinnerung. Diesmal jedoch sah Dr. Opps älter aus – und selbstbewusster. Was jetzt auf ihn zukam, machte ihn nicht annähernd so nervös.

Rachel legte das Buch zurück aufs Pult und schloss die Augen. Dann hob sie beide Hände, legte die Fingerkuppen aufeinander und murmelte so leise vor sich hin, dass Fort sie nicht verstehen konnte.

Augenblicklich fingen ihre Hände an zu glühen, wurden heller und immer heller, bis ein Ball aus gleißendem Licht zwischen ihren Handflächen zu schweben schien. Mittlerweile sprach sie lauter, doch Fort hätte die Worte nicht wiederholen können. Es war, als würden sie seinem Verstand entschlüpfen, sobald er sie auch nur gehört hatte.

Rachel drehte sich um, und im ganzen Raum schien es vor Energie nur so zu knistern. Dr. Opps standen die Haare zu Berge. Als Rachel im nächsten Moment die Augen aufschlug, waren sie mit derselben Kraft gefüllt, die zuvor in ihren Händen geglüht hatte. Sie holte nach hinten aus und schmetterte die Energie in Richtung der nächstbesten Wand, wo sich beim Aufprall ein gleißender Lichtblitz bildete. Schützend schlug Dr. Opps sich die Hände vors Gesicht.

Es dauerte eine Minute, bis er wieder sehen konnte. Als es so weit war, stellte er fest, dass die Wand, die Rachel getroffen hatte, nicht mehr existierte. Stattdessen klaffte dort ein zerklüftetes Loch von sicher zwei Metern Durchmesser. Drum herum knisterte es noch immer. Rachel selbst war vom Rückstoß in die entgegengesetzte Richtung geschleudert worden und rappelte sich mit einem breiten Grinsen im Gesicht vom Boden auf.

»Haben Sie das gesehen?«, rief sie und sprang vor Begeisterung auf und ab.

Dr. Opps klatschte in die Hände. »Sehr gut, Rachel. Allerdings müssen wir jetzt wohl die Wand sanieren.«

Rachel lief puterrot an, doch das Grinsen war immer noch da. »Stellen Sie sich vor, damit würden wir gegen das Monster aus Washington kämpfen. Das wäre im Handumdrehen hinüber!«

Dr. Opps wollte schon nicken, doch jedes Mal, wenn er sich an das Ungeheuer aus Washington erinnerte, fühlte sich Fort wie vor den Kopf gestoßen. In seinem Gehirn wurde das Bild des Monsters übermächtig, und stumm kreischte Fort in Dr. Opps' Kopf, nur um sich im nächsten Moment laut schreiend in Coras Küche wiederzufinden.

Dr. Opps hob die Hand. »Beruhige dich, Forsythe. Du bist hier in Sicherheit.«

Er verstummte, als Rachel mit einem frischen T-Shirt in der Hand zurück in die Küche kam und ihn ansah, als hätte er den Verstand verloren.

»Sie wollen … Sie wollen diese Monster bekämpfen?«, wandte Fort sich an Dr. Opps. Er war sich nicht sicher, ob er bei der Vorstellung zu Tode verängstigt oder heilfroh sein sollte. »Mit … Mithilfe von Magie?«

»Na ja, wohl eher *ich*«, warf Rachel ein.

»Nein, sie eher *nicht*«, entgegnete Dr. Opps und sah Rachel streng an. »Zumindest nicht in nächster Zeit, wenn überhaupt. Die Bücher, die wir gefunden haben, Fort … enthalten gewisse Formeln. Wenn man diese Formeln laut ausspricht, werden im menschlichen Körper Kräfte freigesetzt, die zuvor brachgelegen haben. Wir gehen davon aus, dass es sich dabei um eine fortgeschrittene Form der Quantenkommunikation handelt, durch die wir mit unserer Umwelt und anderen Lebewesen in Kontakt treten können. Aber ja, die breite Öffentlichkeit würde es wahrscheinlich als Magie bezeichnen, wenn sie davon Wind bekäme. Es glauben sowieso viele, dass die Anschläge genau darauf zurückzuführen wären – auf magische Kreaturen.«

Fort starrte ihn unverwandt an. »Dann leiten Sie eine … Schule für Magie?«

»Nein«, entgegnete Dr. Opps. »Ich leite eine Schule, in der wir lernen, wie wir uns gegen derlei Angriffe zur Wehr setzen können. Deshalb bin ich hier, Forsythe. Damit du die Chance bekommst, zu verhindern, dass anderen das Gleiche widerfährt wie deinem Vater.«

Erneut griff Dr. Opps nach seiner Hand, und diesmal stand Fort vor dem zerstörten Lincoln Memorial, während das

Monster mit seinen Krallen ein Stück weiter die verwaiste National Mall verwüstete.

»Nein!«, schrie er und krümmte sich zusammen, weil er befürchtete, sich übergeben zu müssen. Als die Kreatur laut aufbrüllte, hielt er sich die Ohren zu und schüttelte wieder und wieder den Kopf, wollte einfach nur, dass es vorbeiging. »Nein, nein, nein!«

»Forsythe, hör mir zu!«, rief Dr. Opps über das Brüllen des Monsters hinweg. »Das hier ist nicht echt! Wir sind in deinem Kopf, in deiner Fantasie! Du musst dich nicht vor diesem Ungeheuer fürchten! Nimm dir die Kraft, die Rachel benutzt hat, und schlag damit zurück! Du schaffst es!«

Fort biss die Zähne zusammen und erinnerte sich an die Wand, die Rachel mithilfe des Feuerballs eingerissen hatte. Wenn er das Gleiche täte …

Obwohl der Boden bedrohlich unter ihm bebte, richtete er sich langsam auf. Dann schlug er die Augen auf, und direkt vor ihm schoben sich Klauen aus der Erde. Für einen Augenblick glaubte er wieder, sich übergeben zu müssen, weil die Angst einfach übermächtig war. Stattdessen rief er sich ins Gedächtnis, dass das hier nicht real war. Er legte die Hände zusammen, so wie er es bei Rachel gesehen hatte, und beschwor einen Energieball herauf.

Die Hitze, die dabei entstand, verbrannte ihm fast die Haut, aber das spielte jetzt keine Rolle mehr. Stattdessen stellte er sich vor, wie der Ball heißer und heißer wurde, bis er ihm die Handflächen versengte. Er schrie, so laut er konnte, und schmetterte die Energie auf die schuppige Klaue hinab.

Gequält brüllte das Monster auf. Sein Brüllen hallte in Forts

Brust wider, und ein Schauder lief ihm den Rücken hinab – diesmal jedoch nicht vor Angst.

Er war imstande, die Biester zu vernichten. Er konnte seinen Vater rächen.

Er konnte ihnen Schmerzen zufügen.

»Genau so«, sagte Dr. Opps, und sie waren wieder zurück in der Küche. »Genau das ist die Macht, die ich dir verleihen kann, sofern du beschließen solltest, als mein Schüler deinem Land zu dienen.«

Noch während Fort sich wieder und immer wieder in Erinnerung rief, wie das Monster aufgebrüllt hatte, schlug sein Herz vor Begeisterung schneller. Doch trotz der Genugtuung, die er empfand, war ihm insgeheim klar, dass es niemals zu einem direkten Kampf käme.

»Sie würden doch keine Kinder gegen solche Wesen in die Schlacht schicken. Warum unterrichten Sie nicht Erwachsene?«

Dr. Opps setzte sich wieder auf seinen Platz. »Wenn *ich* die Bücher durchblättere, sehe ich nur leere Seiten. Die Bücher sind für jeden unlesbar, der vor ihrer Entdeckung geboren wurde, Forsythe. Es gibt da eine Theorie, die besagt, dass am selben Tag eine gewisse Macht auf die Erde zurückgekehrt sei. Aber was auch der Grund dafür sein mag – den Inhalt der Bücher können lediglich Kinder sehen, die *nach* diesem Tag geboren wurden.« Er rieb sich die Stirn. »Bis wir *das* rausgefunden hatten, war ein knappes Jahrzehnt verstrichen. Zudem haben wir es vor dem unglückseligen Anschlägen von Washington und Maryland nie für notwendig erachtet, Magie zu unterrichten. Ich habe die Schule direkt danach gegründet.« Er lehnte sich vor und hielt Fort erneut die Silberkugel unter die Nase. »Aber bis meine Schüler alt genug sind, um selbst in die Schlacht zu ziehen, haben wir ein Hintertürchen gefunden. Es gibt Abschnitte in den Büchern, die davon handeln, wie man Alltagsobjekte mit Energie anreichern kann – zum Beispiel diese Kugel hier. Stell dir vor, wie sicher dieses Land sein könnte, wenn Soldaten Waffen führten, die so mächtig wären wie Rachels Magie! Oder wie viel menschlicher Kriegsführung wäre, wenn wir einfach eine Bombe abwerfen könnten, die die Menschen in Tiefschlaf versetzt, so wie ich es bei deiner Tante getan habe. Bei solchen Möglichkeiten verschlägt es einem doch die Sprache!«

Fort runzelte die Stirn. »Dann brauchen Sie uns, damit wir magische Waffen herstellen?«

»Angesichts feindlicher Kräfte, die zu solchen Attacken wie denen vor sechs Monaten fähig sind, brauchen wir jede Hilfe, die wir kriegen können«, erklärte Dr. Opps. Kurz hielt er inne. »Trotzdem muss ich dich warnen. Wer auch immer hinter den Angriffen steckt, könnte von der Schule Wind bekommen und versuchen, uns aufzuhalten, noch bevor wir imstande sind, uns zu verteidigen. Die Wahrscheinlichkeit ist nicht groß, aber ein gewisses Risiko bleibt.«

»Keine Bange«, flüsterte Rachel ihm zu. »Immerhin bin ich auch noch da, um euch alle zu beschützen.«

»Sie glauben also, diese Monster könnten die Schule attackieren?« Forts Begeisterung bekam einen ordentlichen Dämpfer.

»Die Schule wäre ein Hauptangriffsziel«, gestand Dr. Opps ein. »Allerdings wissen nur ein paar wenige hochrangige Mitglieder des Militärs und ein Kongressausschuss darüber Bescheid. Und selbst von denen kennt kaum jemand den genauen Standort. Neben dieser Sicherheitsvorkehrung garantieren wir den bestmöglichen Schutz, den du dir nur wünschen kannst. Ganz zu schweigen davon, dass du lernst, wie du selbst Verteidigungsmaßnahmen entwickelst.«

Das stimmte natürlich. Und selbst wenn diese Schule ein Angriffsziel wäre – gäbe es überhaupt einen sichereren Ort?

»Verstehe«, murmelte Fort und nickte.

»Dann sag mir jetzt, Forsythe«, forderte Dr. Opps ihn auf, »wärst du daran interessiert, meine Schule zu besuchen?«

Fort stand auf. Er kannte die Antwort bereits, hatte aber noch eine letzte Frage. »Sie haben gesagt, meine Tante darf von alldem nichts erfahren. Was, wenn ich Nein sage?«

Dr. Opps schmunzelte leicht und tippte die Silberkugel an. »Du würdest dich an nichts mehr erinnern, was heute Abend nach eurem Pizzaessen geschehen ist – und deine Tante hätte nie von meiner Schule gehört. Wie ich schon gesagt habe, muss die Schule ein Geheimnis bleiben – zum Schutz meiner Schüler.«

Immer noch mit dem Brüllen des Monsters im Ohr nickte Fort. »Ich bin dabei.«

KAPITEL 7

»Tut mir leid, Neuling, dass ich eine Magiekugel auf dich abgefeuert habe«, sagte Rachel, während sie vor der Haustür auf dem Gehweg hockten und darauf warteten, dass Dr. Opps und Forts Tante den Papierkram erledigten. »Aber Dr. Opps meinte im Vorfeld, du könntest womöglich ausflippen. Da wollte ich kein Risiko eingehen.«

»So heißt das also – Magiekugel?«, fragte Fort.

Sie zuckte mit den Schultern. »So nenne ich es. Man könnte sich natürlich auch einen Ausdruck wie ›Magic Missile‹ aus Dungeons and Dragons oder anderen Rollenspielen mopsen. Offiziell werden Vernichtungszauber nach der Person benannt, die sie entwickelt hat. Aber ich werde einen Teufel tun und es ›Backbinder-Geschoss aus magischer Energie‹ nennen.«

»Klar«, sagte Fort. »Ergibt total Sinn …« Dann stellte er sich vor, was gewesen wäre, wenn er damals in Washington einen Zauber wie Rachel zur Verfügung gehabt hätte.

In der Stille fing sie an, ungeduldig mit dem Fuß zu wippen. »Also … worauf würdest *du* dich gerne spezialisieren?«

»Spezialisieren?« Ihre Frage riss ihn zurück in die Gegenwart.

»Hat Dr. Opps das gar nicht erwähnt?«, fragte Rachel. »Vielleicht sollte ich dann besser den Mund halten.« Sie wartete kurz, zuckte schließlich mit den Schultern und sagte: »Ach, du erfährst es ja sowieso bald. Wir haben zwei der Zauberbücher an der Schule – *Zerstörung* und *Heilung*. *Zerstörung* enthält genau, was der Titel verspricht: Magiekugeln, Wirbelwinde, Feuerbälle – all die Dinge, die richtig Spaß machen. Wenn man irgendwas auf der Welt zerstören will, steht es unter Garantie in unserem Buch. Und *Heilung* ist, na ja, auch ziemlich selbsterklärend.« Sie grinste. »Damit wirst du eine Rotznase los – solche Sachen. Und dann gibt es noch dieses dritte Buch, in einer Schule in Großbritannien: *Hellsicht.* Da stehen Zauber drin, mit denen man in die Zukunft sehen kann.«

Fort machte große Augen. »Krass. Und das funktioniert wirklich?«

Aber wenn es so etwas gab, warum hatte dann niemand die Attacken auf Washington kommen sehen?

»Eher nicht.« Rachel schnaubte. »Leider ist das nicht wie mit dem Spinnensinn von Spider-Man oder so – also, dass sie dich vor dem Gegenschlag warnen würden. Hellseher können mithilfe der Magie nur in eine ganz bestimmte Zeit und an einen ganz bestimmten Ort sehen. Je weiter entfernt in die Zukunft sie blicken, umso ungenauer wird die Voraussage. Irgendwie sinnlos, wenn du mich fragst. Außerdem passiert da was in den Köpfen der Kinder, hab ich munkeln hören. Wir haben einen Hellseher an der Schule, und der kommt mehr schlecht als recht klar.«

Obwohl er kaum begreifen konnte, was sie ihm da erzählte, nickte Fort. Wenn diese Leute nicht wussten, wohin genau in die Zukunft sie blicken sollten, dann konnten sie unmöglich etwas Unvorhergesehenes vorhersagen. Das setzte der Magie natürlich gewisse Grenzen.

»Dr. Opps hat vier Bücher erwähnt. Oder in seiner Erinnerung an vier Bücher *gedacht*, sollte ich vielleicht sagen.« Fort verstummte. »Welches könnte denn bei so einem Monster helfen, das meinen Vater umgebracht hat?«

Rachel bedachte ihn mit einem mitfühlenden Blick. »Tut mir echt leid, was du durchmachen musstest, Fort. An der Schule weiß jeder, dass dein Vater das einzige Opfer dieser Attacke war. Mein Beileid … Aber ganz ehrlich? Keine Ahnung, was dahintersteckt. Ich habe bislang nur von drei Büchern gehört: *Zerstörung*, *Heilung* und *Hellsicht*. Ich gehe davon aus, dass dieser Erinnerungszauber, den Dr. Opps anwendet, natürlich auch irgendwoher kommen muss. Aber er hat nie erwähnt, woher genau … oder dass es irgendwo ein viertes Buch gibt.«

Fort runzelte die Stirn. Er war sich ganz sicher, dass von vieren die Rede gewesen war. Er sagte nichts weiter, ertappte aber Rachel dabei, wie sie ihn zerknirscht ansah.

»Vielleicht liege ich ja falsch«, sagte sie. »Ich hab mal gehört, als die Bücher gefunden wurden, haben sich mehrere

Länder zusammengetan, um herauszufinden, was es damit auf sich hat. Aber als ihnen irgendwann gedämmert hat, dass es nur bei Kindern funktioniert, die am Tag der Entdeckung oder später zur Welt gekommen sind, haben sie ihre Zusammenarbeit aufgekündigt und aus allem ein Riesengeheimnis gemacht.«

»Am Tag der Entdeckung?«

Sie zuckte mit den Schultern. »So nennen es die Erwachsenen, weil sie glauben, sie wären ach so schlau und könnten es damit verschleiern. Aber es ist ja nicht so, als hätten wir da die Magie für uns entdeckt. Eher haben wir sie ausgebuddelt – nur dass ›Ausbuddeltag‹ nicht annähernd so wichtig klingt.«

Fort nickte erneut. Dann holte er tief Luft und sagte: »Um deine Frage zu beantworten – ich will mich auf Zerstörungszauber spezialisieren.« Wenn er nicht lernen könnte, diese Monster in ihre Schranken zu verweisen und zu verhindern, dass sie noch mehr Leuten wehtaten, dann würde er sie eben schlichtweg vernichten müssen. Und zwar hoffentlich so qualvoll wie nur möglich.

»Das sagt jeder«, erwiderte Rachel und hielt ihm die ausgestreckten Hände hin. Sie konzentrierte sich, und ein kleiner Feuerball hüpfte zwischen ihren Handflächen hin und her. »Aber du hast ja keine Ahnung, worauf du dich einlässt. Klar, Zerstörung ist die gefährlichste Macht überhaupt – aber bis du lernst, sie zu beherrschen, stellst du selbst eher eine Gefahr als einen Nutzen dar.«

Das Feuer erlosch.

»Mir doch egal«, meinte Fort schulterzuckend. »Ich nehme trotzdem Zerstörung.«

»Du *nimmst* gar nichts, Neuling.« Rachel verdrehte die Augen. »Zuallererst machst du einen Eignungstest. Du wendest aus beiden Büchern den jeweils ersten Zauber an – also aus *Heilung* und aus *Zerstörung* –, und sie beurteilen, bei welchem du besser warst. Wenn du also in Heilung besser bist, ist es ihnen vollkommen schnuppe, dass du lieber Zerstörung lernen würdest. Nachdem sie diese Geburtstagssache herausgefunden hatten, war ihnen irgendwann natürlich klar, dass die meisten von uns in einem der Fächer besser sind als im anderen.«

Fort zog die Augenbrauen hoch. »Welche Geburtstagssache?«

Sie seufzte genervt. »Hat Dr. Opps dir nicht mal das erzählt? Jeder, der am Tag der Entdeckung geboren wurde, hat von Haus aus *viel* stärkere magische Fähigkeiten. Ich bin genau ein Jahr später zur Welt gekommen, und ich bin mit die stärkste Zerstörerin, die wir derzeit haben.«

Sie klang, als wäre es keine große Sache, lächelte aber. Fort konnte ihr ansehen, dass sie darauf ziemlich stolz zu sein schien.

»Seit sie das herausgefunden haben, nehmen sie jedenfalls nur noch Kinder auf, die am 9. Mai Geburtstag haben.« Sie musterte ihn aufmerksam. »Wie alt bist du überhaupt? Zwölf? Dann haben wir am selben Tag Geburtstag!«

Fort saß da wie vom Donner gerührt. »Ja, klar bin ich zwölf.« Dann nickte er ein bisschen zu nachdrücklich.

Sie bedachte ihn mit einem misstrauischen Blick. »Lüg mich nicht an, Neuling. Wenn du erst elf bist …«

»Nein, nein«, entgegnete er schnell und ballte so fest die Fäuste, dass seine Fingernägel sich in die Handballen bohrten. »Das … So ist es nicht. Ich bin wirklich zwölf. Nur … äh … mein Geburtstag ist im September.«

Rachels Augenbrauen schossen wie zwei Raketen in die Höhe, und einen Moment lang lehnte sie sich wortlos zurück.

»Tja«, sagte sie nach einer Weile. »Dann weiß ich auch nicht, warum Dr. Opps dich aufnimmt. Aber viel Erfolg, Neuling. Du liegst jetzt schon zurück, und … Wow. Sie haben vor Monaten testweise ein paar Kinder mit anderen Geburtstagen aufgenommen, und – verdammt, das war *nicht* schön! Hoffentlich sortieren sie dich nicht gleich am ersten Schultag aus.«

»Ist mir egal«, flüsterte er und starrte zu Boden. »Ich hole das auf. Wenn es sein muss, arbeite ich einfach dreimal so hart wie alle anderen. Ich will die Zauber lernen, ganz egal, was dafür nötig ist.«

Rachel verzog das Gesicht, tätschelte ihm dann aber die Schulter. »Hey, klar, so gehört sich das! Also dann, war nett, dich kennenzulernen. Im Zweifel musst du zumindest nicht mal mehr deinen Koffer auspacken. Siehst du? Es hat alles sein Gutes.«

KAPITEL 8

Sich tags darauf von Tante Cora zu verabschieden, fühlte sich merkwürdig an. Sie wussten beide, es war die richtige Entscheidung, dass Fort an die Oppenheimer-Schule gehen sollte, auch wenn keiner von ihnen es laut aussprach. Cora nahm ihn in die Arme und versprach unter Tränen, dass sie ihm schreiben würde. Im Gegenzug versprach Fort ihr das Gleiche. Trotzdem konnte er es kaum erwarten, endlich wegzukommen – und wenn es nur war, weil die neue Umgebung ihn nicht mehr ständig an seine Eltern erinnern würde. Sofern alles gut ginge, würde er lernen, den Monstern heimzuzahlen, was sie seinem Vater angetan hatten, und sie zu vernichten. Die Vorstellung des Ungeheuers, wie es unter Qualen aufbrüllte, verlieh Fort neuen Mut und spornte ihn an. Auch wenn er ein bisschen Angst hatte, sein altes Leben komplett hinter sich zu lassen …

Am Vorabend war eine schwarze Limousine vorgefahren, um Rachel abzuholen. Jetzt kam ein identischer Wagen, der Fort und Dr. Opps zu einem mehrere Stunden entfernten Militärstützpunkt bringen sollte. Die ganze

Fahrt über starrte Fort aus dem Fenster und malte sich aus, was auf ihn zukommen würde. Und auch Dr. Opps schien nicht nach Plaudern zumute zu sein.

»Alles, was mit den Büchern zu tun hat, muss warten, bis wir angekommen sind«, hatte er zu Fort gesagt, bevor sie in den Wagen gestiegen waren. »Ich habe dir ohnehin schon mehr erzählt, als ich sollte. Diese Informationen dürfen niemals an die Öffentlichkeit geraten, Forsythe. Nicht mal deine Tante darf darüber Bescheid wissen. Hab das immer im Hinterkopf, wenn du ihr Briefe schreibst. Wenn nötig, lesen und zensieren wir ein- und ausgehende Post, um die Geheimnisse der Schule zu bewahren. Du hast weder Zugang zu einem Handy noch zu einem Computer. Über den Standort der Schule darf nicht der geringste Hinweis nach außen dringen, damit die Sicherheit der Beteiligten nicht gefährdet wird.«

Das ergab durchaus Sinn, trotzdem fragte sich Fort, was wohl passierte, wenn er rausgeworfen würde – wovon Raichel ja auszugehen schien. Wie wäre es für ihn, wenn sein Gedächtnis ausgelöscht würde? Könnte er sich dann noch an irgendetwas erinnern?

Nein. Darüber durfte er nicht einmal nachdenken! Er würde nicht rausgeworfen werden – und er würde Zauberei lernen. Er hatte gar keine andere Wahl. Das war er seinem Vater schuldig, und Fort würde ihn nicht enttäuschen.

Nicht schon wieder.

Als sie den Stützpunkt erreichten, stieg Dr. Opps aus und

unterhielt sich leise mit einem der Wachmänner am Tor. Dabei zeigte er ein paarmal auf Fort, und die Security-Leute kontrollierten diverse Ausweispapiere, die Dr. Opps ihnen hinhielt. Anschließend wurde die gleiche Prozedur mit dem Fahrer durchgeführt. Als Dr. Opps schließlich wiederkam, schwang das Tor auf, und die Limousine fuhr quer über das Gelände auf ein kleines Rollfeld zu, wo mehrere Hubschrauber bereitstanden.

»Bist du schon mal mit einem Helikopter geflogen, Fort?«, wollte Dr. Opps wissen, während der Fahrer ihm die Tür aufhielt. Fort schüttelte den Kopf. Als er seinen Koffer aus dem Kofferraum nehmen wollte, winkte der Fahrer bloß lächelnd ab.

»Der muss durch die Security«, erklärte er und trug das Gepäck auf ein kleineres Gebäude direkt neben dem Rollfeld zu. Fort sah ihm nach. Er fragte sich, ob er seine Sachen je wiederbekäme.

Nicht, dass er viel mitgenommen hätte. Seine Lieblingsbücher hätten ihn großteils an seinen Vater erinnert, der sie ihm vorgelesen – nein: vorgetragen hatte, als stünde er auf einer Theaterbühne. Die meisten hatte er bei Tante Cora ger lassen, die versprochen hatte, bis zu seiner Rückkehr gut darauf aufzupassen. Das Gleiche galt für seine Fotos. Er hatte nur eins mitgenommen, auf dem seine Eltern zu sehen waren. Und wie immer steckte auch die Gettysburg-Broschüre in seiner Tasche. Doch im Augenblick schien nichts davon mehr wichtig zu sein.

Noch während Fort zusah, wie sein Koffer verschwand, drückte Dr. Opps ihm einen Helm auf den Kopf. Fort klappte das Visier nach oben und sah den Doktor ratlos an.

»Wird bei einem Absturz wahrscheinlich nicht allzu viel nützen«, sagte Dr. Opps beiläufig und setzte ebenfalls einen Helm auf. »Aber es tut auch nicht weh, ein paar Vorsichtsmaßnahmen zu ergreifen.«

Nicht gerade vertrauenerweckend. Aber gut.

Dr. Opps führte Fort zum nächsten Hubschrauber, der soeben die Rotoren angeworfen hatte. Während diese begannen, sich immer schneller zu drehen, duckte Fort sich darunter hinweg. Dabei war er eigentlich zu klein, als dass er sich Sorgen um seinen Kopf hätte machen müssen … Doch als Dr. Opps es ihm gleichtat, war es Fort gleich ein bisschen weniger peinlich. Nacheinander kletterten sie in die Kabine.

»Alle Mann an Bord?«, rief der Pilot und drehte sich nach hinten um, während Dr. Opps die Tür zuzog.

»Alle da«, antwortete der Doktor, und Fort dämmerte, dass er in Sachen Gepäck recht gehabt hatte. Dass er seinen Koffer nicht wiedersehen würde, fühlte sich einerseits an wie ein Befreiungsschlag: als würde er so noch ein weiteres Stück seines alten Lebens hinter sich lassen. Andererseits wünschte er sich, er hätte nicht ausgerechnet seinen Lieblingshoodie eingepackt.

Der Pilot legte einen langen Hebel um, und mit einem Ruck ging der Hubschrauber in die Luft. Eilig umklammerte Fort den seitlichen Haltegriff – und zwar so fest, dass seine Fingerknöchel weiß hervortraten. Dr. Opps saß ihm gegenüber und sah völlig unbeeindruckt aus.

»Keine Bange«, sagte er. »Der Flug kann manchmal ein bisschen holprig sein, aber es wird schon gut gehen.«

Von wegen *holprig*. Sie gerieten in heftige Turbulenzen. Sobald sie auf Luftlöcher trafen, sackten sie ohne Vorwarnung meterweit in die Tiefe, was gefühlt alle paar Minuten der Fall war. Sie waren mehrere Stunden lang unterwegs und flogen über Land, auf dem weit und breit kaum eine Straße, geschweige denn ein einziges Haus zu sehen war. Wo immer man hinsah – nur Bäume, abgesehen von dem einen oder anderen Berggipfel, den sie umrunden mussten. Fort fragte sich, wo sie waren, ahnte aber, dass er bestimmt ohnehin nicht erfahren würde, wo sich die Schule befand.

Bis sie ihr Ziel erreicht hatten, war Fort eindeutig luftkrank und hatte in der Hoffnung, dass es ihm so besser ginge, nur noch zu Boden gestarrt. Als der Hubschrauber endlich landete, zuckte er überrascht zusammen. Dr. Opps bedachte ihn bloß mit einem Lächeln und schob, sobald die Rotoren langsamer wurden, die Tür auf.

Fort holte tief Luft, versuchte, seinen Puls unter Kontrolle zu bringen, und folgte dem Schuldirektor nach draußen.

Egal, was kommen mochte – gleich würde er mit eigenen Augen eine echte, reale Zauberschule sehen. Und das allein war schon Grund genug, aufgeregt zu sein.

Leider war seine Aufregung im Nu verflogen. Wie er

feststellen musste, befand er sich jetzt auf einem weiteren Stützpunkt, der große Ähnlichkeit mit jenem hatte, von dem sie abgeflogen waren. Wenn sein Vater jetzt hier wäre, wüsste Fort genau, was er sagen würde. Er konnte ihn regelrecht vor sich sehen: mit einem enttäuschten Ausdruck im Gesicht. *Ein klein bisschen Mühe hätten sie sich schon geben können, um diesen Ort hübsch zu zaubern, oder etwa nicht? Vielleicht mit ein paar lebenden Porträtgemälden oder sich bewegenden Treppen oder so? Aber noch ist nicht aller Tage Abend, Fort. Wenn du hier erst mal Klassenbester bist, machst du all das wieder wett. Du wirst so großartig sein, dass alle die Schule besuchen wollen, um einen Blick auf dich zu erhaschen!*

Fort schob die Hand in die Tasche und schloss die Finger um seine Gettysburg-Broschüre. Er drückte so fest zu, bis das Bild seines Vaters sich auflöste und er wieder normal atmen konnte.

Ganz gleich, wie es an der Schule werden würde – Hauptsache, sie brachten ihm Zerstörungszauber bei!

Außerdem war das hier vielleicht auch nur ein Zwischenstopp, und gleich würden sie den nächsten Hubschrauber nehmen oder ein Auto, das sie zur echten Schule brächte.

»Da sind wir.« Dr. Opps machte eine ausholende Geste. »Willkommen bei der Phänomenabwehrbehörde, zu der auch die Oppenheimer-Schule gehört.«

»Bei der … Bei *welcher* Behörde?«, fragte Fort sofort, obwohl er sich vage daran erinnerte, so etwas in der Art schon mal gehört zu haben.

»Bei der Behörde zur Abwehr von Phänomenen. Was im Grunde nichts anderes heißt als Magie – nur dass es für die Armee nicht so peinlich klingt, wenn sie bei unserem speziellen Kongressausschuss neue Mittel beantragen müssen. Apropos, mach dir keine Gedanken wegen des Sicherheitspersonals.« Dr. Opps wies auf die Leute, die überall herumstanden. Bis zu diesem Moment hatte Fort nicht einmal zur Kenntnis genommen, dass sich Dutzende Soldatengrüppchen auf dem Landeplatz befanden – und jeder einzelne von ihnen mit einem Sturmgewehr bewaffnet war. »Die sind hier bloß zu eurem Schutz. Wie ich schon bei dir zu Hause erwähnt habe, gilt bei der PAB der höchste Sicherheitsstandard. Wer hier nicht reindarf, kommt auch nicht rein. Es gibt auf der ganzen Welt keinen sichereren Ort als die Oppenheimer-Schule.«

Fort nickte, doch noch während er sich umsah, stellte er fest, dass keiner der Soldaten die Außenmauern im Blick hatte. Stattdessen waren sämtliche Augen auf ihn gerichtet. Und jeder einzelne Zeigefinger lag auf dem Auslöser eines Sturmgewehrs.

»Das hier ist natürlich der Flugplatz.« Dr. Opps machte erneut eine ausholende Geste. »Der Schlafsaal der Jungs ist dort drüben, von dir aus gesehen rechts. Die Gebäude dahinter sind die Soldaten- und Offiziersunterkünfte. Dort hast du nichts zu suchen.« Er zeigte auf einen lang gezogenen Flachbau direkt vor ihnen. »Das da ist die Mensa, in der ihr zu festgelegten Zeiten Frühstück, Mittag- und Abendessen bekommt. Und hinter der Mensa liegt das Ausbildungsgebäude. Dort wirst du die meiste Zeit verbringen.«

Fort starrte zu dem fünfstöckigen braunen Ungetüm empor und war erneut erschüttert, wie entsetzlich langweilig hier alles aussah. Das Gebäude erinnerte ihn an einen Bürokomplex – an die Hauptzweigstelle einer Bank oder so. »Und in diesem Gebäude soll ich in Magie ausgebildet werden?«

»Ganz genau. Allerdings müssen wir dir zuallererst eine Sicherheits-Codekarte besorgen. Dann zeige ich dir die Bücher und natürlich den Schlafsaal, damit du es dir gemütlich machen kannst.«

Fort nickte. Allmählich verspürte er wieder einen Hauch Begeisterung. Das Ausbildungsgebäude mochte stinklangweilig aussehen, aber wenn dort die Bücher lagen, in denen stand, wie man Magiekugeln wie die von Rachel verschoss, würde er die triste Umgebung in Kauf nehmen.

Als sie sich in Bewegung setzten, ließen die Soldaten sie nicht aus den Augen. Dann traten zu beiden Seiten jeweils vier von ihnen nach vorn und eskortierten sie mit angelegten Waffen.

»Was soll das denn?«, wollte Fort von Dr. Opps wissen, doch der tätschelte Fort bloß die Schulter.

»Nichts weiter. Nur zur Sicherheit, schon vergessen?«

Aha. Aber wenn die Schüler diejenigen waren, die beschützt werden mussten, warum hatten die Soldaten dann ihn ins Visier genommen?

KAPITEL 9

Vor dem Eingang zum Ausbildungsgebäude standen zwei weitere Männer Wache. Sie hielten ihre Gewehre zwar in den Händen, hatten sie aber zu Boden gerichtet. Auf dem Weg in das Gebäude lächelte Fort demjenigen auf seiner Seite zu, doch der Soldat starrte ohne einen Hauch von Freundlichkeit zurück.

»Neuer Schüler«, raunte Dr. Opps den beiden zu, und obwohl sie nickten, musterten sie Fort weiter misstrauisch. Der Doktor legte eine Codekarte auf ein kleines schwarzes Kästchen neben der Tür, ein Lämpchen schaltete von Rot auf Grün, und der Eingang wurde entriegelt. Dann zog er die Tür auf und bedeutete Fort vorzugehen. Zwei Männer aus der Eskorte folgten ihnen nach drinnen.

Dort warteten weitere Soldaten an einem Pult hinter einer riesigen, massiven Scheibe, die aus Glas oder irgendeiner Art durchsichtigem Kunststoff zu bestehen schien. Sie war zu beiden Seiten von deckenhohen Metalldrehkreuzen flankiert.

Durch eine kleine Öffnung in der Scheibe nahmen die Wachen Forts Fingerabdrücke.

Anschließend richtete sich eine Kameralinse auf ihn und schoss ein Bild. Als Nächstes bekam er eine Codekarte, die der von Dr. Opps sehr ähnlich sah, nur dass auf seiner in Großbuchstaben SCHÜLER geschrieben stand. Darunter prangte ein Foto, auf dem er definitiv so aussah, als hätte er die Kamera nicht bemerkt.

»Soll ich's noch mal versuchen?«, schlug Fort dem Wachmann vor, doch der reagierte nicht.

Dr. Opps hielt seine Codekarte erneut an ein kleines schwarzes Kästchen, diesmal neben einem der Drehkreuze, und es klickte. Jetzt konnte er die Metallzähne anschieben und hindurchgehen. Fort folgte ihm; ihre Eskorte blieb hinter dem Drehkreuz zurück.

»Kommen die nicht mit?«, fragte er Dr. Opps, als die Soldaten kehrtmachten und das Ausbildungsgebäude verließen.

»Nein, die brauchen wir hier nicht«, antwortete der Doktor. »Das komplette Gebäude ist massiv gesichert, sodass fast nichts, womit die Schüler um sich werfen, irgendeinen Schaden anrichten kann. Weißt du noch, als ich dir gezeigt habe, wie Rachel die Wand zerschmettert hat? Wir haben gewisse Maßnahmen ergriffen, damit so etwas nicht noch einmal passiert. Es ist schließlich wichtig, dass ihr die Kräfte, die ihr euch aneignet, an einem geschützten Ort benutzen könnt. Setze sie nur niemals gegen einen Mitschüler ein – mit Ausnahme von gewissen Umständen.«

Fort blieb wie angewurzelt stehen. »Moment, wie bitte?

Was soll das heißen – mit Ausnahme von gewissen Umständen?«

Dr. Opps schien Forts Frage überhört zu haben. Stattdessen lief er einfach weiter, und Fort musste ihm nachjoggen, um ihn einzuholen. Erst als Dr. Opps vor einem Aufzug stehen blieb, schloss Fort wieder zu ihm auf. Doch statt nach oben oder unten zu fahren, schob der Doktor direkt neben der Aufzugtür erst eine und kurz darauf eine zweite Tür auf.

»Ich habe dafür gesorgt, dass dein Eignungstest sofort durchgeführt wird«, sagte er und hielt Fort die nächste Tür auf. »Wir sollten diesmal ein bisschen zügiger sein, weil die Bücher zur Ausbildung zurück in die Klassen müssen.«

»Eignungstest?«, fragte Fort nervös. Sofort fing sein Herz an zu rasen. »Heißt das, ich erfahre jetzt gleich, welche Art Magie ich lernen soll?«

Dr. Opps nickte. »Aus der, äh, Schulverwaltung kommen vielleicht zwanzig Vertreter, die dir dabei zusehen. Aber lass dich von ihnen nicht stören. Konzentrier dich einfach auf die Worte in den Büchern. Dann kann gar nichts schiefgehen.«

Er sollte Zuschauer haben? Von der »Schulverwaltung«? Was auch immer das heißen mochte. Fort schluckte trocken. Inzwischen war er eher verunsichert als vorfreudig. Rachel hatte zwar angedeutet, dass er beurteilt werden sollte – aber da hatte er angenommen, dass es sich dabei um Dr. Opps und vielleicht noch ein, zwei Kollegen handelte. Aber *zwanzig* Personen? Konnte er nicht erst mal allein einen Zauberspruch ausprobieren und sich auf die Prüfung vorbereiten?

Sie kamen an mehreren Büros hinter ähnlich dicken, durchsichtigen Scheiben vorbei, wie sie auch am Eingang angebracht gewesen war. Es schien sich überwiegend um Arbeitszimmer von Soldaten zu handeln, die entweder telefonierten oder auf ihren Computertastaturen herumtippten. Einige von ihnen blickten auf und starrten ihnen nach, als sie vorbeimarschierten; mehr als einer sprang überrascht von seinem Schreibtisch auf und legte sogar die Hand an die Waffe.

Am Ende des Flurs öffnete sich eine Doppeltür, die in einen riesigen Raum mit rundem Grundriss führte. Unzählige Steinbänke säumten die Wände. Eine Treppe führte durch die Reihen hindurch nach unten auf ein Holzpult zu. Fort blieb abrupt stehen, als er den Raum wiedererkannte: Hier hatte Rachel die Wand eingerissen. Er spähte zu der Stelle, wo das Loch hätte sein müssen. Obwohl es repariert worden war, konnte man an einem feinen Riss immer noch das Ausmaß ihrer Attacke erkennen.

Der Großteil des Raums war leer, nur auf der untersten Bankreihe – so nah am Pult wie nur möglich – saßen mehrere Männer und Frauen. Sie trugen keine Tarnanzüge wie zuvor die Soldaten, sondern Uniformen, die schrecklich offiziell und einschüchternd aussahen – und zudem über und über mit Sternen und Orden dekoriert waren.

Als sie sich nach Fort umdrehten, konnte er hören, wie sie einander leise zuraunten. »Ist er das? Der hält es doch keinen Tag lang hier aus! Warum machen wir uns überhaupt die Mühe?«

»Das ist doch sinnlos. Wir können niemanden ausbilden, der keine Ahnung hat, wie er die Kräfte einsetzen soll.«

»Warum Charles und Oppenheimer ausgerechnet ihn herholen wollten, ist mir wirklich ein Rätsel.«

»Bitte entschuldigen Sie die Verspätung«, sagte Dr. Opps, der über die Kommentare geflissentlich hinwegging. »Das hier ist Forsythe Fitzgerald, und Sie alle kennen seine unglückselige Geschichte. Mir ist schon klar, dass wir sonst nicht so vorgehen, insofern danke ich Ihnen, dass Sie mir dieses Experiment gestatten.«

Äh – was? Hieß das, Fort war für sie nichts weiter als ein *Experiment*? Vielleicht, weil er nicht am Tag der Entdeckung zur Welt gekommen war?

Dr. Opps drehte sich zu Fort um, während die Zuschauer unruhig auf ihren Sitzen hin- und herrutschten.

»Konzentriere dich nur auf die Magie«, wisperte er Fort zu und führte ihn zum Podium. »Nimm ein Buch nach dem anderen und schlage die erste Seite auf. Dort steht der jeweils schwächste Zauber. Du wirst ohnehin nicht weiterlesen können, sofern du den ersten noch nicht gemeistert hast. Von daher hast du sowieso keine andere Wahl.«

Fort nickte, weil das die Reaktion zu sein schien, die Dr. Opps von ihm erwartete. Doch der Doktor hatte sich bereits abgewandt und steuerte seinen Sitzplatz an.

Allein blieb Fort vorne stehen. Seine Handflächen wurden schweißnass, und er wischte sie sich an der Hose ab. Für seine Begriffe sahen ihm eindeutig zu viele Leute zu.

Das Licht flackerte merkwürdig, als er ans Pult trat, und einige der Offiziere sahen sich alarmiert um. Fort ahnte, dass das nicht normal gewesen war. Vielleicht war es ja bereits irgendeine Reaktion auf den Zauber, den er gleich ausführen würde?

Auf dem Pult lagen zwei Bücher – beide zugeschlagen. Auf dem Umschlag standen merkwürdige Zeichen, doch sobald er darüberstrich, verschwammen sie vor seinen Augen, und im nächsten Moment bildeten sich Buchstaben und Wörter, die er entziffern konnte – genau wie in Dr. Opps' Erinnerung. Der Titel des Buches zur Linken lautete *Zauber der Zerstörung und seine vielfältigen Anwendungsgebiete*. Das Buch rechts hieß *Zauber der Heilung und Wiederherstellung des ursprünglichen Zustands*.

Tja – Dinge in die Luft jagen oder ein aufgeschlagenes Knie heilen? Eine Wahl schien er tatsächlich nicht zu haben. Er *musste* einfach den Zerstörungszauber lernen. Heilkünste wären gegen diese Monster doch vollkommen nutzlos! Um sie leiden zu sehen, brauchte er Zugriff auf mächtige Waffen.

Fort griff zum *Zauber der Zerstörung*.

Das Buch lag schwerer in der Hand, als es ausgesehen hatte, und fast hätte Fort es fallen lassen. In seinem Rücken hüstelte jemand, und Fort errötete, als er jemanden murmeln hörte: »Der kann das Ding nicht mal hochheben. Das ist doch aussichtslos.«

Mit hochrotem Kopf schlug Fort das Zerstörungsbuch

auf der ersten Seite auf und legte es vorsichtig zurück aufs Pult. Was auch immer das für ein Zauber war – er würde ihn derart mächtig ausüben, wie diese Leute es noch nie gesehen hatten!

Fort beugte sich vor und überflog die Seite … und die sah gar nicht aus wie ein Zauberspruch. Eher wie ein Gedicht.

Eins für den Körper, vom Gebein bis zur Haut,
Eins für die Seele, dessen geistige Braut,
Eins für Traum und Gedanke, kurz: den Verstand,
Eins für die Erde, von Bach bis Felswand,
Eins für das All in seinen endlosen Weiten,
Eins für früher, für später, für alle Zeiten,
Nach sechs wird mit sieben der Rest beschworen.
Einer für alle, wenn er als tauglich erkoren.

Je weiter Fort las, umso größer wurden seine Augen. Was sollte das denn heißen? War das vielleicht irgendeine Art …

»Ach, Forsythe, das hab ich ganz vergessen«, meldete sich Dr. Opps von seinem Sitzplatz aus zu Wort. »Das Gedicht ist in jedem der Bücher zu finden – aber lass uns später darüber reden. Blättere direkt vor zur nächsten Seite.«

Fort nickte, auch wenn er dem Doktor gar nicht zugewandt war, und blätterte um. Auf der nächsten Seite stand etwas in derselben kryptischen Schrift des Umschlags geschrieben, die sich jetzt vor seinen Augen langsam, aber sicher ebenfalls in einen lesbaren Text verwandelte.

Der Canterbury-Blitz: Entzünde die Luft und erschaffe ein gleißendes Licht, um deine Feinde vorübergehend zu blenden.

Am rechten Rand war in einem kleinen Bild eine Art winziger Kobold zu sehen, der allem Anschein nach blind umhertaumelte.

Unter der Anweisung standen zwei Wörter, die sich nicht in Forts Muttersprache verwandelt hatten: »Gen rexelum.« Doch als er sie entziffert hatte, wurde ihm seltsam warm, und die Wörter verschwanden von der Seite. Trotzdem schienen sie sich ihm ins Gehirn eingebrannt zu haben.

Hatte er … Hatte er soeben seinen ersten Zauberspruch gelernt?

Okay, sagte sich Fort. *Und jetzt mach den heftigsten Blitz, den diese Leute jemals gesehen haben!*

Fort drehte sich zu seinem Publikum um – und hielt inne. Ihm war nicht recht klar, wie er den Zauber ausführen sollte. Musste er jetzt die Hand heben? Brauchte er einen Zauberstab? Oder musste er einfach die Worte laut aussprechen? Aber was, wenn er sie falsch betonte?

»Gen … rexelum«, wisperte er mit erhobenen Händen.

Im selben Augenblick strömte Energie durch seinen ganzen Körper bis zu den Händen, die anfingen zu glühen.

Zu spät dämmerte ihm, dass er wohl besser die Augen gegen den gleißenden Blitz hätte schließen müssen.

Leider war das aber gar nicht nötig.

Der Blitz aus seinen Händen erhellte den Raum nur schwach, wie ein leichter Stromstoß, und verpuffte dann einfach wieder. Selbst das Flackern einen Moment zuvor war besser sichtbar gewesen.

NEIN!, schrie er innerlich. Warum hatte das nicht besser funktioniert? Er *brauchte* die Zerstörungskraft! Alles andere war für ihn zwecklos.

»Selbst die Heilungsschüler bringen bessere Zerstörungszauber zustande«, sagte jemand.

»Wir wissen doch, dass Kinder mehr oder weniger unbrauchbar sind, die nicht am Tag der Entdeckung Geburtstag haben«, kam es von jemand anderem. »Warum hat Oppenheimer diesen Jungen überhaupt angeschleppt?«

»Ich kann das besser«, rief Fort und drehte sich zu Dr. Opps um. »Darf ich es noch mal versuchen? Ich *weiß*, dass ich es besser kann!«

Doch der Doktor starrte lediglich gedankenverloren zu den Deckenlampen empor. Dann schien er schlagartig wieder im Hier und Jetzt zu sein. »Und jetzt das zweite Buch, Forsythe.«

Sämtliche Hoffnungen, die er seit seiner ersten Begegnung mit Dr. Opps gehegt hatte, verebbten, als er sich benommen dem zweiten Buch zuwandte. Noch während er es aufschlug, fragte er sich, warum er sich überhaupt die Mühe machte. Wozu sollte das gut sein? Er war hergekommen, um zu lernen, wie man die Monster bekämpfte, die seinen Vater umgebracht hatten – und nicht, um irgendjemandes verstauchten Zeh zu versorgen. Was sollte das bringen?

»Mach bitte weiter«, sagte Dr. Opps hinter ihm.

Fort wischte sich die schweißfeuchten Hände am T-Shirt ab und starrte das offene Buch an. Ganz vorne stand dasselbe Gedicht, das auch schon im Zerstörungsbuch gestanden hatte. Er blätterte weiter.

Heilung von kleineren Wunden und Kratzern, stand auf der nächsten Seite. *Schließe kleinere Schnitt- und Schürfwunden mittels einer kühlenden Berührung.* Auf dem Bild daneben legte eine Frau beide Hände auf den Arm eines Mannes, der sich einen Kratzer zugezogen hatte, für den kaum ein Pflaster nötig gewesen wäre.

Na super. Das war ja noch sinnloser als befürchtet. Aber vielleicht würden sie ihm ja noch eine Chance auf Zerstörung geben, wenn er diesen Zauber ordentlich ausführte?

Fort buchstabierte sich durch den Zauberspruch – »mon d'cor« –, und wieder verblassten die Wörter vor seinen Augen. Doch als er sich diesmal zu seinem Publikum umdrehte und bereit machte, den Zauber auszuführen, dämmerte ihm mit einem Mal, dass er erst jemanden bräuchte, den er heilen könnte. Hilfe suchend wandte er sich an Dr. Opps. Er war röter im Gesicht als je zuvor. »Ich … äh … Ich bräuchte dann noch einen Kratzer, den ich heilen soll.«

Dr. Opps schnipste mit den Fingern, als wäre ihm das komplett entfallen. »*Natürlich!* Irgendjemand mit einer Verletzung? Wenn nicht, suche ich mir einen Freiwilligen.«

Die anderen kicherten gekünstelt, und Fort musste sich schwer zusammenreißen, um nicht hinter dem Pult abzutauchen.

»Ich habe mich gestern bei der Ausbildungseinheit geschnitten«, sagte Dr. Opps' Banknachbar. Fort wandte sich zu dem Mann um und riss die Augen auf. Den hatte er doch schon mal gesehen! Im Fernsehen – vor einer Reportermeute! Wie war gleich der Name gewesen? Der Name des Mannes, der diese Phäno-Dingsbums-Behörde vorgestellt hatte?

»Ich bin Colonel Charles«, sagte der Mann freundlich lächelnd und hob grüßend die Hand. Dann schlüpfte er aus seiner Uniformjacke, faltete sie fein säuberlich zusammen und legte sie auf seinen Sitzplatz, ehe er seinen Hemdsärmel hochkrempelte und Fort einen winzigen Kratzer hinhielt. »Einer meiner Schüler war da wohl ein bisschen übereifrig.«

Fort nickte, weil er ohnehin nicht wusste, was er noch sagen sollte. Fast hätte er sich entschuldigt, für den Fall, dass er die Schramme verschlimmern würde. Doch stattdessen legte er seine Hände über die Wunde und schloss die Augen. Immerhin konnte dies alles ganz fürchterlich schiefgehen …

»Mon … d'cor«, flüsterte er.

Diesmal schienen Forts Hände kühler zu werden, und er spürte, wie eine merkwürdig kalte Kraft seinen Fingern entströmte und in den Arm des Mannes sickerte. Beunruhigt schlug er die Augen auf und fürchtete schon, auf dessen Haut Frostschäden verursacht zu haben. Doch die Schramme war spurlos verschwunden.

»Dann würde ich doch mal sagen: Der Kratzer ist geheilt«, verkündete Colonel Charles und hob den Arm, damit ihn alle sehen konnten. »Sieht ganz danach aus, als hätten wir einen neuen Heiler bei uns.«

»Aber was für einen«, sagte jemand, während sie aufstanden und ihre Habseligkeiten zusammensuchten.

»Moment«, rief Fort und trat auf Colonel Charles zu. »Ich bin kein Heiler. Ich will Zerstörung lernen. Lassen Sie es mich bitte noch mal versuchen. Diesmal klappt es besser, versprochen!«

Der Colonel lächelte ihn milde an. »So gefällst du mir. Arbeite hart an dir und gib dein Bestes, Forsythe, und vielleicht können wir dich nach einer Weile ja doch ins Zerstörungsprogramm aufnehmen. Für mich sieht es ganz danach aus, als würden die Fähigkeiten eines mächtigen Kriegers in dir schlummern.«

Er zerzauste Fort das Haar, kehrte dann an seinen Platz zurück, um seine Jacke zu holen, und folgte den anderen nach draußen.

Erst als alle weg waren, stand auch Dr. Opps auf, schlenderte auf Fort zu und tätschelte ihm die Schulter.

»Du hast dich wacker geschlagen«, sagte er, drehte sich zum Pult um und schlug die Bücher zu. »Die nächsten Tage werden hart für dich werden, aber ich glaube an dich. Du wirst für diese Schule ein großer Gewinn sein.«

Fort wandte sich ab. »Die anderen denken aber nicht so. Sie haben nur noch davon gesprochen, was für ein hoffnungsloser Fall ich bin.«

»Da spielt dir bloß deine Fantasie einen Streich«, entgegnete Dr. Opps und schob Fort zur Tür. »Keiner der anderen hat während des gesamten Tests auch nur ein Wort gesagt.«

KAPITEL 10

Komplett verwirrt folgte Fort Dr. Opps quer durch das Gebäude. Er hatte definitiv gehört, wie die anderen geredet hatten – und das nicht nur ein Mal. Wie konnte es sein, dass er sich das bloß eingebildet hatte? Das war ihm doch früher nie passiert, selbst wenn er wirklich nervös gewesen war.

»Dann mal auf zu deinem neuen Schlafplatz und zur Ausrüstung«, sagte Dr. Opps gerade, und Fort dämmerte, dass er gar nicht gehört hatte, was der Doktor zuvor erzählt hatte. »Anschließend rufe ich einen Mitschüler, der dich deiner neuen Heillehrerin vorstellen soll. Sie erklärt dir dann, was in den nächsten Tagen auf dich zukommt.«

Fort nickte. »Wenn ich in Heilung gut bin, könnte ich dann nicht vielleicht doch zu Zerstörung wechseln? Ganz ehrlich, ich glaube, das würde mir mehr liegen, und Colonel Charles hat doch gesagt …«

»Ich fürchte, nein, ein Wechsel kommt nicht infrage«, entgegnete Dr. Opps. »Der Test hat klar ergeben, dass du für die Heilung geeignet bist. Das ist ein ehrenwertes Fach, Forsythe. Du solltest stolz auf dich sein.«

Stolz? Fort ballte die Fäuste. Am liebsten hätte er Dr. Opps angeschrien: dass er sich aus Stolz nichts machte, dass er seinen Vater im Stich gelassen hatte und es den Monstern jetzt nicht mehr heimzahlen konnte. Stattdessen holte er bloß tief Luft und atmete langsam wieder aus. Wenn er den Schuldirektor anschrie, würde er genauso schnell von der Schule fliegen, wie Rachel es prophezeit hatte.

Beweis ihnen, dass du die Zauber lernen kannst, sagte er sich. *Und erst dann mach dir Gedanken darüber, wie du ihnen zeigen kannst, wie mächtig du in Zerstörung bist.*

Um das Thema zu wechseln, stellte Fort eine andere Frage, die ihm seit dem Test im Kopf herumschwirrte. »Dieses Gedicht auf der ersten Seite in den Büchern – was hat es damit auf sich?«

Dr. Opps hüstelte verlegen. »Da … äh … sind wir uns immer noch nicht ganz sicher. Es scheint sich auf die Bücher selbst zu beziehen, allerdings haben wir lediglich Kenntnis von vieren, nicht von sieben. Und der letzte Vers scheint auf eine Art Retter oder Erlöser anzuspielen, aber nach meiner Erfahrung funktioniert das Leben selten so.« Er warf Fort einen flüchtigen Seitenblick zu. »Hier glaubt jeder Schüler, er wäre dieser Retter, Forsythe. Nimm dir die anderen also nicht zum Vorbild. Arbeite hart an dir, dann wirst du weit kommen. Wir brauchen hier keine Helden. Wir brauchen verlässliche und zielorientierte Schüler, die im Team zusammenarbeiten.«

»Keine Sorge«, erwiderte Fort. »Nichts läge mir ferner.«

Und das meinte er wirklich so. Sollten die anderen Schüler sich doch den Kopf darüber zerbrechen, wie sie die Welt retten konnten. Er wäre schon zufrieden, wenn er diesen Bestien Schmerzen zufügen könnte.

Sie ließen das Gebäude hinter sich, und auf dem Weg quer über das Gelände schlossen sich ihnen erneut SoldaSten an. Hinter ihnen aus einem der oberen Stockwerke des Ausbildungsgebäudes zischte es, als würde sich elektrische Spannung entladen. Die Wachen wirbelten herum und richteten ihre Waffen auf das Gebäude. Erst als nichts weiter passierte, schienen sie sich wieder zu beruhigen und gingen weiter.

Dr. Opps hatte bemerkt, dass Fort verunsichert zusammengezuckt war. »Keine Angst, du trainierst nicht mit den Zerstörungsschülern. Die Heilschüler haben ein eigenes Stockwerk, und in den fächerübergreifenden Kursen ist immer eine Aufsicht dabei. Sofern es in unserer Macht steht, wirst du hier keinen tödlichen Stromstoß abkriegen.«

»Sofern es in unserer Macht steht« klang in Forts Ohren weniger vertrauenerweckend, als ihm lieb gewesen wäre. Doch für Nachfragen blieb keine Zeit, weil sie inzwischen fast das Gebäude erreicht hatten, in dem laut Dr. Opps der Jungenschlafsaal untergebracht war.

Es handelte sich um einen lang gezogenen, einstöckigen Bau mit einer Fensterfront über die gesamte Breite. Ansonsten war es im selben langweiligen Braun gestrichen wie alles hier auf dem Gelände. Fort warf einen Blick über die Schulter. Am anderen Ende des Militärstützpunkts befand sich ein identisches Bauwerk, in dem höchstwahrscheinlich die Mädchen untergebracht waren.

»Im Augenblick sollte der Schlafsaal leer sein, aber du kannst die anderen …« Dr. Opps unterbrach sich, als sie den Schlafraum betraten und er auf einem der rund fünfzig Stockbetten entlang des langen Mittelgangs einen Jungen entdeckte. »Cyrus?!«

Der Junge blickte von einem Comic auf. Er hatte wilde Locken, die im hellen Deckenlicht weiß zu leuchten schienen. Er verzog den Mund zu einem schiefen Grinsen, und als sein Blick unstet zwischen Fort und dem Doktor hin- und herhuschte, erweckte er fast den Eindruck, als hätte er nicht genug geschlafen.

»Hallo, Dr. Opps«, sagte Cyrus. Sein Akzent war unüberhörbar britisch. Dann wandte er sich an Fort und grinste. »Fort! Schön, dich wiederzusehen!«

Dr. Opps starrte ihn unverwandt an. »Cyrus, das hier ist … äh … Forsythe. Er geht seit *heute* an diese Schule. Würdest du ihm bitte alles zeigen und ihn dann den anderen vorstellen, sobald sie zurück sind?«

Cyrus hatte Fort – der sich auf all das hier keinen Reim machen konnte – die ganze Zeit nicht aus den Augen gelassen.

»Ah, okay, wir begegnen uns gerade zum ersten Mal«, sagte Cyrus und zwinkerte Fort zu. »Natürlich führ ich dich rum. Cool, dass du endlich hier bist!«

Fort sah verwirrt zu Dr. Opps hoch, doch der Direktor lächelte bloß. »Cyrus geht gewissermaßen ebenfalls hier zur Schule. Allerdings nicht in einem der zwei Fächer, auf die wir uns spezialisiert haben. Er ist von einer ganz ähnlichen Einrichtung in Großbritannien zu uns gekommen, nachdem dort ein paar Dinge vorgefallen sind …«

»Wie man hört, haben dort alle – außer mir – ziemlich durchgedreht«, sagte Cyrus zu Fort, schien dann aber darüber nachzudenken, was er gerade gesagt hatte. »Auch wenn ich das ›außer mir‹ gerade selbst hinzugefügt habe. Und da frag ich mich doch … Ach, egal.«

Dr. Opps seufzte, tätschelte dann bloß Forts Schulter. »Er macht nur Witze«, sagte er erst laut und fuhr dann leiser fort: »Aber versuch, seine Prophezeiungen nicht allzu ernst zu nehmen. Wir haben noch nicht genügend Erfahrung mit Hellsehern, als dass wir wirklich wüssten, wozu sie imstande sind.«

»Mit Hellsehern?«, flüsterte Fort zurück, und ihm fiel wieder ein, was Rachel über die Schule in Großbritannien erzählt hatte, eine Schule, in der die Schüler …

»Wir können in die Zukunft sehen«, erklärte Cyrus, der so leise auf sie zugekommen war, dass Fort erschrocken zusammenzuckte. »Und was wir sehen können, wird *immer* wahr. Es sei denn natürlich, wir ändern etwas daran.«

»Das wissen wir noch nicht, Cyrus«, entgegnete Dr. Opps. »Wir wissen nur, dass du in der Vergangenheit öfter mal etwas Falsches gesehen hast.«

»Das wurde nur falsch *gedeutet*, nichts weiter«, erwiderte Cyrus und wandte sich grinsend an Fort: »Ich könnte mal schauen, wie deine Zukunft aussieht. Wie wär's?« Er beugte sich vor und griff nach Forts Hand.

Dr. Opps manövrierte Fort außer Cyrus' Reichweite. »Lass ihn doch erst mal ankommen, Cyrus. Er soll sich zunächst mit allem vertraut machen und sich nicht jetzt schon darum sorgen, was noch alles auf ihn zukommen könnte.«

»Ach, klar, dein Bett!«, rief Cyrus und bedeutete Fort, ihm zu folgen. »Los, ich zeig dir, welches deins ist.«

Fort hatte das Gefühl, kaum noch mitzukommen. Verwirrt sah er dem Jungen nach.

»Haben wir ... Kriegen wir hier Betten zugewiesen?«, fragte er Dr. Opps.

Der schüttelte den Kopf. »Such dir irgendeins aus, das noch frei ist.«

»Hier – das ist es«, rief Cyrus und zeigte auf ein Bett am Ende des Mittelgangs. »Gleich neben meinem.«

»Ich glaube, ich hätte lieber das hier neben der Tür«, sagte Fort, einfach nur, um das Gefühl zu haben, dass er auch noch ein klein bisschen mitreden durfte. Er klopfte auf das ordentlich bezogene Bett direkt neben ihm. Drum herum konnte er keine Sachen von anderen Schülern sehen. »Ist das noch frei?«

Cyrus zuckte mit den Schultern und kam zu ihnen zurück. »Im Moment schon. Aber heute Abend wirst du dich für das dahinten entscheiden. Warum sparst du dir nicht die Mühe? Du müsstest doch mit deinem ganzen Krempel umziehen.«

»Cyrus, wie wär's, wenn du mit Fort noch vor dem Mittagessen zur Kleiderkammer gehen würdest, wo er eine Uniform in seiner Größe bekommt?«, schlug Dr. Opps vor. »Und ich kümmere mich darum, dass dein Stundenplan zügig erstellt wird. Wir können dich hier doch nicht unbeaufsichtigt herumlungern lassen.«

»Der Stundenplan wird vor nächster Woche nicht fertig, aber den brauchen wir sowieso nicht«, erwiderte Cyrus. Zu Forts Entsetzen packte der Junge im nächsten Moment sein Handgelenk, und Fort wappnete sich innerlich gegen grässliche Vorhersagen zu seiner Zukunft.

Zum Glück fing der Junge nicht an, in einer archaischen Sprache irgendwelche uralten Weissagungen zu machen. Stattdessen zog er Fort in Richtung Tür.

»Holen wir dir eine Uniform. In deinen normalen Klamotten siehst du echt komisch aus. Aber wahrscheinlich bin ich es einfach gewöhnt, dich in Grün zu sehen.«

»Wir unterhalten uns beim Abendessen weiter«, rief Dr. Opps Fort nach. »Dann kannst du mir auch alle Fragen stellen, die du bis dahin hast.«

»Aber …«

Doch weiter kam Fort nicht, weil Cyrus ihn hinter sich her durch die Tür zerrte. »Es ist auch nicht weit«, erklärte er und ließ Forts Handgelenk los, sobald sie draußen waren. Diesmal folgten ihnen sage und schreibe sechs Soldaten, die hauptsächlich Cyrus beäugten, was Fort insgeheim noch viel nervöser machte. Wer war dieser Junge? Er konnte doch nicht allen Ernstes in die Zukunft sehen … oder doch?

»Dann bist du also aus Großbritannien?«, erkundigte sich Fort.

»Aus London«, erwiderte Cyrus. »Die Schule war allerdings in Carmarthen. Das ist eine der ältesten Städte in Wales, aus der auch Merlin stammt.« Er verzog das Gesicht. »Als sie dort das Hellsichtbuch gefunden hatten und ihr Amis die beiden anderen, hieß es zunächst, dass mit der Magie auch Merlin zurückkehren würde. Besonders, weil er doch angeblich in der Zeit rückwärts gelebt hat – was immer das heißen soll. Und wenn Merlin wieder da wäre, würde bald auch König Artus mitsamt Excalibur auftauchen, um ganz Britannien zu retten.« Dann fuchtelte er majestätisch mit einem imaginären Schwert herum.

Fort blieb abrupt stehen. »Äh … und … *ist* er zurückgekehrt?«

Cyrus lachte. »Nicht, dass ich wüsste. Ich bin mir außerdem ziemlich sicher, dass König Artus auch nicht realer war als dieser Zauberkünstler von euch, dieser Harry Houdini.«

»Ähm …«

»Ist ja auch egal. Nachdem die anderen Schüler dort alle durchgedreht haben, glaub ich, dass diese ganze Merlin-Geschichte am Ende fallen gelassen wurde und die Regierung sich zu Recht in Grund und Boden geschämt hat. Dann bin ich hergeschickt worden, weil sie wollten, dass die ganze

Sache schleunigst in Vergessenheit gerät.« Er hielt inne. »Aber ob die anderen immer noch da sind? Ich kann mich kaum mehr erinnern. Manchmal verwechsle ich Sachen, die ich vorhergesehen und die ich selbst erlebt habe. Aber eigentlich bin ich mir ziemlich sicher, dass ich in den nächsten Monaten wieder in den Unterricht zurückkehre …«

»Ach, dann reist du wieder ab?«, hakte Fort nach und war bei der Aussicht, dass Cyrus bald weg sein würde, gleich ein bisschen weniger nervös.

»Nicht so, wie du denkst«, erwiderte Cyrus.

Äh – okay?!

»Also, ich hab mir sagen lassen, dass man in eine bestimmte Zeit und auf ein genaues Datum schauen muss, wenn man in die Zukunft sehen will. Das heißt, du weißt nicht automatisch, was mit irgendwelchen x-beliebigen Leuten passiert, oder?«

Cyrus grinste. »Willst du jetzt, dass ich für dich in die Zukunft blicke? Mach ich gern, wenn du magst.« Er schloss für einen Moment die Augen und murmelte etwas, das Fort nicht verstehen konnte. »Oh wow! Das ist echt brutal! Wie du das schaffst, immer noch …«

Fort riss entsetzt die Augen auf und schüttelte vehement den Kopf. »Nein, nicht in *meine* Zukunft! Ich meinte doch nur generell. Ich will lieber gar nicht wissen, was auf mich zukommt.«

Cyrus wirkte verwirrt. »Aber es ist nützlich. Nimm beispielsweise dein Bett. Früher oder später entscheidest du dich für das, was ich dir vorhin gezeigt habe, und zwar aus gutem Grund. Oder der Tisch beim Abendessen – wenn du im Vorhinein wüsstest, was passiert, würdest du andere Entscheidungen treffen. Warum sollte man all das also nicht wissen wollen?«

Fort starrte den Jungen einen Moment lang an und war sich nicht sicher, wie er reagieren sollte. Wenn Cyrus wusste, wofür Fort sich entscheiden würde, war er selbst dann noch derjenige, der die Entscheidungen traf? Wenn seine komplette Zukunft doch sowieso festgelegt war, könnte er daran irgendetwas ändern? Könnte er …

»Na klar kannst du die Zukunft immer noch verändern«, erklärte Cyrus. »So was passiert ständig.«

Das war definitiv zu viel des Guten; Fort fragte sich schon, ob nicht er selbst allmählich durchdrehte. »Hast du … Hast du gerade meine Gedanken gelesen?«

»Ach was. *Diesen* Zauber hab ich nie gelernt«, antwortete Cyrus und lachte. »Nein, ich wusste bloß, dass du mir diese Frage in einer Minute stellen würdest, und wollte es dir beweisen. Siehst du? Jetzt fragst du nicht mehr. Die Zukunft wurde verändert. Und jetzt komm, holen wir dir eine Uniform, bevor es Mittagessen gibt. Ich bin am Verhungern!«

KAPITEL 11

Das Aussuchen und Anpassen der Uniform nahm nicht viel Zeit in Anspruch, und nach der Unterhaltung mit Cyrus kam Fort die Prozedur angenehm normal vor. Als er sich selbst im Spiegel betrachtete und ihm durch den Kopf schoss, wie langweilig die komplett grüne Uniform wirkte, konnte Fort regelrecht seinen Vater hören: *Wow, an dir wird diese Farbe so richtig lebendig, Fort! Pass bloß auf, wenn du damit losziehst. Dann sind solche Uniformen ruck, zuck der letzte Schrei!*

»Und, was sagst du?«, fragte Cyrus und riss Fort aus seinen Gedanken.

»Ach, schon ganz in Ordnung.« Er zwang sich zu einem Lächeln. »Zumindest falle ich so nicht mehr auf.«

Die Mensa war nicht weit entfernt, was gut war, denn obwohl Forts neue Schuhe auf den ersten Blick passten, scheuerten sie ein bisschen. Hoffentlich würde er sie einfach nur etwas einlaufen müssen.

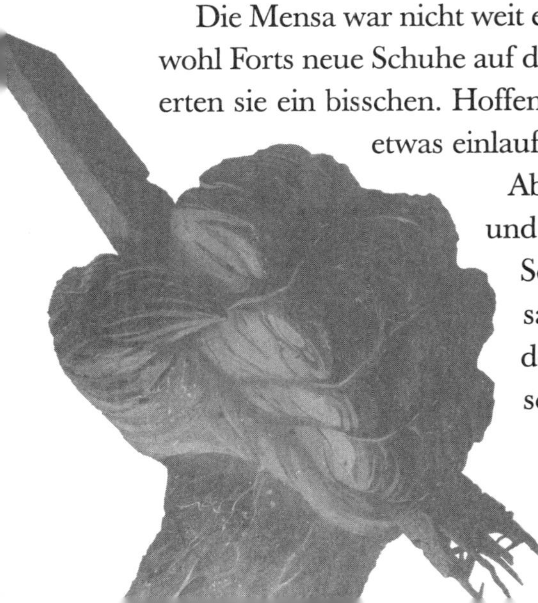

Aber angesichts der Uniform und der ständigen Präsenz von Soldaten, wo immer er hinsah, fragte Fort sich allmählich doch, ob es bei dieser Zauberschule nicht eher um ein Bootcamp als um Zaubersprüche ging. Er hoffte inständig, dass sie mit der Magie beschäftigt genug wären, um nicht auch noch Langstreckenläufe mit Fünfzig-Kilo-Gepäck absolvieren zu müssen.

Als sie die Mensa betraten, legte Cyrus einen Zahn zu und schleifte Fort regelrecht hinter sich her, um sich der Schlange vor der Essensausgabe an der Längswand des Saals anzuschließen. Der Rest der Mensa war vollkommen leer – abgesehen von langen Tafeln, die den ganzen Saal einnahmen.

»Wir sind früh dran«, sagte Cyrus. »Das müssen wir ausnutzen. Die Heiler kommen sonst immer zu spät zum Mittagessen, und bis dahin ist das beste Essen meistens schon weggefuttert.«

»Super«, sagte Fort und beäugte die Auslage, hinter der gelangweilte Männer bedächtig große Kellen in Wannen mit brauner Pampe tauchten. »Schmeckt das wirklich?«

Cyrus lachte. »Das ist Chili! Das solltest du in den nächsten Tagen besser vermeiden. Auch ohne dass du die Luft verpestest, dürfte es dir schwer genug fallen, hier Freunde zu finden. Die Chicken Nuggets sind immer die erste Wahl, an deiner Stelle würde ich mir ein paar schnappen. So bald bekommst du die nicht wieder.«

Fort folgte Cyrus' Rat, nahm sich außerdem Pommes und ein Glas Wasser statt Milch – die einzigen Getränke, die zur Auswahl standen. Cyrus tat es ihm gleich. Dann steuerte er mit Fort im Schlepptau den nächstbesten Tisch an, nur um kurz zu stutzen und sich dann stattdessen für den Tisch direkt am Ausgang zu entscheiden.

Fort war gleich umso nervöser, als er im nächsten Moment von draußen Geplapper hörte. »Was war denn verkehrt an unserem ersten Tisch?«

Cyrus biss in einen Chicken Nugget. »Ach, daran war nichts verkehrt – aber an diesem hier kriegst du weniger ab.«

»Weniger …?« Fast hätte sich Fort an einer Pommes verP schluckt. Doch noch ehe Cyrus ihm erklären konnte, was er gemeint hatte, betrat ein Tross Soldaten in voller Montur die Mensa und stellte sich entlang der Wände auf. Hinter ihnen tauchte die Quelle des Geplappers auf: eine Gruppe aus Schülern in Forts Alter. Ein paar rangelten miteinander, andere unterhielten sich lautstark – und alle schienen regelrecht überzuschäumen vor Energie.

»Vormittags haben alle Unterricht«, flüsterte Cyrus ihm zu, während die Schüler Fort im Vorbeilaufen anglotzten. »Und weil die Zerstörungsschüler noch nicht beim Gefechtstraining waren, kann das Mittagessen manchmal recht laut werden.«

Gefechtstraining? Aber Dr. Opps hatte doch gesagt, dass sie hier nicht kämpften – sondern lediglich Waffen entwickelten, die dann von echten Soldaten eingesetzt wurden.

Ein Trio flachsblonder Jungs wurde langsamer, als es an Forts Tisch vorbeikam. Sie blieben stehen und gafften ihn an.

»Du bist also das neue Pflaster«, stellte einer von ihnen fest.

»Er heißt Fort«, erwiderte Cyrus beschwingt, und Fort schlug die Hände vors Gesicht.

»Dich hat keiner gefragt, Zukunftstrottel«, sagte der Nächste und stützte sich mit beiden Händen auf dem Metalltisch ab. Der fing an zu glühen, und sofort riss Cyrus sein Essenstablett hoch, während Fort zu spät begriff, was Sache war: Sein Tablett begann zu knistern, wurde glühend heiß, und er quietschte laut auf, als er sich daran die Finger versengte. Langsam verkohlte seine Mahlzeit, und der Geruch von verbranntem Essen waberte durch die Mensa.

»Hey!«, rief Fort und sprang von seinem Stuhl auf. »Was soll das?«

Hinter ihm traten die Soldaten nervös von einem Bein aufs andere, und ein paar an der gegenüberliegenden Wand nahmen die Waffen hoch. Doch der blonde Junge, der sich vor Fort aufgebaut hatte, feixte nur kurz in ihre Richtung und drehte sich wieder zu Fort um.

»Hab gehört, du hast nicht am Tag der Entdeckung Geburtstag. Kannst du überhaupt einen Zauber ausüben?«

Fort atmete tief durch. Er wollte nicht schon wieder einen Verweis kassieren, weil er in eine Schlägerei verwickelt war.

»Ja, kann ich«, sagte er langsam und zwang sich, die Finger zu spreizen, die er zu Fäusten geballt hatte. »Und ich bin sicher, dass ich noch besser werde … wenn ich erst anfange zu lernen.«

Die drei Jungs sahen einander an und lachten.

»Großartig«, sagte der dritte. »Genau, was wir brauchen – eine zurückgebliebene Krankenschwester!«

»Krankenschwestern verrichten im Übrigen den Hauptteil der Arbeiten in Krankenhäusern«, warf Cyrus ein. »Viele von ihnen haben genauso gute Medizinkenntnisse wie Ärzte, und …«

»Gibst du eigentlich jemals irgendwas Nützliches von dir?«, fragte der erste Blonde und wandte sich wieder Fort zu. »Was, wolltest du auch noch was sagen?«

Fort hörte das Blut in seinen Ohren rauschen, und mit zusammengebissenen Zähnen machte er einen Schritt auf den Jungen zu – bis ihm plötzlich eine nervöse Hand auf die Schulter tippte.

»Kein Kräftemessen außerhalb des Unterrichts«, sagte einer der Wachsoldaten und klang dabei verängstigter, als Fort sich fühlte.

Der zweite Junge sah den Soldaten träge lächelnd an, seine Hand fing an zu glühen, und der Soldat wich zurück. Anscheinend konnten nicht mal die Wachen diese Zerstörungstypen einschüchtern!

»Die halten uns nicht auf«, wisperte der Junge Fort zu, während um seine Finger Flammen aufloderten. »Wir sind viel zu wichtig … und die haben *Angst*. Und vielleicht sollte ich dir gleich mal zeigen, weshalb.«

KAPITEL 12

»Was sagst du dazu, Pflaster?«

Die Hände des ersten Jungen waren inzwischen so glühend rot, dass Fort sogar auf der anderen Seite des Tischs die Hitze spüren konnte.

»Hab gehört, du warst bei den Angriffen auf Washington dabei. Hast du da auch so viel Angst gehabt wie jetzt gerade? Wie lange hast du dir denn die Augen ausgeheult?«

Über das Klingeln in seinen Ohren hinweg konnte Fort ihn kaum hören. Sein Gesicht war vor Wut verzerrt, er holte mit der Faust aus …

»Ihr seid echt so erbärmlich«, sagte plötzlich jemand hinter den Zerstörungsschülern. Als sie herumwirbelten, stand Rachel mit zwei Mädchen vor ihnen, die alle drei Jungs gelangweilt ansahen. »Also wirklich – sich einen Frischling vorzunehmen! Der hat doch noch nicht mal den ersten Zauber gelernt.«

»Und?«, schnaubte der zweite Junge. »Selbst wenn er neu ist, er ist ein Heiler, und die sind ätzend. Außerdem, was geht es dich überhaupt an?«

Rachel schnipste mit den

Fingern, und eine winzige Magiekugel traf den Jungen in die Magengrube, sodass er über den Tisch flog und dabei Forts glühend heißes Tablett mitriss. Er krachte in die Wand, während die umstehenden Soldaten aus dem Weg sprangen und die Waffen auf Rachel richteten. Sie schien es nicht mal zu bemerken.

»Wir sind hier, um Leute wie Fort zu *beschützen*«, sagte Rachel, während die beiden anderen Mädchen die zwei übrigen blonden Jungs zur Seite schoben. »Und ich rate euch Chads und Blaines oder wie ihr sonst heißt: Ich erwische euch besser nicht noch mal dabei, wie ihr ihn in die Zange nehmt, oder ich stecke euch beim Training alle in Brand und lasse es wie einen Unfall aussehen. Ihr wisst genau, dass Colonel Charles *mir* glaubt und nicht euch.«

Der Blonde am Boden kam langsam wieder auf die Füße. »Ich heiße übrigens *Bryce*. Und das ist Trey. Und du weißt ganz genau, dass er« – er zeigte auf den Dritten im Bunde –, »hier der einzige Chad ist.«

»Halt die Klappe, Blaine«, sagte Rachel und schnipste erneut in seine Richtung. Der Junge zuckte zusammen, doch diesmal passierte nichts, und Rachels Freundinnen brachen in Gelächter aus. »Und jetzt hol mir mein Mittagessen. Ich hab nicht den ganzen Tag Zeit.«

Bryce oder Blaine nickte langsam, huschte dann um den Tisch herum und bedachte Fort mit einem letzten vernichtenden Blick, ehe er sich mit den beiden anderen in die Schlange stellte.

»Siehst du?«, wisperte Cyrus. »*Er* ist der Grund, warum du heute Abend das Bett tauschen willst.«

»Ich hätte deine Hilfe nicht gebraucht«, brummte Fort an Rachel gewandt. Sein Herz hämmerte immer noch. »Mit dem wäre ich auch allein fertiggeworden.«

Rachel grinste, während ihre Freundinnen die Augen verdrehten. »Nein, wärst du nicht. Er ist ein Entdeckungstagskind und deshalb viel mächtiger. So ist es nun mal. Und selbst wenn es nicht so wäre – du musst die Heilzauber erst lernen, während er dich binnen eines Wimpernschlags mit einem Stromstoß außer Gefecht setzen könnte. Solange ich in deiner Nähe bin, wird er dir nichts tun, aber im Schlafsaal würde ich an deiner Stelle achtgeben.«

»Besonders heute Nacht«, flüsterte Cyrus. »Da wird's echt schlimm.«

»Wie geht's dir überhaupt, Zukunftstyp?«, fragte Rachel und sah Cyrus amüsiert an. »Kannst du immer noch sehen, wie ich die ganze Welt rette?«

Cyrus nickte. »Es ist ein bisschen verschwommen, aber definitiv rettest du entweder die Welt, oder aber du kaufst dir einen Globus … Ich glaub allerdings wirklich, dass es das Erste ist.«

»Dann seh ich wohl besser zu, dass ich in nächster Zeit nicht in der Globus-Abteilung shoppen gehe«, entgegnete sie grinsend. Dann drehte sie sich wieder zu Fort um und tätschelte ihm die Schulter. »Und du – versuch einfach nur, am Leben zu bleiben. Ich mag Heiler – ihr seid einfach alle viel netter als die Schwachköpfe aus meiner Klasse. Apropos …« Sie warf einen Blick auf die Schlange vor der Essensausgabe. »Hey, Blaine! Beeilung! Wir haben Hunger! Und sieh zu, dass wir Chicken Nuggets bekommen!«

Bryce und die anderen Jungs warfen ihr einen störrischen Blick zu, drängelten sich in der Schlange jedoch vor – an ein paar Mitschülern vorbei, die erst genervt reagierten, dann aber ebenfalls einen Blick auf Rachel erhaschten und Bryce und seine Kumpels sofort vorließen.

Anscheinend hatte es Vorteile, die Beste zu sein. Oder vielleicht hatten die anderen auch einfach nur Angst vor ihr.

Cyrus und Fort setzten sich wieder an ihren Tisch – Cyrus mit seinem Tablett voller Essen, Fort mit nichts als einem mittleren Desaster hinter sich und einer Clique Jungs vor sich, die ihn später im Schlafsaal garantiert anzünden würden.

»Dann hast du also wirklich geglaubt, dass dieser Tisch hier eine gute Idee wäre …«, murmelte er.

»Ja klar«, sagte Cyrus und gab ihm ein Chicken Nugget ab. »Wenn wir dort drüben gesessen hätten, wäre Rachel nie rechtzeitig hier gewesen.« Er nahm das nächste Nugget in die Hand und biss hinein. »Ihr zwei werdet noch gute Freunde, wenn sie erst mal kapiert hat, dass du nicht hier bist, um die Schule in Schutt und Asche zu legen.«

In Schutt und Asche legen? Was sollte … Ach, egal. Spielte eh keine Rolle. Außerdem brauchte er niemanden, der ihn beschützte. Er würde wunderbar allein klarkommen, sobald er ein paar Zauber gelernt hätte. Das Letzte, was er brauchte, war jemand, der ihm über die Schulter sah oder ihn immer wieder aus der Schusslinie schob. Er konnte ganz wunderbar für sich selbst einstehen. Wenn er damals in Washington nicht hätte davonrennen müssen …

»Und was ist mit Blaine und diesen anderen Typen?«, fragte Fort, um auf andere Gedanken zu kommen. »Werden wir auch gute Freunde?«

Cyrus lachte, hielt dann kurz inne und starrte Fort an, bis er erneut in Gelächter ausbrach.

Nachdem sie ihr Mittagessen relativ schnell (und ohne weitere Zwischenfälle) eingenommen hatten, führte Cyrus Fort rechtzeitig aus der Mensa, bevor die Zerstörungsschüler mit dem Essen fertig waren.

Noch während sie hinausliefen, fielen Fort ein paar weitere Schüler auf, die gerade erst ankamen. Viele von ihnen sahen aus, als wäre ihnen speiübel. Er blieb kurz stehen, um zuzusehen, wie sie sich in die Schlange stellten, sich dann aber bloß für eine Flasche Wasser entschieden – einige nicht mal das. Stattdessen setzten sie sich nur an irgendeinen Tisch und blickten elend drein.

»Wer sind denn die?«, flüsterte er Cyrus zu.

»Oh, das sind deine neuen Klassenkameraden«, antwortete Cyrus. »Die Heiler. Ich nehme an, sie hatten heute Anatomiestunde – irgendwas Ekliges. Das kommt gleich morgen auf dich zu. Komm, ich stell dir schnell deine Lehrerin vor. Dann sehen wir uns später im Schlafsaal.«

Fort nickte, hielt den Blick aber auf die blassen Gesichter der Heiler gerichtet. Fast jeder von ihnen sah aus, als wollte er nie wieder etwas Essbares zu sich nehmen. Doch es gab eine Ausnahme: Ein groß gewachsener dunkelhäutiger Junge mit krausen Locken war mit den restlichen Heilern angekommen. Er war der Einzige, der an einem Mittagessen interessiert zu sein schien. Anscheinend hatte er keine Probleme mit dem Anatomieunterricht gehabt.

Cyrus führte Fort von der Mensa hinüber zum Ausbildungsgebäude, dem langweiligen fünfstöckigen Bau, in dem Fort zuvor den Eignungstest hatte absolvieren müssen. Diesmal blieb Cyrus, sobald sie die Sicherheitsschleuse durchquert hatten, vor den Aufzügen stehen, statt an den Büros hinter den Glasscheiben vorbei zum Hörsaal zu laufen, wo Fort erstmals die Zauberbücher gesehen hatte.

Im Aufzug drückte Cyrus auf den Knopf für den dritten Stock, trat dann aber wieder aus der Aufzugkabine heraus. »Da oben dürfen nur Heiler hin.« Die sich schließenden Aufzugtüren trafen ihn an den Schultern. »Geh einfach immer der Beschilderung nach – Dr. Ambrose. Das ist deine Lehrerin.«

Cyrus machte einen Schritt zurück und winkte, und noch ehe Fort protestieren konnte, glitten die Türen zu. Fort seufzte in sich hinein. Zum ersten Mal, seit er an der Oppenheimer-Schule angekommen war, war er auf sich allein gestellt.

Na, das war bis jetzt ja echt klasse gelaufen. Erst hatte er beim Zerstörungszauber komplett versagt – obwohl er doch nur deshalb hergekommen war. Dann hatte er sich ganz ohne eigenes Zutun Feinde gemacht, nur um anschließend aus Mitleid vor ihnen gerettet zu werden. Was käme als Nächstes – würde er morgen ohne Hose zum Unterricht gehen? Vorausgesetzt, er überlebte die Nacht, sodass es überhaupt ein Morgen gäbe …

Im dritten Stock glitten die Türen auf, und Fort trat aus der Kabine auf einen stinknormalen Flur mit Neonröhren an der Decke. Auf mehrere Schilder an der gegenüberliegenden Wand waren Namen und Pfeile gedruckt. Er fand das Schild für Dr. Ambrose und lief den Flur zu seiner Rechten entlang.

Auf dem ansonsten fast stillen Gang waren vom Ende her durch eine offene Tür mehrere Stimmen zu hören; er ging langsamer, weil ihm bereits schwante, dass eine der Stimmen die seiner Lehrerin war, und er wollte bei ihrer ersten Begegnung nicht in eine Unterhaltung platzen.

»Das ist doch wahnsinnig, Oppenheimer!«, sagte eine Frau. »Haben Sie eine Ahnung, wie gefährlich das wäre? Sie haben die Berichte gelesen, die aus aller Welt kommen. Sie suchen …«

»Ich will ihn ebenso wenig hierhaben wie Sie«, entgegnete Dr. Opps, »aber Colonel Charles hat darauf bestanden. Er glaubt, dass uns Forsythe möglicherweise …«

»Alle den Kopf kosten wird?«, fiel die Frau ihm ins Wort. »Ich kann da nicht mitmachen! Er muss *sofort* nach Hause zurück, bevor er noch mehr Schaden anrichtet! Ich habe mir die Messungen doch angesehen – seit er hier ist, hat die Aktivität minütlich zugenommen! Was glauben Sie, Oppenheimer, was passiert, wenn sie hiervon Wind kriegen?«

Schlagartig hatte Fort Herzrasen. Sie sprachen über *ihn*, aber nichts davon ergab Sinn. Dr. Opps wollte gar nicht, dass er hier zur Schule ging? Er war nur deshalb geholt worden, weil Colonel Charles ihn an der Schule haben wollte? Was sollte das heißen? Warum in aller Welt sollte der Colonel an ihm interessiert sein? Offenbar glaubte die Lehrerin, dass er alle in Lebensgefahr brachte. Aber wie? Er durfte doch gar keinen Zerstörungszauber lernen!

»Geben Sie mir die drei Tage Zeit, auf die wir uns geeinigt haben«, sagte Dr. Opps. »Wenn ich Forsythe frühzeitig heimschicke, wird Colonel Charles mich einfach absetzen und ihn trotzdem hierbehalten. Die übrigen Verwaltungsräte glauben, dass er als eine Art Experiment hier ist, um herauszufinden, ob Kinder, die nicht am Tag der Entdeckung geboren wurden, nicht vielleicht doch Zauber ausführen können. Halten wir uns daran. Testen Sie Forsythe. Geben Sie ihm die Aufgaben, über die wir gesprochen haben, und stellen Sie sicher, dass er durchfällt. Dann haben wir eine Ausrede und können ihn guten Gewissens nach Hause schicken, sodass die restlichen Schüler in Sicherheit sind.«

Fort atmete immer hektischer, und er musste sich an der Wand abstützen, um nicht in die Knie zu gehen. Dr. Ambrose sollte sicherstellen, dass er durch einen Test fiel? Sie würden die Aufgaben manipulieren, sodass er gehen müsste!

»Sie wissen aber schon, wie verrückt Sie gerade klingen?«, brummte die Frau. »Das Ganze ist mehr als bedenklich!«

»Glauben Sie wirklich, ich hätte eine Wahl? Colonel Charles wartet doch nur darauf, dass ich ihm irgendeinen nichtigen Grund liefere, damit er mich feuern kann. Und im selben Moment würde er anfangen, diese Kinder entsprechend zu drillen, und sie bei der nächsten Attacke an die Front schicken. Ich habe im Moment nun mal keine bessere Idee – solange ich hier bin, können wir die Schüler nur so beschützen.«

»Darüber unterhalten wir uns noch mal, wenn eins dieser Dinger bei uns aus der Erde kommt.«

Dr. Opps seufzte. »Rebecca …«

»Nein, gehen Sie jetzt. Der Junge kommt ohnehin jeden Moment.«

Fort bekam keine Luft mehr und konnte kaum klar denken. Ausgerechnet jetzt musste er Dr. Ambrose entgegentreten und ihr in die Augen sehen – wohl wissend, dass sie dafür sorgen würde, dass er in der Schule versagte. Und alles nur, weil sie ihn für ein Risiko hielt … Das ergab doch keinen Sinn!

Und was waren das für Berichte aus aller Welt? Irgendwer suchte nach … *irgendwas.* Aber wonach? Oder nach *wem*? Und was hatte all das mit Fort zu tun?

Aus dem Büro waren Schritte zu hören, und Fort geriet in Panik. Schnell drückte er die Tür zu dem dunklen Büro direkt neben Dr. Ambroses Arbeitszimmer auf, als im nächsten Moment auch schon Dr. Opps auf den Flur marschierte. Fort blieb mucksmäuschenstill stehen, traute sich nicht zu atmen, bis er hörte, dass der Direktor an ihm vorbeigelaufen war. Nach ein paar Sekunden hörte er das *Pling* des Aufzugs, die Türen glitten auf, gingen wieder zu, und Fort atmete erleichtert aus.

Das hier war einfach zu viel für Fort. Er hatte seinem alten Leben den Rücken gekehrt, um sich an der Oppenheimer-Schule in Magie unterrichten zu lassen, und es war alles eine große Lüge gewesen. Nicht einmal die Verwaltungsräte, die bei seinem Eignungstest anwesend gewesen waren, kannten den wahren Grund, warum er an der Schule war.

Nur Colonel Charles wollte ihn hierhaben. Der Einzige an der ganzen Schule, der tatsächlich an ihn glaubte und mit dessen Hilfe er womöglich doch noch zu Zerstörung wechseln konnte. Vielleicht war das auch der Grund, warum er ihn an der Schule halten wollte – weil er wusste, wie dringend Fort nach den Angriffen genau das brauchte? Ein Angehöriger des Militärs wie Colonel Charles wusste eben, wie es sich anfühlte, einen solchen Angriff mitzuerleben.

Wieder sah Fort vor sich, wie sein Zauber die Kreatur zerschmetterte und sie vor Schmerzen aufbrüllen ließ, und er ballte die Fäuste. Wenn er zuließe, dass Dr. Ambrose und Dr. Opps ihn von der Schule warfen, würde er es nie schaffen, dem Monster alles heimzuzahlen. Sich dafür zu rächen, was er erlitten hatte, als sein Vater gestorben war. Aber so weit würde es gar nicht erst kommen.

Völlig in Gedanken versunken, lehnte Fort sich an die Tür seines Verstecks. Sobald sie sich in den Angeln bewegte, quietschten die Scharniere.

»Wer ist da?«, rief Dr. Ambrose aus dem Nachbarzimmer.

»Ähm … hier … ist Forsythe«, antwortete Fort langsam, und sein Gesicht lief vor Scham brandrot an.

»Na, gratuliere«, blaffte Dr. Ambrose. »Willst du jetzt auch noch einen Orden dafür? Sofort rein mit dir! Die Jugend von heute, also wirklich …«

KAPITEL 13

Dr. Ambrose entpuppte sich als Frau mittleren Alters. Sie trug einen Laborkittel, hatte sich das dunkle Haar zu einem Pferdeschwanz zusammengebunden und eine Brille auf der Nase. Durch die dünnen Gläser sah sie ihn kopfschüttelnd an.

»Lungerst du immer draußen vor Türen herum, ohne einen Mucks zu sagen, Junge?«, fragte sie. »Nur weil ich wusste, dass du kommen würdest, macht es das nicht weniger gruselig.«

»Ich … äh … Tut mir leid«, sagte Fort, dem von der Unterhaltung, die er mit angehört hatte, immer noch der Kopf schwirrte.

»Ich bin Dr. Ambrose«, sagte sie, und Fort streckte ihr die Hand entgegen. Sie starrte kurz darauf hinab und verdrehte die Augen. »Und du kannst mich auch Dr. Ambrose nennen. Setz dich und sperr die Lauscher auf. Ich hab zu viel um die Ohren, als dass ich mich endlos mit dir beschäftigen könnte. Je weniger Zeit wir vertrödeln, umso besser.«

Eilig nahm Fort Platz. »Dan-

ke, dass … äh … ich Ihren Heilkurs besuchen darf.« Den Kurs, bei dem sie dafür sorgen würde, dass er durchfiel.

»Bei mir brauchst du dich nicht zu bedanken«, entgegnete sie und drehte sich zu den Unterlagen auf ihrem Schreibtisch um. »Ich will dich hier nicht. Wenn du mich fragst, lenkst du die anderen Schüler nur ab, die wirklich Potenzial haben. Wenn es nach mir ginge, wäre das Grund genug, dich direkt nach Hause zu schicken. Allerdings habe ich das nicht zu entscheiden. Deshalb schlage ich Folgendes vor: Du hast Zeit bis übermorgen, um die ersten drei Heilzauber zu beherrschen. Wenn du es nicht schaffst, fährst du heim. Wenn doch, fress ich einen Besen – und ich nehme an, dabei kämen lustige Fotos heraus. Haben wir uns verstanden?«

»Ich … Wie bitte?« Fort setzte sich stocksteif auf. Er hatte Mühe, Dr. Ambrose zu folgen.

Sie seufzte. »Was habe ich gerade gesagt, Stichwort: Lauscher aufsperren? Ihr bringt mich alle noch ins Grab, wirklich wahr! Nicht mal mehr drei ganze Tage, drei Zauber. *Kleinere Wunden heilen*, *Krankheiten heilen*, *Krankheit erregen*.« Sie grinste schief. »Aber selbst wenn du es schaffen solltest, die ersten zwei Zauber zu lernen, wirst du am dritten Spruch scheitern: *Krankheit erregen*. Du würdest es glatt fertigbringen, mit einer Lungenentzündung dazustehen, die du nicht heilen kannst, weil du den Spruch für *Krankheiten heilen* schon wieder vergessen hättest.«

Das war eine Menge auf einmal, und um Zeit zu schinden, konzentrierte sich Fort auf das Letzte, was sie erwähnt hatte. »Was … äh … So was passiert? Könnte da jemand anderes den Heilzauber anwenden?«

»Wenn man Antibiotika als Heilzauber bezeichnet, klar«, erwiderte Dr. Ambrose. »Das sind sie aber nicht. Eigentlich sollte ich dir das nicht erst erklären müssen, aber bei der Jugend von heute weiß man ja nie. Nun gut. Die meisten brauchen etwa eine Woche pro Zauber, du hast nur einen Bruchteil Zeit dafür – ganz zu schweigen davon, dass du nicht die nötigen Kräfte hast, wenn ich mir dein Geburtsdatum ansehe. Damit das hier nicht komplett in einer Blamage endet, habe ich meine beste Schülerin abgestellt, die dich unterstützen soll. Das geht natürlich von *ihrer* Zeit ab, aber kümmert das einen Oppenheimer? Nein.«

Fort nickte bloß und wusste nicht, was er noch sagen sollte. Er sollte die Zauber in nicht mal drei Tagen lernen, während die anderen dafür drei Wochen gebraucht hatten? Wenn er es nicht schaffte, war's das – dann musste er wieder zurück zu seiner Tante.

Aber so weit würde es nicht kommen, ganz gleich, was Dr. Opps und die neue Lehrerin ausgeheckt hatten.

»Das schaff ich«, sagte Fort, der allmählich wütend wurde. »Ganz egal, was dafür nötig sein sollte. Ich mach's – ich werde *nicht* nach Hause zurückkehren.«

Wieder verdrehte Dr. Ambrose die Augen. »Tja, womöglich ja doch. Gewöhne dich also besser an den Gedanken. Versuch einfach nur, Jia nicht rund um die Uhr in Beschlag zu nehmen. Ihre Bandagen sind die besten, die wir zurzeit haben, und so wie sich die Dinge entwickeln, werden wir sie wahrscheinlich bald brauchen.«

»Bandagen?«, platzte es aus Fort heraus.

Dr. Ambrose starrte ihn einen Moment lang an, dann zeigte sie auf einen Plastikbehälter, der hinter Fort stand. »Colonel Charles soll glauben, was er will, aber wir können Kinder nicht in die Schlacht schicken – zumindest nicht, bis sie volljährig sind. Stattdessen reichern meine Heiler diese Bandagen dort mit Magie an. Kinderleicht in der Anwendung – und gut zu lagern.«

Fort drehte sich nach hinten um. In dem Behälter steckten in durchsichtigen Plastikbeuteln so was wie größere Wundauflagen, die mit unterschiedlichen Verletzungen gekennzeichnet waren – KNOCHENBRUCH, SCHUSSVERLETZUNG, VERBRENNUNG und einige mehr. Von den Verbrennungsbandagen gab es gut dreimal so viele wie vom ganzen Rest, was Fort hinsichtlich der Zerstörungsschüler nicht gerade zuversichtlich stimmte.

»Allgemeine Heilzauber sind zwar schön und gut, allerdings haben wir herausgefunden, dass die restaurativen Charakteristika effizienter wirken, wenn die Zauber auf die jeweilige Verletzung gerichtet sind«, ratterte Dr. Ambrose herunter. »Mittels Allgemeinzauber mag ein gebrochener Knochen wieder zusammenwachsen, bliebe jedoch bruchgefährdet, während ein knochenspezifischer Zauber ihn vollends zu heilen vermag.«

Fort starrte sie ratlos an. »Dann kann diese Bandage dort

einen Knochenbruch heilen? Einfach indem irgendwer das einem auflegt?«

»Hat Oppenheimer dir nicht erzählt, was wir hier tun?«, blaffte Dr. Ambrose ihn an. »Das hier ist eine *Zauberschule*! Und Knochenbrüche sind nur die Spitze des Eisbergs!« Seufzend wandte sie sich ab. »Ich könnte hier auf medizinischem Gebiet ganz neue Wege beschreiten. Aber nein, stattdessen muss ich einem Zwölfjährigen das Einmaleins beibringen.«

»Entschuldigung«, flüsterte Fort und drehte sich wieder nach vorne um.

»Hör einfach … Hör einfach auf, Fragen zu stellen«, sagte Dr. Ambrose. »Jia kommt gleich, und dann verschwendest du ihre Zeit statt meine. Solltest du bis dahin noch Fragen haben – behalte sie für dich.«

Aber er *hatte* Fragen. Viel zu viele, um zu wissen, wo er hätte anfangen sollen. Doch wenn er sich jetzt nach dem Gespräch erkundigte, das er mit angehört hatte, wüsste sie, dass er gelauscht hatte, und würde ihn womöglich auf der Stelle nach Hause schicken. Vielleicht könnte er es irgendwie anders umschreiben?

»Äh …«, begann er. »Ich frage mich …«

»Nein«, fiel Dr. Ambrose ihm ins Wort.

»Aber …«

»Was genau war an ›keine Fragen‹ nicht zu verstehen?«

»Aber Sie sind meine Lehrerin. Sollten Sie nicht meine Fragen beantworten?«

»Entschuldige bitte, aber versuchst du gerade, mir zu erklären, wie ich meinen Job machen soll?« Ihre Augenbrauen schossen in die Höhe.

»Nein, natürlich nicht«, sagte Fort eilig und lief feuerrot an. »Ich möchte doch nur …«

»Dr. Ambrose?«, sagte jemand hinter ihm. Als Fort sich umdrehte, stand ein Mädchen mit langen schwarzen Zöpfen in der Tür. Sie sah aus, als fühlte sie sich nicht sonderlich wohl in ihrer Haut. »Sie wollten mich sprechen?«

Dr. Ambrose sah ihn noch kurz mit zusammengekniffenen Augen an, dann wandte sie sich dem Mädchen zu und winkte es herein.

»Jia Liang«, sagte sie. »Darf ich dir Forsythe … Soundso … Ist ja auch egal. Du nimmst ihn bis übermorgen so gut es geht unter deine Fittiche – bis er im Kurs durchfällt und wieder heimgeschickt wird. Versuch einfach, dich nicht zu sehr von ihm ablenken zu lassen.«

Jia spähte zu Fort hinüber, als hätte sie keinen Schimmer, was sie mit ihm anfangen sollte. »Unter meine Fittiche nehmen? Ist er … ein neuer Schüler?«

»Ja, nur dass er nicht am Tag der Entdeckung geboren wurde, insofern wird er nicht lange bleiben.« Dr. Ambrose bedeutete ihnen, das Büro zu verlassen. »Und jetzt verschwindet. Ich hab Wichtigeres zu tun.«

Fort stand sofort auf und folgte Jia nach draußen. »Tut mir leid wegen …«

»Tür zu!«, kläffte Dr. Ambrose.

Eilig zog Jia die Tür hinter sich ins Schloss. Dann drehte

sie sich sichtlich entspannter zu Fort um und schüttelte leicht den Kopf.

»Tut mir leid, das da drin«, sagte sie. »Aber so ist sie zu allen. Nimm's nicht persönlich.«

»Schon okay«, erwiderte Fort und versuchte, sich nach allem, was gerade vorgefallen war, wieder zusammenzureißen. »Mein Nachname ist übrigens Fitzgerald. Fort Fitzgerald.«

»Klingt wie ein Truppenstützpunkt aus dem amerikanischen Bürgerkrieg oder so«, sagte sie und lächelte ihn schief an. »Ich bin Jia. Schön, dich kennenzulernen.«

»Tut mir leid, dass du mir jetzt helfen musst, aber ehrlicherweise … Es sieht ganz danach aus, als müsste ich heime fahren, wenn du mir nicht unter die Arme greifst.«

Sie runzelte die Stirn. »Ich wollte gerade fragen … Was ist denn übermorgen?«

»Dr. Ambrose hat gesagt, dass ich die drei ersten Zauber bis dahin beherrschen muss«, erklärte Fort. »Aber was heißt das überhaupt – Zauber beherrschen?«

Jia wirkte schockiert. »In zwei *Tagen*? Wow. Das geht doch gar nicht. Einen Zauber beherrschen – das bedeutet, man verinnerlicht die Magie, verankert sie in seinem Gehirn, sodass man die Worte am Ende nicht mal mehr aussprechen muss. Solange man sie nicht richtig verinnerlicht hat, verschwinden sie aus deinem Gedächtnis, sobald du sie angewandt hast. Das heißt, dass du immer wieder das Heilbuch zur Hand nehmen musst. Um einen Zauber zu beherrschen, muss man ihn mindestens mehrere hundert Mal angewandt haben. Das hat bislang keiner in ein paar Tagen geschafft.«

Klang ungefähr so wie erwartet. Dr. Opps brauchte einen Vorwand, um ihn wieder wegzuschicken, und dies wäre ein plausibler Grund.

»Ich muss es schaffen«, sagte er leise. »Bitte, ich *kann* es schaffen. Sag mir einfach, was ich wissen muss, und ich pauke wie verrückt, versprochen! Ich kann … Ich kann einfach nicht zurück!«

Jia sah betreten weg. Nach einer Weile drehte sie sich wieder zu Fort um. »Einverstanden. Ich tue, was ich kann, um dir zu helfen. Aber mach dir keine allzu großen Hoffnungen. Wir fangen gleich heute im Training an, und das geht … äh … in einer halben Stunde los. Die anderen arbeiten sowieso bloß an Knochenbrüchen, das hab ich schon hinter mir, insofern kann ich es mir leisten zu schwänzen.«

»Sie arbeiten daran?«, hakte Fort nach. »Was soll das heißen?«

»Das siehst du, sobald wir dort sind«, sagte Jia, steuerte den Aufzug an, und Fort eilte ihr nach. »Du wirst den Knochengarten *lieben*!«

KAPITEL 14

Wie sich herausstellte, bezeichneten die Heilschüler ihren Klassenraum als »Knochengarten«: einen lang gezogenen Saal im ersten Untergeschoss des Ausbildungsgebäudes direkt unter der Sicherheitsschleuse am Eingang. Der Name passte – zumindest heute. Der halbe Saal war mit langen Stahltischen vollgestellt, auf denen unterschiedliche Knochen lagen.

Als Fort entdeckte, dass man vor jedem einzelnen Tisch einen Vorhang zuziehen konnte, um ihn vor neugierigen Blicken zu schützen, zog sich sein Magen zusammen. Das bedeutete bestimmt, dass dahinter öfter irgendwelche Widerwärtigkeiten vonstattengingen, die einen Sichtschutz erforderten – ganz zu schweigen davon, dass in die Stirnseite der Halle lauter halbhohe Metalltüren eingelassen waren. Die kannte Fort aus dem Fernsehen, wenn Filme in Leichenschauhäusern spielten. Diese Luken sahen noch sehr viel beunruhigender aus.

»Sei froh, dass wir uns heute keine Organe vornehmen«, sagte Jia und bestätigte prompt seine Befürchtungen. »Aber die sind wahrscheinlich morgen

wieder dran, sofern du noch hier sein solltest.« Sie lächelte schief. »Ist vielleicht gar kein so schlechter Grund, um durchzufallen, hm?«

Statt zu antworten, starrte Fort weiter die Knochen an. Sie waren unterschiedlich groß, aber allesamt sauber in der Mitte entzweigebrochen. Im Großen und Ganzen sah es so aus, als wären die Tische mit grotesken Puzzles beladen.

»Die müssen wir alle wieder zusammensetzen?«, fragte er, und wieder krampfte sich ihm der Magen zusammen. Zum ersten Mal seit dem Mittagessen war er froh, nicht allzu viel zu sich genommen zu haben.

»*Du* nicht«, entgegnete Jia und führte ihn quer durch den Saal zur gegenüberliegenden Seite. Hier lag *Der Zauber der Heilung und Wiederherstellung des ursprünglichen Zustands* auf einem ganz ähnlichen Lesepult, wie er es bei der Eignungsprüfung im Hörsaal vor sich gehabt hatte. »Du konzentrierst dich erst mal nur auf die *Kleineren Wunden*, auf *Krankheiten heilen* und *Krankheit erregen*.«

»In Ordnung«, murmelte er. Insgeheim war er froh, dass er sich nicht sofort mit den Knochen beschäftigen musste.

Jia schlug das Buch auf der ersten Seite auf, wo der Zauberspruch für die kleineren Wunden stand – der Spruch, der früher am Tag verschwunden war, nachdem Fort ihn angewandt hatte.

»Ist mir auch egal, wenn das vor mir noch niemand geschafft hat. Ich werde alle drei lernen. Ich *muss* einfach.«

»Wie du meinst.« Jia sah ihn skeptisch an. »Um zu beweisen, dass du sie beherrschst, wird Dr. Ambrose dich auffordern, jeden Spruch zwei Mal auszuführen. Normalerweise will sie beim zweiten Versuch eine Bandage. Wenn du den Spruch nicht perfekt beherrschst, wirst du den zweiten Versuch nicht ausführen können, und das war's dann.«

»Und wie macht man das?«, fragte Fort. »Wie packt man Magie in so was wie eine Bandage?«

»Dazu kommen wir, sobald du die Sprüche verinnerlicht hast«, erwiderte Jia. »Wir sollten unsere Zeit nicht darauf verschwenden, solange du die Sprüche noch nicht sicher im Kopf hast. Bis dahin würde es sowieso nicht funktionieren. Also mach dir darüber jetzt keine Gedanken. Das wird dir im Vergleich eher leichtfallen.«

»Im Vergleich leichtfallen« war die erste gute Nachricht, die Fort an diesem Tag hörte.

»Verstanden«, sagte er, dann fiel ihm noch etwas ein. »Glaubst du, ich kann Dr. Ambrose beeindrucken, wenn ich einen mächtigeren Zauber lerne statt drei leichtere?« Er würde alles tun, damit er hierbleiben durfte.

Jia bedeutete ihm vorzutreten. »Probier's aus.«

Fort machte einen Schritt an ihr vorbei und wollte zu den schwereren Zaubern vorblättern – nur dass sich das Buch nach der ersten Seite nicht mehr umblättern ließ. Es war fast, als bestünde das restliche Buch nach *Kleinere Wunden heilen* aus Zement.

»Das sind Lehrbücher für Schüler«, erklärte Jia und griff jetzt selbst zu dem Buch. Immerhin konnte sie etwa ein Viertel der Seiten umblättern. »Die lassen uns nichts ausprobieren, was unsere Fähigkeiten übersteigt. Im Grunde heißt das nichts anderes, als dass das Buch dir noch nicht vertraut.«

»Toll.« Fort seufzte und sah auf die Seite mit den *Kleineren Wunden* hinunter, zu der Jia zurückgeblättert hatte. »Also – wie soll ich vorgehen?«

»Willkommen im Knochengarten«, sagte Jia und ließ eine Nähnadel neben das Buch aufs Pult fallen. »Hier wirst du bluten.«

Verständnislos starrte Fort auf die Nadel hinab. Im nächsten Moment verschluckte er sich fast an seiner eigenen Spucke. »Moment mal – *was*?« Seine Augenbrauen schossen in die Höhe. »Ich soll mir die Nadel durch den Finger stechen?«

»Nur zu, wenn dich das glücklich macht«, erwiderte Jia, nahm die Nadel zur Hand und pikste sich in den Zeigefinger, bis sich ein Blutstropfen bildete. »Oder du schaltest einfach mal einen Gang zurück. Eine kleinere Wunde ist eine kleinere Wunde, Forsythe.«

»Fort«, korrigierte er sie und war erleichtert. »Nenn mich einfach Fort.«

»Richtig – Fort. Tut mir leid.« Bestimmt konnte sie ihm nur zu gut ansehen, wie durcheinander er war, schien sich aber zum Glück nicht über ihn lustig zu machen. »Der Spruch verschwindet von der Seite, sobald du ihn verinnerlicht hast, weil du ihn dann ja nicht mehr brauchst. Das heißt, natürlich ist er noch da, aber du siehst ihn nicht mehr.

Ab diesem Zeitpunkt brauchst du auch keine Wörter mehr, sondern kannst den Zauber komplett wortlos ausführen.«

»Perfekt …« Fort starrte auf die Seite mit dem *Kleinere-Wunden*-Zauber hinab, prägte sich die Wörter ein und hoffte inständig, sie würden endlich von der Seite verschwinden. »Und um sie zu verinnerlichen, muss ich sie hundert Mal ausführen?«

Sie nickte. »*Mehrere* hundert Mal. Das ist bei jedem anders. Es kann also sein, du brauchst mehr als tausend Versuche, wer weiß.«

Die Erleichterung, die er eben noch verspürt hatte, verpuffte. Einen Moment lang war Fort sogar geneigt, zuzugeben, dass er es nie schaffen würde. Dann stellte er sich vor, wie sich eins der Monster in Tante Coras Wohnung durch den Boden buddelte, und zwang sich, seine Zweifel beiseitezuschieben. Das hier *musste* klappen – ganz egal, wie.

»Egal, was es kostet«, murmelte er und nahm Jia die Nadel aus der Hand.

»Wenn du den ersten Spruch verinnerlicht hast, hol ich dir für die nächsten beiden ein paar Bakterienkulturen aus dem Labor. Die sind zwar nicht besonders stark, aber sie zählen als Krankheit, die du heilen kannst.«

»Danke«, sagte er und war aufrichtig froh. »Ich weiß deine Unterstützung wirklich zu schätzen.«

Sie sah ihn einen Moment lang beinahe traurig an. Dann nickte sie. »Kein Problem. Und auch wenn es wahrscheinlich nicht hilft – ich hoffe, du schaffst es!«

Er lächelte sie dankbar an. Dann konzentrierte er sich wieder auf die Wörter aus dem Zauberbuch, um seinen Finger zu heilen.

»Mon d'cor«, flüsterte er, hielt dabei die unverletzte Hand über den Finger und spürte sofort dieselbe kalte Energie wie zuvor, die in seine Fingerkuppe sickerte. Der Blutstropfen bildete sich zurück, und der winzige Einstich verschwand.

»Sehr gut«, sagte Jia und hielt ihm erneut die Seite mit dem Spruch hin. »Wir haben nur dieses eine Buch, also werden wir es uns teilen müssen. Wir blättern einfach vor und zurück.«

Gesagt, getan. Während Fort trainierte, die Stiche in seinem Finger zu heilen, sprang Jia zu ein paar mächtigeren Zaubern vor, die sie üben musste. Zumindest behauptete sie das; Fort hätte es nicht sagen können, weil ihre Seiten im Buch für ihn komplett unbeschrieben aussahen.

Trotzdem machte er langsamere Fortschritte als sie, und sie musste mehrmals auf ihn warten. Zwischendurch erzählte sie ihm immer wieder, was sie von der Magie hielt.

»Glaub ja nicht, dass du mächtiger wirst, je weiter du kommst«, sagte sie und wischte mit einem Zauber den letzten Hauch eines Sonnenbrands von Forts Nacken. »Du lernst einfach nur komplexere Zauber. Und je mehr du davon kennst, umso kompliziertere Gebrechen kannst du heilen. Zum Beispiel lernst du, Knochenbrüche zu heilen, Monate bevor du auch nur annähernd Kopfschmerzen beseitigen kannst. Ich selbst arbeite immer noch an der Migräne. Der Kopf ist einfach der Körperteil, der am schwierigsten zu behandeln ist, weil da drin alles so verschachtelt ist.«

»Wie können Kopfschmerzen schwieriger sein als ein Knochenbruch?« Fort heilte eilig seinen Finger, damit Jia erneut zu ihrem eigenen Spruch vorblättern konnte. »Da nimmt man doch einfach ein Aspirin. Bis ein Bruch zusammenwächst, dauert es Monate!«

»Du gehst zu wissenschaftlich an die Sache heran«, sagte sie, »aber so funktioniert Magie nicht. Zumindest nicht Heilung. Bei der Heilung geht es um Wiederherstellung – das heißt, man strebt einen früheren Zustand an. Einen Beinbruch zu heilen bedeutet im Grunde, den Knochen wieder dort anzubringen, wo er hingehört. Die Magie … unterstützt dabei das Bein, wieder genau so zu werden, wie es mal war – also mitsamt gesundem Knochen. Bei Kopfschmerzen hingegen muss man echt vorsichtig sein. Klar, du kannst die Kopfschmerzen beseitigen, aber womöglich stellst du damit den Zustand von vor zwei Stunden wieder her und löschst so sämtliche neuen Erfahrungen, die du bis dahin gemacht hast.«

Mit der Nadelspitze nur Zentimeter über seiner Fingerkuppe, riss Fort die Augen auf. »Klingt nicht ungefährlich!«

»Und genau das kapieren diese Zerstörungstypen nicht«, grollte sie, hielt sich die Hand über den Arm und legte sich eine Schutzschicht aus verstärkter Haut zu. »Beim Heilen geht es nicht nur darum, Schrammen zu verarzten. Während sie Dinge in Brand setzen, lernen wir, wie wir lebendiges Material erschaffen und wiederherstellen.« Sie legte sich die Hand auf den Arm, und die Haut sah wieder aus wie zuvor.

»Dann ist es also wesentlich komplizierter, als es auf den ersten Blick aussieht«, schlussfolgerte Fort.

»Deshalb verbringt Dr. Ambrose den Vormittag auch immer damit, uns so viel wie nur möglich über Medizin und den menschlichen Körper beizubringen. Ohne dieses Wissen können wir Magie nicht gezielt einsetzen. Es ist die Grundlage für jeden einzelnen Zauberspruch.«

Inzwischen waren ein paar andere Schüler im Knochengarten aufgetaucht – außerdem Dr. Ambrose.

»Ignoriert den Neuling«, rief sie und stellte sich zwischen Fort und die anderen Schüler, die sich an den Knochentischen positioniert hatten. »Heute trainieren wir nur. Den Knochenbruch-Spruch habt ihr alle gemeistert, seht also zu, dass ihr sämtliche Knochen hier bis zum Abendessen zusammengesetzt habt. Und um einen kleinen Anreiz zu haben, wird derjenige von euch, der am langsamsten ist, in den Zerstörungskurs geschickt.«

Mehrere Schüler keuchten laut auf.

»Gebt nicht mir die Schuld«, fuhr Dr. Ambrose fort. »Colonel Charles meinte, er braucht ein paar Heiler, die seinen kleinen Soldaten zur Seite stehen, weil seine Jungs und Mädchen dazu neigen, sich zu verletzen.« Dann seufzte sie theatralisch. »Wenn hier je das Jugendamt auftaucht – ich schwöre euch, es gäbe ein Blutbad.«

Fort sah zu Jia und wollte schon fragen, warum Heilschüler am Zerstörungstraining teilnahmen, aber sie hatte sich bereits auf einen neuen Zauberspruch konzentriert, sodass er sich wieder seinen eigenen Übungen zuwandte. Das war jetzt ohnehin das Wichtigste. Wenn er Dr. Ambroses Test erst einmal bestanden hätte, könnte er all die Fragen stellen, die ihm unter den Nägeln brannten.

Zum Beispiel, warum Colonel Charles ihn hierhaben wollte und die anderen nicht.

Hinter ihm wühlten sich die Schüler durch die Knochenberge und fügten, wann immer sie passende Hälften fanden, die Bruchstücke wieder zusammen. Währenddessen wanderte Dr. Ambrose von einem zum anderen und sah sich an, was passierte, ohne viel zu sagen. Es dauerte ein paar Minuten, bis Fort dämmerte, warum: Dr. Ambrose war zu alt, um selbst Magie einzusetzen; sie wäre nicht mal imstande, den ersten Spruch des Buches zu lesen, geschweige denn ihn anzuwenden.

Das musste für einen Lehrer doch merkwürdig sein, dachte Fort. Normalerweise hätte jemand wie Dr. Ambrose eine Expertin auf ihrem Unterrichtsgebiet sein müssen. Aber hier wusste niemand recht über Magie Bescheid; die Lehrer konnten die Sprüche selbst nicht einmal sehen.

Womit Dr. Ambrose weniger eine Lehrerin war als … vielleicht eher eine Übungsleiterin? Oder einfach eine Expertin in einem verwandten Fachgebiet, die den Schülern wichtiges Hintergrundwissen vermittelte, aber nichts über die Magie an sich? Ob sie sich da nicht ein bisschen machtlos fühlte?

»Was ist das denn bitte?«, wetterte Dr. Ambrose im selben Moment und schnappte sich einen Knochen. Mit zusammengekniffenen Augen nahm sie einen Schüler ins Visier und brach den Knochen entzwei. »Mason, warst du das?«

Mason nickte verunsichert.

Auch Dr. Ambrose nickte. »Wenn du einen Menschenknochen auf diese Weise geheilt hättest, wäre er zu schwach gewesen, um das Gewicht des Patienten zu tragen. Er hätte erneut gebrochen werden müssen, bevor man ihn ordentlich hätte zusammensetzen können. Herzlichen Glückwunsch, dein Tisch hat gerade den Platz im Zerstörungskurs gewonnen!«

»*Nein*«, flüsterte Mason und spähte zu seinen Tischpartnern, die allesamt aussahen, als würden sie nur allzu gern Masons Knochen schlecht zusammensetzen. Doch ein Blick von Dr. Ambrose, und sie schlurften wortlos zur Tür.

Sobald die Tür hinter ihnen zuschlug, war plötzlich das Schluchzen eines anderen Jungen zu hören. Dr. Ambrose seufzte schwer und rieb sich die Schläfen.

»Gewöhnt euch daran«, sagte sie, ohne dabei ihre Schüler anzusehen. »Bis nächste Woche will Colonel Charles der Reihe nach jeden von euch beim Zerstörungstraining gesehen haben. Ich hab versucht … Ich hab *wirklich* versucht … Ach, Schwamm drüber. Ich bin nicht eure Mutter. Und jetzt zurück an die Arbeit!«

KAPITEL 15

Nach dem Training winkte Dr. Ambrose Fort und Jia zu sich ans Lehrerpult.

»Ihr zwei könnt das Buch mit ins Auditorium nehmen, bis dort zum Abendessen abgeschlossen wird. Und Jia …« Sie nahm die Brille ab und rieb sich die Augen. »Sorge dafür, dass er sich zum Abendessen mit Dr. Oppenheimer trifft. Offizierskantine, Punkt neunzehn Uhr. Und reiß dir kein Bein aus, um ihm zu helfen. Er wird nicht mal den ersten Spruch schaffen, ganz zu schweigen von dreien.«

Fort schluckte einen Widerspruch hinunter, als Jia nickte, sich das Buch vom Pult nahm und ihn in Richtung Ausgang schob.

»Bis morgen, Dr. Ambrose«, rief er seiner Lehrerin zu, weil er es merkwürdig gefunden hätte, einfach ohne ein Wort zu verschwinden.

»Uh, klingt wie eine Drohung«, ätzte Dr. Ambrose mit einem Seufzer.

Jia führte ihn zu den Aufzügen, wo sie wortlos stehen blieben. Als endlich die Türen aufglitten, sprang Fort regelrecht in die Kabine und trat nervös von

einem Bein aufs andere, bis die Türen wieder zugingen. Als es zu guter Letzt so weit war, platzten die Fragen, die er bis jetzt für sich behalten hatte, aus ihm heraus wie durch einen gebrochenen Staudamm.

»Was hat es mit dem Zerstörungstraining auf sich? Warum hat jeder Angst davor? Wird man dabei verletzt? Warum lassen sie so was zu? Ich dachte, wir wären zu jung, um wirklich zu kämpfen, deshalb müssten wir Bandagen herstellen …«

Jia wich vor ihm zurück und riss die Hände hoch. »Whoa, okay … Wow. Jetzt mal langsam. Eine Frage nach der anderen.«

Die Aufzugtüren gingen auf, und sie traten hinaus in den Eingangsbereich im Erdgeschoss. Unter den Blicken diverser Soldaten liefen sie stumm nebeneinanderher, vorbei an den Büros direkt aufs Auditorium zu. So hatte Dr. Ambrose den Hörsaal genannt, in dem Fort die Eignungsprüfung hatte ablegen müssen. Als sie ankamen, war es dort leer, und Fort konnte sich wieder seinen Fragen widmen.

»Also – was ist denn jetzt mit dem Zerstörungstraining?«

Mit einem tiefen Seufzer legte Jia das Buch neben das Zerstörungszauberbuch aufs Pult und setzte sich. »Wir lernen zu heilen, indem wir die menschliche Anatomie studieren und unsere Sprüche trainieren. Zerstörungsschüler trainieren … na ja, Zerstörung eben. Wenn man erst weiß, wie eine Magiekugel funktioniert, bleibt nicht mehr viel, worauf man sich noch spezialisieren müsste – nicht wie bei der Heis lung. Sie lernen zu kämpfen, und zwar üblicherweise gegeneinander. Da geht es oft ziemlich heftig zur Sache.«

»Aber sie gehen doch nicht richtig aufeinander los, oder?«

»Na ja … Sagt dir Paintball etwas?«

»Klar«, antwortete Fort. »Da schießt man mit Farbkugeln aufeinander statt mit echter Munition, oder nicht?«

Jia nickte. »Und jetzt stell dir das mit Feuerbällen, Magiekugeln oder Blitzen statt Farbkugeln vor. Die Zerstörungsschüler teilen sich entweder in zwei Teams auf, oder aber es kämpft jeder für sich und versucht, alle anderen mit Zaubern zu treffen. Sie tragen zwar Schutzkleidung, aber irgendwer wird dabei immer verletzt. Deshalb will Colonel Charles uns dabeihaben – damit wir die Verletzten sofort versorgen können. Wann immer jemand an einer ungeschützten Stelle getroffen wird, muss ein Heilschüler eingreifen und den Spieler gesund machen. Nur Treffer an ungeschützten Stellen zählen beim Training, und wir müssen sicherstellen, dass der Verletzte sofort weitertrainieren kann.«

Fort gingen mehrere Dinge gleichzeitig durch den Kopf. So gefährlich sollte das Training sein? Aber klar, natürlich gab es Verletzte, wenn sie echte Magie gegeneinander einsetzten. Rachel hatte ihn quer durch den Raum geschleudert, ohne auch nur mit der Wimper zu zucken, als sie angenommen hatte, er wollte Dr. Opps angreifen.

Aber warum sollten die Lehrer die Heilschüler dazu einspannen? Oder ein solches Gemetzel überhaupt erlauben?

Was, wenn ein Heiler während des Zerstörungstrainings verletzt wurde?

Okay … Sie mussten praktische Erfahrung sammeln. Wenn Colonel Charles wollte, dass seine Schüler lernten, wie man einen echten Kampf ausfocht, dann ergab das Sinn. Aber wenn das wirklich der Fall war, dann hatte Fort umso mehr Grund, sich den Zerstörern anzuschließen.

»Also nehme ich an, es ist in Ordnung, wenn dabei Heiler getroffen werden?«, hakte er nach, und Jia nickte.

»Diese Zerstörungstypen finden es sogar lustig, auf uns zu zielen. Ganz ehrlich? Die meisten von ihnen sind echte Mistkerle. Aber die Lehrer gehen nicht dazwischen, weil sie glauben, das Training wäre so effektiver.«

»Vielleicht sollten sie uns ebenfalls einen kleinen Zerstörungszauber beibringen«, überlegte Fort, und in seinem Kopf überschlugen sich die Gedanken. »So wäre das Ganze ein bisschen fairer.«

»Niemand kann zwei Bücher auf einmal studieren«, wandte Jia ein. »Das wäre, als müsstest du zwei Fremdsprachen gleichzeitig lernen. Wenn du die Sprüche irgendwie durcheinanderbringst und Zerstörung und Heilung vermischst …« Sie schauderte.

Aber nur, weil das noch nie jemand gemacht hatte, hieß das doch nicht, dass es nicht möglich war?

»Klingt so, als sollte ich mich wieder darauf konzentrieren, meine Sprüche zu verinnerlichen«, sagte er und schlenderte auf die Bank zu, auf der Jia Platz genommen hatte.

Sie rührte sich nicht vom Fleck, als er das Heilzauberbuch aufschlug und die Nähnadel zückte.

In den folgenden Stunden gab Fort sich alle Mühe, den *Kleinere-Wunden*-Zauber zu lernen, während Jia in einem Medizinbuch blätterte, das sie extra mitgebracht hatte. Wann immer ihm eine neue Frage in den Sinn kam, musste er sich zusammenreißen, um sie für sich zu behalten und sich stattdessen einzig und allein auf den Spruch zu konzentrieren.

Was das Zerstörungstraining anging – das hatte heftig und ziemlich gefährlich geklungen. Aber wenn es ihn auf all das vorbereitete, was er tun wollte, dann würde er ohne zu zögern daran teilnehmen. Vielleicht könnte er ja sogar freiwillig für einen anderen Schüler einspringen, Dr. Ambrose hätte Erbarmen mit ihm und würde ihm nur noch zwei Sprüche abverlangen, die er beherrschen müsste? Ja, klar. Als würde sie sich lediglich ansatzweise um ihre Schüler sorgen!

»Warum bist du überhaupt hier?«, fragte Jia ihn nach einer Weile unvermittelt. »Ich meine – ich weiß schon, die Vorstellung, zaubern zu lernen, ist echt fantastisch. Aber ich weiß auch, was dir in Washington zugestoßen ist. Ich hätte gedacht, du würdest von all diesem Zeug den größtmöglichen Abstand halten.«

Fort biss sich auf die Lippe. Er wusste nicht, was er sagen sollte. *Ich will verhindern, dass so etwas anderen passiert – vor allem meiner Tante. Ich will Gerechtigkeit für meinen Vater. Und ich will zusehen, wie das Monster leidet. Damit es fühlt, was ich fühlen musste. Damit es Angst empfindet.*

»Ich hab nicht wirklich eine Wahl«, sagte er zu guter Letzt. »Ein Zuhause, zu dem ich zurückkann, hab ich nicht mehr. Meine Eltern sind beide … tot. Ich hab nur noch eine Tante, die es sich nicht leisten kann, mich durchzufüttern. Ich fürchte, mir bleibt gar nichts anderes übrig.«

Jia nickte. »Ich glaube, keiner von uns hat wirklich eine Wahl. Mein Vater stammt aus einem kleinen Dorf mitten in China – in der Nähe der Stelle, wo das Heilzauberbuch gefunden wurde. Er war in die Stadt gezogen, um Theoretische Physik zu studieren, und hat dort meine Mutter kennengelernt, die Chemikerin werden wollte. Als das Buch entdeckt wurde, hat die Regierung ihn in seine Heimat zurückbeordert, weil er sich dort aufhalten konnte, ohne dass die Einheimischen unangenehme Fragen gestellt hätten. Ein paar Jahre später sind wir dann hierhergeschickt worden – mitsamt dem Heilzauberbuch –, damit sie unsere Forschungsergebnisse mit denen der hiesigen Wissenschaftler zusammenführen konnten.«

Wow. Sie hatte ihr Heimatland verlassen? »Wie alt warst du da?«

»Erst drei. Ich kann mich kaum noch daran erinnern. Wir sind nie wieder zurückgekehrt, weil mein Vater sich weigert abzureisen, ehe er das Geheimnis des Buches enträtselt hat.« Sie lächelte ihn schief an. »Er glaubt nicht an Sachen wie Magie. Ständig zitiert er einen Science-Fiction-Schriftsteller, der mal geschrieben hat: Jede hinreichend fortschrittliche Technologie ist von Magie nicht mehr zu unterscheiden. Für ihn stellen die Bücher eine Art Quellcode fürs Universum dar. Eine Zeit lang konnte er Dr. Opps davon auch überzeugen, aber jetzt wäre ich mir da nicht mehr so sicher.«

Fort zuckte mit den Schultern. »Als wir in der Schule durchgenommen haben, dass Feuerbälle herstellen etwas ganz Natürliches ist, muss ich wohl krank gewesen sein.«

Sie hob die Hand, und Fort sah, wie die Handfläche anfing, blau zu glimmen. »Ich weiß nur eins: Wenn das hier Wissenschaft ist, dann war derjenige, der diese Bücher vor Jahrtausenden verfasst hat, deutlich fortgeschrittener als wir.«

Fort runzelte die Stirn. »Hat Dr. Opps je etwas über den Verfasser herausgefunden?«

Jia schüttelte den Kopf. »Er weiß nur, dass die Bücher ein paar Tausend Jahre alt sind. Sie sind jünger als die ägyptischen Pyramiden, allerdings gibt es keinerlei historische Belege – bis zum Tag der Entdeckung. Was alle möglichen Fragen aufwirft: Wo waren die Bücher bis dahin versteckt? Warum lagen sie in der Erde? Warum war die Magie zuvor verschwunden? Warum können Erwachsene sie nicht anwenden, aber jeder, der *nach* dem entsprechenden Tag zur Welt gekommen ist?« Mit einem Lächeln auf den Lippen richtete sie den Blick in die Ferne. »Auf all diese Fragen hat mein Vater keine Antwort. Er und meine Mutter sind derzeit wieder zu einer der Ausgrabungsstätten unterwegs, wo sie nach Antworten suchen. Oder zumindest glaube ich das. Obwohl wir alle denselben Sicherheitsmaßnahmen unterliegen, werden unsere Briefe trotzdem knallhart zensiert.«

Dann hatte die Regierung es in den vergangenen dreizehn Jahren also nicht geschafft, mehr über die Bücher herauszufinden, als Dr. Opps am Tag ihrer Entdeckung. Das war hoch spannend. Ob es daran lag, dass diese Leute im Verborgenen forschten, damit sie bei ihrer Arbeit nicht allzu sehr auffielen? Oder waren die Antworten tatsächlich nicht mithilfe der Wissenschaft zu finden?

Leider hätte Fort es ebenso wenig sagen können wie Dr. Opps.

»Und weshalb bist du hier?«, fragte er, um das Gespräch wieder auf Jia zu bringen.

»Ich war sowieso hier … Außerdem hab ich am richtigen Tag Geburtstag, also haben sie mich sofort rekrutiert«, antwortete sie. »Dass meine Eltern ohnehin an dem Projekt gearbeitet haben, hat natürlich geholfen.«

»Aha«, sagte Fort leise. »Und würdest du nach China zurückkehren, wenn du könntest?«

»Ich würde dort gern mal hinreisen. Wahrscheinlich würde ich mich an nichts erinnern, aber ein Besuch wäre trotzdem schön. Wir sind ja nie verreist, weil meine Eltern ständig mit diesen Büchern beschäftigt waren. Im Grunde kenne ich nur unser Haus bei Washington und … ja, diese Schule.«

Washington? Schlagartig war Fort angespannt wie ein Gummiband, das fest auseinandergezogen wurde. »Dann hast du die Angriffe aus nächster Nähe erlebt?«

Jia blickte überrascht auf. »Ich hab doch nicht … Was?«

»Du hast gesagt, ihr hättet ein Haus bei Washington. Wart ihr während der Angriffe dort?«

Er beugte sich vor, auch wenn er sich selbst nicht ganz sicher war, warum das wichtig sein sollte. Vielleicht half es ihm ja, wenn er hörte, dass er nicht der Einzige war, der den Anschlag miterlebt hatte.

»Nein, ich … war nicht an der Mall.« Jia schüttelte den Kopf.

»Aber in der Nähe?«

Mit jeder Frage schien sie angespannter zu werden. »Nein. Ich war … unterwegs. Außerdem kann ich mich daran nicht mehr wirklich erinnern, okay?«

Fort war erschüttert. »Du kannst dich nicht mehr daran erinnern? Wie kannst du dich nicht …«

»Ich weiß genau, was da passiert ist«, schrie sie ihn an, und bei dem plötzlichen Ausbruch wich er zurück. »Aber warum sollte ich mich an jede Einzelheit eines beliebigen Tages erinnern? Was ist so schlimm daran, dass ich gewisse Sachen lieber vergesse?«

»Tut mir leid«, gab Fort leise zurück. Ihm war absolut nicht klar, was hier gerade passierte. »Daran ist gar nichts schlimm. Ich hätte es wahrscheinlich auch verdrängt, wenn ich gekonnt hätte. Ich war bloß neugierig …«

»Ich wünschte mir, wir könnten es alle vergessen«, sagte sie. »Ich wünschte mir, wir könnten alle wieder zur Normalität zurückkehren und hätten von dieser ganzen Magiesache niemals gehört.« Sie stand auf und winkte ihn hinter sich her. »Komm, wir müssen zur Offizierskantine. Du willst doch nicht zu spät zum Abendessen kommen.«

Fort sah ihr kurz nach, als sie aus dem Saal marschierte, und warf einen Blick auf die Uhr. Es war gerade erst sechs. Wenn das Abendessen für Punkt neunzehn Uhr geplant war, hatten sie noch eine geschlagene Stunde Zeit.

Ich hab immer gewusst, dass du gut darin bist, Freunde zu finden, hörte er die Stimme seines Vaters in seinem Kopf. *Dir fliegen die Herzen von allen Seiten zu. Mein Forsythe!*

KAPITEL 16

»Und, wie lief der erste Tag?«, fragte Dr. Opps, nachdem er sich mit Fort in der Offizierskantine zum Abendessen hingesetzt hatte. Auch wenn sie vom gesamten militärischen Personal misstrauisch beäugt wurden, brachte hier zumindest niemand Forts Tablett zum Schmelzen oder machte abfällige Bemerkungen, die nur er hören konnte. Er deutete das als einen Schritt in die richtige Richtung. Außerdem schienen die Wachsoldaten hier deutlich entspannter zu sein als die aus der Schülermensa.

Andererseits aß er jetzt mit einem Mann zu Abend, der ihn von ihrer ersten Begegnung an belogen hatte und nur nach Gründen suchte, um ihn zurück zu seiner Tante zu schicken.

Fort überlegte einen Moment, ehe er Dr. Opps' Frage beantwortete, und ging im Kopf noch mal all die Dinge durch, die er sagen wollte, aber nicht sagen durfte, ehe er sich letztendlich für eine Antwort entschied, die ihn nicht in Schwierigkeiten bringen würde.

»Ich mag Colonel Charles. Was meinen Sie – findet er es gut, dass ich jetzt die Schule besuche?«

Dr. Opps' Gabel verharrte kurz auf halber Höhe in der Luft, ehe sie ihren Weg fortsetzte. »Das finden wir alle gut. Warum fragst du speziell nach ihm?«

»Er war beim Test einfach nur besonders nett«, erwiderte Fort. »Er meinte, wenn ich nur hart genug arbeite, darf ich vielleicht zu Zerstörung wechseln.«

»Ich nehme an, Dr. Ambrose hat dir wegen der drei Heilzauber Bescheid gegeben, die du lernen musst?«

»Ja. Klingt nach einer echt schweren Aufgabe.« *Fast als hätten Sie mir diese unmögliche Aufgabe gestellt, damit ich wieder nach Hause muss.*

»Herausforderungen sind wohl nicht dein Ding?«, gab Dr. Opps mit einem Seitenblick zurück. »Und ich dachte, du *wolltest* hier sein.«

»Oh, ich mag Herausforderungen«, entgegnete Fort und versuchte, so lässig wie nur möglich weiterzuessen – nur dass ihm im nächsten Moment die Kartoffeln von der Gabel kullerten. »Die kurze Frist ist mir egal, ich werde die Sprüche schaffen. Ich gehe nicht zurück, und wenn ich zehnmal so hart arbeiten muss wie jeder andere. Ich verstehe nur nicht, warum ich sie so schnell lernen muss. Die anderen Schüler hatten eine ganze Woche pro Zauberspruch Zeit, zumindest hat Jia das gesagt.«

»Vielleicht genau deswegen«, erwiderte Dr. Opps und nahm noch einen Bissen. »Vielleicht brauchen wir an dieser Schule mehr Leute, die richtig hart arbeiten können.«

»Das beantwortet nicht wirklich meine Frage«, sagte Fort,

bei dem sich bei aller Zurückhaltung allmählich Unmut breitmachte.

Dr. Opps sah ihn streng an. »Ich bin der Schuldirektor hier, Forsythe. Wenn ich eine Frage nicht beantworten will, dann beantworte ich sie auch nicht. Also – wie läuft es mit dir und Jia?«

Dass Jia ihn fast eine ganze Stunde zu früh vor der Offizierskantine abgesetzt hatte und dann wortlos gegangen war, verhieß nichts Gutes.

»Hervorragend«, antwortete Fort trotzdem. »Sie ist wahnsinnig hilfsbereit.«

»Gut«, sagte Dr. Opps. »Konzentrier dich auf deine Aufgaben und hör gut zu, was Jia sagt. Sie ist eine unserer besten Heilerinnen und ihren Mitschülern weit voraus.« Er hielt kurz inne. »Und auch wenn all das für dich mit Sicherheit eine enorme Herausforderung darstellt, will ich dem Rest dieser Schule damit beweisen, dass der Geburtstag allein nichts zu sagen hat. Ich will einfach nicht glauben, dass du nicht ebenso mächtig wie die anderen werden kannst. Und indem du hart arbeitest und die drei ersten Sprüche in einem Bruchteil der Zeit lernst, wirst du genau das unter Beweis stellen.«

»Ich kann den Stoff aufholen«, sagte Fort, dem das Essen jetzt herzlich egal war, weil er sich kurzerhand eine andere Taktik zurechtgelegt hatte. »Und wenn ich das schaffe, kann ich in Colonel Charles' Kurs wechseln. Ich glaube, dass er etwas in mir erkennt ...«

Dr. Opps' Gabel schepperte laut auf den Teller. »Was hab ich gerade gesagt? Du wirst den Heilkurs besuchen – oder du fährst wieder heim. Selbst wenn du das ganze Buch in vierundzwanzig Stunden meisterst!«

In Forts Brust loderte Zorn auf, und er musste sich mächtig zusammenreißen, um den Direktor nicht anzuschreien.

»Aber Sie haben mir im Haus meiner Tante doch selbst gezeigt, wie ich diese Kreaturen mithilfe von Zerstörungsmagie bekämpfen kann«, sagte er leise und versuchte, Ruhe zu bewahren. »Warum machen Sie das und lassen dann nicht zu, dass ich es lerne?«

»Weil du nie auch nur auf zehn Meter an eine weitere Attacke herankommen dürftest, selbst wenn du Zerstörung beherrschen würdest«, entgegnete Dr. Opps und wandte sich wieder seinem Essen zu. »Keiner der Schüler wird an irgendeinem Manöver teilnehmen, ehe er mindestens volljährig ist. Zumindest solange ich hier etwas zu sagen habe.«

Unter dem Tisch ballte Fort die Fäuste.

»Aber das ist nicht *fair*«, brachte er zwischen aufeinandergebissenen Zähnen hervor. »Hab ich nach allem, was passiert ist, wirklich kein Recht auf Gerechtigkeit?«

»Du willst keine Gerechtigkeit«, sagte Dr. Opps und legte sein Besteck beiseite. »Du willst Rache.«

»Meinetwegen!«, grollte Fort, der jetzt doch laut geworden war. »Womöglich will ich das. Aber hab ich das nicht verdient? Dieses Ungeheuer hat meinen Vater umgebracht!«

Ein paar Männer in Uniform hatten sich schon nach ihm

umgedreht, aber das war Fort egal, und Dr. Opps schien es nicht zu bemerken.

»Ob du es verdienst oder nicht«, meinte er ruhig, »es würde für dich nur umso mehr Leid bedeuten, selbst wenn du mächtig genug wärst, um einem dieser Wesen entgegenzutreten. Was du nie sein wirst! Wenn man bedenkt, wie wenig wir über sie wissen, habe ich so meine Zweifel, ob das überhaupt jemand könnte.«

»Ich könnte es!«, fauchte Fort und beugte sich über den Tisch. »Geben Sie mir eine Chance. Mein Vater ist *tot* …«

Dr. Opps schlug die Hände vors Gesicht und seufzte.

»Und das wärst du auch, wenn Sierra nicht gewesen wäre.«

Fort verstummte und starrte den Direktor mit großen Augen an. Der blickte kurz auf, widmete sich dann aber wieder seinem Essen.

»Was haben Sie gerade gesagt?«, flüsterte Fort.

Dr. Opps sah auf und kaute auf dem nächsten Bissen. »Ich hab gesagt, dass ich mir nicht sicher bin, ob überhaupt jemand imstande wäre, diesen Wesen entgegenzutreten.«

»Nein …« Fort beugte sich vor und fuhr leise fort: »Danach. Sie meinten, ich wäre ebenfalls tot, wenn Sierra nicht gewesen wäre.«

Dr. Opps ließ langsam die Gabel sinken und starrte Fort an. »Das habe ich nicht gesagt.«

»Haben Sie *wohl*«, sagte Fort, der sich nicht erklären konnte, warum Dr. Opps ihn schon wieder belog. »Ich hab Sie doch gehört! Was meinen Sie damit? Wer ist Sierra?«

»Ich habe das nicht gesagt«, wiederholte Dr. Opps, der inzwischen genauso überrascht aussah, wie Fort sich fühlte. »Ich habe das nie im Leben gesagt! Wie kannst du das dann gehört haben?«

»Ich weiß, dass Sie es gesagt haben! Ich hab's gehört!«, schrie Fort.

Diesmal sah er dem Direktor direkt in die Augen, während er erneut Dr. Opps' Stimme vernahm.

Der Junge kann meine Gedanken hören! Das liegt nur an ihr – das kann er unmöglich alleine hinkriegen! Sierra muss enger mit ihm in Verbindung stehen, als wir vermutet haben. Aber wie kann sie immer noch Magie ausüben?

Die ganze Zeit über hatten sich Dr. Opps' Lippen kein bisschen bewegt.

KAPITEL 17

Panisch wich Fort zurück, sodass sein Stuhl zu Boden kippte. »Wie hab ich … Was … Ich hab Ihnen gerade beim Denken zugehört …«

Dr. Opps stemmte sich hoch und packte Fort an der Uniform.

»*Was hast du gehört*?«, fauchte er in einer Mischung aus Angst und Zorn. »Was flüstert sie dir …«

Im selben Moment wurden noch andere Stimmen laut, und zwar nicht nur ihretwegen. Das Besteck auf den Tischen fing an, gegen die Teller zu klappern, und die Temperatur in der Offizierskantine fiel rapide ab, sodass Fort seinen eigenen Atem sehen konnte. Die Lampen flackerten, genau wie zuvor im Auditorium, als Fort den Test machen sollte, und mehrere Männer um sie herum schrien alarmiert auf. Ein paar Wachen nahmen sogar die Waffen in Anschlag, nur dass sie nicht wussten, worauf sie zielen sollten.

Was war hier los? Obwohl Fort von Soldaten umgeben war, fühlte er sich mit einem Mal unglaublich schutzlos und verletzlich.

»Oppenheimer, was geht hier vor?«, rief Colonel Charles und sprang von seinem Tisch ganz in der Nähe auf. Dann zerrte er Dr. Opps ein Stück von Fort weg.

»Ich hab Ihnen doch gesagt, dass die Berichte aus den anderen Ländern wahr sind!«, schrie Dr. Opps über den Tumult hinweg. »Was haben Sie denn geglaubt, was passieren würde, wenn wir den Jungen hierherholen?«

Colonel Charles wandte sich ab und fing an, in sein Handy zu brüllen – irgendetwas von erhöhter Aktivität –, während Dr. Opps zu Fort zurückkehrte.

»Bringt ihn in den Schlafsaal«, schrie er dem Soldaten zu, der direkt hinter Fort stand. »Und Charles – Sie kommen mit!«

Colonel Charles bedachte Dr. Opps mit einem entnervten Blick, tat aber wie geheißen, während der Soldat Fort in Richtung Tür zog.

»Warten Sie!«, rief er über die Schulter. »Was ist los? Was passiert hier gerade?«

Doch noch bevor Dr. Opps ihm antworten konnte, kreischte in der Kantine jemand auf, und die restlichen Leute wurden schlagartig still. Die Tische hörten auf zu wackeln, die Lichter flackerten nicht mehr, wirkten aber leicht gedimmt.

Und irgendwie – auch wenn er es nicht hätte erklären können – war Fort sich sicher, dass sich etwas verändert hatte. Irgendwas war hier bei ihnen im Saal.

Irgendwas … *Unmenschliches.*

Von der Mitte der Kantine war ein helles, triefendes Quietschen zu hören, und Fort gefror das Blut in den Adern. Er hätte schreien wollen oder weglaufen oder einfach nur die Augen zukneifen und sich ganz klein zusammenkauern – alles, nur um nicht sehen zu müssen, was dort aus dem Nichts aufgetaucht war. Doch sein Körper gehorchte ihm nicht mehr, und er hatte Mühe, in der eiskalten Luft überhaupt noch zu atmen.

Der Soldat, der sich ihn geschnappt hatte, war so groß, dass er die anderen überragte. Und scheinbar hatte er über die Köpfe hinweg etwas entdeckt. Er riss die Augen auf, klappte den Mund auf und wieder zu, ohne dass er auch nur ein Wort gesagt hätte. Dann lockerte sich sein Griff um Forts Arm, und im nächsten Moment ließ er die Schultern schlaff hängen.

»Ersch-sch-schießt es!«, wisperte ein Mann, der über und über mit Orden dekoriert war. »Um Himmels willen – *erschießt es*!«

Fort hörte, wie ein Sturmgewehr entsichert wurde, und dann hob ein Soldat ganz in der Nähe die Waffe und nahm sie in Anschlag. Noch während er zielte, fing er stumm an zu schluchzen. Die Waffe fiel einfach zu Boden – und der Mann ebenfalls. Er rollte sich ganz klein zusammen, wiegte sich hin und her und wimmerte leise vor sich hin.

Zwischen den anderen Leuten hindurch erhaschte Fort einen Blick auf etwas, was *in der Luft schwebte*, und sein Herz setzte für einen Schlag aus. Was immer das war – es schimmerte transparent, wie ein Gespenst oder eine holografische Projektion. Es trug eine Art Rüstung aus dunklem Mineral, doch darunter, wo bei einem Menschen die Beine ansetzten, tasteten mehrere Tentakel schmatzend über den Boden und hinterließen auf den Fliesen schwarzen Schleim.

Mit jeder Faser in seinem Leib wollte Fort flüchten, sich verstecken – irgendwas tun. Doch auch wenn er noch immer um Luft rang, fragte sich ein Teil von ihm, wie sich dieses Ding vorwärtsbewegte, wenn es doch ein Gespenst war …

Dann hörte Fort, wie Dr. Opps Colonel Charles zuflüsterte: »Es sucht den Jungen!« Die beiden Männer waren kreideweiß im Gesicht. »Ich habe noch Sierras Medaillon – es ist womöglich unsere einzige Chance, hier lebend rauszukommen!«

»Ist es …«, flüsterte Colonel Charles zurück.

»*Ja*«, antwortete Dr. Opps. »Und Sie wissen, wozu diese Dinger fähig sind!«

»Bringen Sie Forsythe von hier weg«, blaffte Colonel Charles einen anderen Soldaten an, der nickte und sein Bestes gab, um das Wesen in der Mitte der Kantine nicht ansehen zu müssen. Er packte Fort am Arm und zog ihn zur Tür. Immer noch viel zu verängstigt, um aus eigener Kraft auch nur einen Schritt zu machen, konnte Fort gar nicht anders, als in Richtung des Grauens zu starren – obwohl er es eigentlich nicht wollte. Doch wegsehen konnte er auch nicht.

Das Wesen schien ihnen zu folgen.

DU HAST MENTALMAGIE EINGESETZT!, sagte eine uralte, übermächtige Stimme in Forts Kopf. Sie war so kraftvoll, dass ihm davon der Schädel zu platzen drohte. Er schrie kurz auf und hielt sich vor lauter Verzweiflung die Hände an die Schläfen.

»Oppenheimer?«, brüllte Colonel Charles und richtete zitternd die Waffe auf dieses Ding. »Was immer Sie tun wollten – tun Sie es *jetzt*!«

Das unmenschliche Wesen machte noch einen schlurfenden Schritt nach vorn und war drauf und dran, komplett in Forts Sichtfeld zu treten, als Dr. Opps dazwischenging und das Medaillon zückte, das er auch in der Wohnung von Forts Tante dabeigehabt hatte. Er hielt es der Kreatur entgegen, und es fing an zu glimmen.

»VERSCHWINDE DORTHIN, WO DU HERGEKOMMEN BIST!«, brüllte Dr. Opps, und Licht schoss aus dem Medaillon – irgendeine magische Explosion.

Mehrere Tentakel wanderten in die Höhe, diesmal dort, wo beim Mensch die Arme gewesen wären, und der Lichtstrahl verharrte in der Luft.

IST DIESER GEGENSTAND DIE QUELLE DER MENTALMAGIE?, fragte die Stimme in Forts Kopf, und wieder schrie er gequält auf. Mehrere Leute, die um ihn herumstanden, griffen sich an die Köpfe. Anscheinend war er diesmal nicht der Einzige gewesen, der die Stimme gehört hatte.

»Ich bin dein Gebieter«, schrie Dr. Opps, obwohl auch er

große Schmerzen zu haben schien. »Verschwinde von hier und komm niemals wieder!«

Doch das Wesen zeigte nur mit einem Tentakel auf das Medaillon, das daraufhin zerbarst, und das Licht darin erlosch. WENN DAS DIE QUELLE WAR, HABEN WIR FALSCHGELEGEN. JETZT KÖNNT IHR NUR NOCH BETEN, DASS WIR NICHT NOCH EINMAL ZURÜCKKOMMEN. Mit diesen Worten verschwand das unmenschliche Grauen.

Fort schluchzte erleichtert auf und fragte sich insgeheim, warum er noch am Leben war. Was war das für eine Kreatur gewesen? Während des Angriffs in Washington konnte Fort sich zumindest noch bewegen – aber hier und jetzt hatte er das Ding nicht mal ansehen können!

Dr. Opps fiel vor Fort auf die Knie und umklammerte die Hand, in der er das Medaillon gehalten hatte. Colonel Charles eilte auf ihn zu, um nachzusehen, ob er Hilfe benötigte.

»Holen Sie Jia, damit sie ihn heilt«, befahl der Colonel mit immer noch zittriger Stimme einem Soldaten ganz in der Nähe. Dann drehte er sich zu Fort um und sah die Wache finster an, die ihn immer noch festhielt.

»Und was habe ich wegen des Jungen gesagt? Bringen Sie ihn weg – sofort!«

Die Zimmertemperatur war wieder gestiegen, und die Lampen erhellten den Saal wie zuvor, während der Soldat Fort erneut packte und in Richtung Ausgang zerrte. Diesmal ließ Fort es geschehen. Es war *seinetwegen* hier gewesen …

und nur indem es gesprochen hatte, war ihm beinahe der Kopf explodiert.

Wenn es auf diese Weise kommunizierte, wozu war es dann erst imstande, wenn es jemanden verletzen wollte?

Er hörte gerade noch, wie Dr. Opps fragte: »Sind Sie jetzt glücklich, Charles? Ist es das, was Sie wollten? Das Ding hätte uns alle umbringen können, wenn es gewollt hätte! Und das war bloß ein Hauch seiner Macht!«

Colonel Charles spähte zu Fort. »Das beweist doch nur, wie notwendig das alles ist … Wir müssen die Kräfte des Jungen nutzen. Wenn sie dafür sorgen, dass es erneut zum Leben erwacht, dann ist es eben so.«

»Wir müssen nachsehen, ob Sierra …«, erwiderte Dr. Opps, doch mehr konnte Fort nicht mehr hören, weil die Tür zur Kantine hinter ihm zuschlug.

»Was … Was war das?«, stammelte der Soldat.

Fort sah ihn wortlos an. Er hatte keine Ahnung, was er darauf erwidern sollte.

Der Mann schwieg für einen Moment, dann schüttelte er den Kopf. »Wir hätten diese Bücher am Tag der Entdeckung allesamt abfackeln müssen. Was hier passiert, ist *falsch.* Ihr hantiert mit etwas, was wir besser nicht antasten sollten … Und dann kommt so was dabei raus!«

Fort wollte schon widersprechen, wusste aber beim besten Willen nicht, wie er die ganze Sache hätte verteidigen sollen. Also lief er einfach schweigend hinter dem Soldaten her in Richtung Schlafsaal.

KAPITEL 18

Der Soldat brachte Fort zum Schlafsaal, schubste ihn durch die Tür und donnerte sie hinter ihm zu. Sämtliche Blicke waren auf ihn gerichtet, doch ausnahmsweise machte es ihm nichts aus, im Mittelpunkt der Aufmerksamkeit zu stehen. Dass er fast gestorben wäre, hatte dazu geführt, dass jetzt andere Dinge wichtiger waren.

»In der Offizierskantine ist … ist etwas aufgetaucht«, sagte er leise. »Etwas aus … weiß auch nicht … aus einer anderen Dimension oder so. Keine Ahnung, was es war – aber menschlich war das nicht. Ich glaube, die Schule ist gerade angegriffen worden.«

»Wovon redest du?«, fragte ein Junge, den Fort noch nie zuvor gesehen hatte. »Es gab überhaupt keinen Angriff. Hier sind überall Alarmanlagen, die hätten doch losgeschrillt.«

»Ich weiß nicht, was es war«, wiederholte Fort und versuchte vergebens, seinen Puls wieder auf ein normales Tempo zu bringen. »Es hat eine Art Rüstung getragen, glaube ich, hatte aber Tentakel – und es hat in unseren Köpfen gesprochen.«

Irgendwer schnaubte. Als

Fort sich umdrehte, saß auf dem Nachbarbett Bryce – oder hieß er Blaine? Er konnte sich nicht einmal mehr an den Namen erinnern.

»So was machst du jetzt also, um Aufmerksamkeit zu erregen?«, fragte er. »Nachdem du kein Mitleid mehr für den Angriff in Washington kriegst, ist jetzt also der Moment, sich eine neue Attacke auszudenken?«

Blanke Wut strömte durch Forts Adern, und langsam drehte er sich zu dem Zerstörungsschüler um. Erst jetzt bemerkte er, dass Chad und Trey sich neben ihm aufgebaut hatten. »Ich hab mir das nicht ausgedacht. Ich komme gerade aus der Offizierskantine, und …«

»Aus der Offizierskantine? Da geh ich auch immer zum Abendessen hin«, warf Chad höhnisch ein. »Was hat das Tentakelmonster denn gemacht – sich ein Steak bestellt?«

Die beiden kicherten gehässig, während die anderen Jungs sich den Dingen zuwandten, mit denen sie vor Forts Ankunft beschäftigt gewesen waren.

War das ihr Ernst? Da war gerade aus heiterem Himmel irgendwas Übernatürliches aufgetaucht – und keinen der Jungs schien es zu interessieren? Oder glaubten sie ihm wirklich nicht?

»Muss eine echt schlimme Attacke gewesen sein«, sagte Trey. »Wenn man bedenkt, dass wir alle keinen Mucks gehört haben und draußen keine Panzer vorfahren. Übrigens, Pflaster – wer hat dir erlaubt, dass du dir dieses Bett aussuchst?«

»Wer schert sich denn bitte um ein *Bett*?«, rief Fort. »Ich erzähle euch gerade …«

»Das da gehört uns«, ging Blaine dazwischen, setzte sich ein Bett weiter und fegte Forts Sachen zu Boden. »Das benutzen wir als Lagerplatz. Such dir ein anderes, oder wir finden heraus, wie lange es dauert, bis deine Uniform brennt.«

»Und zwar die, die du anhast«, ergänzte Trey.

»Ich nehme an, genau die war gemeint«, sagte Blaine und bedachte seinen Kumpel mit einem abfälligen Blick.

Trey zuckte mit den Schultern. »Hätten doch beide sein können – nur dass es nicht sonderlich abschreckend wirkt, wenn wir ihm drohen, seine Wechselklamotten anzukokeln.«

Blaine seufzte. »Hast *du* mich wenigstens verstanden, Pflaster? Hast du kapiert, dass wir dich mitsamt der Uniform anzünden …«

Im selben Moment stürzte sich Fort auf den Jungen, und beide krachten zu Boden. Blaine, der damit nicht gerechnet hatte, schlug ungebremst auf und kassierte im nächsten Augenblick einen, zwei, dann noch einen dritten Schlag in die Magengrube. Fort war rasend vor Wut. All die Anspannung, die Lügen und das Grauen des Tages loderten in ihm auf, und jetzt ließ er alles an dem Jungen unter ihm aus.

Irgendwer riss ihn nach hinten, und noch während er nach Blaine ausholte, ihn aber verfehlte, kam er schwankend auf die Füße. Mit einem Mal flackerte eine dunkelrote Flamme um Blaines Hand.

»Haltet ihn fest!«, rief Blaine den beiden anderen zu. Kräftige Hände packten ihn an den Armen und rissen sie ihm auf den Rücken. »War ja klar, dass du wie ein *Normalo* kämpfen würdest, ohne Magie.«

»Zumindest kämpfe ich Mann gegen Mann«, schrie Fort und trat nach Blaine, auch wenn der längst außer Reichweite war.

Die beiden Jungs hinter ihm lachten, und Fort stieg Brandgeruch in die Nase. Dann ließen sie seine Arme los. Eilig streifte er sich das brennende Hemd über den Kopf und schlug es auf den Boden, um es zu löschen. Inzwischen hielten auch Trey und Chad Flammen in den Händen, und die drei umzingelten ihn, sodass es keinen Ausweg für ihn gab.

»Du hast dir dieses Bett ausgesucht, Pflaster«, sagte Blaine. »Dann leg dich jetzt auch hin.«

Obwohl ihm drohte, verbrannt zu werden, war ein Teil von ihm immer noch auf einen Kampf aus. Irgendwie musste er seine Wut doch loswerden! Und es war schließlich nicht so, als hätten die Jungs es nicht verdient. Plötzlich hörte er über seinen Zorn hinweg eine Stimme. Sie klang ein bisschen nach Jia und rief ihm in Erinnerung, dass er womöglich nur umso schneller von der Schule fliegen würde, als Dr. Opps geplant hatte, wenn er bei einer Schlägerei erwischt würde.

»Nein«, sagte Fort zu guter Letzt, holte tief Luft und ließ die Hände sinken. »Damit bin ich fertig.«

»Leg dich sofort hin, oder wir *verbrennen dich*«, forderte Chad ihn auf.

»Wenn ich mich hinlege, verkokelt ihr das Bett«, entgegnete Fort. Sein Blick wanderte von Blaine über Chad zu Trey.

Die drei sahen einander an.

»Na und?«, blaffte Chad.

»Wenn ihr mich sowieso verbrennt, dann brauche ich gar nicht erst zu tun, was ihr sagt.«

Irgendwer weiter hinten im Schlafsaal ächzte laut auf. »Jetzt hab ich aber genug!«

Alle vier wirbelten herum. Es war der große Junge, den Fort beim Mittagessen in der Mensa beobachtet hatte – der einzige Heiler, dem noch nach Essen zumute gewesen war. Der Junge kam von seinem Bett am anderen Ende des Gangs in ihre Richtung geschlendert, und es sah ganz danach aus, als würden die drei Zerstörungsschüler die Köpfe einziehen.

»Das hier geht dich nichts an, Sebastian«, sagte Chad, wich jedoch ein Stück zurück.

»Es geht mich sehr wohl etwas an, wenn ihr mir auf die Nerven geht«, entgegnete Sebastian, dessen Hände jetzt merkwürdig bläulich glühten. Fort spürte selbst aus dieser Entfernung, wie von ihnen Kälte ausging, und schlagartig dämmerte ihm, dass die Zerstörungstypen allen Ernstes *Angst* vor dem Heiler hatten.

»Wir wollen doch bloß ein bisschen Spaß mit dem neuen Pflaster haben«, sagte Blaine und hob abwehrend die Hände, je näher Sebastian kam.

»Cool. Da spiel ich direkt mit«, sagte Sebastian, machte einen Satz nach vorn und packte Blaines flammende Hände. Das Feuer erlosch sofort, während der Junge vor Schmerzen aufschrie, weil sich auf seiner Hand komische Bläschen bildeten.

»Hör auf damit!«, schrie Chad und feuerte einen gelben Energieblitz in Sebastians Richtung, doch der Heiler wich einen Schritt zur Seite aus, sodass das Geschoss einen unschuldigen Zerstörungsschüler traf, der hinter ihm gestanden hatte. Sebastian hielt weiter Blaines Hand fest.

»Ich bin nie ganz sicher, was bei einem *Krankheit-erregen*-Zauber so rauskommt«, sagte Sebastian und streckte die freie Hand in Chads und Treys Richtung. »Anscheinend hatte Bryce mal die Windpocken; die sind es also geworden. Kriegt man heutzutage nicht mehr allzu oft. Wollt ihr zwei mal probieren, ob ihr auch so ein Glück habt?«

Augenblicklich rissen die beiden die Hände nach oben, und die Flammen gingen aus, während Blaine – nein, Bryce – in die Knie ging und ihm Tränen übers Gesicht liefen.

»Das juckt«, wimmerte er, während der Ausschlag sich über sein Gesicht und den ganzen Körper ausbreitete. »Das juckt ganz *fürchterlich*!«

»An deiner Stelle würde ich nicht kratzen«, empfahl Sebastian und ließ ihn los. »Nur wenn du Narben zurückbehalten willst.«

Wütend kam Bryce auf die Beine. Seine Hände flammten erneut auf, aber ein Blick von Sebastian genügte.

»Und jetzt entschuldige dich, oder ich lass das so.«

Die Flammen um Bryces Hand brannten nach und nach herunter, und er schniefte lautstark. »Ich … Ich entschuldige mich. Würdest du das jetzt bitte heilen?«

»Entschuldige dich bei dem Neuling«, sagte Sebastian und nickte in Forts Richtung, ohne ihn dabei anzusehen.

Bryce wischte sich über die Nase und drehte sich dann zu Fort um. »Tut mir leid. Du kannst das Bett haben.«

Fort schnappte sich seine Wechselklamotten. »Schon okay, ich glaube, ich nehm eins am anderen Ende.«

Sebastian wischte mit der Hand über Bryces Körper, und die Windpocken bildeten sich sofort zurück. Fast schon hysterisch vor Erleichterung kicherte der Zerstörungstyp vor sich hin, während Trey und Chad ihn beiseitezogen. Sebastian machte auf dem Absatz kehrt und schlenderte zu seinem Bett zurück. Eilig lief Fort hinter ihm her. Nach ein paar Metern entdeckte er, dass Cyrus schon auf ihn wartete – und zwar auf dem Bett neben jenem, das er ihm früher am Tag vorgeschlagen hatte.

»Das wäre nicht nötig gewesen«, sagte Fort zu Sebastian. Er hatte Mühe, mit dem Jungen Schritt zu halten. »Ich brauche hier niemanden, der mich beschützt. Ich komme auch allein klar.«

Sebastian bedachte ihn mit einem eisigen Lächeln. »Hab ich dich was gefragt? Die drei sind mir auf die Nerven gegangen. Hätten sie dich draußen angezündet, wäre es mir schnuppe gewesen.«

Fort wusste nicht, ob das ein Scherz sein sollte. »Ich … Ich bin übrigens Fort. Ich bin auch ein Heiler, und …«

Sebastians Finger schlossen sich um Forts Handgelenk. Schlagartig vernebelte sich sein Kopf, und er hatte am ganzen Körper Schmerzen.

»Du hast Jia heute im Kurs abgelenkt. Normalerweise springt sie für Mason ein. Er hatte so was wie ein halbes Dutzend Wunden, die ich heilen musste, als er vom Zerstörungskurs zurückkam.«

Fort fing an, heftig zu zittern, und hatte mit einem Mal das Gefühl, dass es fünf Grad kälter geworden war. Trotzdem sah er Sebastian weiter an. »Womöglich hätte er beim Knochenheilen einfach besser sein müssen.«

Für den Bruchteil einer Sekunde riss Sebastian die Augen auf, doch dann grinste er breit. »Willkommen an der Oppenheimer-Schule, Neuling. Hoffen wir einfach, dass du diese Erfahrung überlebst.«

Und mit diesen Worten kletterte er in sein Bett, während Fort sich mit einer ausgewachsenen Grippe auf seine neue Matratze fallen ließ.

KAPITEL 19

Was Zaubersprüche anging, zählte das Grippevirus anscheinend nicht als kleinere Wunde. Hätte Fort das mal früher gewusst, ehe er den einzigen Zauber, den er kannte, an sich selbst anwandte. Denn so löschte er ihn bloß aus seinem Gedächtnis, ohne dass wesentlich mehr passierte, als dass Fieber und Schmerzen – vorübergehend – ein klein bisschen nachließen. Im Grunde ganz so, als hätte er eine Kopfschmerztablette genommen.

»Keine Sorge, das hat Jia morgen für dich im Handumdrehen geheilt«, prophezeite Cyrus. Das Deckenlicht war ein paar Minuten zuvor ausgegangen, und die meisten Jungs lasen. »Tut mir allerdings leid, dass du heute Nacht nicht allzu viel Schlaf abkriegen wirst.«

Morgen – ab da wären es nur noch anderthalb Tage bis zur Prüfung. Dabei beherrschte er noch nicht mal den ersten Zauber. Fort ächzte und zitterte unter seiner Decke. Aber selbst ohne Grippe hätte er wahrscheinlich nicht allzu viel Schlaf abbekommen – nicht nach alledem, was tagsüber vorgefallen war.

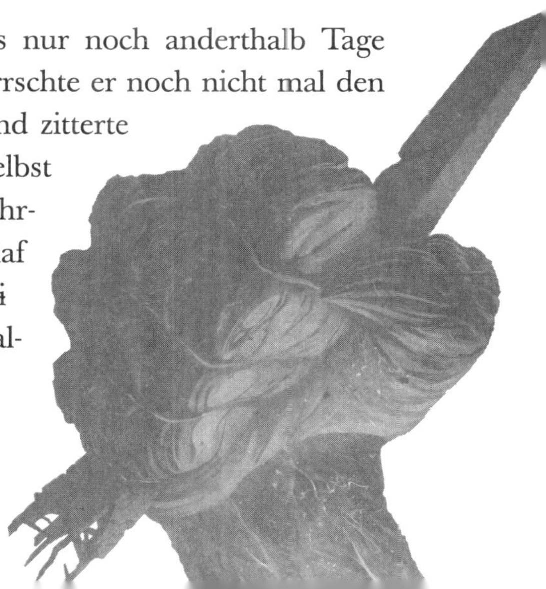

Trotzdem hätte er auf die angekündigte Schlaflosigkeit gut und gern verzichten können.

»Da ist wirklich etwas in der Offizierskantine aufgetaucht, Cyrus«, wisperte Fort seinem einzigen Freund zu und berichtete, was er seit ihrem letzten Aufeinandertreffen in Erfahrung gebracht hatte: wie sich Dr. Ambrose und Dr. Opps darüber unterhalten hatten, dass sie ihn zurückschicken wollten; wie er beim Abendessen Dr. Opps' Gedanken mit angehört hatte, die von einer gewissen Sierra gehandelt hatten – bis hin zu der Kreatur, die es auf einen Mentalzauber abgesehen und anscheinend gespürt hatte, dass Fort diesen benutzt hatte. Oder aber diese Sierra hatte den Zauber *gegen ihn* gerichtet; zumindest hatte es in Dr. Opps' Gedanken so geklungen.

Als er fertig war, zog Fort sich die Decke bis unters Kinn und versuchte, jedes bisschen Wärme in sich aufzusaugen. Ihm klapperten die Zähne. »Du glaubst mir doch, oder?«

»Natürlich«, antwortete Cyrus und lächelte ihn aufmunternd an.

Zum ersten Mal an diesem Tag fühlte Fort sich ein klein wenig besser. »Kannst du deine Kräfte nicht einsetzen, dir all das angucken und den anderen erzählen, dass ich nicht spinne?«

Cyrus lächelte noch immer. »Nein, leider nicht im Geringsten. Ich kann in die Zukunft blicken, nicht in die Vergangenheit, und seit du zum Abendessen gegangen bist, hab ich mir nicht mehr die Mühe gemacht nachzusehen, was dort passieren würde. Um ehrlich zu sein, bin ich davon ausgegangen, dass es dort ziemlich langweilig wäre.«

Ächzend drehte sich Fort auf den Rücken. Was bitte schön nutzte einem die Fähigkeit, in die Zukunft zu blicken, wenn man schon im Vorhinein ganz genau wissen musste, wo man hinsehen sollte?

»War mir fast klar … Aber sag mir zumindest, dass du weißt, wer Sierra ist.«

»Nie von ihr gehört«, antwortete Cyrus. »Ich kann in der Zukunft mal Ausschau nach ihr halten. Aber ohne Informationen hab ich wenig Hoffnung, sie dort zu finden.«

Fort zitterte am ganzen Leib und kniff die Augen zu. »Kannst du mir denn *irgendetwas* erzählen? So was wie – ob ich heimgeschickt werde?«

Cyrus schloss für einen Moment schweigend die Augen. »Heute Nacht … *nicht.*« Grinsend schlug er die Augen wieder auf. »Siehst du? Schon mal eine gute Nachricht. Soll ich mal in ein paar Tagen gucken?«

Fort seufzte leise. »Nein. Guck vielleicht einfach nach den Lottozahlen. Aber dann sollten wir schlafen.«

Cyrus zuckte mit den Schultern. »Die Zukunft ist nicht gut oder schlecht, sie ist einfach da. Im Leben geht es gar nicht so sehr darum, *was* passiert, sondern eher, wie man damit umgeht. Für einige führt ein Lottogewinn nur zu einem Trümmerhaufen im Leben. Oder schau dich selbst an. Du lernst hier Magie, und trotzdem siehst du nur die negativen Seiten. Dabei würden die meisten anderen – sogar die meisten Erwachsenen hier – alles dafür geben, auch nur einen einzigen Zauber anwenden zu können.«

»Schon verstanden«, entgegnete Fort und drehte sich zu Cyrus um, dem ins Gesicht geschrieben stand, wie enttäuscht er war. Mittlerweile schwitzte Fort aus allen Poren. Was war hier eigentlich mit der Heizung los? »Eigentlich geht es mir gar nicht darum, Magie zu lernen … Ich bin nur deshalb hier, weil sie mir nützen könnte. Allerdings hab ich keine Ahnung, was an dieser Schule wirklich vor sich geht. Wie kann es sein, dass ich Dr. Opps' Gedanken höre? Und warum ist dieses Wesen aufgetaucht, kurz nachdem ich hier angekommen bin? Da muss doch ein Zusammenhang bestehen, oder?« Er riss die Augen auf. »Moment … Während des Eignungstests hab ich hören können, wie mehrere Leute aus der Verwaltung Sachen gemurmelt haben … Allerdings meinte Dr. Opps anschließend, es hätte niemand ein Wort gesagt. Und auch da haben die Lichter geflackert. Vielleicht hab ich ihre Gedanken hören können – und vielleicht war mir dieses Ding da bereits auf den Fersen?« Er bekam eine Gänsehaut, diesmal allerdings nicht von der Kälte. »Was, wenn es wiederkommt, Cyrus? Ich hab keine Ahnung, wie ich das anstelle! Was, wenn ich das noch mal mache und es mich hören kann?«

»Könntet ihr zwei endlich den Mund halten?«, fauchte Sebastian ein paar Betten weiter. »Wenn ich noch ein Wort höre, dann heil ich euch beiden die Klappe zu!«

Zumindest *das* war deutlich zu hören gewesen. Cyrus

warf ihm einen entschuldigenden Blick zu, tätschelte ihm die Schulter und machte es sich dann in seinem Bett gemütlich, während sich Fort seufzend auf die Seite rollte, aber zu beunruhigt, besorgt und grippekrank war, um einschlafen zu können.

Minute um Minute verstrich, und Fort wurde wieder eiskalt, obwohl er gleichzeitig zu schwitzen schien. Der Rest der Jungs hatte die Nachttischlampen ausgeknipst, und neben ihm schnarchte Cyrus leise vor sich hin. Kurz fragte sich Fort, wie es wäre, in die Zukunft blicken zu können. Wäre es beruhigend, vorab Bescheid zu wissen, wenn etwas Schlimmes auf einen zukäme? Oder hätte man da eher eine Heidenangst vor all den bevorstehenden Katastrophen?

Zumindest würde er wissen, ob diese Kreatur erneut auftauchen würde. Wer hatte sie wohl geschickt? Stammte sie vom selben Ort wie das Monster, das Washington angegriffen hatte? Allerdings hatte er dort nicht den Eindruck gehabt, als hätte es denken können, während dieses Grauen im Speisesaal eindeutig eigenständige Gedanken gehabt hatte.

Moment ... Wie alle anderen auch war er die ganze Zeit davon ausgegangen, dass diese Kreaturen aus einem verfeindeten Land geschickt worden waren, um Washington anzugreifen. Aber was, wenn gar keine Menschen dahintersteckten? Was, wenn es dort draußen Wesen gab – Kreaturen wie das aus der Offizierskantine –, die für all das verantwortlich waren? Keiner der Erwachsenen aus dem Saal war imstande gewesen, dieses Ding aufzuhalten, und Fort bezweifelte, dass die meisten Schüler sich besser geschlagen hätten.

Wenn diese Bestie die Menschheit vernichten wollte, gab es überhaupt eine Möglichkeit, sie aufzuhalten? Colonel Charles hatte etwas von Kräften erwähnt, die Fort besitzen oder die er zum Leben erwecken sollte. Was womöglich bedeutete, dass Fort am Ende doch Zerstörung lernen musste. Aber was, wenn nicht? Was, wenn es noch eine andere Art Magie gab, die er lernen und mit deren Hilfe er sich diesen Wesen entgegenstellen konnte?

Und apropos Magie … Da gab es ja auch immer noch das Sierra-Problem.

Du wärst ebenfalls tot, wenn Sierra nicht gewesen wäre, hatte Dr. Opps gedacht. Das bedeutete doch, er wäre der Attacke in Washington ebenfalls zum Opfer gefallen, wenn Sierra nicht eingegriffen hätte.

Aber wer war sie? Er hatte in seinem Kopf eine Mädchenstimme gehört, sowohl während der Attacke als auch später, in seinen Albträumen. Hatte Dr. Opps *das* gemeint? Dass ihre Stimme ihn aufgefordert hatte zu fliehen und ihn so gerettet hatte?

Aber wer *war* sie?

Und noch viel wichtiger: Wenn sie in die Köpfe anderer Leute eindringen und dort die Kontrolle übernehmen konnte – was womöglich erklärte, warum während des Angriffs all die stummen Touristen in Einerreihen geflohen waren –, dann war sie es auch, die ihn davon abgehalten hatte, seinen Vater zu retten. Und das konnte er ihr nicht verzeihen.

Sierra, wenn du dort draußen bist, müssen wir uns ganz dringend unterhalten, schrie er in Gedanken ins Nichts hinaus, einfach nur, um zu sehen, ob sie ihn hörte. Aber … halt. Was, wenn diese Wesen Sierras telepathische Fähigkeiten auffangen konnten und erneut auf dem Schulgelände auftauchten? Die Gedanken dieses Wesens mit anhören zu müssen, war wirklich das Allerletzte, was er jetzt brauchte!

Mit einem Seufzer zog Fort die Bettdecke hoch und fragte sich niedergeschlagen, ob er je wieder schlafen könnte. Aber zumindest würde er, wenn er die Nacht über wach bliebe, keine total verrückten Fieberträume haben, die er sonst immer hatte, wenn er krank war …

KAPITEL 20

»Okay, und jetzt sag mir, was du siehst«, forderte eine wohlbekannte Mädchenstimme, während Fort mit benebeltem Gehirn die Szene mit ihren Augen betrachtete.

»Whoa!«, rief ein rothaariger Junge, der mit geschlossenen Augen vor ihr stand. Er riss die Arme hoch und fing an, wild durch die Luft zu fuchteln. »Ich fliege! Wie hast du das gemacht? Ich kann wirklich fliegen! Das fühlt sich total echt an!«

Das Mädchen lachte gutmütig. »Weil es echt ist, zumindest glaubt dein Kopf das. Denk mal darüber nach: Deine Sinnesorgane melden an dein Gehirn, was außerhalb deines Körpers vor sich geht. Wenn ich mittels Magie deinem Gehirn einen kleinen Streich spiele – wie sollst du da wissen, dass die Illusion nicht echt ist?«

Der Junge grinste breit und schlug die Arme auf und ab, als würde er durch die Lüfte segeln. »Das ist fantastisch!«, sagte er. »Kannst du sehen, was ich sehen kann?«

Diesmal grinste das Mädchen, und Fort spürte intuitiv, wie viel Spaß sie dabei hatte. »Na klar. Immerhin bin ich diejenige, die das Bild in deinem Kopf erschaffen hat. Du siehst bloß, was ich mir ausgedacht habe, Michael.« Sie drehte sich zu einem dunkel-

haarigen Jungen um, der neben ihr durch eins der Zauberbücher blätterte und sie nicht weiter beachtet hatte. »Willst du es als Nächstes versuchen, Damian?«

»Nein danke«, antwortete der Junge leise und blickte nicht einmal auf. »Ich hab für solche Spielchen keine Zeit.«

Das Mädchen war verärgert, aber nicht überrascht. Damian ging ihnen aus dem Weg, wann immer er konnte. Sie hätte nicht sagen können, ob er sie leiden konnte oder nicht oder ob er nur völlig fixiert darauf war, seine Sprüche zu lernen. Was immer der Grund für sein Verhalten war: Sie schwankte zwischen dem Gefühl, ihm helfen zu wollen – oder ihm eine Kopfnuss zu verpassen.

»Ich würde das jetzt nicht gerade ›Spielchen‹ nennen«, mischte sich eine weitere wohlbekannte Stimme ein. Als Fort mit den Augen des Mädchens aufblickte, lächelte Dr. Opps auf sie und Damian herab. »Überleg doch mal, was für Vorteile so was hätte: Man bräuchte bei Operationen keine Narkose mehr, nicht, wenn der Patient gar nicht erst wüsste, dass er gerade operiert wird. Wir könnten Leute ins Weltall schicken, und der Rest der Welt könnte es hautnah und aus ihrer Sicht miterleben.«

»Oder man könnte sich irgendwo einschleichen, wo man nichts zu suchen hat«, sagte das Mädchen, und Michael lachte. Damian bedachte sie mit einem Blick, den sie nicht deuten konnte. Aus unerfindlichen Gründen bekam sie sofort ein schlechtes Gewissen, weil sie einen Witz gemacht hatte. Pff! Gerade hatte die Kopfnuss-Seite ganz klar Oberhand.

»Deswegen sind wir nicht hier, Sierra«, sagte Dr. Opps, und Fort keuchte tonlos auf. Dann sah er also gerade Sierras Erinnerungen vor sich? »Diese Bücher sind ein Geschenk, und wir setzen sie zum Wohl der Menschheit ein, nicht, um Banken auszurauben.«

»Ich hab nie von Banken gesprochen«, sagte Sierra und grinste Michael an. »Schließlich brauche ich kein Geld – nicht, solange ich gewissen Leuten vorgaukeln kann, dass ich meine Schulden bei ihnen längst bezahlt habe.«

»Könntest du mal für einen Moment ernst bleiben?«, fragte Damian und sah sie noch finsterer an als zuvor. »Dr. Oppenheimer will hier gerade etwas Wichtiges sagen.«

»Na dann ... Wie genau soll denn bitte Zerstörungsmagie der Menschheit dienen?«, wollte Michael wissen, zauberte sich erst ein Feuerschwert in die Hand und schwang es dann durch die Luft. »Ich meine – klar, mit meinen Kräften kann ich Leute beschützen, denke ich, aber ...«

»So nennst du das also, Michael, was du in meinem Büro angerichtet hast?«, gab Dr. Opps freundlich lächelnd zurück.

Michael errötete, und das Feuerschwert löste sich in Wohlgefallen auf. »Das war ein *Unfall.*«

»Und eine Lektion, die dir sagen sollte, warum wir trainieren«, erwiderte Dr. Opps. »Sierra, ich glaube, wir sollten mit dem Gedankenlesen weitermachen, oder was meinst du?«

Michael riss die Augen auf und schlich dann langsam in Richtung Ausgang. »Ich muss dann mal gehen, äh ... muss noch lernen«, murmelte er leise.

Sierra sah ihn unschuldig an. »Was ist denn los, Michael? Hast wohl Dinge im Kopf, die ich nicht sehen soll?«

»Na ja ... und selbst wenn?«

»Du liest natürlich nicht *seine* Gedanken«, ging Dr. Opps dazwischen. »Wie immer denke ich mir willkürlich Zahlen aus, und ich will, dass du mir bestätigst, dass du sie sehen kannst.«

Sierra seufzte. Sie hasste diese Übung. Von all den Möglichkeiten, die ihr beim Gedankenlesen offenstanden, wurde es ausgerechnet mit der langweiligsten aller Übungen trainiert. Dr. Opps schloss die Augen, sie konzentrierte sich auf ihn und war schon im selben Moment gelangweilt. Es hätte so viele Spielarten gegeben; trotzdem stand sie hier und trug Zahlen vor wie irgendein Bühnenzauberer.

1829228, dachte Dr. Opps und hielt sich – vollkommen unnötigerweise – einen Finger an die Stirn. Sierra warf Michael einen Seitenblick zu, und sie mussten sich beide ein Grinsen verkneifen. Damian verdrehte bloß die Augen.

»1829228«, sagte sie laut.

99783112723232.

»997 und dann noch jede Menge weiterer Ziffern«, sagte Sierra zusehends ungeduldig.

»Sierra, bitte«, sagte Dr. Opps. »Das hier ist wichtig. Wir müssen die Grenzen deiner Mentalkräfte austesten, wenn du deine Magie einsetzen willst. Und jetzt konzentrier dich.«

»Natürlich, Dr. Opps«, sagte sie und tauchte wieder in seine Gedanken ein. »3980890182121 – und dann irgendwas in der Art, dass Michael aufhören soll, in der Nase zu bohren, weil das einfach nur eklig ist.«

»Hey!«, rief Michael. »Mein Finger war nicht mal in der Nähe meiner Nase!«

»Vielleicht hat Dr. Opps ja einen Blick in die Zukunft geworfen?«, mutmaßte Sierra. »Wie diese Kinder aus Großbritannien?«

»Langsam reicht es«, sagte Dr. Opps. »Michael, Damian, ihr könnt gehen. Versuch, nichts in Brand zu stecken, Michael. Und du, Damian, bitte trainiere den Zauberspruch, über den wir gesprochen haben.«

»Ja, Dr. Opps«, sagte Michael, während Damian lediglich nickte und dann hinter seinem Mitschüler durch die Tür schlüpfte.

Dr. Opps ließ sich in seiner typischen Lehrerpose ein Stück entfernt von Sierra am Tisch nieder, und sie seufzte in sich hinein. Das hier würde schneller vorbeigehen, wenn sie einfach seine Gedanken lesen würde, statt darauf zu warten, dass er sie anpflaumte.

Das hier ist wirklich wichtig, und ich will, dass du es ernst nimmst, las sie in seinen Gedanken. *Denk an die Wunder, die wir mit dieser Kraft, die wir entdeckt haben, bewirken können. Aber womöglich genauso groß ist das Potenzial, damit enormen Schrecken zu verbreiten. Und das müssen wir um jeden Preis verhindern.*

»Sierra, das hier ist wirklich wichtig«, sagte Dr. Opps, doch sie gebot ihm mit erhobener Hand Einhalt.

»Ich weiß. Ich hab Ihren kompletten Vortrag bereits gehört«, sagte sie und bedachte ihn mit einem schuldbewussten Lächeln. »Und ich hab's verstanden, wirklich. Ich will ja auch besser darin werden, um noch mächtigere Zauber zu lernen – und wenn es nur wäre, um Michael endlich von diesem ständigen Nasebohren abzuhalten.«

Dr. Opps lächelte milde. »Das scheint wirklich seine Schwachstelle zu sein …«

»Es ist eine Frage der Zeit, bis er sie anzündet«, sagte Sierra mit Grauen im Blick. »Trotzdem will mir einfach nicht in den Kopf gehen, warum wir dieselben Sprüche, die wir längst verinnerlicht haben, ständig und immer wieder neu trainieren müssen. Können wir stattdessen nicht mal was Neues lernen? Damian ist mir zehn Mentalzauber voraus, und der muss nie etwas wiederholen.«

»Damian ist ein Sonderfall«, erklärte Dr. Opps. »Er hat ganz klar Talent, aber er nützt uns eher, weil er so breit aufgestellt ist, nicht aufgrund einer Spezialisierung. Dich müssen wir zur Meisterin der Mentalmagie ausbilden, Sierra.« Er tätschelte ihr die Schulter. »Und wenn es nur dazu dient, dass du bei der nächsten Partnerarbeit versuchst, Damians Verstand zu kontrollieren. Der Junge könnte einen kleinen Dämpfer gut gebrauchen, wie mir scheint.«

Sie schnaubte. »Ist quasi schon erledigt.«

»Gut«, sagte Dr. Opps. »Und nachdem du mich so höflich gefragt hast – lass uns die Übung ein bisschen abändern. Warum erzählst du mir nicht, was die Jungs und unsere Heilmeisterin aushecken? Glaub ja nicht, ich hätte nicht mitbekommen, dass sie heute nicht aufgetaucht ist.«

Sierra zuckte zusammen. »Ich ... äh ... kann sie gerade nirgends sehen.« Das entsprach nicht ganz der Wahrheit, aber Sierra hatte *geschworen*, sie nicht zu verraten. »Aber Michael ist drauf und dran, einen Brand im Zerstörungsklassenzimmer zu legen, und Damian ...« Sie hielt kurz inne und keuchte dann auf.

»Was siehst du?«, fragte Dr. Opps und sprang auf die Beine.

Sierra starrte ihn entsetzt an. »Da ist etwas bei ihm im Raum ... etwas ... *Unmenschliches.*«

KAPITEL 21

Eine Trompetenfanfare katapultierte Fort aus dem Bett. Schon im nächsten Moment sank er von Schmerzen und Schüttelfrost geplagt zurück auf die Matratze. Richtig, er hatte die Grippe. Aber warum spielte da irgendein Fiesling so laut Musik? Er sah sich hektisch nach dem Verursacher um, als sein Blick auf Cyrus fiel, der auf dem gemachten Nachbarbett saß und ihn anlächelte.

»Das ist der Weckruf«, erklärte er. »Betrachte ihn einfach als einen Alarm. Herzlich willkommen zum letzten kompletten Tag, bevor der Tag der Prüfung anbricht!«

Dass er nur noch so wenig Zeit hatte, erschreckte ihn noch mehr, als die Trompete es getan hatte. Dann stürmte die Erinnerung an den gestrigen Tag und an seinen Fiebertraum auf ihn ein, und er stöhnte laut auf.

»Du siehst nicht begeistert aus«, stellte Cyrus fest. »Liegt's daran, dass du nicht gut geschlafen hast?«

»Nein … Aber ich glaube, ich weiß jetzt, wer Sierra ist.«

Cyrus schloss bedächtig die Augen und schlug sie kurz darauf wieder auf. »Ah, eine Mentalschülerin also? Wusste

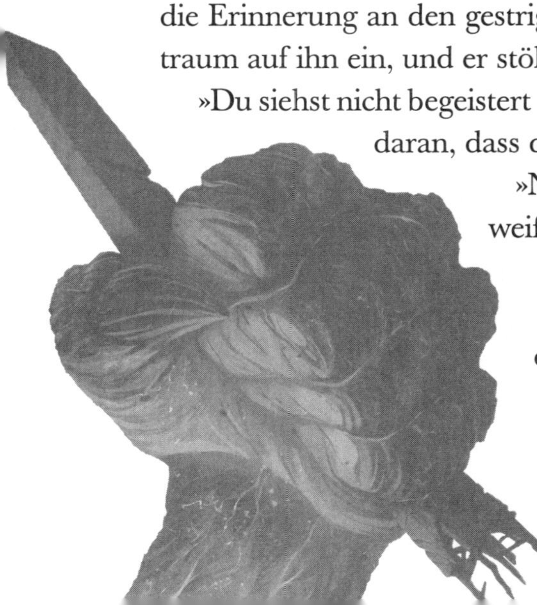

gar nicht, dass wir hier auch ein Buch der Mentalmagie haben.«

Fort starrte ihn an. »Wie hast … Hast du gerade meine Gedanken gelesen?«

»Nein, ich hab nur einen kurzen Blick nach vorn geworfen und gesehen, was du mir am Frühstückstisch erzählt hättest«, sagte Cyrus. »Aber das ist jetzt ja nicht mehr nötig – ist das nicht praktisch?«

Cyrus' Antwort bereitete Fort fast so viele Kopfschmerzen wie die Grippe. »Aber … heißt das nicht, dass du es gar nicht herausfinden könntest, weil ich es dir beim Frühstück jetzt eben doch nicht erzähle? Und da hättest du es gerade auch nicht sehen können, insofern wüsstest du es jetzt auch nicht? Veränderst du hier nicht gerade die Zukunft?«

»Klar«, erwiderte Cyrus schulterzuckend und stand auf, während die anderen Jungs um sie herum ebenfalls aus den Federn krochen. »Aber die Zukunft verändert sich ohnehin ständig. Genau das ist eins der Hauptprobleme bei dieser Art von Magie. Allerdings ist es nicht so, als würde ich vergessen, was ich schon gesehen habe, nur weil du es mir nicht mehr erzählen wirst. Du *hättest* es mir erzählt, wenn ich es nicht vorhergesehen hätte, insofern hast du es mir gewissermaßen erzählt.«

»Äh … nein«, sagte Fort. »Einfach nur *nein*, zu allem, was du gerade gesagt hast.« Er zog sich die Decke über den Kopf und genoss für einen letzten Moment die Wärme.

»Komm, gehen wir Jia suchen, bevor es Frühstück gibt«,

schlug Cyrus vor und tätschelte Fort durch die Decke hindurch die Schulter. »Sie sorgt dafür, dass du wieder gesund wirst. Hab ich vorausgesehen.«

Bei der Aussicht, endlich wieder fit zu werden, zog Fort sich eilig an und folgte Cyrus nach draußen, während die anderen sich deutlich mehr Zeit ließen. Als sie Forts kränkliches, zerknautschtes Gesicht sahen, mussten Bryce, Chad und Trey grinsen, und kurz dachte Fort darüber nach, die drei anzuhusten. Doch das hätte ihn Kraft gekostet, und davon hatte er kaum noch genug, um sich auf den Beinen zu halten.

Draußen waren nach den Ereignissen vom Vorabend deutlich mehr Soldaten unterwegs. Sie sahen angespannter aus denn je, dabei waren sie auch bei Forts Ankunft nicht gerade tiefenentspannt gewesen.

Zum Glück erwies Cyrus sich als ziemlich gewieft darin, Leute aufzuspüren: Immerhin konnte er in die Zukunft blicken und herausfinden, wo sie in fünf Minuten auftauchen würden. Mit diesem Wissen kamen sie exakt zur selben Zeit in der Mensa an, als auch Jia dort eintrudelte. Sie musste Fort nur ansehen und seufzte.

»Ich hätte es wissen müssen«, sagte sie, während ihre Hände bereits blau glimmten. Dann fuhr sie ihm mit den Handflächen über Kopf und Brust, die Energie sickerte in seinen Körper, und von einem Moment auf den anderen war die Grippe auskuriert. »Sebastian, nehme ich an?«

»Ja.« Fort seufzte erleichtert – einerseits, weil er wieder

gesund war, andererseits aber auch, weil sie vergessen zu haben schien, warum sie am Vortag sauer auf ihn gewesen war. Vielleicht hatte die Grippe am Ende ja doch ihr Gutes gehabt. »Danke.«

»An deiner Stelle würde ich mich vor dem in Acht nehmen«, sagte Jia. »Seine Mutter sitzt im Kongressausschuss, an den die PAB berichtet. Er ist der Einzige an der gesamten Schule, der definitiv nie nach Hause geschickt wird. Allerdings wollte sie nicht, dass er Zerstörung lernt, und ich glaube, darüber kommt er einfach nicht hinweg. Also ist er dauerhaft von allen genervt.«

»Wie geht es Dr. Opps' Hand?«, fragte er. »Ich hab gehört, Colonel Charles hat nach dir rufen lassen, damit du ihn heilst.«

Sie riss die Augen auf. »Woher weißt du das?«

»Komm, holen wir uns erst mal Frühstück, dann erzähl ich es dir. Ich bin am Verhungern!«

Sie zog die Augenbrauen hoch, ging aber wortlos mit, während inzwischen auch andere Schüler in die Mensa strömten. Nachdem sie sich eine Portion Rührei und Pfannkuchen genommen hatten, setzten sie sich an einen Tisch, von dem Cyrus behauptete, er wäre ansonsten frei geblieben. Erst dann setzte Fort Jia über alles ins Bild, was am Vorabend in der Offizierskantine passiert war. Anschließend erzählte er ihr von seinem Traum (was im Übrigen jedwedes Paradox, dass Cyrus dies alles nie offiziell gehört hätte, widerlegte).

Jia reagierte jedoch nicht annähernd so entspannt wie Cyrus.

»Sie wollten mir nicht verraten, was genau vorgefallen ist«, sagte sie leise und sah weg. »Aber das ist furchtbar! Ganz furchtbar!«

»Hast du eine Vorstellung, wer diese Sierra sein könnte?«, wollte Fort wissen. »Sie scheint ebenfalls Schülerin hier zu sein, aber ich habe den Raum nicht wiedererkannt, den ich in ihrer Erinnerung gesehen habe.«

Jia schluckte trocken und hielt noch immer den Blick abgewandt. »Sie ist … Sie ist weg. Sie ist nicht mehr Schülerin hier. Sie haben sie heimgeschickt.«

»Du kanntest sie?«, hakte Fort sofort nach. »Und was ist mit den anderen beiden – mit Michael und Damian?«

Bei den Namen zuckte sie sichtlich zusammen. Dann schob sie ihr Tablett von sich weg. »Die kenne ich nicht. Außerdem hab ich jetzt keinen Hunger mehr. Können wir über was anderes reden?«

Fort sah Cyrus verwirrt an, erntete jedoch bloß ein Schulterzucken. »Das hier ist wichtig, Jia! Wenn du die beiden kennst …«

»Keiner von denen ist mehr da, okay?«, sagte sie, stand abrupt auf und schnappte sich ihr Tablett. »Und jetzt *Schluss damit!* Du hast doch selbst gesagt, dass dieses Ding auf Mentalmagie aus war. Dass du es erneut herlockst, ist das Letzte, was wir jetzt brauchen! Du hast überhaupt keine Ahnung, was du anrichtest, Fort!«

»Das stimmt, hab ich nicht«, sagte er noch verwirrter als zuvor. »Deshalb will ich ja auch mehr herausfinden …«

»*Schluss jetzt*, verdammt noch mal!« Und damit marschierte sie auf die Mülleimer zu, kippte ihr unberührtes Frühstück hinein und verließ mit einem flüchtigen Blick über die Schulter die Mensa.

»Was war denn da bitte los?«, wollte Fort von Cyrus wissen. »Hab ich sie irgendwie beleidigt?«

Sein Freund starrte kurz ins Leere, bevor er antwortete: »Scheint fast, als wüsste sie in Wahrheit mehr, als sie uns erzählt, oder nicht? In Zeiten wie diesen hab ich manchmal das Gefühl, es wäre echt hilfreich, auch mal in die Vergangenheit blicken zu können.« Er runzelte die Stirn. »Ich frage mich, ob es dafür Sprüche gibt … weiter hinten im Hellsichtbuch.«

»Moment mal«, sagte Fort, dem gerade eine Idee gekommen war. »Warum blickst du nicht in die Zukunft und siehst nach, ob wir aus Jia noch eine Antwort herausbekommen?«

Cyrus grinste. »Dann müssten wir uns nicht mal mehr mit ihr darüber unterhalten. Du hast recht!« Er schloss die Augen, sodass er nicht mehr mitbekam, wie Fort in Anbetracht seines Kommentars das Gesicht verzog. »Hmm«, sagte er nach einer Weile mit geschlossenen Augen. »Heute ist … wohl nicht ganz unser Tag … Au!«

»Na toll«, brummte Fort. »Und morgen?«

Cyrus zog die Augenbrauen zusammen. »Morgen … sieht aus irgendeinem Grund ganz verschwommen aus.« Er schlug die Augen auf. »Das ist merkwürdig. Normalerweise ist die Zukunft nur dann unscharf, wenn die entsprechende Person sich in der Nähe von Zauberbüchern befindet. Keine Ahnung, ob das an den Büchern liegt oder ob dieses Durcheinander aus purer Magie irgendwie meine Sicht beeinträchtigt. Die Lehrer wollten von mir auch schon mal, dass ich die restlichen Bücher ausfindig mache, aber da sind immer blinde Flecken in den entsprechenden Bereichen meiner Visionen.«

»Na großartig … Dann finden wir wohl nie heraus, was Jia weiß«, schlussfolgerte Fort und schlug die Hände vors Gesicht.

»Blöd, dass du die Mentalmagie nicht selbst anwenden kannst«, sagte Cyrus. »Das hätte einiges erleichtert.«

Fort schüttelte vehement den Kopf. »Selbst wenn ich es könnte – ich würde sie niemals einsetzen! Was, wenn das Ding aus der Offizierskantine es mitbekäme und wieder nach mir suchen würde? Das Risiko kann ich nicht eingehen! Du hast es nicht mit eigenen Augen gesehen, Cyrus.« Bei der bloßen Erinnerung daran gefror Fort das Blut in den Adern.

Sein Freund sah ihn über den Frühstückstisch hinweg aufmunternd an. Fort wandte sich wieder dem Essen zu, allerdings war nun auch ihm der Appetit vergangen. Erst Dr. Opps und Dr. Ambrose und jetzt auch noch Jia. Warum musste eigentlich jeder an dieser Schule irgendwas zu verbergen haben? Wie konnte Sierra ihm Gedanken zukommen lassen, wenn sie gar nicht mehr hier war? Und überhaupt – warum ausgerechnet ihm?

»Die gute Nachricht ist«, sagte Cyrus, der mit seinem Appetit kein Problem zu haben schien, »dass du Jia nachher trotzdem wiedersehen wirst. Du bekommst von ihr zwar keine Antworten, aber zumindest ist sie nicht mehr sauer auf dich.«

»Ach? Das letzte Mal hat sie mir nur deshalb verziehen, weil ich die Grippe hatte. Was muss diesmal passieren – ein Abstecher ins Krankenhaus?«

»Whoa!«, rief Cyrus. »Siehst du? Du kannst *doch* meine Gedanken lesen!«

KAPITEL 22

Nach dem Frühstück und Cyrus' Prophezeiung (sofern es eine war) fand Fort sich zunächst in einer überraschend normalen Situation wieder – in einer Mathestunde. Bevor er und die anderen Heilschüler Dr. Ambroses Medizinunterricht besuchen würden, hatten sie zwei Stunden Unterricht in ganz normalen Schulfächern bei einem überaus nervös wirkenden Soldaten. Wahrscheinlich hätte es Fort nicht verwundern dürfen; nicht mal eine geheime Regierungsbehörde hätte zugelassen, dass hier die Schulpflicht verletzt wurde.

Fort hatte schnell herausgefunden, womit die Klasse sich beschäftigte, und war guter Dinge, dass er ohne Probleme mit den anderen mithalten konnte. Das war auch gut so, weil er allergrößte Schwierigkeiten hatte, sich zu konzentrieren. Kein Wunder nach allem, was in den vergangenen vierundzwanzig Stunden passiert war, ganz zu schweigen davon, dass ihm schon *morgen* die Prüfung bevorstand, die darüber entschied, ob er bleiben durfte oder nicht. Wenn er durchfiele, würden seine Erinnerungen ausgelöscht und er selbst wieder nach Hause geschickt.

Die normalen Unterrichtsstunden wurden in kleinen Klassen abgehalten, in denen Schüler aus beiden magischen Ausrichtungen zusammenkamen. Zwar waren Cyrus und Jia nicht in seiner Klasse – und auch nicht Bryce, Trey und Chad –, dafür aber Sebastian und Rachel, die ihn beide nicht weiter zu beachten schienen. Was wahrscheinlich ganz gut war. Weder brauchte er eine weitere Grippeerkrankung noch jemanden, der ihn beschützte, als wäre er ein Kleinkind.

Auch wenn Letzteres wenigstens nicht mit Schmerzen und Schüttelfrost einherging.

Als es an der Zeit für Dr. Ambroses Unterricht war, wappnete Fort sich bereits, Jia zu treffen und von ihr Antworten über Sierra und die zwei Jungs einzufordern, die er in seinem Traum gesehen hatte. Doch als er mit dem Rest der Heiler dort ankam, war Jia nirgends zu sehen.

Stattdessen wurde Fort mitten in die ekligste Lektion hineingestürzt, die er je erlebt hatte: Dr. Ambrose nahm mit ihnen nämlich die Beschaffenheit eines Armmuskels durch, indem sie auf eine Leinwand projizierte, wie unterschiedliche Verletzungen aussahen und wie man sie entsprechend heilen konnte.

»Das ist ein Muskelriss«, sagte sie und schaltete weiter zum nächsten Bild, auf dem ein echter Muskel mit einem echten Riss zu sehen war. Einer von Forts Sitznachbarn keuchte angewidert auf. »Seht ihr, wie die einzelnen Fasern buchstäblich entzweigerissen sind? Da hat sich jemand vor dem Sport nicht aufgewärmt, was? Also – welcher Spruch würde hier zur Anwendung kommen? Mason?«

»Ist das der … *Schwere-Verletzungen*-Zauber?«, stammelte Mason.

Dr. Ambrose seufzte. »Wenn du glaubst, *das da* wäre eine schwere Verletzung, dann warte, bis wir zu den Bildern aus der Notaufnahme kommen. Tja, falsch, Mason. Versuch bitte unbedingt, Schritt zu halten. Ich stehe nicht hier vorne und bringe euch all das zu meinem eigenen Vergnügen bei.«

Sebastian meldete sich und fing an zu sprechen, noch ehe Dr. Ambrose ihn aufgerufen hatte. »Hier müsste der *Wiederherstellen*-Zauber angewandt werden, genau wie bei einem Knochenbruch.«

»Wie immer perfekt«, sagte Dr. Ambrose und schüttelte den Kopf. »Wie kann es eigentlich sein, dass der Einzige, der nicht lernen muss, auch der Einzige ist, der die richtige Antwort kennt?«

Auch wenn Dr. Ambrose vorhatte, ihn von der Schule zu verweisen, ertappte Fort sich dabei, dass er ihren Unterricht tatsächlich spannend fand. Es war wirklich hilfreich zu wissen, welchen Zauber er bei welchen Verletzungen anwenden sollte – gerade wenn man bedachte, wie wenig sein *Kleinere-Wunden*-Spruch gegen die Grippe ausgerichtet hatte. Außerdem – wer wusste schon, wie weit die ersten drei Sprüche ihn bringen würden?

Der Unterricht ging weiter und wurde zusehends unappetitlich. Irgendwann musste selbst Fort aus dem Klassenzimmer rennen, nachdem Dr. Ambrose ihnen ein Bild von zerquetschten Zehen gezeigt und dann Mason gefragt hatte, ob das vielleicht aus seiner Sicht eine schwere Verletzung sei. Und Fort war bei Weitem nicht der Einzige, der sich entschuldigen musste – vor den Toiletten bildete sich eine regelrechte Schlange.

Nachdem der Kurs beendet war, hielt Dr. Ambrose Fort auf dem Weg nach draußen auf.

»Noch ein Tag bis zu deiner Prüfung, Forsythe«, sagte sie, während die anderen in unterschiedlichen Übelkeitsgraden das Klassenzimmer verließen. »Jia hat mir erzählt, dass du ihre Hilfe nicht mehr benötigst. Ich denke, wir wissen beide, dass das gelogen ist. Aber nachdem Dr. Oppenheimer mir dies bestätigt hat, nehme ich an, dass du irgendetwas getan hast, um sie zu verärgern … oder ihn.« Sie kniff die Augen zusammen. »Aber auch wenn ich froh bin, Jia zurückzuhaben, wüsste ich zu gern, was vorgefallen ist.«

»Moment – wie bitte?« Fort riss die Augen auf. »Nein, ich brauche *definitiv* weiter ihre Hilfe! Wo ist sie?«

»Wer bin ich – ihr wandelnder Stundenplan?«, entgegnete Dr. Ambrose. »Du weißt anscheinend noch weniger als ich. Dann führt dieses Gespräch ja nirgendwohin. Nicht dass je ein Gespräch irgendwo hingeführt hätte. Du kannst gehen.«

Sie schob ihn aus dem Klassenzimmer und schlug ihm die Tür vor der Nase zu. Schockiert blieb er draußen auf dem Flur stehen.

Jia wollte ihm nicht mehr helfen? Und wie hatte sie Dr. Opps dazu gebracht, das zu unterstützen? Was wusste sie bitte schön über Sierra, was sie vor Fort verheimlichen wollte? Das war doch verrückt!

»Argh!«, schrie er und donnerte die Faust gegen die Tür.

»Lass deinen Frust woanders raus, bitte!«, rief Dr. Ambrose von drinnen.

Fort errötete und lief eilig in Richtung Aufzug. Als er das Ausbildungsgebäude verließ, entdeckte er Dr. Opps, der auf die Offizierskantine zuging – vermutlich auf dem Weg zum Mittagessen. Fort spurtete hinter ihm her und holte ihn ein, gerade als der Direktor das Gebäude betreten wollte.

»Dr. Opps, ich muss mit Ihnen reden!«

Der Doktor drehte sich zu ihm um und zuckte sichtlich zusammen. Das war kein gutes Zeichen. »Forsythe, bleib *auf der Stelle stehen*!«

Fort tat wie geheißen und hielt einen knappen Meter vor ihm inne. »Aber ich muss Sie was fragen …«

»Ich verfüge über zu viele Geheiminformationen, als dass du dich mir noch mal nähern dürftest«, erklärte Dr. Opps und schüttelte den Kopf. »Es ist zu deinem eigenen Besten. Und über das, was gestern Abend passiert ist, kann ich dir ohnehin nichts erzählen. Die PAB hat die Ermittlungen aufgenommen, allerdings erweist Colonel Charles sich als nicht sonderlich auskunftsfreudig.«

Allem Anschein nach wurmte ihn das, insofern war Fort womöglich gar nicht der Einzige, der im Trüben fischte.

»Darum geht es gar nicht – obwohl ich durchaus einige Fragen hätte«, sagte Fort. »Zum Beispiel, wo Sierra steckt und warum sie …«

»Sie geht hier nicht mehr zur Schule. Mehr musst du nicht wissen. Und wir werden einen Weg finden, um zu verhindern, dass sie noch mal Macht über dich ausübt«, erklärte Dr. Opps. »Und jetzt entschuldige mich bitte, mir knurrt der Magen. Ich habe die Nacht damit zugebracht, eins unserer Artefakte in Gang zu halten, um die Schule vor diesen Wesen abzuschirmen – für den Fall, dass du aus unerfindlichen Gründen doch stärkere Mentalkräfte hast als angenommen. Das nützt uns zwar nur ein, zwei Tage lang, aber länger sollten wir es auch nicht benötigen.« Er bedachte Fort mit einem vielsagenden Blick.

»Wenn Sie mir schon nichts über Sierra erzählen – warum hilft mir dann Jia nicht mehr? Die Prüfung bei Dr. Ambrose ist *morgen*, und ohne sie kann ich den Test nicht bestehen.«

»Nein, kann ich mir auch nicht vorstellen«, sagte Dr. Opps, der sich jetzt nicht einmal mehr die Mühe machte zu verhehlen, dass er Fort nicht hierhaben wollte. »Ich habe ihr die Erlaubnis erteilt, sich wieder ihren eigenen Aufgaben zuzuwenden. Wenn ich also herausfinde, dass du sie auch nur im Geringsten davon abhältst, schicke ich dich sofort nach Hause, Forsythe. Hast du mich verstanden?«

Fort kniff die Augen zusammen, nickte aber.

»Also dann, einen schönen Tag noch, Forsythe«, sagte

Dr. Opps und betrat die Offizierskantine. Hinter ihm fielen die Türen ins Schloss, und die zwei Soldaten, die am Eingang Wache standen, sahen Fort eindringlich an. Er hob die Hände und wich zurück, machte auf dem Absatz kehrt und lief in Richtung Ausbildungsgebäude.

Unter keinen Umständen würde er nach Hause zurückkehren, nicht ehe er herausgefunden hätte, was an dieser Schule vor sich ging.

Wenn nur nicht die drei Sprüche wären, die er bis zum nächsten Tag beherrschen müsste, um weiterforschen zu können …

KAPITEL 23

Fort saß mit dem *Zauber der Heilung und Wiederherstellung des ursprünglichen Zustands* auf dem Boden des Auditoriums. Gerade erst vierundzwanzig Stunden zuvor hatten ihn hier an diesem Ort diverse Angehörige des Militärs verhöhnt und kritisiert – zumindest in Gedanken. Fort wollte nicht mal darüber nachdenken, wie nah sie dem Grauen da bereits gewesen waren. Immerhin hatten schon dort die Lichter geflackert …

»Schönen Dank auch, Sierra«, brummte er in sich hinein, ehe er sich in den Finger stach und die Wunde heilte. Blutstropfen, kalte Heilenergie – und wieder von vorn. Er hätte längst nicht mehr sagen können, wie oft er das schon wiederholt hatte. Trotzdem hatte er bislang nicht mal den allerersten Spruch verinnerlicht.

Aber spielte das noch eine Rolle? So dringend, wie Dr. Opps und Dr. Ambrose ihn von hier wegschaffen wollten? In dem Schneckentempo, mit dem er sich vorantastete, würde er den Test aller Wahrscheinlichkeit nach nicht bestehen – ganz zu schweigen von Cyrus' Prophezeiung, die

besagte, dass er später am Tag zu allem Überfluss im Krankenhaus landen würde. Was dem Ganzen wirklich die Krone aufsetzte. Selbst wenn es sich nicht bewahrheitete, konnte Fort zusätzliche Sorgen gerade wirklich nicht gebrauchen.

Warum mussten an der Oppenheimer-Schule aber auch alle so geheimniskrämerisch sein? Warum konnten die Leute nicht einfach Klartext reden? Dr. Opps hatte sogar gelogen, als er gesagt hatte, er würde nie lügen!

»Warum hat jeder hier etwas zu *verbergen*?«, schrie er in den leeren Saal hinein und pfefferte das Heilbuch auf den Boden.

»Das wird nicht gern gesehen, wenn man die Bücher misshandelt, weißt du?«

Fort lief es eiskalt den Rücken hinunter. Als er sich umdrehte, stand dort Rachel und betrachtete ihn neugierig. Er lief dunkelrot an und drehte sich verlegen weg.

»Sorry … wusste nicht, dass noch jemand hier ist …«

»Dann zerschlägst du Bücher sonst nur, wenn du alleine bist?«

Die Röte auf seinen Wangen wurde noch intensiver. »Nein … Nein! Ich meinte bloß … äh … was ich gesagt habe.«

Rachel schlenderte auf ihn zu. »Du siehst unglücklich aus, Neuling. Haben die Chads deine Uniformen gestohlen? Meintest du das mit ›verbergen‹?«

Fort wollte schon ansetzen, Rachel zu erzählen, was vorgefallen war, überlegte es sich dann aber anders. Bislang hatte er jedes Mal, wenn er sich jemandem anvertraut hatte, einen Freund eingebüßt. Vielleicht war es allmählich an der Zeit, einfach den Mund zu halten. »Vergiss es. Was machst du überhaupt hier?«

»Ich bin *immer* hier«, sagte Rachel, schnappte sich den *Zauber der Zerstörung und seine vielfältigen Anwendungsgebiete* und ließ sich neben Fort nieder. »Wenn ich nicht gerade Unterricht oder Training habe. Colonel Charles hat mir dafür eine Sondererlaubnis erteilt.« Sie hielt inne und zog die Augenbrauen hoch. »Und wie genau kommst *du* rein? Eigentlich dürfte dein Ausweis in diesem Raum gar nicht funktionieren. Nur eine Handvoll Leute haben Zutritt.«

Fort wurde noch ein bisschen röter. Er wollte ihr lieber nicht erzählen, dass er tatsächlich erst abgewiesen worden war und Cyrus hatte aufspüren müssen, der ihn mit seinem Ausweis eingeschleust hatte. »Ach, weißt du, ich hab da so meine Connections …«

»Dann hast du also auch etwas zu verbergen.« Sie schlug das Zerstörungsbuch auf und blätterte etwa ein Fünftel der Seiten um. »Sich geheimnisvoll zu geben, ist wesentlich weniger attraktiv, als man für gewöhnlich annimmt, Neuling. Und ich weiß doch, dass du Cyrus dazu gebracht hast, dich reinzulassen. Ich hab euch dabei beobachtet. Das war ein Test – damit hast du nur unter Beweis gestellt, wie einfallslos du bist.«

»Sag einfach Fort zu mir, okay?«, entgegnete er. »Neuling erinnert mich an Bryce und seine Freunde.«

»Richtig, die Chads«, murmelte Rachel. »Wenn du hier lang genug bleibst, Fort, wirst du sehen, dass es zwei Arten von Schülern gibt: diejenigen, die hart an sich arbeiten, und dann die anderen, die nur auf der Schule sind, weil ihre Eltern sie hergeschickt haben. Wie dieser Sebastian aus deiner Klasse – seine Mutter ist Kongressabgeordnete. Und die Eltern der Chads sind allesamt stinkreich und haben Sebastians Mutter und den restlichen Kongressausschuss, der diese Schule mitfinanziert, ordentlich mit Spendengeldern unterstützt.«

»Du scheinst jemand zu sein, der hart arbeitet, wenn du immer hier bist«, stellte Fort fest und pikste sich erneut in den Finger. »Wo bist du eigentlich aufgewachsen?«

»Ich bin zu hundert Prozent ein Army-Kind, immer schon«, antwortete Rachel. »Meine Eltern haben sich beide von Gefreiten zu Stabsfeldwebeln hochgearbeitet. Hätten wahrscheinlich noch weiterkommen wollen, und sie haben sich auch beworben, sind an der Offiziersschule dann jedoch nicht genommen worden.« Sie grinste schief, während sie einen kleinen Eiszapfen in der Handfläche formte. »Aber so geht es den meisten. Irgendwann ist einfach Schluss. Selbst wenn man so hart arbeitet, wie man nur kann, gibt es immer jemand anderen, der die Nase vorn hat.«

»Trotzdem sitzt du hier und trainierst nach dem Unterricht.«

»Ich muss Mom und Dad doch stolz machen, oder?« In der freien Hand ließ sie eine Flamme auflodern. Dann hielt sie die Handflächen aneinander, sodass die Flamme den Eiszapfen schmolz. »Und was wäre da besser, als die Beste zu sein?«

Fort nickte. Er heilte den Stich in seinem Finger und starrte erneut auf den Zauberspruch. »Wenn du die Beste hier bist … dann hast du nicht zufällig einen Trick parat, wie man die Sprüche schneller beherrscht?«

»Die meisten brauchen jeweils eine Woche«, erklärte sie ihm und spähte auf sein Buch hinab. »Ich schaffe es inzwischen in drei Tagen. Warum fragst du?«

»Dr. Ambrose will, dass ich binnen zweieinhalb Tagen die ersten drei Sprüche beherrsche. Morgen ist die Prüfung, und ich hab noch nicht mal den ersten gelernt.«

Rachel keuchte. »*Was?* Das ist komplett unmöglich, das schaffe nicht mal ich!«

Fort nickte. »Sagt jeder … Ist aber auch egal. Irgendwie kriege ich es trotzdem hin.«

»Versuch's, aber glaub mir, ich weiß, wie das funktioniert. Du müsstest die ganze Nacht über wach bleiben und üben, selbst wenn du jetzt noch zwei volle Tage hättest.«

»Mir doch egal.« Er versuchte, sich auf die Zunge zu beißen, trotzdem platzte es aus ihm heraus: »Ich weiß nur, dass ich nicht wieder heimfahren kann, Rachel! Hier gibt es zu viel, was ich … was ich noch herausfinden muss. Außerdem wartet zu Hause nichts auf mich – außer dass ich dort meiner Tante zur Last falle. Ganz zu schweigen davon, dass ich keine Ahnung habe, ob es sicher wäre, wenn man bedenkt … Ach, egal. Ich kann jedenfalls nicht mehr heim. Ich *kann* einfach nicht.« Erst jetzt bemerkte er, dass er die Faust geballt hatte und die Nadel ihm tief in den Handballen stach.

»Whoa, schön langsam«, sagte sie und streckte die Hand aus, um ihn zu beruhigen. »Lass einfach von jetzt an das Buch heil, okay? Ich hab schon verstanden. Und … na ja, ich kann dir zwar nicht helfen, die Sprüche schneller zu verinnerlichen, aber … eine Sache könnte ich tun.«

Er sprach den Heilzauber über seine blutende Hand, und mittels der kühlen Energie schloss sich die Wunde. »Überzeug Dr. Opps, dass er mir drei Wochen Zeit gibt, das wär echt gut …«

Rachel schnaubte. »Nee. Aber ich kann nach dem Unterricht und vor dem Abendessen herkommen und dich reinlassen. Wenn Cyrus das noch mal macht, wird irgendwann jemand Fragen stellen, aber mich sehen sie hier jeden Nachmittag. Es wäre zwar nur für eine Stunde, bis sie das Gebäude zum Abendessen dichtmachen. Aber immerhin hättest du so noch ein bisschen mehr Zeit zum Üben.«

Fort sah sie verwirrt an. »Das würdest du tun? Warum?«

Rachel lachte. »Wow, du musst echt ein paar harte Tage hinter dir haben, um so misstrauisch zu werden, wenn jemand einfach nur nett ist. Erinnere mich daran, dass ich mir die Chads noch mal vornehme, damit sie dich in Ruhe lassen.«

Fort spürte, wie sich seine Schultern verkrampften, und

er schüttelte den Kopf. »Das ist … Danke, aber es ist schon okay. Mit denen komme ich alleine klar.«

»Tust du nicht. Nicht ohne den einen oder anderen Zauberspruch.«

Frust machte sich in ihm bemerkbar, und weil er ihn nicht an Rachel auslassen wollte, holte er stattdessen einmal tief Luft und atmete langsam wieder aus. »Hör mal, ich bin überhaupt nur deshalb hier, um zu lernen, wie ich zurückschlagen kann. Ich konnte damals gegen das Monster in Washington rein gar nichts ausrichten, und ich werde jedes Mal beinahe verrückt, wenn ich daran denke, wie … wenn ich an meinen Vater denke. Wenn also immer wieder jemand kommt und mir hilft und mich beschützt, dann … Ich weiß auch nicht. Dann erinnert es mich daran, wie *unfähig* ich bin.«

Sie sah ihn mitleidig an und tätschelte ihm die Schulter. »Das ergibt überhaupt keinen Sinn«, sagte sie. »Ist wohl so ein Jungs-Ding – kannst wohl nicht zulassen, dass ein Mädchen dir zeigt, wie es besser geht? Denn glaub mir, ich hab hier schon jeden Typen in Grund und Boden gedemütigt, und heute Abend beim Training mache ich es wieder.«

»Nein«, widersprach Fort. »Ich war genauso davon genervt, als Sebastian mich vor den Chads beschützt hat.«

»Ach, das hätte ich ja gern gesehen!«

»Ich will doch nur … Ich will für mich selbst einstehen, kapiert? Ich weiß auch nicht, wie ich es besser erklären soll.«

»Schon in Ordnung«, sagte sie und stand auf. »Wenn ich

das nächste Mal sehe, dass du in der Klemme steckst, dann gehe ich einfach weiter, versprochen. *Sehr gerne* sogar.«

Fort ächzte und schlug beide Hände vors Gesicht. Warum musste er sich all jene zu Feinden machen, die ihm doch eigentlich helfen wollten? Und warum war es so schwer, ihnen verständlich zu machen, wie er dachte? »Tut mir leid – das ist jetzt wahrscheinlich total falsch bei dir angekommen …«

»Jupp. Solltest mal daran arbeiten – aber da geht es dir nicht anders als allen anderen hier. Mach dir keine Sorgen, Fort. Ich bin einfach froh, dass ich ein so toller Mensch bin und dich *trotzdem* später hier reinlassen werde. Aber du musst auch wirklich vor dem Abendessen da sein, sonst hast du Pech gehabt.«

Sie zerzauste ihm das Haar und ging lachend davon. Fort seufzte tief und wandte sich wieder dem Buch mit den Heilzaubern zu, um endlich den *Kleinere-Wunden*-Zauber zu meistern.

Nur … Es würde nicht funktionieren. Wenn jemand so Begabtes wie Rachel drei Tage brauchte, um einen Spruch zu beherrschen, was für Hoffnungen sollte er sich da machen? Er biss frustriert die Zähne aufeinander. *Warum bleibt denn nicht mal dieser erbärmliche Kleinere-Wunden-Zauber hängen?*, fluchte er stumm in sich hinein.

Doch Fluchen würde ihn auch nicht viel weiter bringen. Er nahm das Buch wieder zur Hand, schlug es auf der ersten Seite auf – und war wie vom Donner gerührt.

Die Seite war leer. Dabei hatte er den Spruch zuletzt vor ein paar Minuten angewendet – er hätte also längst wieder auftauchen müssen!

Fast schon spaßeshalber wandte er sich nach innen, um zu sehen, ob der Spruch …

Mon d'cor. Er hatte ihn immer noch im Gedächtnis.

»Ernsthaft?«, wisperte er, stach sich bedächtig in den Finger und konzentrierte sich dann auf die freie Hand. Das wohlbekannte Gefühl kühlender Energie sickerte aus seiner Handfläche und sorgte dafür, dass der Blutstropfen auf seiner Fingerspitze spurlos verschwand.

Fast hätte er sich nicht getraut, es noch mal zu probieren. Doch dann stach er sich wieder in den Finger, und erneut konnte er die Wörter aus dem Gedächtnis abrufen. Er hatte den Spruch gemeistert – und zwar schneller als jeder andere!

Vielleicht war es am Ende ja doch nicht so unmöglich, wie alle dachten? Konnte es tatsächlich sein, dass sich das Blatt gewendet hatte?

KAPITEL 24

Mit seinem ersten kleinen Sieg im Rücken – und dem gemeisterten Heilzauber im Kopf – schlenderte Fort zur Abwechslung mal hoffnungsvoll über das Schulgelände.

Schaut euch meinen Jungen an!, hätte sein Vater gesagt. *Lernt Sprüche an nur einem Tag, während andere eine ganze Woche brauchen. Leute, macht ihn zum König aller Zauberer! Ansonsten verschwendet ihr bloß eure Zeit!*

Wie immer, wenn er an seinen Vater dachte, wurde er schlagartig von Traurigkeit erfasst. Doch diesmal mischte sich ein Hauch Entschlossenheit darunter. Auch wenn es bloß Heilmagie war – zumindest lernte Fort endlich, Zauberei anzuwenden, und das war der erste Schritt, um irgendwann Gerechtigkeit für seinen Vater zu üben. Und obwohl es … nicht …

Fort blieb wie angewurzelt stehen. Ihm war aufgefallen, dass die Wachen, die rundherum postiert waren, ihn allesamt nervös anstarrten. Was war denn los?

Ein Schatten tauchte zu seiner Linken auf, und ohne darüber nachzudenken, sprang Fort zur Seite, ehe im nächsten

Moment genau dort ein Feuerball einschlug, wo er gerade gestanden hatte.

»Ups!«, rief Trey, kicherte gekünstelt und schloss mit Bryce und Chad zu ihm auf. »Tut mir leid – irgendwie ist mir der Feuerball gerade aus der Hand gerutscht.«

Fort schaute sich schnell um. War irgendwo ein Lehrer oder jemand aus der Schulverwaltung, der mitbekam, was hier gerade passierte? Aber nein, natürlich hatten die Zerstörungstypen sich zuerst abgesichert.

»Kein Sebastian und keine Rachel in der Nähe, die dir aus der Patsche helfen könnten«, wisperte Chad, dessen Hand ebenfalls glühte.

Bryces Hand pulsierte schon feuerrot, und Fort spürte, wie seine Füße am Boden festfroren und sich Eis um seine Schuhsohlen bildete. Er versuchte noch freizukommen, doch das Eis war bereits zu dick.

»Keine Bange«, sagte Bryce leise. »Du kannst ja alles, was gleich passiert, einer weiteren Monsterattacke zuschreiben.«

Die anderen lachten, während in Fort die blanke Wut hochkochte. Er schwang wie wild die Fäuste, was aber bloß dazu führte, dass er fast über seine festgefrorenen Füße gestürzt wäre.

»Lasst mich *gehen*«, fauchte er.

»War's diesmal ein großes Monster?«, fragte Chad und setzte Forts T-Shirt-Saum in Brand.

»Hattest du Angst?«, wollte Trey wissen und schmetterte ihm eine Magiekugel gegen die Schulter, während Fort immer noch versuchte, die Flammen an seinem T-Shirt auszuschlagen.

»Hast du geheult?«, wisperte Bryce und fuchtelte wild mit den Armen, sodass der Boden unter Forts Füßen erzitterte.

»Ich hab nicht gelogen! Ich hab das wirklich gesehen!«, schrie Fort, holte erneut mit den Fäusten aus und verfehlte sein Ziel nur um Zentimeter. Das Beben unter seinen Füßen nahm zu, und das Eis um seine Stiefel herum knackte laut. Mit dem nächsten Tritt kam er frei. Er hatte sich gerade zu den drei Jungen umgedreht, als er auf die Knie stürzte, weil der Boden immer stärker bebte.

»Bist du das?«, schrie er Bryce an.

Doch die drei Jungen lachten bloß.

»Der kann nicht mal gerade stehen!«, johlte Trey. »Das wird die schlimmste Monsterattacke aller Zeiten sein!«

Fort versuchte, wieder auf die Füße zu kommen, doch das Beben war so heftig, dass er erneut zu Boden ging, woraufhin die Jungen hämisch lachten, was umso frustrierender war, weil sie ihrerseits keine Probleme zu haben schienen.

»Was treibt ihr da mit ihm?«, rief eine der Wachen und kam auf sie zumarschiert.

»Sie haben den Boden so heftig zum Beben gebracht«, rief Fort, »dass ich nicht mehr stehen kann!«

Die Wache sah ihn verwirrt an. »Versuch einfach aufzustehen, Junge. Es ist alles okay.«

Unter dem hysterischen Gelächter der drei Jungs stemmte sich Fort behutsam auf die Knie. Im nächsten Moment schickte ihn ein weiterer heftiger Erdstoß zurück auf den Fliesenboden, und er riss die Arme hoch, weil um ihn herum auf den Tischen alles zu wackeln begann.

»Was ist hier los?«, hörte er jemanden schreien.

Die Stimme kannte er doch! Das war Sierra!

War das wieder ein Traum? Eine Erinnerung?

Dann tauchte Dr. Opps auf. Er sah sichtlich verängstigt aus, auch wenn er den Eindruck erwecken wollte, als hätte er alles unter Kontrolle. Doch diesbezüglich war Fort sich nicht ganz so sicher.

»Evakuiert das Gebäude!«, rief der Direktor und eilte auf Fort zu, um ihm hochzuhelfen, doch das Beben war derart stark, dass es nun auch Dr. Opps gegen die Wand schleuderte, noch ehe er bei Fort angekommen war.

»Das ist wieder eine Attacke!«, rief Fort, so laut er konnte. Allerdings hörte er sich über den Tumult hinweg nicht mal mehr selbst. Noch während das Grauen von ihm Besitz ergriff, dämmerte ihm, dass all dies nicht echt sein konnte: Gerade noch war er draußen gewesen, wo Bryce, Chad und Trey ihn aufs Korn genommen hatten, nicht in diesem seltsamen Raum mit Dr. Opps. Aber dann konnte das Beben doch auch nicht echt sein – dann war es doch sicher nichts weiter als der Anfang … eines Tagtraums?

»Schlag es zurück!«, schrie Dr. Opps von der anderen Seite des Raums, während sich erste Brocken aus der Decke lösten und Staub und Mauerwerk auf sie niederregnete. »Schließ das Portal und dräng es dorthin zurück, wo es hergekommen ist!«

»Was?«, schrie Fort in Dr. Opps' Richtung und konnte sich selbst noch immer nicht hören – geschweige denn verstehen, was

Dr. Opps zurückrief. Was für ein Portal? Mit wem redete er überhaupt?

»Er kann dich nicht hören!«, schrie Sierra – und schlagartig ergab es Sinn, dass sie sich so nah anhörte: Er sah die Welt mit ihren Augen, sah ihre Erinnerung an all das, was jetzt passieren würde. »Damian ist nicht mehr bei Sinnen!«

Im selben Moment blieb Forts Blick an Damian hängen, und fast wäre ihm das Herz stehen geblieben. Das Wesen aus der Offizierskantine hatte mit seinen Tentakelhänden Damians Kopf gepackt und zerrte ihn gerade auf ein grün glühendes Portal zu. Im Griff des Monsters zitterte Damian am ganzen Leib. Dann breitete sich eine dunkle Schicht über seiner Brust aus.

»Jia!«, schrie Dr. Opps. »Versuch, seinen Verstand in einen früheren Zustand zu versetzen!«

»Bin schon dabei«, schrie Jia zurück, und Fort war überrascht, dass sie sich mit einem Mal ebenfalls in dem Raum befand. Sie schlitterte über den Boden auf Damian zu und sprang ihm nach, um ihn am Fußknöchel zu packen. Blaues Licht glimmte in ihrer Hand auf, und das Wesen, das bereits halb durch das Portal verschwunden war, ließ abrupt von Damian ab.

Urplötzlich bebte es so heftig, dass sie alle den Boden unter den Füßen verloren – und dann bohrten sich riesige, mit Krallen bewehrte Klauen von unten herauf, und Fort krachte gegen die Wand. Er schlug hart auf dem Boden auf, und der Raum vor seinen Augen fing an, sich zu drehen – doch diesmal lag es nicht an dem Beben.

»Es ist *hier!*«, schrie Dr. Opps. »Jia, befreie sofort Damians Verstand!«

»Ich versuch's ja«, kreischte Jia zurück. Sie schien sich unmittelbar hinter der riesigen Klaue der Kreatur zu befinden. »Aber was immer dieses Ungetüm ist – es leistet Widerstand und wehrt meinen Zauber ab! Ich weiß nicht, was … Moment, ich spüre … NEIN!«, kreischte sie panisch, zog die Hände zurück und griff sich an den Kopf, als würde er jeden Moment zerbersten.

Ihr Kreischen verstummte jäh, und aus ihrem Mund kam plötzlich eine wesentlich tiefere Stimme: **DU WIDERSETZT DICH MIR NICHT LÄNGER, MENSCH!**

Bei diesen Worten gefror Fort das Blut in den Adern. Als er sich nach Dr. Opps umsah, spiegelte sich auch in dessen Gesicht der blanke Horror.

»Das kann nicht wahr sein«, flüsterte der Direktor und drehte sich wieder zu Fort – oder vielmehr Sierra – um. »Jetzt liegt es an dir. Es hat ihren Verstand gekapert. Du musst sie beide befreien!«

Doch noch bevor Sierra reagieren konnte, schob sich eine weitere schuppige Klaue durch den Boden, und Fort robbte hektisch zur Seite, ehe just an der Stelle, wo er gekauert hatte, eine dritte Klaue durch den Boden brach.

»Befreie sie *jetzt*!«, schrie Dr. Opps panisch. »Wenn du es nicht machst, müssen wir alle sterben!«

»Ich versuch es ja!«, brüllte Sierra zurück, und ein merkwürdiges Gefühl ergriff von Fort Besitz. Es war, als würde das Bewusstsein seinen Körper hinter sich lassen, durch die Luft gleiten und in Jias Verstand eindringen. Angesichts der vollkommenen Schwärze, auf die er dort traf, keuchte Fort heftig auf. Was immer Jias Verstand gekapert hatte – es hatte dort ein grässlich öliges Gefühl verbreitet. Er spürte, wie er ihren Geist nur unter großen Mühen mit seinem durchdrang und dabei das Wesen von Jias Verstand wegzuzerren versuchte wie Efeu von einer Mauer.

Dann schwebte Fort/Sierra zurück durch den Raum und sackte an der Wand zu Boden. »Jia ist wieder frei«, keuchte Sierra, »aber ich ... Ich hab etwas im Geist des Giganten gesehen ...«

In Forts Kopf blitzte ein Bild auf ... das er in seinen Albträumen in den vergangenen sechs Monaten schon öfter gesehen hatte.

Die National Mall – und ein Ungeheuer genau wie jenes, das hier vor ihnen durch den Boden kam, griff das Washington Monument und das Lincoln Memorial an.

»Es hat ein zweites Monster heraufbeschworen«, flüsterte Sierra. »Mithilfe von Damians Kräften. Und es hat das Monster zur National Mall geschickt. Dort sind jede Menge Leute!«

»Am wichtigsten ist erst mal Damian«, schrie Dr. Opps. »Wir brauchen seine Kräfte, um diese Ungeheuer zurückzudrängen!«

»Ich weiß«, erwiderte Sierra laut, doch innerlich spürte Fort, wie sich sein Geist regelrecht in die Luft aufschwang, aus einem Bürogebäude mit großen Fenstern und über Autobahnen voller Autos hinwegglitt und auf eine Stadt ganz ohne Hochhäuser zuflog, wo die Erde rund um das Washington Monument bereits bebte und den Menschen allmählich dämmerte, dass hier gerade etwas nicht mit rechten Dingen zuging.

LAUFT!, befahl Sierra ihnen im Geiste und mobilisierte dafür all ihre Kraft. *LAUFT SOFORT LOS, UND ZWAR GEORDNET!*

Nein! NEIN! Fort konnte einfach nicht zusehen, wie all das passierte – nicht schon wieder! Nicht noch einmal!

Lass mich gehen, schrie er, so laut er nur konnte und in der Hoffnung, sie würde ihn hören, wo immer sie war – ganz gleich von wo aus sie ihm diesen Traum, diese Erinnerung aufzwang. *Ich kann das nicht noch mal mit ansehen! Bitte, erspar es mir, es wieder zu sehen!*

Um ihn herum fing die Luft an zu flimmern wie an einem extrem heißen Tag. In seinem Kopf schrie er wieder und wieder laut auf und hoffte, Sierra abschütteln oder die Erinnerung zumindest anhalten zu können.

Am oberen Rand seines Sichtfelds war mit einem Mal blauer Himmel zu sehen, wo zuvor die Deckenlampen eines Büros gewesen waren. Um ihn herum tauchten mehrere Soldaten auf, die ihre Waffen auf ihn richteten, während gleichzeitig Bilder der Attacke in Sierras Erinnerung aufblitzten.

»Nicht!«, schrie er und hob die Hände. »Mit mir ist alles in Ordnung …«

»Ist es nicht«, fauchte ihn Dr. Ambrose von der Seite an. Ihr Gesicht tauchte vor ihm auf und verschwand sogleich wieder. »Ich gebe ihm ein Betäubungsmittel. Jemand muss ihn festhalten!«

»Nicht!«, schrie Fort erneut, doch dann spürte er einen Stich in der Schulter, und sowohl die Erinnerung als auch die Wirklichkeit um ihn herum verblassten und lösten sich in Wohlgefallen auf.

KAPITEL 25

In einem abgedunkelten Raum kam Fort zu sich. Er brauchte einen Moment, bis ihm dämmerte, dass er auf einer Art Stahltisch lag. Tags zuvor war der Tisch mit unzähligen Knochen übersät gewesen; inzwischen lag ein weißes Laken darauf und ein weiteres über ihm selbst …

»Hallo?« Er war sich nicht sicher, ob außer ihm noch jemand im Dunkeln saß. Vorsichtig fuhr er sich mit der Hand über Brust und Rücken und erwartete fast, schmerzende Stellen und blaue Flecken zu ertasten, die er sich zugezogen hatte, als er gestürzt war. Aber … halt, nein, das war in Sierras Erinnerung gewesen.

Trotzdem – Trey hatte ihn mit seiner Magiekugel an der Schulter getroffen, bevor Fort in Sierras Vergangenheit hineingerutscht war. Doch die Schulter schien geheilt zu sein. Nicht nur hatte er dort keine Schmerzen mehr; soweit er es beurteilen konnte, hatte er nicht mal eine Schramme zurückbehalten. Wie lange war er eigentlich bewusstlos gewesen?

»Du bist wach«, sagte eine Stimme, dann gingen die Lichter an. Dr. Ambrose stand am

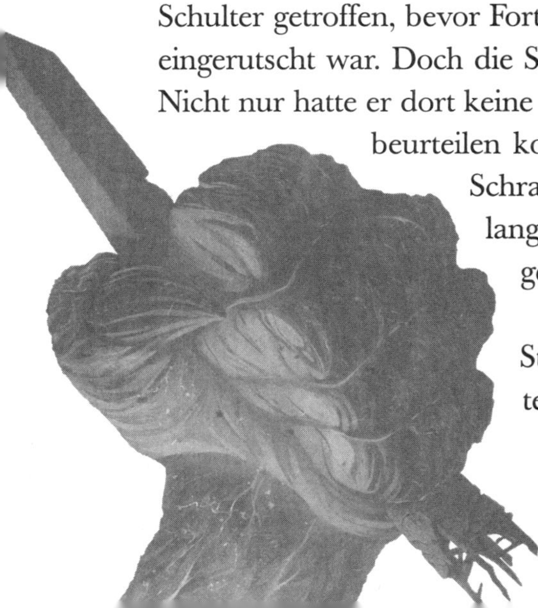

anderen Ende des Raums von einem Stuhl auf und rieb sich die Augen. Sie kam an den Tisch, auf dem er kauerte, und fühlte seinen Puls. »Es könnte sein, dass du dich nach der Beruhigungsspritze leicht angeschlagen fühlst. Aber ansonsten dürftest du schnell wieder auf den Beinen sein.«

»Aber meine Schulter«, sagte Fort verwirrt. »Haben Sie …«

»Dich geheilt?« Für einen Moment schaute Dr. Ambrose genervt drein. »Seh ich aus, als wäre ich zwölf? Nein, ich hab bloß die Diagnose gestellt, damit Jia gezielt ihre Zaubersprüche auswählen konnte.« Sie verdrehte die Augen. »Fünfundzwanzig Jahre Ärztin – und dann muss ich einem Teenager assistieren! Das Universum scheint mich zu hassen.«

Jia war da gewesen? Anscheinend hatte Cyrus recht gehabt, es war wirklich ein Abstecher ins Krankenhaus nötig gewesen, damit sie einander wiederbegegnet waren. Doch was Jia anging, bereitete ihm noch etwas anderes Sorgen. Sie war ebenfalls in Sierras Erinnerung vorgekommen. Hieß das, die beiden kannten sich? War das der Grund, warum Jia über Sierra nicht hatte reden wollen?

Und wie viel Zeit war in Sierras Leben zwischen den beiden Erinnerungen, die er gehabt hatte, vergangen? Als er sie zuletzt gesehen hatte, hatte sie mit Dr. Opps trainiert. Doch diesmal hatte es sich um eine richtige Attacke gehandelt. War das der Anschlag auf das Geheimdienstgebäude gewesen? Der Angriff auf die National Mall jedenfalls nicht.

Aber was hatten Schüler beim Geheimdienst zu suchen?

Und waren sie womöglich der Grund, warum das Gebäude angegriffen worden war? So viele Fragen, so viele Geheimnisse, und Dr. Opps verweigerte ihm jede Erklärung.

Doch hier und jetzt starrte Dr. Ambrose Fort an, als erwartete sie etwas von ihm.

»Tut mir leid, was passiert ist«, sagte er, »ich weiß auch nicht, was …«

»Klang für mich so, als hättest du wieder die Attacke eines dieser Monster durchlebt«, fiel sie ihm ins Wort und ließ sich sanft auf der Tischkante nieder.

Sofort musste Fort an die Chads denken, die ihm nicht geglaubt hatten. Er setzte sich kerzengerade auf. »Ich weiß, das war nicht real – aber ich habe mir das auch nicht ausgedacht. Ich weiß nicht, wie ich es erklären soll, aber ich habe wirklich eine zweite Attacke gesehen …«

Dr. Ambrose seufzte tief und nickte. »Ich weiß, Junge. Und genau deshalb musst du nach Hause zurückkehren. Lass diese Sache hinter dir. Es wird nur schlimmer, wenn du hierbleibst.«

»Sie glauben mir?« Fort war so überrascht, dass er sich kaum freuen konnte.

Sie zuckte mit den Schultern. »Sagen wir es mal so … Ich habe Beweise gesehen, die diese Annahme stützen. Aber hör mir jetzt zu. Ganz egal, weshalb du hier bist – genau aus diesem Grund wollte die Schule dich nicht. Du solltest das Handtuch werfen und um deiner eigenen Sicherheit willen nach Hause in dein normales Leben zurückkehren.«

»Das kann ich nicht«, erwiderte Fort leise. »Ich hab keine Wahl.«

»Natürlich hast du eine Wahl.«

»Sie verstehen das nicht … Da ist jemand … Sie ist irgendwie in meinem Kopf, und …«

»Junge, was glaubst du eigentlich, mit wem du es zu tun hast?«, ging Dr. Ambrose beleidigt dazwischen. »Ich weiß über Sierra und über eure merkwürdige Verbindung Bescheid. Genau *deshalb* musst du ja auch gehen! Keiner von uns hat eine Ahnung, was sie als Nächstes vorhat, und das heißt, nicht nur dein Leben ist in Gefahr, sondern auch das von uns anderen.«

Fort riss die Augen auf. »Sie wissen über Sierra Bescheid? Dann sagen Sie mir, wer sie ist! Warum ist sie in meinem Kopf? Was kann ich tun, damit das aufhört?«

»Ich kann … Ich kann dir nicht mehr erzählen«, erwiderte Dr. Ambrose und drehte sich weg. »Und zwar nicht, weil das Ganze streng geheim wäre oder so was Idiotisches. Obwohl das tatsächlich der Fall ist – aber wenn ich dir erzähle, was ich weiß, könntest du die Informationen nutzen, um etwas noch viel Gefährlicheres anzurichten, und das Risiko kann ich nicht eingehen.«

Fort wollte sie schon frustriert anknurren, riss sich dann aber zusammen und holte tief Luft.

»Dieses Ding aus der Offizierskantine – dieses grässliche Tentakelwesen«, hob er langsam an, »das konnte Sierras Magie in meinem Kopf nachspüren und war mir auf den Fersen. Habe ich es da nicht verdient zu wissen, was dahintersteckt?«

»Wenn du weit genug von hier weggehst, solltest du keine Probleme mehr haben«, sagte Dr. Ambrose, sah ihn dabei jedoch immer noch nicht an.

»Und was, wenn doch? Was, wenn diese Verbindung nicht abbricht und das Ding mich bei meiner Tante aufspürt? Ich kann hier doch nicht weg – ich würde sie auch in Gefahr bringen!«

»Du sprichst mit der falschen Person, Junge. Ich gebe dir nur den besten Rat, den ich für dich habe. Fahr wieder nach Hause, und zwar gleich heute. Du schaffst die Prüfung doch sowieso nicht, das wissen wir beide. Es ist nichts dabei, etwas aufzugeben, was ohnehin unmöglich gewesen wäre, und je schneller du abreist, umso besser für uns alle. Oder willst du, dass diese Erinnerungen wer weiß wie oft auf dich einstürzen, bis sie irgendwann deinen Geist ausradiert haben oder du den Verstand verlierst wie diese armen Hellseher aus Großbritannien?«

Fort wollte schon protestieren, hielt dann aber inne. Was sollte er auch sagen, was sie vom Gegenteil überzeugt hätte? Sie würde ihm offensichtlich nicht mehr verraten, und ihre Argumente waren nicht von der Hand zu weisen.

Trotzdem würde er nicht abreisen, und ganz besonders nicht, indem er das Handtuch warf. »Vielleicht haben Sie recht«, sagte er zu Dr. Ambrose. »Ich denke heute Nacht darüber nach, und dann sehen wir ja, wie die Prüfung läuft.«

Dr. Ambrose schnaubte. »Musst *du* wissen. Du – und Colonel Charles. Wenn du es dir anders überlegst, gib mir vor der Prüfung Bescheid, so ersparen wir uns beide die Blamage. Ansonsten darfst du jetzt gehen. Du solltest wieder ausreichend bei Kräften sein, um ohne Rollstuhl zum Schlafsaal zurückzukommen. Pack also deine Sachen, dann bring ich dich hin.«

Fort bedankte sich artig und rutschte von seinem Stahltisch. Es war ihm ein bisschen peinlich, dass er nur eine Unterhose trug. Über den eiskalten Boden schlurfte er auf einen Stuhl zu, neben dem Dr. Ambrose zuvor gesessen hatte und auf dem seine übrigen Klamotten lagen. Noch während er zu seinem T-Shirt griff, fiel sein Blick auf ihr Handy und die Sicherheits-Codekarte, die auf dem Tischchen daneben lagen.

»Ich hab einen der Sprüche gemeistert«, sagte er an sie gewandt, während er seine Hose über die Codekarte warf und sich das versengte T-Shirt über den Kopf zog. »Wer weiß, vielleicht bestehe ich die Prüfung morgen ja doch.«

»Keine Chance«, entgegnete Dr. Ambrose und sah weg. »Ich habe keine Ahnung, wie du den ersten so schnell lernen konntest, aber zwei weitere in nur einer Nacht – das ist unmöglich. Besonders ohne Zugang zum Zauberbuch.« Erst jetzt drehte sie sich zu ihm um; er knöpfte gerade seine Hose zu. »Und denk gar nicht erst darüber nach, dich ins Auditorium zu schleichen, um zu trainieren. Es sei denn, du willst gleich heute Abend nach Hause fahren. Nach Sperrstunde dort erwischt zu werden, zieht einen sofortigen Schulverweis nach sich.«

»Keine Sorge, ich gehe gleich schlafen«, sagte er und hockte sich hin, um sich die Schuhe zuzubinden. »Danke übrigens, dass Sie geholfen haben, mich zu heilen … und zu verhindern, dass die Soldaten mich erschießen.«

»Nichts zu danken, Forsythe.« Dr. Ambrose trat auf ihn zu und griff nach ihrem Handy, hielt dann aber inne. »Moment mal. Wo ist mein Ausweis?« Misstrauisch wandte sie sich ihm zu. »Komm sofort her!«

Er machte einen Schritt auf sie zu, und sie begann, seine Uniformärmel und -beine abzutasten. Als sie nichts fand, ließ sie von ihm ab und blickte verwirrt drein.

»Wenn *du* ihn nicht genommen hast, muss ich ihn irgendwo liegen gelassen haben. Ich hasse diese Dinger! Ich hab schon mehr davon verlegt, als ich zugeben will, und das Militär macht mir jedes Mal eine Menge Ärger, wenn ich einen neuen brauche …«

»Ich versuche, auf meinen gut aufzupassen«, sagte Fort und zeigte auf den SCHÜLER-Ausweis, der an seinem T-Shirt klemmte.

»Hoffentlich brauchst du den ab morgen nicht mehr«, sagte sie. »Und jetzt komm, ich bringe dich zurück.«

Im Schlafsaal herrschte Stille, und die anderen Jungen schliefen bereits. Zwei Wachen standen an der Eingangstür, als Dr. Ambrose ihn absetzte, und Fort steuerte sofort die Waschräume an. Dort gab es ein paar Fenster, und Fort wusste, dass er so ungesehen hinausschlüpfen konnte.

Womit er allerdings nicht gerechnet hatte, war Cyrus, der auf dem Waschtisch saß und auf ihn wartete.

»Gerade noch rechtzeitig«, sagte er und sah auf sein Handgelenk hinab, obwohl er keine Uhr trug.

»Was machst du hier?«, wollte Fort wissen.

»Wonach sieht es denn aus? Ich komm mit raus und helfe dir üben. Das ist der letzte Abend, an dem du trainieren kannst, da muss ich dich doch unterstützen.«

Fort schüttelte den Kopf. »Wenn sie uns erwischen, fliegen wir beide. Das hier ist anders als vorhin, als das Auditorium noch für uns zugänglich war. Ich weiß deine Hilfe wirklich zu schätzen, aber …«

»Mich werfen sie schon nicht raus«, unterbrach Cyrus ihn und grinste. »Ich bin im Moment der Einzige auf der ganzen Welt, der in die Zukunft sehen kann. Sie können mich einfach nicht heimschicken. Außerdem bin ich mir ziemlich sicher, dass meine Regierung nicht gerade begeistert wäre, wenn sie es versuchen würden – und die sind im Besitz des Buches.«

»Meinetwegen«, sagte Fort. »Aber ich brauche deine Hilfe nicht mal.« Er beugte sich vor, zog die Schnürsenkel seines Stiefels auf, zerrte ihn sich vom Fuß und schüttelte Dr. Ambroses Codekarte heraus. »Das hier sollte mich durch die Sicherheitsschleuse bringen, vorausgesetzt, ich komme dorthin, ohne dass sie mich erwischen.«

»Siehst du, und genau da liegst du falsch«, sagte Cyrus. »Nicht in Sachen Ausweis – aber du brauchst definitiv meine Hilfe. Ich hab eben schon mal in deine Zukunft geschaut, und du wirst gleich in den ersten dreißig Sekunden erwischt, die du allein draußen bist. Wenn ich dir helfe, kommst du ohne weitere Schwierigkeiten bis zu den Büchern.«

Fort sah ihn reglos an. »Dreißig Sekunden?«

»Fünfzehn, um genau zu sein«, entgegnete Cyrus und sah ihn zerknirscht an. »Ich wollte bloß nett sein …«

Fort verdrehte die Augen, konnte sich ein Grinsen aber nicht verkneifen. »Okay. Und *danke*, Cyrus. Also, was machen wir als Erstes?«

»Äh, als Erstes türmen wir durchs Fenster«, sagte er und sah kurz verwirrt aus. »Was … Oder bist du nur hergekommen, um aufs Klo zu gehen?«

Fort half erst Cyrus, durch das Fensterchen direkt neben dem Waschbecken zu klettern, legte dann selbst die Hände ans Fensterbrett und zog sich nach oben. Als Fort nach unten sprang, stoppte Cyrus seinen Schwung und drückte sie beide dann sofort in die Schatten an der Außenmauer. Im nächsten Moment patrouillierten zwei Wachen an ihnen vorbei.

Als sie um die Ecke verschwunden waren, packte Cyrus Forts Hand, und sie rannten los. Bis zum Ausbildungsgebäude war es nicht weit, allerdings mussten sie den Überwachungskameras ausweichen, sodass ihr Weg bald einem wirren Slalomlauf gleichkam, auf dem Cyrus alle paar Meter innehielt und einen anderen Weg einschlug. Den Wachsoldaten auszuweichen, hatte sich als recht einfach erwiesen, doch Kameras waren einfach überall und schwenkten langsam über das Gelände, sodass ein ausgeklügeltes Timing nötig war, um nicht doch ins Bild zu geraten.

Als sie die fünfte Kamera hinter sich gelassen hatten, mussten sie einen Umweg einschlagen, um nicht in den Blick der sechsten zu geraten. Fort fragte sich, wie er es jemals allein zum Ausbildungsgebäude geschafft hätte – vom Auditorium ganz zu schweigen. Doch selbst mit Cyrus' Hilfe war er derart nervös, dass er sich mit seiner schweißnassen Hand fast nicht mehr an seinem Freund festhalten konnte, als sie unter der siebten Kamera hindurchflitzten.

Zu guter Letzt waren sie am Ziel. Cyrus sorgte dafür, dass sie fast fünf Minuten zusammengekauert neben dem Eingang abwarteten. Dann kamen zwei Soldaten aus dem Gebäude. Forts Beinmuskeln waren mittlerweile derart verkrampft, dass er sich schwer zusammenreißen musste, um nicht laut aufzustöhnen, als er mit Cyrus im letzten Moment durch die sich schließende Tür schlüpfte.

Sie robbten durch den Eingangsbereich, sodass der Wachsoldat am Empfang sie über den Tresen hinweg nicht sehen konnte. Dann warteten sie, bis der Mann aufstand, um zur Toilette zu gehen, was Cyrus zufolge nicht mehr lange dauern würde. Sobald er verschwunden war, legte Fort Dr. Ambroses Codekarte auf den Kartenleser an der Sicherheitstür, und die Tür schwang auf. Lange bevor der Mann zurück am Empfangstresen war, waren sie durch die Tür geschlüpft und liefen bereits geduckt an den Büros vorbei in Richtung Prüfungsraum.

Obwohl das Gebäude erfreulich verwaist war, mussten sie auch hier auf Kameras achten, und kriechend kamen sie nur langsam voran. Doch zu guter Letzt hatten sie die Tür zum Auditorium erreicht, und Fort schüttelte fassungslos den Kopf.

»Ich weiß nicht, wie ich dir dafür danken soll«, wisperte er Cyrus zu.

»Oh, noch sind wir nicht fertig«, erwiderte sein Freund und stemmte sich hoch, um die Tür aufzuschieben. »Viel Glück mit ihr!«

»Mit *ihr*?«

Als Fort aufblickte, war er wie vom Donner gerührt. Vor ihm stand Rachel und blockierte die Tür. Ihre Hände glühten dunkelrot.

»Dacht ich's mir doch, dass du hier auftauchst.« Ihre Stimme klang grollend und bedrohlich. Dann lehnte sie sich vor und packte Fort am T-Shirt, zerrte ihn hinein und schubste ihn die Treppe hinunter in Richtung des Pults mit den Büchern.

Jede einzelne Treppenstufe rumste schmerzhaft in Forts Rücken und Schultern, bis er schließlich am Fuß der Treppe direkt vor dem Pult liegen blieb. Er stöhnte, stemmte sich dann langsam hoch und sah Rachel verwirrt an. »Was sollte das denn bitte?« Waren sie nicht Freunde gewesen, als sie einander zuletzt gesehen hatten? Was hatte er denn jetzt schon wieder falsch gemacht?

»Dr. Opps meint, du bist eine Gefahr für die Schule, aber aus irgendeinem Grund kann er dich nicht einfach nach Hause schicken«, erklärte Rachel. »Ich hab damit kein Problem.« Dann hielt sie Dr. Ambroses Codekarte in die Höhe, und Fort keuchte erschrocken auf – wann hatte sie sich die denn geschnappt? Als sie ihn am Kragen gepackt hatte? »Trotzdem will ich eigentlich nicht, dass du was anderes von mir denkst, als dass ich ein liebenswertes, süßes Engelchen bin. Also hast du jetzt dreißig Sekunden, um mir einen guten Grund zu liefern, warum ich nicht sofort die Wachen rufen und dich von der Schule werfen lassen sollte.«

KAPITEL 26

»Ich bin keine Gefahr für die Schule!«, rief Fort.

Rachel warf einen Blick auf ihre Armbanduhr. »Noch fünfundzwanzig Sekunden«, sagte sie und hob eine glühende Hand. »Deine Zeit läuft ab …«

»Ich kann dir das doch nicht in fünfundzwanzig Sekunden erklären!«

»Umso besser – denn inzwischen sind es nur noch fünfzehn.« Sie wies mit der Hand auf den Boden direkt neben ihm und formte einen Feuerball. »Das sollte reichen, damit die Wachen reinstürmen.«

»Die schicken dich auch nach Hause!«, rief Fort. »Keiner von uns dürfte hier sein!«

»Mag sein«, sagte Rachel. »Aber wenn das passiert, kann ich mit der Tatsache leben, dass ich all diese Leute hier vor dir beschützt habe.« Sie sah wieder nach unten. »Ups, die Zeit ist um!«

»Nicht!«, schrie Fort, als sie den Feuerball schleuderte. Dann sprang er, ohne nachzudenken, in die Wurfbahn und blockte ihn mit der Brust ab. Flammen schlugen an seinem Oberkör-

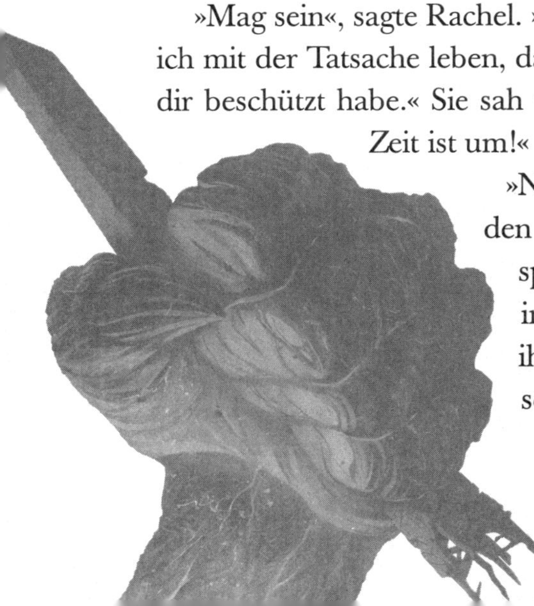

per und Gesicht empor. Er warf sich zu Boden und wälzte sich hin und her, um das Feuer zu ersticken, und gab sein Bestes, um trotz der Schmerzen nicht laut zu schreien.

»Was machst du denn?!«, kreischte Rachel und stürzte auf ihn zu. »Ich wollte doch nicht *dich* treffen!«

»Ich kann nicht nach Hause«, keuchte Fort und biss die Zähne zusammen, um nicht loszuheulen. Dann hob er eilig die Hand, schwenkte sie über seinen Körper und sprach mehrmals den *Kleinere-Wunden*-Zauber, bis die Schmerzen endlich so weit nachließen, dass er wieder klar denken konnte. Auf Brusthöhe klaffte in seiner Uniform ein Brandloch, aber zumindest schlug seine Haut jetzt keine Blasen mehr. Dann tastete er vorsichtig über sein Gesicht – ob er noch Augenbrauen hatte?

»Du bist ja komplett *wahnsinnig*«, sagte Rachel und starrte ihn mit weit aufgerissenen Augen an.

»Schon möglich.« Langsam stemmte sich Fort in eine sitzende Position. Auf wundersame Weise hatten seine Augenbrauen überlebt – zum Glück. Die wären schwieriger zu vertuschen gewesen als die versengte Uniform. »Aber ich schwöre dir, ich bin keine Gefahr für die Schule. Hier geht irgendwas vor sich, das ich noch nicht verstehe …«

»Dann fang doch damit an, *was* du verstehst«, entgegnete Rachel. Ihre Hände glühten noch immer, aber zumindest zielte sie nicht mehr auf ihn.

»Okay. Aber es ist nicht meine Schuld, wenn das jetzt unglaubwürdig klingt«, sagte er. »So viel weiß ich bisher:

Es gab mal eine Schülerin namens Sierra, die Mentalmagie gelernt hat.«

»Wir haben kein Mentalzauberbuch«, widersprach Rachel.

»Es muss aber irgendwann hier gewesen sein«, erwiderte Fort schulterzuckend, und wieder schmerzten die Brandnarben auf seiner Brust. Er stöhnte leise und fuhr dann fort: »Ich glaube, dass Sierra während des Angriffs auf Washington ihre Mentalkräfte eingesetzt hat, um die Zivilisten zu retten, indem sie sie alle dazu gebracht hat, den Anschlagsort zu verlassen. Bei mir hat sie es auch versucht, aber ich habe mich widersetzt. Ich konnte doch meinen Vater nicht zurücklassen!«

Es laut auszusprechen schien sich dieses Mal ein klein bisschen weniger schmerzhaft anzufühlen. Vielleicht weil er inzwischen das Gefühl hatte, mehr über die damaligen Gea schehnisse zu wissen?

»Wie hast du dich ihr denn widersetzt?«, hakte Rachel nach. »Du hättest ihr doch gar nichts entgegenstellen können.«

»Tja, ich hab mich einfach geweigert«, murmelte Fort. »Und zwar standhaft. Ich kann manchmal ziemlich stur sein.«

»Hab ich gemerkt.«

»Dann ist irgendetwas passiert«, fuhr er fort. »Ich hab sie schreien hören, und ich bin ohnmächtig geworden. Erst im Krankenhaus bin ich wieder aufgewacht. Seither ist sie …

steckt sie irgendwie in meinem Kopf. Wenn ich träume, kann ich ihre Erinnerungen sehen … und manchmal sogar – wie heute Nachmittag – wenn ich wach bin.«

»Ja, hab ich mitgekriegt«, sagte Rachel. »Ich hab gesehen, wie die Chads dich angegriffen haben, aber wie ich dir versprochen hatte, bin ich nicht dazwischengegangen. Du hast urplötzlich wirres Zeug geschrien – irgendwas über eine Attacke –, und sämtliche Wachen sind zu dir gerannt. Ich hab echt nicht kapiert, was da los war.« Sie sah weg. »Dr. Ambrose hat dir ein Beruhigungsmittel gegeben, und in diesem Zusammenhang habe ich gehört, wie Dr. Opps zu ihr gesagt hat, dass du eine Gefahr für die ganze Schule seist.«

»Davon ist er überzeugt«, sagte Fort. »Aber Colonel Charles lässt nicht zu, dass er mich von der Schule verweist, weil ich diese Verbindung zu Sierra habe. Was auch immer dahintersteckt. Irgendwie benutzt sie ihre Kräfte und versetzt mich in die Lage, die Gedanken anderer Leute zu lesen. Ich verstehe nur nicht, *warum* sie das macht. Und ich weiß auch nicht, wo sie ist. Dr. Opps meinte bloß, sie geht nicht mehr an diese Schule, aber mehr will er mir nicht erzählen. Jia weiß ebenfalls Bescheid … Ich hab in dieser Erinnerung Jia mit Sierra zusammen gesehen. Aber sie redet nicht darüber, und Dr. Opps behauptet, er schickt mich nach Hause, wenn ich sie weiter deswegen belästige.«

»Klingt für mich nicht nach Gefahr«, sagte Rachel. »Es klingt *komisch*, ja – und unglaubwürdig. Aber nicht gefährlich. Also, für niemanden außer für dich, würde ich sagen.«

Jetzt war Fort an der Reihe wegzusehen. »Irgendwas lauert dort draußen. Irgendwas, das sich Sierras Kräfte aneignen will, glaube ich. Dieses Etwas hat ihre Magie gespürt, als Sierra mich Dr. Opps' Gedanken hat lesen lassen, und dann ist es plötzlich in der Offizierskantine aufgetaucht. Dr. Opps hat irgendein *Ding* benutzt, das uns angeblich fürs Erste beschützen kann, aber er glaubt nicht, dass es lange hält. Und genau davor hat er Angst – wenn ich länger hierbleibe, steigt die Wahrscheinlichkeit, dass dieses grässliche Wesen erneut zurückkehrt.« Bei der Vorstellung lief es ihm selbst eiskalt über den Rücken.

»Scheint fast, als wärst du in diesem Fall besser daheim«, sagte sie. »Aber dann erklär mir mal, warum du nicht in den erstbesten Hubschrauber geklettert bist, der dich zurück zu deiner Tante bringt.«

»Was, wenn es mich dort aufspürt?« Forts Stimme klang zittrig. »Bis vor Kurzem konnte ich keine Gedanken lesen, aber seit dieser Attacke damals träume ich nachts von Sierra. Ich kann in meinen Träumen ihre Stimme hören, Rachel! Was, wenn dieses Ding das bemerkt? Ich kann meine Tante doch nicht in Gefahr bringen. Und das ist noch nicht alles …«

»Was denn noch?«

»Colonel Charles will mich hierbehalten.« Er starrte zu Boden. »Ich weiß nicht, warum, aber er hat etwas von Kräften erwähnt, die zum Leben erweckt werden müssten, um diesem Etwas zu schaden. Und wenn dafür auch nur die geringste Möglichkeit besteht, dann *muss* ich hierbleiben, um zu lernen, wie ich zurückschlagen kann. Du hättest die Offizierskantine sehen sollen, Rachel – der komplette Saal voller Soldaten, und keiner davon hatte dem Ding etwas entgegenzusetzen. Es hat sogar Dr. Opps' Medaillon zerstört.«

Stirnrunzelnd setzte sich Rachel auf eine Treppenstufe. »Ich hab gehört, wie Dr. Opps erwähnt hat, dass Colonel Charles dich nur dann wegschickt, wenn du bei deiner Prüfung durchfällst.«

»Und genau deshalb bin ich hier – um sicherzustellen, dass ich nicht durchfalle«, erklärte er. »Einen Spruch beherrsche ich schon, und …«

»Was? Nie im Leben! Nicht nach anderthalb Tagen!«

»… und heute Nacht muss ich die anderen beiden lernen«, brachte er seinen Satz zu Ende. »Denn wenn ich durchfalle, schicken sie mich heim. Aus der Verwaltung scheint sonst niemand zu wissen, warum ich hier bin, und Dr. Ambroses Test würde Dr. Opps den Vorwand liefern, den sie bräuchten. Sie würden einfach behaupten, ich würde es ja doch nie auf die Reihe kriegen.«

»Ich will jetzt nicht sagen, dass ich dir glaube«, murmelte sie nach einer Weile und nickte bedächtig. »Aber ich kenne Colonel Charles, und der würde dich nicht hierbehalten, wenn er nicht gute Gründe dafür hätte. Nicht dass Dr. Opps nicht wüsste, wovon er spricht …« Sie seufzte. »Okay, ich mache dir einen Vorschlag: Wenn du beim Test durchfällst, fährst du nach Hause.«

»Das … Genau so ist es vereinbart …«

»Aber wenn du nicht durchfällst«, fuhr sie fort und sah ihn mit stechendem Blick an, »dann spüren wir zwei diese Sierra auf, wo immer sie sich versteckt, und finden heraus, was es mit dieser Sache auf sich hat.«

Fort sah Rachel verblüfft an. »Du willst … mir helfen?«

»Sagen wir lieber: Ich lasse dich nicht aus den Augen, bis ich mir sicher sein kann, dass du die Wahrheit sagst«, entgegnete sie. »Und das können wir erst wissen, wenn wir dieses Mentalmädchen aufgespürt haben. Sofern es sie überhaupt gibt.«

»Abgemacht«, sagte Fort, stemmte sich auf die Beine und stöhnte erneut, weil seine Brust wehtat. »Und wenn du jetzt nichts dagegen hättest – ich muss wirklich trainieren … Dann treffen wir uns morgen nach meiner Prüfung?«

»Was hab ich gerade gesagt?« Sie machte es sich auf den Stufen bequem. »Ich lass dich nicht mehr aus den Augen. Was aber nicht heißt, dass wir für morgen Abend keine Pläne schmieden müssten.«

Er zog eine Augenbraue in die Höhe. »Ich werde hier so lange üben, bis ich die letzten zwei Sprüche beherrsche. Das könnte eine ganze Weile dauern.«

Sie verschränkte die Arme und schnaubte. »Dann leg besser los, Kleiner.«

KAPITEL 27

Nach dem vierten Grippevirus, das er sich selbst verpasst und wieder geheilt hatte, fing Fort allmählich an, die Heilzauberei zu verabscheuen. »Utri cor«, flüsterte er die Worte für den *Krankheit-erregen*-Spruch und infizierte sich selbst, las dann so schnell wie nur möglich den zweiten Spruch, *Krankheiten heilen*, bevor das Fieber einsetzen konnte. Beide Sprüche standen auf derselben Seite, insofern waren sie offenbar dazu gedacht, dass man sie gleichzeitig lernte.

Auf ihrem Platz auf der Treppe seufzte Rachel vernehmlich. »Warum muss Heilen so langweilig sein? Du solltest mal sehen, wie *ich* trainiere!« Dann streckte sie die Zeigefinger wie zwei Pistolen in die Luft. »*Peng, peng!* Das macht echt Spaß!«

»Das habe ich heute Nachmittag am eigenen Leib erfahren«, sagte er und wimmerte, weil ihm die Brust so wehtat, dann flüsterte er den *Krankheiten-heilen*-Zauber: »Nenutri cor.« Der Schüttelfrost, den er im Ansatz schon hatte spüren können, legte sich wieder. »Aber wenn dir langweilig ist – keiner zwingt dich hierzubleiben.«

»Ich verschwinde, wenn ich das will, Neuling«, sagte sie, wirkte aber nicht mehr annähernd so überzeugt wie zuvor. »Ich warte übrigens immer noch darauf, dass du dich endlich dafür bedankst, dass ich mein Versprechen gehalten und dich nicht beschützt habe, als die Chads dich angegriffen haben. Gern geschehen.«

»Stimmt, du hältst deine Versprechen«, sagte er und verpasste sich erneut die Grippe. »Ich kann dir gar nicht sagen, wie sehr mir das geholfen hat.«

»Das ist im Übrigen auch das Problem mit Zerstörungszaubern«, fuhr sie fort, als hätte er gar nichts gesagt. »Es gibt keine gute Methode, um sich dagegen zu wehren. Sprich: Wenn du die Nase vorn haben willst, musst du derjenige sein, der angreift.«

Hast du mich deshalb vorhin die Treppe runtergeschubst?, fragte sich Fort und dachte dann kurz darüber nach, was sie gerade gesagt hatte.

»Man kann sich wirklich nicht dagegen schützen? Indem man zum Beispiel die Kontrolle über eine feindliche Magiekugel übernimmt und sie umleitet?«

Rachel schnaubte. »Bei der Zerstörung geht es im Grunde nur darum, Sachen kaputt zu machen, und nicht darum, wer den stärkeren Willen hat. Wenn jemand eine Magiekugel auf dich abfeuert, springst du besser aus dem Weg und schießt drei zurück.«

Fort heilte seine Grippe und warf erneut einen Blick auf die Buchseite. »Das ergibt doch keinen Sinn. Du kannst ein

Feuerchen auf deiner Handfläche machen – das heißt, du hast die Kontrolle darüber. Warum kannst du dann nicht die Kontrolle über das Feuer eines anderen übernehmen?«

»Macht diese Krankheit dich taub? Hast du nicht gehört, was ich gerade gesagt habe?«

»Sicher – trotzdem ergibt das keinen Sinn.« Fort infizierte sich erneut mit der Grippe. »Das hier würde übrigens deutlich schneller gehen, wenn du den Mund halten könntest.«

»Wir unterhalten uns weiter darüber, was Sinn ergibt und was nicht, wenn du mal länger als zwei Tage hier gewesen bist«, knurrte Rachel in seine Richtung, wandte sich ab und grummelte leise in sich hinein.

Während Fort weiter die Grippe erzeugte und heilte, herrschte für eine Weile Stille, bis Rachel sich irgendwann zurücklehnte und die Füße auf die Lehne vor ihr legte. »Hör mal, ich will damit doch bloß sagen, dass jede Art der Magie anders ist. Du hast bislang nur das Heilen kennengelernt …«

»Und bin der Mentalmagie unterworfen worden.«

»Klar, meinetwegen. Egal. Aber du verstehst es immer noch nicht. Die unterschiedlichen Arten der Magie sind grundverschieden, kapiert? Die Heilung stellt gewissermaßen einen Zustand wieder her, während die Zerstörung kaputt macht. Deshalb haben wir auch beide Bücher hier – damit wir beides an ein und demselben Ort trainieren. Die cooleren Schüler brechen die Knochen, und ihr Langweiler setzt sie wieder zusammen.«

»Aber wenn man bei der Heilung nur Dinge wiederherstellt, warum lerne ich dann, wie man eine Krankheit erzeugt?«, wollte Fort wissen. Wann immer der Schüttelfrost einsetzte, wünschte er sich, er hätte kein Brandloch im T-Shirt.

»Damit du im selben Atemzug den Heilzauber lernen kannst, denke ich mal.«

»Aber warum sollte so etwas überhaupt in einem Heilzauberbuch stehen? Wir lernen eben *nicht* nur, wie man etwas wiederherstellt. Wir lernen das Kaputtmachen ebenfalls.« Er hielt kurz inne und ignorierte sein Fieber. »Weißt du was? Ich wette, es gibt in dem Buch auch einen gegenteiligen Spruch für das Heilen – so was wie *Qualen erzeugen.*«

Rachel brach in Gelächter aus. »Oh, oh! Oder es ist einfach so, dass Heilen doch komplett langweilig ist – und du gar nicht weißt, wovon du redest.«

Fort verdrehte die Augen und konzentrierte sich wieder auf das Buch. »Das werden wir wohl nie herausfinden. Es sei denn, irgendwer lernt sämtliche Sprüche aus diesem Wälzer. Aber das würde viel zu lange dauern.« Er ließ den Blick erneut über das »Nenutri cor« für *Krankheiten heilen* schweifen, hob dann die Hand – und hielt mitten in der Bewegung inne.

»Cor …« Der zweite Teil des Spruchs. Das Wort kannte er doch bereits! Und nachdem die neuen Sprüche aus seinem Gedächtnis verschwanden, sobald er die Zauber ausgeführt hatte, konnte das bekannte Wort nur aus einem einzigen Zauber stammen.

Aus *Kleinere Wunden heilen.* Der Spruch hierfür lautete: »Mon d'cor.«

Das musste doch etwas bedeuten, oder nicht?

»Hast du dir je die einzelnen Wörter aus deinen Sprüchen näher angesehen?« Fort wirbelte zu Rachel herum, die an die Decke starrte.

»Vielleicht könnte ich ja … was weiß ich … einen Feuerschild zaubern?« Sie schien ihn vollkommen zu ignorieren. »Womöglich könnte der einen Feuerball abwehren. Oder doch nicht? Vielleicht würde der Ball auch direkt hindurchschießen …«

Fort nahm das Heilbuch und ließ es mit einem lauten Krach auf das Pult fallen.

Rachel schnellte zu ihm herum. »Was hab ich dir über die Bücher gesagt? Lass sie ganz!«

»Hast du je darüber nachgedacht, was die einzelnen Wörter aus den Sprüchen heißen?«, fragte er erneut. »Ich hab hier ein und dasselbe Wort, das in den beiden ersten Zaubern auftaucht. Das muss doch etwas bedeuten!«

Sie schüttelte den Kopf. »Das kann man nicht so einfach sagen – immerhin verschwinden die Zauber doch. Und wenn du den Spruch verinnerlicht hast, kannst du ihn dir auch nicht aufschreiben – da passiert nämlich das Gleiche: Er verschwindet. Nur in den Büchern bleiben die Wörter erhalten – wieso, wissen wir nicht. Macht das Lernen dieser Sprache – was auch immer es für eine ist – nicht gerade einfacher.«

»Okay, aber man hat die Wörter doch im Gedächtnis«, sagte Fort, dem inzwischen leicht schwindlig war. »Dieses eine Wort beispielsweise – ›cor‹.«

Sie sah ihn verwirrt an. »Was für ein Wort?«

»Cor.«

Sie schien immer noch abzuwarten, was er als Nächstes sagen würde.

»Sag jetzt nicht, dass du es nicht hören konntest.«

»Hast du es schon gesagt?«

»Okay«, murmelte er. »Es gibt da ein Wort, das sowohl im *Kleinere-Wunden-* als auch im *Krankheiten-heilen-*Zauber vorkommt.« Er legte eine kurze Pause ein und blickte auf den dritten Spruch hinab – utri cor. »Und im *Krankheit-erzeugen-*Zauber ebenfalls. Was haben diese drei wohl gemeinsam?«

»Du kannst in diesem Tempo nicht alle drei lernen?«

Er streckte ihr die Zunge raus. »Ich würde sagen, sie handeln alle in irgendeiner Art vom menschlichen Körper. Würde doch Sinn ergeben, oder nicht?« Er rief sich die nächsten zwei Sprüche ins Gedächtnis – und ihm fiel eine weitere Gemeinsamkeit auf, ein Wortbestandteil, der nicht im *Kleinere-Wunden-*Zauber enthalten gewesen war – »utri«. »Wenn wir versuchen, die Sprache zu entschlüsseln, könnten wir eigene Zauber entwickeln«, schlussfolgerte Fort. Ihm war ganz mulmig dabei, allerdings mochte das auch an seinem Fieber liegen. »Hast du eine Ahnung, was passieren könnte, wenn wir Zugang zu der Sprache an sich hätten?«

»Wir würden nach Hause geschickt werden, weil du morgen die Prüfung vermasselst?«

»Mein Vater hat mir mal etwas gegeben«, sagte Fort leise und rechnete schon damit, Trauer zu verspüren, wie jedes Mal, wenn er seinen Vater erwähnte. Eigenartigerweise war es diesmal nicht halb so schlimm. »Diese Broschüre hier – vom Lincoln Memorial. Da steht die berühmte Gettysburg-Rede in mehreren Sprachen drin. Mein Vater meinte damals, das wäre doch eine coole Art, Sprachen zu lernen, verstehst du? Indem man schaut, welche Wörter an ein und derselben Stelle stehen wie im Englischen oder welche auf die gleiche Art wiederholt werden. Das könnte man doch bestimmt auch mit magischen Wörtern machen!«

»Hast du überhaupt eine Ahnung, wovon du hier redest?«

Fort hätte schlecht Ja sagen können; zumindest zu diesem Zeitpunkt. Aber wenn dieser »utri«-Wortbestandteil in beiden Zaubern vorkam, die mit Krankheiten zu tun hatten – also sowohl bei der Heilung als auch bei der Krankheitserregung –, dann hieß es vielleicht genau das – »Krankheit«. Oder so etwas in der Art? Und wenn »Krankheiten heilen« hieß: »Nenutri cor«, dann hieß das »nen« ja möglicherweise »heilen«? Sofern »nen« überhaupt irgendwas hieß und nicht bloß eine Art »Nicht-Wort« war. Errege die Krankheit *nicht*. Oder vielleicht ja auch: Mach das *Gegenteil* von »Krankheit erregen«?

»Ich glaube, ich habe da eine Idee«, sagte er, und ihm schwirrte der Kopf vor Ideen – und vom Fieber.

»Und das willst du Dr. Ambrose morgen erzählen, statt ihr die Sprüche vorzuführen?«

»In Ordnung. Hör zu.« Allmählich machte sich eine leichte Verärgerung bei ihm breit, und eilig heilte er sich von der Grippe. Doch obwohl sein Körper sich im Nu erholte, war schlagartig auch die Aufregung abgeebbt. »Hab du einfach weiter Spaß mit deiner Zerstörung, wenn du willst. Wenn ich die Prüfung erst mal bestanden habe …«

»*Sofern* du sie bestehst, was ich bezweifle …«

»… dann finde ich heraus, was dahintersteckt«, sagte Fort. »Denk darüber nach. Wenn wir wüssten, was die einzelnen Wörter bedeuten, könnten wir unsere eigenen Sprüche entwickeln. Wir müssten nicht erst diese Anfängersachen verinnerlichen, sondern könnten direkt zu den stärkeren Zaubern übergehen.«

»War's das?« Rachel schloss die Augen. »Ich werde nämlich allmählich müde, und ich hab nicht die ganze Nacht Zeit.«

»Ich bin hellwach«, entgegnete Fort und verpasste sich erneut die Grippe. »Du wirst schon sehen, ich bleibe die ganze Nacht wach.«

KAPITEL 28

Wie durch den Nebelschleier eines Traums stürmte Fort neben Dr. Opps durch die Tür. Damian stand mit weit aufgerissenen Augen und offenem Mund in der Mitte des Zimmers, während über ihm in der Luft ein Wesen wie aus einem Horrorroman schwebte. Sein fast menschlich anmutender Körper war in eine durchscheinend mineralische Rüstung gekleidet, und es hatte die Tentakel an Damians Kopf gelegt. Es trug eine Art Helm in Gestalt eines kreischenden Totenschädels, aus dessen Visier unzählige weitere Tentakel ragten. Der Anblick war schlicht und einfach grotesk.

Was immer dieses Wesen war – Fort wusste augenblicklich, dass er es – oder seinesgleichen – schon mal gesehen hatte. Doch er war leicht benommen, und aufgrund des Nebels, der in seinem Kopf herrschte, konnte er sich kaum mehr an die Offizierskantine am Tag zuvor erinnern, ebenso wenig wie an diese Rüstung und die Tentakel, die das Monster statt Armen und Beinen gehabt hatte.

»Es ist wieder da, Dr. Opps!«, versuchte er zu schreien, aber es kam kein Mucks aus ihm heraus, und stumm verfluchte er seine Machtlosigkeit.

Doch im selben Moment war ihm schlagartig klar, wo er sich befand. Wieder steckte er in einer

von Sierras Erinnerungen, in einem weiteren Traum, aus dem er nicht entkommen konnte.

»Lass ihn los!«, schrie Dr. Opps, riss seine Waffe aus dem Hüftholster und feuerte mehrere Schüsse auf die Kreatur ab.

Eine Kugel nach der anderen schlug durch sie hindurch, ohne den geringsten Schaden anzurichten. Dann hob Damian langsam die Hand.

KEIN GRUND, es zu verletzen, Dr. Opps«, sagte Damian, und seine menschliche Stimme schlug dabei wiederholt um in etwas Düsteres, etwas spürbar Älteres. »Es hat mich gefunden. Es kann uns ZEIGEN, WIE MAN DIE BÜCHER BENUTZT.

»Lass den Jungen los, sofort«, befahl Dr. Opps und hielt die Waffe weiter auf das Wesen gerichtet, auch wenn er damit nichts ausrichten konnte.

DER JUNGE HAT SICH NICHT mehr unter Kontrolle«, sagte Damian. »Es ist mit mir verbunden, damit IHR UNS VERSTEHEN KÖNNT. WAS HABT IHR ZU SAGEN?

»Sierra, schau nach, ob mit Damian alles in Ordnung ist«, befahl Dr. Opps im Flüsterton, dann fuhr er lauter fort: »Was willst du?«

»Das hat es doch gerade gesagt«, erwiderte Damian. »Es ist hier, um DER MENSCHHEIT ZU ZEIGEN, WIE SIE DIE KRÄFTE EINSETZEN KANN, DIE SIE WIEDERENTDECKT HAT.

Langsam tastete Sierra sich zu Damians Geist vor und untersuchte behutsam die äußeren Ränder seines Bewusstseins, um herauss zufinden, ob er tatsächlich unter der Kontrolle der Kreatur stand. Auch wenn sie das Wesen tief im Innern seines Verstands wie einen heftigen Sturm wüten spürte, schien Damian immer noch klar zu sein, was gerade passierte, und er schien sich sogar halbwegs im Griff zu haben. Es sei denn, das Monster täuschte sie beide.

»Woher wusstest du, wo du uns finden konntest? Wer bist du?«, fragte Dr. Opps und ließ langsam die Waffe sinken.

»Es hat früher hier gelebt, DAS HIER WAR UNSERE HEIMAT, sagte Damian. DAMALS HABEN DIE MENSCHEN SEITE AN SEITE MIT UNS EXISTIERT. WIR HABEN DIE MAGIE ENTDECKT UND SIE MIT EUCH GETEILT. ABER IHR WART NOCH NICHT BEREIT DAFÜR, deshalb ist die Magie verkümmert, als WIR UNS ZURÜCKGEZOGEN HABEN. DOCH INZWISCHEN SEID IHR SO WEIT, DAHER IST DIE MAGIE ZURÜCKGEKEHRT. GENAU WIE WIR.

Irgendetwas in Damians Kopf flackerte und erregte Sierras Aufmerksamkeit. Bei einem Menschen hätte sie sofort gemutmaßt, dass sie soeben belogen worden war. Doch diese Kreatur war ihr dermaßen fremd, dass sie die Zeichen nicht deuten konnte.

»Warum habt ihr euch zurückgezogen?«, fragte Dr. Opps. Inzwischen verdrängten Neugier und Aufregung seine Angst. »Und wohin? Wie sollen wir euch nennen?«

»Sie haben sich selbst früher GIGANTEN GENANNT, erklärte Damian. WEIL WIR BEREITS URALT WAREN ALS DIE MENSCHHEIT GERADE ERST ANFING, AUF ALLEN VIEREN ZU KRIECHEN. WIR SIND WEIT GEREIST, UM in ihre alte Heimat zurückzukehren. Aber sie brauchen DIE HILFE DERER, DIE MAGIE AUSÜBEN KÖNNEN, UM VOLLENDS ZURÜCKZUKEHREN.

»Warum?«, fragte Dr. Opps. »Was erhofft ihr euch davon?«

DEN EINTRITT ZU DIESER WELT, antwortete Damian, und in seinem Kopf schien die Kreatur sich voranzutasten, als wäre sie auf der Suche nach etwas. UNSERE EINSTIGE HEIMAT IST UNS LANGE VERSCHLOSSEN GEWESEN. UNSERE KRÄFTE SIND MOMENTAN NUR EIN SCHATTEN DER MACHT, DIE WIR FRÜHER EINMAL BESESSEN HABEN. WIR BRAUCHEN EURE MAGIE, DAMIT IHR UNS DAS TOR ZU EURER WELT ÖFFNET UND WIR ZURÜCKKEHREN KÖNNEN. WENN IHR DAS FÜR UNS TUT, WIRD EUCH EINE BELOHNUNG ZUTEIL WERDEN, DIE EURE VORSTELLUNGSKRAFT ÜBERSTEIGT.

Mittlerweile war Damians Stimme überhaupt nicht mehr zu hören, und in seinem Kopf konnte Sierra ihn jäh aufschreien hören.

»Dr. Opps«, zischte sie ihm leise zu, »wir müssen das Ding *jetzt sofort* aus Damian vertreiben.«

Der Doktor sah sie kurz an und wandte sich wieder dem Giganten zu. »Bitte lass das Kind fürs Erste frei, und wir denken über euer Angebot nach.«

Doch das Wesen hörte nicht zu. Stattdessen schien es den Griff um Damians Verstand noch zu verstärken.

»Es will sich nicht zurückziehen«, flüsterte Sierra. »Soll ich nachhelfen?«

Dr. Opps schluckte schwer. »Bitte, gib uns Zeit, darüber zu beratschlagen. Aber zuerst lass den Jungen frei.«

Sierra bereitete sich darauf vor, einen *Gedächtnis-ausmerzen*-Zauber gegen das Wesen zu richten, doch kurz bevor es so weit war, zog es die Tentakel von Damians Kopf und löste sich langsam auf. Damian sackte laut ächzend zu Boden und blieb reglos liegen. Dr. Opps stürzte sofort auf ihn zu.

»Er sieht unverletzt aus«, stellte der Doktor fest und tastete nach Damians Puls. »Wie sieht es mit seinem Kopf aus?«

Damian?, rief Sierra in seinen Verstand hinein. *Geht es dir gut?*

Ich glaube schon, antwortete er. *Fühlt sich an, als hätte mein Gehirn einen Marathon hinter sich. Die Präsenz des Giganten war jenseits von allem, was man sich nur vorstellen kann.*

»Es geht ihm gut«, sagte Sierra, und mit einem leisen Stöhnen schlug Damian die Augen auf.

»Damian, hör mir gut zu«, sagte Dr. Opps. »Wenn dieses Ding wiederkommt, sprich nicht mit ihm! Und gib mir sofort Bescheid! Ich habe keinen Schimmer, ob es die Wahrheit gesagt hat oder nicht – aber wir dürfen auf keinen Fall ein Risiko eingehen. Bevor wir wieder mit ihm kommunizieren, will ich vorbereitet sein. Und das heißt auch, es davonzujagen, wenn es sein muss.«

»Was?« Damian sah Dr. Opps ungläubig an. »Ist das Ihr Ernst? Es hat angeboten, uns zu helfen! Es kann uns mehr über Magie erzählen, als wir den Büchern in den nächsten Jahrzehnten entnehmen könnten!«

»Wenn wir diese Tür aufstoßen, dann kann es vollends in unsere Welt eindringen«, erklärte Sierra ihm. »Bin ich hier die Einzige, die gerade ein Tentakelmonster gesehen hat? Sonst noch wer, der gern sehen würde, wie es in Flammen aufgeht?« Sie hob die Hand.

Damian funkelte sie wütend an. »Klar fühlt es sich erst mal unbegreiflich an. Als es zuletzt hier war, hatte die Menschheit noch nicht mal eine eigene Schrift – diese Wesen haben die Magie ente deckt, Sierra! Wir könnten mit ihrer Hilfe die ganze Welt umgestalten!«

»Es sei denn, es hat gelogen«, rief Sierra ihm in Erinnerung. »Und wenn sie doch ach so mächtig sind, warum brauchen sie dann unsere Hilfe, um die Grenze zu überschreiten?«

»Ich weiß auch nicht, was die richtige Antwort ist, Damian«, sagte Dr. Opps. »Aber wir brauchen eine schlagkräftige Methode, um es in die Flucht zu schlagen, sollte sich herausstellen, dass es uns täuschen will.«

»Es *will* uns nicht ...«

»Und ich will kein Risiko eingehen«, fiel Dr. Opps ihm ins Wort. »Und du – beschwöre es nicht, Damian. Wenn es wiederkommt, schlag sofort Alarm. Du sprichst *nicht* allein mit ihm, nicht ein einziges Mal. Und du übst keine Magie in seinem Auftrag oder auf seinen Befehl hin aus. Ist das klar?«

Damian wollte schon etwas erwidern, bemerkte dann aber Dr. Opps' ernstes Gesicht und nickte.

»Gut«, sagte der Doktor. »Und jetzt ruh dich eine Weile aus. Versuch, dich zu erinnern, ob du im Geiste irgendetwas gesehen hast, was du uns erzählen solltest. Und Sierra – du kommst mit.«

Sie nickte und verließ mit Dr. Opps Damians Zimmer. Behutsam schob er die Tür ins Schloss, hielt draußen kurz inne und drehte sich zu Sierra um.

»Ich brauche sämtliche Kräfte, um dieses Ding im Zweifel zu *eliminieren*«, erklärte er ihr. »Nur für alle Fälle. Welche Sprüche könntest du zu diesem Zweck anwenden?«

Sie grinste. »Ich stelle eine Liste zusammen.«

KAPITEL 29

»Aufwachen!«, rief jemand, und Fort schreckte hoch.

Jia sah wie vom Donner gerührt vom Eingang des Auditoriums zu ihm hinüber, und sofort erinnerte er sich wieder an die vergangene Nacht.

»Bin ich etwa eingeschlafen?« Fort riss entsetzt die Augen auf. »Rachel, du hast zugelassen, dass ich einschlafe?!«

»Psst, noch fünf Minuten«, antwortete sie vom anderen Ende des Saals. Sie hatte noch immer die Augen geschlossen.

»Wie spät ist es?«, fragte Fort, und Panik wallte in ihm hoch. »Hab ich die Prüfung verpasst? Bin ich zu spät?«

»Ich bin hier, um das Buch zu holen«, erklärte Jia. »Was habt ihr gemacht? Hast du eine Ahnung, was hätte passieren können, wenn Dr. Ambrose selbst hergekommen wäre, statt mich zu schicken? Oder wenn *Colonel Charles* wegen des Zerstörungsbuchs gekommen wäre?«

»Das ist eine Katastrophe!«, rief Fort und kam mit einem Sprung auf die Beine. »Ich kann nicht fassen, dass ich eingeschlafen bin!«

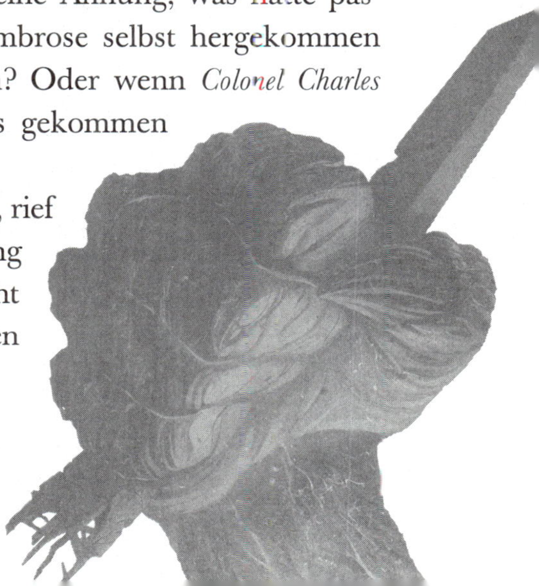

Jia starrte ihn noch einen Moment lang an und seufzte. »Schon gut, ich verpetz euch nicht. Ich meine, wahrscheinlich bekommt ihr sowieso Ärger, weil ihr gestern Abend nicht in die Schlafsäle zurückgekehrt seid. Beeilt euch einfach, sonst …«

»Nein, ich meine doch, dass ich die Sprüche hätte lernen müssen!«, schrie er sie an. »Ich hätte üben müssen und … Ich weiß nicht mal mehr, ob ich es noch geschafft habe!« Er sah sie wortlos an, dann raunte er ihr verschwörerisch zu: »Aber ich weiß noch, dass du mich *belogen* hast, Jia. Du *hast* Sierra gekannt. Warum sagst du mir nicht die Wahrheit?«

Jia wich einen Schritt zurück. »Ich weiß ja nicht, was du zu wissen glaubst …«

»Ich hab's *gesehen*, in ihrer Erinnerung!«, rief Fort. »Ich *glaube* gar nichts – ich *weiß*, was ich gesehen habe!«

»Du hast doch keine Ahnung, was du gesehen hast«, entgegnete sie leise. »Ich muss jetzt gehen.«

»Warum hast du mich angelogen?«, rief Fort, als sie sich an ihm vorbeizwängte, um das Heilzauberbuch zu holen. »Was hab ich dir denn getan?«

Jia blieb wie angewurzelt stehen, drehte sich um und starrte ihn an. »Vielleicht geht's hier gar nicht nur um *dich*, Forsythe.« Und mit diesen Worten marschierte sie an ihm vorbei. An der Tür blieb sie noch einmal stehen. »An deiner Stelle würde ich mich auf den Weg ins Klassenzimmer machen. Dr. Ambrose wird jeden Moment da sein.«

Fort sah ihr hinterher. Wie hatte er bitte schön so schnell

in die Defensive geraten können? *Jia* war doch diejenige, die *ihn* angelogen hatte! Wie hatte sie da einfach so empört davonstapfen können?

Seufzend drehte er sich um, und sein Blick fiel auf die Zerstörungsschülerin, die immer noch auf der Bank lag und schlummerte.

»Musst du nicht langsam auch aufstehen, Rachel?«

Sie gähnte, rappelte sich schwerfällig hoch und dehnte knacksend die Nackenwirbel. »Ich hab meine Aufgabe hier wohl erfüllt und die Schule beschützt, indem ich dich nicht aus den Augen gelassen hab …«

»Ach? So nennt man das jetzt, wenn man alles verpennt?«

»Du bist doch nur sauer, weil du die ganze Nacht wach bleiben wolltest«, sagte sie und streckte sich. »Lass das jetzt nicht an mir aus! Oh Mann, diese Bänke sind echt alles andere als bequem.«

»Wie lief's denn so?«, ertönte eine Stimme von der Eingangstür. Als Fort sich umdrehte, stand dort Cyrus mit einer neuen Uniform für Fort im Arm.

»Wie es lief?«, grollte Fort. »Ich bin *eingeschlafen*! Ich weiß nicht mal mehr, ob ich die Sprüche noch geschafft habe! Wenn du das hier hättest kommen sehen, hätte ich mir einen Wecker gestellt oder …«

Cyrus errötete. »Äh … Echt jetzt? Ich hab es schon irgendwie kommen sehen … als ich gestern Abend nachgeschaut habe, wie wir hier reinkommen.«

»Wie bitte?«

»Ich wollte es dir nicht erzählen«, erwiderte Cyrus, während Fort sein versengtes T-Shirt wechselte. »Wenn du gestern Nacht versucht hättest, zurück in den Schlafsaal zu kommen, wärst du erwischt worden. Einzuschlafen war die einzige Möglichkeit, wie du es noch rechtzeitig zur Prüfung schaffst.«

»Und was nützt mir das, wenn ich geschlafen habe, statt zu trainieren?«

»Denk positiv«, sagte Cyrus und schob ihn in Richtung Tür. »Vielleicht ist ja trotzdem etwas in deinem Unterbewusstsein hängen geblieben.«

Fort knurrte frustriert, lief dann aber Jia hinterher.

»Du könntest zumindest auf mich warten, nachdem ich dir die ganze Nacht beim Lernen geholfen habe«, rief Rachel ihm nach. »Und vergiss unsere Abmachung nicht!«

Die Soldaten hinter dem Sicherheitsglas sahen Fort verdutzt nach, als er und Cyrus an ihnen vorüberliefen und auf die Aufzüge zusteuerten. Bestimmt fragten sie sich jetzt, ob sie ihn früher am Morgen schon mal gesehen hatten. Aber das war derzeit Forts geringste Sorge. Es sah ganz danach aus, als würde er durchfallen und von der Schule fliegen. Und das durfte einfach nicht passieren!

Cyrus verabschiedete sich bei den Aufzügen und reckte die Daumen hoch, als die Türen zuglitten. Zum Glück waren keine anderen Schüler da, und Fort sackte mit dem Rücken gegen die Fahrstuhlwand und versuchte, sich halbwegs zu beruhigen. Jetzt in Panik zu geraten war das Letzte, was er gebrauchen konnte – das würde ihn kein bisschen weiterbringen.

Auch wenn Panik sich gerade sehr, *sehr* verlockend anfühlte.

Gerade als er in den Knochengarten hineinstolperte, sah er, wie Jia das Heilzauberbuch auf das Pult an der Stirnseite des Saals legte. Hinter ihr trabten die anderen Schüler herein. Heute waren die Stahltische leer – mit einer Ausnahme: der Tisch mit den Laken, auf dem Fort tags zuvor von seinen Verletzungen geheilt worden war.

Bei dem Anblick fiel Fort schlagartig wieder etwas ein. Eilig warf er Dr. Ambroses Codekarte zurück auf den Tisch, auf dem sie sie am Vorabend liegen gelassen hatte, und hoffte inständig, dass ihn dabei niemand beobachtete. Er schöpfte bereits Hoffnung – doch dann sah er, wie Jia ihn finster anfunkelte. Sie hatte ihn auf frischer Tat ertappt. Er zuckte mit den Schultern; er wollte jetzt wirklich keine Standpauke von ihr zu hören bekommen, und sie schüttelte auch nur den Kopf.

»Dann hab ich sie *doch* hier liegen lassen«, sagte Dr. Ambrose hinter Fort und schnappte sich ihre Codekarte. »Wie hab ich die gestern übersehen können?« Sie sah Fort misstrauisch an, marschierte dann aber nach vorn zu ihrem Pult.

»Dr. Ambrose?«, meldete sich Mason zu Wort und lief ihr nach, während weitere Schüler den Raum betraten. »Ich hab da ein ganz komisches Problem … Ich kann den *Kleinere-Wunden*-Zauber nicht mehr anwenden. Eigentlich beherrsche ich den seit Monaten, aber heute Morgen habe ich versucht, eine Blase zu heilen, und konnte mich urplötzlich nicht mehr an den Spruch erinnern.«

»Ach, Mason«, sagte Dr. Ambrose. »Vielleicht hilft dir ja eine weitere Trainingseinheit bei den Zerstörern auf die Sprünge.« Noch während Mason entsetzt nach Luft schnappte und niedergeschlagen zurück an seinen Platz schlich, ließ sie den Blick durch den Saal schweifen. »Sind alle da? Ich habe hier einen Vermerk, dass jemand heute früh nicht am Unterricht teilgenommen hat.« Sie sah Fort vielsagend an.

Fort lächelte nervös zurück, woraufhin sie die Augen verdrehte.

»Also gut«, sagte sie. »Leute, heute steht uns ein besonderer Leckerbissen bevor. Forsythe, los, hierher!«

Fort stand auf und ging langsam auf die Stirnseite des Saals zu. Die anderen sahen ihn gespannt an. Er hätte nicht sagen können, ob sie auf seiner Seite waren oder eher hofften, er würde endlich verschwinden, gerade nachdem ihn so viele Jungs an seinem ersten Abend im Schlafsaal ausgelacht hatten. Die Mädchen sahen nicht viel freundlicher aus – aber das konnte auch der Situation geschuldet sein.

»Forsythe will nur schnell seine Prüfung ablegen«, erklärte Dr. Ambrose, angelte drei Bandagenpäckchen aus ihrer Tasche und drückte sie Fort in die Hand. »Es ist im Grunde ganz leicht. Teil eins sind die drei ersten Sprüche. Teil zwei: Du wendest sie der Reihe nach auf diese Bandagen an. Wenn du es nicht schaffst, drei unterschiedliche Heilbandagen herzustellen, bist du raus.« Sie nickte zur Tür und senkte die Stimme, sodass nur noch Fort sie verstehen konnte. »Und dann sind hier alle endlich wieder sicher.«

Erst jetzt fiel Fort auf, dass diesmal niemand aus der Schulverwaltung und vom Militär anwesend war.

»Kommt gar keiner mehr?«, flüsterte er. »Dr. Opps oder Colonel Charles – sind die dieses Mal nicht dabei?«

»Nein, sie sehen sich das Ganze mit den anderen zusammen über die Überwachungskamera an«, gab sie leise zurück und bedachte ihn mit einem Blick, den er nicht deuten konnte. »Aus irgendeinem Grund will sich keiner von ihnen mehr mit dir im selben Raum aufhalten. Hast du eine Ahnung, warum?«

Fort schluckte trocken. »Nein, keinen Schimmer …«

Sie kniff die Augen zusammen, nickte aber. Dann fragte sie wieder lauter: »Bereit?«

»Bereit«, erwiderte Fort und hoffte inständig, dass es wirklich so wäre. Falls er versagte, würde er diesmal zum Glück weniger Zuschauer haben … zumindest solche, die er vor sich sehen konnte.

»Bandagen herzustellen ist ganz einfach«, erklärte Dr. Ambrose. »Du sprichst deinen Zauberspruch, als wolltest du jemanden heilen, lässt aber die Energie nicht auf einmal, sondern ganz langsam und sachte in die Bandage einsickern, als wäre sie ein Schwamm, der die Magie aufsaugt. Brich den Spruch nicht ab, bis die Bandage randvoll ist – sonst bleibt die Magie nicht haften, und du bist durchgefallen.«

Fort musste erneut schwer schlucken. Ehrlich gesagt klang das *ziemlich* kompliziert – zumindest solange er nicht genau wusste, was er da tat.

»Woher wissen Sie das überhaupt, wenn Sie selbst keine Magie ausüben können?«, flüsterte er.

»Wir haben ein paar Schüler in der Anfangsphase einfach herumexperimentieren lassen. Und jetzt hör auf, Zeit zu schinden. Du hast eine Minute für den *Kleinere-Wunden*-Zauber, und dann geht's sofort weiter mit der Bandage.«

Fort schloss die Augen und versuchte zu verhindern, dass die Panik überhandnahm. Dann zückte er die Nähnadel, pikste sich in den Finger und heilte den Stich. Er zeigte Dr. Ambrose seine Fingerspitze.

»Gut, gut«, sagte sie und bedeutete ihm mit einer Geste weiterzumachen.

Er nickte. Obwohl er wusste, dass er zumindest *diesen* Spruch beherrschte, war er zum Zerreißen angespannt. Er nahm die erste Bandage zur Hand (»Das ist kein Stressball, zerknautsch sie nicht so!«, fuhr Dr. Ambrose ihn an), dann wiederholte er langsam den ersten Zauberspruch.

Erst spürte er die wohlbekannte kühle Energie in seiner Hand. Doch genau wie Dr. Ambrose gesagt hatte, hielt er sie diesmal noch kurz bei sich und ließ sie dann so langsam, wie er nur konnte, in die Bandage einsickern. Die Bandage fing an, schwach bläulich zu glimmen, und Fort war so überrascht, dass er um ein Haar die komplette Energie auf einmal losgelassen hätte. Schnell konzentrierte er sich wieder auf das Wesentliche. Kurz wurde das Glimmen schwächer, dann aber umso heller, je mehr Magie er in die Bandage hineinfließen ließ. Als zu guter Letzt alle Energie aus seiner Hand gesickert war, schien die Bandage den ganzen Saal geisterhaft auszuleuchten, ehe sie erlosch und wie zuvor vor ihm lag, als wäre nie etwas Ungewöhnliches gewesen.

»Schau an, du hast den ersten Spruch tatsächlich gemeistert«, stellte Dr. Ambrose überrascht fest. »Das ist schon mehr, als ich dir zugetraut hätte. Aber von jetzt an stehen die Chancen schlecht. Los, der Nächste – *Krankheit erregen*, wenn ich bitten darf.«

Fort hob langsam die zitternde Hand und nahm die nächste Bandage entgegen. Jetzt wurde es spannend – das hier war die eigentliche Prüfung. Hatte er in der vergangenen Nacht den Spruch noch gelernt? Oder hatte der Schlafmangel alles durchkreuzt? Würde er nach Hause zurückkehren und nicht mal mehr wissen, was er an der Oppenheimer-Schule alles zurückgelassen hatte – angefangen beim Schicksal seines Vaters bis hin zu den Kräften, die es ihm erlaubt hätten, die Monster zu vernichten, die seinen Vater auf dem Gewissen hatten?

Bitte, dachte er, *bitte! Ich* muss *mich an den Spruch erinnern!*

Und dann versuchte er, den *Krankheit-erregen*-Spruch anzuwenden.

Nur dass er sich an kein einziges Wort erinnern konnte. Der Spruch war ihm entfallen. Er hatte ihn ganz offensichtlich nicht verinnerlichen können.

KAPITEL 30

»Na, wie sieht's aus, Forsythe?«, fragte Dr. Ambrose. »Sehen wir hier noch eine Krankheit? Wenn du den Spruch nicht beherrschst, sag es einfach, und wir ziehen einen Schlussstrich.«

Der Schweiß troff Fort über den Nacken, und er schluckte schwer. Dann warf er Jia einen flüchtigen Blick zu, auch wenn er nicht wusste, wie sie ihm hätte helfen können. Doch sie sah demonstrativ weg. Die anderen hatten kein Problem damit, ihn anzustarren, und Fort spürte, wie sich ihre Blicke in ihn hineinbohrten.

»Geben Sie mir … eine Minute«, sagte er schließlich – nur warum? Weshalb spielte er noch auf Zeit, wenn er den Spruch doch ohnehin nicht beherrschte?

Dr. Ambrose seufzte, verschränkte dann aber die Arme vor der Brust und wartete. Jetzt sah auch Jia ihn neugierig an, als fragte sie sich, warum er seine Blamage in die Länge zog. Er hatte ja selbst keine Ahnung! Trotzdem – er konnte jetzt nicht aufgeben! Und er *würde* nicht aufgeben. Warum hatte er den Spruch in der vergangenen Nacht nicht …

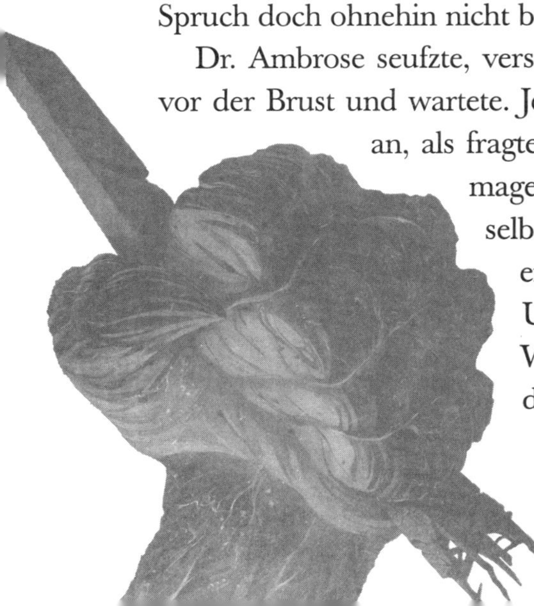

Und mit einem Mal hämmerte sich etwas in Forts Verstand, dass er von der Wucht fast ins Taumeln geraten wäre.

Urplötzlich standen ihm der *Krankheit-erregen-* und der *Krankheiten-heilen-*Spruch deutlich vor Augen.

Und außerdem noch vier weitere.

Überrascht riss Fort die Augen auf. Ohne dass er gewusst hätte, wie das passiert war, schwirrten ihm die Sprüche für schwere Verletzungen, Lähmung, Geistergestalt und Schutzrüstungen im Kopf herum, obwohl er von der Hälfte nie auch nur gehört, geschweige denn sie im Heilzauberbuch gesehen hatte.

Fast hätte er in seiner Verwirrung die Bandage fallen lassen. Wo waren die Sprüche auf einmal hergekommen? Es war fast, als hätte jemand sie kurzerhand in sein Gehirn hochgeladen. War das Sierra gewesen? Aber wenn sie ihre Mentalkräfte nutzte, hätte sie dann nicht die Sprüche aus dem Gedächtnis von jemand anderem übernehmen müssen? Und wenn das der Fall war … Wen hatte sie angezapft?

Er sah sich im Saal um, und sein Blick blieb wieder an Jia hängen, die ihn mit offenem Mund anstarrte. Erschüttert fasste sie sich an die Stirn und hauchte tonlos in seine Richtung: *Was hast du getan?*

Sie sah alles andere als glücklich aus.

»Forsythe«, kam es von Dr. Ambrose. Fort nickte und schloss erneut die Augen. Dann wandte er eilig den *Krankheit-erregen-*Zauber an, und fast augenblicklich setzten das Fieber und die Schmerzen ein. Er hustete, während er den

Zauber auf die Bandage übertrug, und schlug danach die Augen auf. Die Bandage glimmte erst hell und verblasste im nächsten Moment, genau wie die vorige.

»Das kann doch nicht wahr sein!« Dr. Ambrose machte große Augen. »Wie hast du *das* denn geschafft?«

»Ich … hab trainiert«, sagte Fort, der sich vollkommen elend fühlte. »Und jetzt … *Krankheiten heilen*?«

»Das ist unmöglich«, sagte sie immer noch sichtlich schockiert. Dann packte sie ihn am Arm und zog den Ärmel nach oben. »Hast du die Sprüche abgeschrieben? Nein, das geht nicht … Wie konntest du …«

Anscheinend dämmerte jetzt auch den anderen Schülern, dass hier etwas Einzigartiges vor sich ging. Sie fingen an zu tuscheln und unruhig auf ihren Plätzen hin- und herzurutschen.

»Äh … Soll ich jetzt den nächsten Spruch …?«

Dr. Ambrose nickte wortlos. Sie war immer noch wie vom Donner gerührt. Eilig heilte Fort seine Grippe, dann konzentrierte er sich auf die dritte Bandage, wandte den *Krankheiten-heilen*-Zauber ein zweites Mal an und ließ die Magie einsickern, bis der Spruch seine Wirkung getan hatte.

»*Nein*«, hauchte Dr. Ambrose so leise, dass nur Fort sie hören konnte. »Du hättest heimgeschickt werden sollen! Der Sicherheit halber! Wie konntest du das schaffen? Es ist einfach nicht zu fassen, dass jemand …«

Fort spähte zu Jia hinüber, die aussah, als würde sie ihn am liebsten erwürgen.

»Ich hatte … Hilfe«, sagte er ebenso leise.

Dr. Ambrose sah ihn stumm an und ließ sich dann kraftlos auf den nächstbesten Stuhl sinken. Sie sah aus, als würde alle Luft aus ihr entweichen.

»Tja. Und jetzt? Willst du einen Orden dafür?«, fragte sie, und allmählich klang sie wieder wie sie selbst, auch wenn sie von dem Testergebnis immer noch erschüttert zu sein schien. »Geh an deinen Platz, *Schüler.* Was wir heute lernen, solltest du dir mehr als jeder andere einprägen, wenn du dir deinen Platz an der Oppenheimer-Schule erarbeiten willst.«

Langsam kehrte Fort zu den Tischen zurück und steuerte den leeren Platz hinter Sebastian an, der ihn zornig anstarrte, als er an ihm vorbeilief. Fort ließ sich auf den Stuhl fallen. Von all dem, was gerade passiert war, schwirrte ihm der Kopf. Er hatte tatsächlich das Unmögliche geschafft und die Prüfung bestanden, und das bedeutete, dass er nicht von der Schule geworfen wurde! Nur dass er es nicht aus eigener Kraft geschafft hatte. Irgendwie hatte er sich Jias Sprüche zu eigen gemacht. Er verdiente es nicht, an der Schule zu bleiben. Klar – diese ganze Sache war ein abgekartetes Spiel gewesen … trotzdem. Es fiel ihm schwer, sich zu freuen, nachdem er lediglich mit unerlaubter Hilfe bestanden hatte, auch wenn er selbst keine Ahnung hatte, wie das vonstattengegangen war. Würden Jias Sprüche verschwinden und – hoffentlich – in ihrem Kopf wieder auftauchen? Oder hatte er sie ihr ein für alle Mal geraubt? Und wenn das der Fall war – was bedeutete das für Jia?

Während Dr. Ambrose mit dem heutigen Unterrichtsstoff und dem Aufbau des menschlichen Herzens begann und die einzelnen Bereiche mit ziemlich grausamen Fotos veranschaulichte, legte Fort eine Hand über die andere und verpasste sich die Grippe. Sobald der Schüttelfrost einsetzte, heilte er sich und fing direkt wieder von vorne an.

Weder der *Krankheit-erregen-* noch der *Krankheiten-heilen-*Zauber verschwand aus seinem Gedächtnis. Er hatte sie allen Ernstes verinnerlicht.

»Keine Magie während des Unterrichts«, fauchte Dr. Ambrose und drehte sich dabei nicht mal um. »Das ist Regel Nummer eins! Es spielt überhaupt keine Rolle mehr, ob du die Prüfung bestanden hast oder nicht – wenn ich dich noch ein Mal dabei erwische, frag ich dich ohne jede Vorbereitung zum Thema Dekubitus ab!«

Die anderen Schüler wirbelten zu Fort herum. Er riss entschuldigend beide Hände hoch und ließ sie zurück auf seinen Tisch sinken.

War die Mentalmagie wirklich mächtig genug, dass sie die Zauber von Mitschülern übernehmen, ja ihnen sogar *wegnehmen* konnte? Und das für alle Zeiten? Hieß das dann nicht, dass jeder, der Mentalmagie beherrschte, jeden beliebigen Spruch lernen … na ja … wohl eher *sich aneignen* konnte, den jemand anderes beherrschte? Eine solche Macht wäre erschreckend …

Im nächsten Moment traf ihn etwas am Hinterkopf. Als er sich umdrehte, starrte Jia ihn mit zusammengebissenen

Zähnen an. Vorsichtig griff er nach unten und tastete nach dem Gegenstand, den sie geworfen hatte. Er entpuppte sich als Zettelchen. So schnell er konnte, faltete Fort das Papier auseinander und legte es sich auf die Oberschenkel.

Du VOLLIDIOT! Diese Sprüche hast du mir gestohlen*! Ich hatte sie verinnerlicht, und jetzt sind sie* weg*! ICH WILL SIE SOFORT ZURÜCK!*

Als er aufblickte, sah sie so wütend aus, dass er für einen Moment glaubte, sie würde sich augenblicklich auf ihn stürzen. Er versuchte, ihr zu signalisieren, dass es ihm leidtat, aber sie starrte ihn bloß weiter mit diesem Killerblick an. Ihre Finger, mit denen sie die Tischkante umklammerte, waren an den Knöcheln ganz weiß.

»… und natürlich transportieren die Lungenarterien das Blut aus dem Herzen zur Lunge«, erklärte Dr. Ambrose gerade und klickte zu einem Foto vor, auf dem zwei Lungenflügel auf einem Labortisch zu sehen waren. »Wenn das Herz also aufhört zu schlagen und zufälligerweise ein Zerstörungsschüler in der Nähe sein sollte, könnte ein Blitzschlag es wieder in Gang setzen …«

Fort zog einen Stift aus der Tasche und schrieb eilig eine Antwort an Jia.

Ausgerechnet du solltest wissen, dass ich mit dieser Sache rein gar nichts zu tun habe! Das war Sierra! Warum erzählst du *mir nicht erst mal, wo sie steckt? Dann können wir das vielleicht geradebiegen!*

Er faltete den Zettel zusammen, und als Dr. Ambrose gerade nicht hinsah, warf er ihn zu Jia zurück.

Einen Moment später traf ihn erneut etwas am Hinterkopf, diesmal härter als zuvor. Er ächzte leise, und Dr. Ambrose wirbelte herum.

»Hat jemand eine Frage?«

»Was, wenn … äh … jemand eine Schutzrüstung trägt?«, fragte Fort und benutzte ganz bewusst den Ausdruck, den er aus seinem neuen Zauber kannte. »Was müsste man dann beachten? Oder wäre das vielleicht ein Fall für einen *Geistergestalt*-Zauber?«

»*Geistergestalt*?«, wiederholte Dr. Ambrose und zog die Augenbrauen in die Höhe. »Wo hast du denn davon schon mal gehört? Warte, nein, ist mir egal. Der Zauber ist ohnehin verboten. Theoretisch – und zwar weil der Zauber deinen Körper in eine Geistergestalt verwandelt – könntest du so mit der Hand durch die Schutzrüstung hindurchgreifen, was dem Patienten allerdings nichts nützen würde, weil du sein Herz nicht berühren könntest, ohne wieder Menschengestalt anzunehmen – und das würde den Patienten das Leben kosten. Insofern … dürfte ich jetzt bitte wieder zu praktischeren Dingen zurückkehren?« Sie drehte sich zu ihrer Präsentation um.

Sofort griff Fort nach dem Zettel.

Wir treffen uns in der Mittagspause draußen vor dem Mädchenschlafsaal und holen uns meine Sprüche zurück!

Er drehte sich um und nickte. So würden sie es machen. Mit Rachel und Jia zusammen hätte er, so wie es aussah, gleich doppelt Hilfe bei seiner Suche nach Sierra.

KAPITEL 31

Als die Unterrichtsstunde beendet war, eilte Jia als Erste nach draußen. Fort war deutlich langsamer und wurde an der Tür obendrein von Dr. Ambrose aufgehalten.

»Einen Moment noch, Forsythe«, sagte sie und legte die Hand auf seine Schulter, während die anderen an ihnen vorbeiliefen. Sobald sich der Saal geleert hatte, setzte sie sich an einen der Tische und putzte ihre Brille. Dann fragte sie, ohne ihn dabei anzusehen: »Wie hast du das geschafft?«

»Ich hab die Zaubersprüche angewendet, genau wie Sie es mir gesagt haben«, antwortete Fort. Allmählich wurde er nervös. »Ich hab einfach nur Ihre Anweisungen befolgt …«

»Nein, das meine ich nicht. Wie konntest du die drei Zauber so schnell verinnerlichen? Selbst wenn du letzte Nacht durchgelernt hättest …« Sie bedachte Fort mit einem misstrauischen Blick. »Sogar dann hätte es nie und nimmer machbar sein dürfen. Aus Erfahrung weiß ich, dass sogar deutlich talentiertere Schüler mindestens drei Tage pro Zauberspruch brauchen.«

»Ich bin wahrscheinlich einfach ein schneller Lerner«, murmelte Fort.

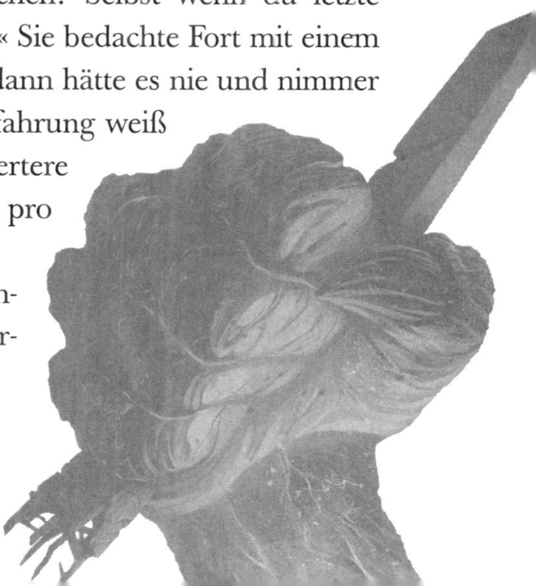

»Mhm … Oder aber du hast irgendeine komische Verbindung zu diesem mental begabten Mädchen. Ich habe durchaus zur Kenntnis genommen, dass Mason den *Kleinere-Wunden*-Zauber nicht mehr anwenden konnte. Und da frage ich mich, ob es nicht noch andere Schüler gibt, die ihre Sprüche eingebüßt haben.«

Fort hatte Mühe, seine Gesichtszüge unter Kontrolle zu halten. Hatte er auch den ersten Spruch Sierra zu verdanken? Hatte er nicht mal einen einzigen allein zustandegebracht?

»Ich weiß ehrlich nicht, wovon Sie sprechen«, sagte er nach einer Weile.

»Da bin ich mir sicher«, erwiderte sie. »Was ich gestern Abend gesagt habe, steht: Was immer mit dir – und mit ihr – passiert, führt dazu, dass alles nur noch schlimmer wird, je länger du hier bist. Die Sicherheitsmaßnahmen, die Dr. Oppenheimer ergriffen hat, können nicht ewig verhindern, dass dieses Ding uns aufspürt. Und das kannst du doch nicht wollen, oder?«

»Natürlich nicht!«, rief Fort lauter, als er beabsichtigt hatte. »Warum bringen Sie mich nicht zu Sierra, damit ich mit ihr reden und diese Verbindung – oder was auch immer das ist – ein für alle Mal beenden kann? Wäre das nicht die allerbeste Maßnahme?«

»Junge, glaub mir, du und dieses Mädchen in ein und demselben Raum – das wäre eins meiner Worst-Case-Szenarios«, sagte Dr. Ambrose. »Vertrau mir. Colonel Charles mag der Ansicht sein, dass du nützlich bist, aber ich sehe das anders. Im Augenblick kratzt du bloß an der Oberfläche – aber wenn der Schorf erst mal aufbricht, blutest du aus.«

Was für ein grässlicher Vergleich!

»Ich sollte langsam zur Mensa gehen«, sagte er schließlich in der Hoffnung, dass sie ihn ziehen lassen würde.

Dr. Ambrose sah ihn kurz und eindringlich an, bevor sie nickte. »Sei einfach vorsichtig, ja?«, gab sie ihm mit auf den Weg. Sobald er draußen auf dem Flur in den Aufzug gesprungen war und die Türen hinter ihm zugingen, seufzte er erleichtert auf. Er würde fürs Erste nicht von der Oppenheimer-Schule fliegen. Und das bedeutete, dass er endlich ein paar Antworten bekäme.

Der Mädchenschlafsaal lag vom Jungsschlafsaal aus gesehen genau am entgegengesetzten Ende des Geländes, sodass er keine großen Schwierigkeiten hatte, dort hinzufinden. Von außen sahen beide Gebäude exakt identisch aus, und Fort nahm an, dass es drinnen ganz genauso wäre. Auf einem Militärstützpunkt wie diesem schien Individualität unerwünscht zu sein.

Jia wartete bereits an der Eingangstür und blätterte wie beiläufig in einem Buch. Sie sah nicht mal auf, als er näher kam, sondern wies lediglich mit einem Kopfnicken zur Seite. Er lief an ihr vorbei, bog um die Ecke und blieb im Schatten auf dem schmalen Fußweg zwischen dem Mädchenschlafsaal und der benachbarten Soldatenunterkunft stehen.

Er musste nicht lange warten.

»Was hast du dir dabei gedacht?«, fauchte sie ihn leise, aber bedrohlich an, kaum dass sie um die Ecke bog. Dann versetzte sie ihm einen Schubs, sodass er mehrere Schritte rückwärts taumelte. »Ich hab dir *geholfen*! Das ist also der Dank dafür – stiehlst mir meine Sprüche! Hast du auch nur eine Ahnung, wie lange ich gebraucht habe, um die zu beherrschen?«

»Du weißt genau, dass ich das nicht war«, entgegnete Fort. »Ich bin hier nicht derjenige mit übersinnlichen Kräften. Das war deine Freundin Sierra, die dir sehr wohl bekannt ist – trotzdem hast du mich angelogen und mir erzählt, sie wäre einfach nur irgendeine Schülerin gewesen, die nach Hause geschickt worden ist.«

»Ich durfte dir nicht die Wahrheit sagen, du Idiot!«, blaffte sie ihn an. »Dr. Opps hat gesagt, er wirft mich raus, wenn ich herumerzähle, was mit ihr und den anderen passiert ist.«

»Was *ist* denn passiert?«

»Was hab ich gerade gesagt?«, grollte Jia ihn frustriert an. »Hör mal, das hier fühlt sich nicht wie etwas an, das meine Freundin Sierra tun würde. Sie würde mit dir nicht aus Spaß solche Spielchen treiben. Da muss mehr dahinterstecken.«

»Dann bring mich zu ihr, und wir klären das.« Fort verschränkte die Arme.

»Ich weiß wirklich nicht, ob sie noch hier ist«, sagte Jia mit finsterem Blick. »Dr. Opps zufolge ist sie am Tag nach dem Angriff auf Washington heimgeschickt worden. Wenn sie wirklich noch da sein sollte, versteckt er sie irgendwo – und höchstwahrscheinlich aus gutem Grund.«

»Sie *muss* hier sein. Colonel Charles wollte, dass ich herkomme, um zu sehen, was passiert. Bevor ich in die Oppenheimer-Schule eingezogen bin, hab ich nie einfach so ohne Vorwarnung ihre Erinnerungen gesehen. Und ich hab ganz sicher auch nie die Gedanken von anderen lesen können.«

»Okay«, sagte Jia und riss frustriert die Arme hoch. »Wenn er sie irgendwo versteckt, gibt es nur eine Handvoll Möglichkeiten. Ich glaube, ich weiß sogar, wo wir nachschauen könnten.«

»Wo?«, hakte Fort sofort nach und lehnte sich neugierig vor.

Sie schüttelte den Kopf. »Wir werden noch alle rausgeworfen … Bei den Sicherheitsmaßnahmen hier ist es einfach unmöglich, unentdeckt zu bleiben.«

»Nicht, wenn wir uns nicht erwischen lassen«, entgegnete Fort. »Was, wenn wir diesen Zauber anwenden, den ich von dir bekommen habe – den *Geistergestalt*-Zauber? Dr. Ambrose hat doch erwähnt, dass man damit zu einem Geist wird. So könnten wir auf dem Gelände überall hinkommen, oder nicht?«

Bei der Erwähnung des Zaubers, den sie eingebüßt hatte, war Jias Zorn schlagartig wieder aufgeflammt, und sie sah ihn an, als müsste sie sich mit aller Macht zusammenreißen, um nicht im nächsten Moment auf ihn einzudreschen. »Nicht zu fassen, dass du das ansprichst! Ich hätte ihn nicht einmal lernen dürfen – er ist streng verboten, und zwar genau aus diesem Grund! Was, wenn Dr. Ambrose herausfindet, dass ich ihn kannte?«

»Du kriegst ihn zurück, sobald wir Sierra aufgespürt haben«, versprach Fort. »Und es tut mir leid, ehrlich. Aber wenn das eine Möglichkeit wäre, dann sollten wir sie nutzen.«

»Meinetwegen. Wir treffen uns genau hier, sobald die Lichter ausgemacht werden. Du wendest *meinen Geistergestalt*-Zauber an, und dann wollen wir doch mal sehen, ob Sierra wirklich auf dem Schulgelände ist und mir meine Zauber zurückgeben kann.« Sie stocherte ihm mit dem ausgestreckten Zeigefinger in die Brust. »Ich sollte das gar nicht machen. Das könnte in mehrerer Hinsicht schiefgehen. Aber zumindest sind wir zu zweit. Aber wenn irgendwer sonst Wind davon bekommt, dann könnte uns das Ganze böse um die Ohren fliegen.«

»Jupp, nur wir zwei«, sagte Fort leise, überlegte insgeheim jedoch bereits, wie er das alles vor Rachel geheim halten sollte. »Und was ist mit …«

»Ihr solltet wirklich anfangen, leiser zu sprechen, wenn euch niemand hören soll«, sagte plötzlich eine Stimme von oben.

Fort wirbelte erschrocken herum, und sein Blick blieb an Rachel hängen, die sich aus einem der Fenster des Mädchenschlafsaals lehnte und ihn breit angrinste.

»Wie viel hast du gehört?«, fragte Jia in heller Panik.

»Tja … alles.« Rachel grinste immer noch. »Aber keine Angst, Jia. Fort und ich hatten schon einen ganz ähnlichen Plan ausgeheckt. Insofern mach doch einfach bei uns mit. Wir sehen uns später, wenn die Lichter ausgehen!«

KAPITEL 32

Nach allem, was ihm im Kopf herumging und später am Abend noch bevorstand, hatte es Fort den Appetit verschlagen. Von daher machte es ihm auch nichts aus, dass er das Mittagessen verpasste. Als er aus dem Aufzug stieg und den Geruch wahrnahm, der vom Knochengarten zu ihm herüberwehte, war ihm noch weniger nach Essen zumute.

»Wer ist denn hier gestorben?«, fragte Sebastian und sah sich eher neugierig als verschreckt um, als er vor Fort den Saal betrat.

»Das findet ihr gleich heraus«, rief Dr. Ambrose von der Stirnseite des Saals. »Los, rein mit euch, jeder an seinen Platz … außer dir, Forsythe. Deine drei Zauber sind vergleichsweise nutzlos, du musst erst noch ein bisschen mehr lernen.«

»Und was machen *wir*?«, fragte ein Mädchen namens Janna.

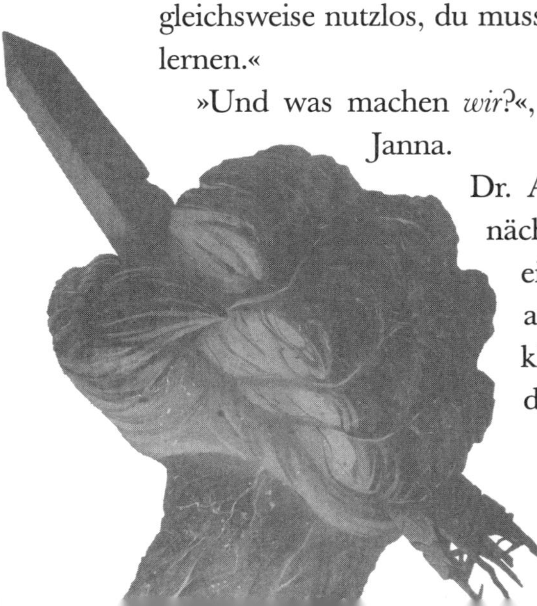

Dr. Ambrose schlenderte auf den nächstbesten Tisch zu, auf dem ein Tuch über einem Tablett ausgebreitet lag. »Ihr, meine kleinen Heiler, werdet heute die Toten wieder zum Leben erwecken.« Theatralisch zog sie das Tuch beiseite. Darunter kam eine feucht schimmernde, rote, eklige Masse zum Vorschein.

Die ganze Klasse stöhnte wie aus einem Mund.

»Diese Herzen sind heute hübsch schlachtfrisch mit dem restlichen Fleisch angeliefert worden«, erklärte Dr. Ambrose und atmete tief ein. »Ah, schreit das nicht förmlich nach Fleischverzicht?«

Irgendwer würgte, doch Fort war zu sehr damit beschäftigt, seinen eigenen rebellierenden Magen zu beruhigen, als dass er sich umgesehen hätte, wer das gewesen war.

»Was … Was sollen wir denn damit machen?«, wollte Sebastian wissen. Sogar er schien ausnahmsweise wenig begeistert zu sein.

»Wie schon gesagt, die erwecken wir zum Leben«, sagte Dr. Ambrose. »Mittels eures *Wiederherstellungs*-Zaubers solltet ihr die Herzen wieder zum Schlagen bringen. Die heutige Aufgabe besteht also darin, euch einzig und allein auf diese Energie zu konzentrieren. Wie wir am Morgen gehört haben, herrscht an den entsprechenden Bandagen auf dem Schlachtfeld immer Bedarf.« Sie grinste. »Außerdem ist es einfach ein großer Spaß.«

Fort schluckte trocken und war unendlich dankbar, nicht an der Übung teilnehmen zu müssen. »Und was mache ich in der Zwischenzeit, Dr. Ambrose?«

Sie bedachte ihn mit einem durchdringenden Blick, dann zeigte sie auf das Heilzauberbuch. »Du nimmst dir einfach den nächsten Spruch vor, Forsythe. Die *Schweren Verletzungen.* Du wirst dir eine ganze Weile lang die Zauber nicht selbst aussuchen dürfen – vorausgesetzt du kommst überhaupt je so weit.«

Dann stellte sie sich hinter Moira, die Schülerin, die am nächsten zu ihr stand und die schon vorsichtig die Hand über ein Herz hielt. Dr. Ambrose drückte Moiras Hand hinunter, sodass sie beide in das Muskelfleisch griffen.

»Taucht *richtig* ein, Kinder – wenn diese Herzen am Ende der Stunde nicht alle schlagen, erzähle ich Colonel Charles, dass ihr euch mal wieder ein Zerstörungstraining wünscht.«

Erneut ging ein Stöhnen durch den Saal. Dann sah Fort, wie die ersten Herzen aufglühten, doch keins davon hatte bislang begonnen zu schlagen.

Eilig wandte er sich ab und versuchte, nur noch durch den Mund statt durch die Nase zu atmen, und griff dankbar zum Heilzauberbuch.

Mit dem Daumen blätterte er wahllos durch die Seiten. Eigentlich erwartete er, dass er bloß bis zu den *Schweren Verletzungen* kommen würde, dem vierten Spruch; schließlich war er beim ersten Mal ja auch bloß bis zur ersten Seite gekommen.

Doch diesmal schlug das Buch wie von selbst nach einem guten Drittel auf, und dem vollkommen verblüfften Fort offenbarten sich Dutzende, wenn nicht *Hunderte* neuer Zaubersprüche.

Er sah verstohlen über die Schulter, um sicherzustellen,

dass Dr. Ambrose ihn nicht beobachtete. Dann blätterte er so unauffällig hin und her, wie er nur konnte.

Angst überwinden: Befreie jedwedes lebende Wesen eine Stunde lang von Beklemmungsgefühlen.

Wiederherstellung: Versetze dein Zielobjekt in seinen ursprünglichen Zustand, einschließlich gebrochener Knochen und Nachwirkungen einer Epidemie.

Belebung: Setze ein lebloses Zielobjekt in Gang. Erstmals belebte Objekte unterliegen der Kontrolle desjenigen, der den Zauber ausspricht.

Whoa! All diese Sprüche konnte er lernen? Lag es daran, dass er Jias Zauber in seinem Kopf hatte? Oder hatte er das Buch irgendwie ausgetrickst? Was für Möglichkeiten es ihm plötzlich bot!

So schnell er nur konnte, lernte er den *Angst-überwinden-* und den *Wiederherstellungs-*Zauber und blätterte dann zurück zu den *Schweren Verletzungen* – und zwar gerade rechtzeitig: Im nächsten Moment sah Dr. Ambrose misstrauisch zu ihm herüber.

»Schon mal ein guter Anfang, Kevin«, sagte sie dann an einen Schüler gewandt, dessen Herz vor ihm regelrecht über den Tisch hüpfte. »Nur dass du es übertrieben hast. So würde es deinem Patienten wahrscheinlich die Brust zersprengen. Können wir bitte versuchen, zumindest ein *bisschen* praktisch zu denken, wenn wir hier tote Herzen zum Leben erwecken?«

Fort wandte sich wieder dem Buch zu und blätterte so

weit vor, wie er nur konnte. Wenn er der Menschheit irgendwie nützen wollte, brauchte er starke Zauber und nicht nur die Fähigkeit, beliebige Wunden zu heilen.

Je weiter er blätterte, umso schwerer fühlten sich die Seiten an, als bestünden sie aus einem anderen Papier. Die Buchstaben tanzten auf der Seite, ehe sie an Ort und Stelle zu rutschen schienen, und im nächsten Moment machte er große Augen.

Zombies erschaffen: Erwecke jedwedes verstorbene Wesen zum Leben, sodass es zum untoten Diener desjenigen wird, der den Zauber ausspricht.

Körper deformieren: Verändere im eigenen Ermessen die körperliche Dimension eines Lebewesens.

Schwere Verletzungen zufügen: Füge einem Lebewesen körperlichen Schaden zu …

Fort hatte noch die Finger zwischen den Seiten, als mit einem Mal das Buch zuschlug. Er biss sich auf die Lippe, um vor Schmerz nicht zu schreien.

»Was *machst* du denn da?«, wisperte Jia ihm zu. Sie hatte sich zu ihm hinübergelehnt, damit Dr. Ambrose sie nicht hören konnte. »Für die bist du noch nicht bereit!«

Vorsichtig zog Fort die Hand zwischen den Seiten hervor und übte einen *Kleinere-Wunden*-Zauber aus, um die Schmerzen zu lindern. »Erstens hat das echt wehgetan …«

»Gut so!«

»… und zweitens war das genau die Art Magie, die wir brauchen«, flüsterte Fort zurück. »Hast du gesehen, was möglich ist? *Zombies erschaffen*? Körper verknoten – und zwar buchstäblich? Das da waren *Kampfzauber*!«

»Und wir sind *Heiler*«, rief Jia ihm leise in Erinnerung. »Du bist noch mindestens ein Jahr davon entfernt, diese Zauber überhaupt ansehen zu dürfen, von beherrschen ganz zu schweigen!«

»Ein Jahr?« Fort blinzelte sie verwirrt an. »Aber *du* hast sie doch auch schon gesehen? Sonst wäre ich doch gar nicht dazu imstande gewesen! Wie lange lernst du überhaupt schon Magie?« Er sah sie eindringlich an. »Seit wann genau gehst du schon auf diese Schule? Ich dachte, die hätte erst nach den Angriffen eröffnet.«

Sie wollte schon etwas sagen, schüttelte dann aber den Kopf. »Spielt keine Rolle. Blätter dort nicht noch mal hin! Üb die *Schweren Verletzungen*. Nach heute Abend wirst du sowieso keinen Zugriff mehr auf meine Zaubersprüche haben. Außerdem musst du sie schleunigst selbst beherrschen lernen. Wenn ich meine Sprüche erst zurückhabe, bist du für sämtliche restlichen Zauber blockiert, und hoffentlich kehrt hier dann endlich auch wieder Normalität ein.«

Sie machte auf dem Absatz kehrt, noch bevor er etwas sagen konnte. Genervt verdrehte Fort die Augen und wandte sich der dritten Seite zu.

Schwere Verletzungen heilen. Deshalb war er doch wohl nicht hier? Heilen war an sich schon ganz okay – trotzdem brauchte er mächtigere magische Fähigkeiten, um sich einem Ungetüm wie jenem entgegenzustellen, das Washington attackiert und seinen Vater umgebracht hatte. Und die passenden Sprüche lagen quasi auf dem Silbertablett vor ihm! Warum sollte er sich also mit Wiederherstellungssprüchen aufhalten?

Er war hier, um zu lernen, wie man all diejenigen beschützte, die sich nicht selbst beschützen konnten. Nur darum ging es doch. Und zu diesem Zweck brauchte er mächtige Kampfzauber, ganz egal was Jia davon hielt.

Fort sah sich verstohlen um und stellte sicher, dass ihn niemand beobachtete. Dann schob er ziemlich weit hinten die Finger zwischen die Seiten.

Er hatte gerade noch Zeit, den *Schwere-Verletzungen-zufügen*-Zauber zu überfliegen, als Jia das Buch erneut so fest zuknallte, dass er allmählich einen *Schwere-Verletzungen-heilen*-Zauber benötigte.

KAPITEL 33

Eine Stunde nachdem die Lichter im Schlafsaal erloschen waren, traf Fort sich mit Jia auf dem Fußweg zwischen Mädchenschlafsaal und Soldatenunterkunft. Er hatte gewartet, bis er die anderen Jungs hatte schnarchen hören, um ganz sicherzugehen, aber dann war Sebastian, kurz bevor er hatte verschwinden wollen, an Forts Bett vorbeigeschlurft, um aufs Klo zu gehen. Zum Glück war Sebastian schnell fertig gewesen und anschließend gleich wieder unter die Decke geschlüpft, sodass er selbst endlich aus dem Gebäude hatte schleichen können. Oder besser: sodass *sie* endlich aus dem Gebäude hatten schleichen können.

»Was macht *der* denn hier?«, wollte Jia wissen und zeigte entsetzt auf Cyrus.

»Hallo, Jia«, sagte Cyrus und winkte ihr fröhlich zu. »Keine Bange, ich verrate uns nicht.« Dann drehte er sich zu Fort um. »Hast du übrigens bemerkt, dass Sebastian …«

»Hier ist ja eine Party im Gange!« Als sie sich umdrehten, kam Rachel gerade aus dem Mädchengebäude. »Hallo, Zukunftstyp!«

»Er wusste sowieso, was passieren würde«, erklärte Fort an Jia gewandt. Sie sah aus, als würde sie gleich in die Luft gehen. Aber auch wenn sie sauer war, war Fort insgeheim froh, dass Cyrus noch wach gewesen war und auf ihn gewartet hatte, als er hatte verschwinden wollen. Eigentlich hatte er Cyrus nicht einweihen wollen, um ihn nicht in Schwierigkeiten zu bringen, doch sein Freund hatte darauf bestanden mitzukommen. »Außerdem kann er uns helfen, unentdeckt zu bleiben.«

»Und ihr Job ist …?«, fragte Jia und nickte in Rachels Richtung.

»Hey, ich bin hier, um die Schule und alle anderen zu retten«, sagte sie mit einem Grinsen. »Du wirst gar nicht bemerken, dass ich dabei bin.«

»Na super.« Jia kochte vor Wut. »Kommt noch irgendwer? Vielleicht ein paar Lehrer oder ein, zwei Wachen?«

Fort und die anderen zogen es vor, nicht zu antworten. Stattdessen warteten sie einen Moment und hielten Ausschau, doch rundherum schien alles still zu sein.

»Sieht aus, als könnte es losgehen«, sagte Fort.

»Mir nach«, sagte Jia mit einem genervten Kopfschütteln. »Und bleibt dicht hinter mir! Wenn auch nur einer von uns entdeckt wird, fliegen wir alle von der Schule.«

Sie wollte gerade um die Ecke biegen, als Cyrus sie an der Schulter packte und nach hinten riss. Schockiert sah sie ihn an – als im nächsten Augenblick auch schon zwei Wachen vorbeipatrouillierten.

»Okay, bleibt dicht hinter Cyrus«, sagte sie und winkte den Jungen nach vorn.

Er zuckte lächelnd mit den Schultern und spazierte dann selbstsicher aus ihrem Versteck. Die anderen eilten ihm nach, blieben aber abrupt stehen, als Cyrus sich zu ihnen umdrehte.

»Halt. Wenn wir diesen Weg gehen, werden wir in einer Viertelstunde geschnappt«, sagte er und zeigte zum anderen Ende des Fußwegs. »Da lang, dort wird es bloß dreimal ganz knapp.«

Zwanzig Minuten später erreichten sie die Seitenwand des Trainingsgebäudes. Fort schlug das Herz bis zum Hals. Was Cyrus als »knapp« bezeichnet hatte, hätte Fort eher »Oh nein, JETZT SIND WIR DRAN, whoa, okay, wow, da haben wir jetzt aber echt Glück gehabt« genannt. Entweder waren am heutigen Abend mehr Soldaten unterwegs, sodass es umso schwieriger war, den Überwachungskameeras aus dem Weg zu gehen; oder aber es war zu viert einfach wesentlich schwieriger, unentdeckt zu bleiben, als es für Fort und Cyrus allein gewesen war.

»Und jetzt wendet Fort *meinen Geistergestalt*-Zauber auf uns alle an.« Jia blickte finster zu Fort. »Damit können wir durch Wände gehen und durch Böden schweben, allerdings muss man sich erst an das Gefühl gewöhnen. Denkt einfach daran, dass die Schwerkraft nicht mehr für euch gilt. Dann sollte es kein Problem sein.«

»Ich dachte, dieser Zauber wäre verboten«, warf Rachel

ein. Jia errötete und sah ertappt aus, doch Rachel grinste nur und tätschelte ihr die Schulter. »He, kein Grund, rot zu werden. Du bist mir umso sympathischer, jetzt da ich weiß, dass du auch mal Regeln brichst.«

»Die Regeln gibt es nicht ohne Grund!«, fauchte Jia. »Ich habe den Spruch noch gelernt, als … Ach, ist doch egal. Er sah ganz nützlich aus, also habe ich ihn verinnerlicht. Das ist auch schon alles.«

»Und jetzt wenden wir ihn an, um ins Trainingsgebäude einzudringen, insofern ist er definitiv nützlich«, schlussfolgerte Rachel.

Statt sich einzumischen, konzentrierte sich Fort auf den Zauberspruch. Er ließ die einzelnen Wörter im Kopf Revue passieren, dann streckte er die Hände aus, hielt sie in Richtung seiner drei Verbündeten, ließ langsam kühle Energie in sie einsickern und behielt ein letztes bisschen für sich selbst zurück. Als er fertig war, fühlte er sich irgendwie ausgelaugt und schwächer als zuvor, als hätte er gerade einen Langstreckenlauf hinter sich gebracht. Raubte einem ein mächtigerer Zauber auch mehr Energie? Anfangs sorgte die Magie dafür, dass sie alle leicht glimmten, was nicht gerade hilfreich war, wenn man irgendwo unbemerkt eindringen wollte. Doch nach und nach wurden sie immer durchscheinender, bis Fort durch seine Freunde regelrecht hindurchsehen konnte und das Glimmen komplett erlosch. Als er an sich selbst hinabblickte, bemerkte Fort, dass er den Boden durch seine Hand hindurch sehen konnte – eine komplett neue Erfahrung.

»Cool«, sagte er – und selbst seine Stimme klang irgendwie durchlässiger, fast geisterhaft.

»Es ist noch cooler, wenn man den Spruch von sich aus beherrscht, statt ihn zu stehlen«, bemerkte Jia, deren Stimme wie ein fernes Echo klang. »Und jetzt seid vorsichtig. Ich übe das schon eine ganze Weile, und nicht mal ich bin wahnsinnig gut darin, durch mehrere Stockwerke auf- und abzuschweben. Die Magie hält einen standardmäßig auf der Ebene, auf der man beginnt. Aber mithilfe der Willenskraft kann man aufsteigen und absinken, je nach Bedarf.«

Rachel steckte den Kopf durch die Außenwand des Trainingsgebäudes und reckte den Daumen in die Luft. »Wir sind hier auf Höhe der Büros«, sagte sie und zog den Kopf wieder zurück. »Es ist niemand da. Wir können reingehen.«

»Was ist mit Kameras?«, fragte Fort Cyrus.

Sein Freund machte eine vage Geste. »Nicht hier direkt, aber ein Stück weiter werden wir garantiert aufgezeichnet.«

»Zu einigen der unteren Stockwerke haben nur Dr. Opps und Colonel Charles Zutritt«, sagte Jia. »Wenn Sierra irgendwo da drinnen ist, dann unter Garantie dort unten. Ich habe mich dort selbst auch schon mal umgesehen, bin aber nicht weit genug gekommen.«

Cyrus schloss die Augen und runzelte die Stirn. »Wenn sie dort unten sein soll, dann kann ich sie nirgends sehen. Da ist alles irgendwie ganz komisch verschwommen …«

Fort sah ihn beunruhigt an. Das klang nicht gerade vielversprechend.

»Augen zu und durch, würde ich sagen – und dann hoffen wir einfach das Beste«, sagte Rachel mit einem schiefen Grinsen. »Soll ich zuerst, oder …?«

Jia stöhnte leise, ging dann aber vor, und der Rest der Gruppe folgte ihr. Durch eine feste Mauer hindurchzugehen erwies sich als eigenartige Erfahrung, die Fort nicht sonderlich behagte. Durch Luft zu spazieren fühlte sich komplett anders an – als er die Wand durchquerte, konnte er sie in seinem Innern spüren, und das fühlte sich in jeder Hinsicht unangenehm an. Nicht dass es wehgetan hätte … aber das hier war einfach nicht normal! Von jetzt an würde Fort nur noch Türen nehmen.

Sobald alle drinnen waren, hob Jia die Hand. Dann nickte sie wortlos zu einer Überwachungskamera empor, die auf eine Stelle direkt hinter ihnen gerichtet war. Sie deutete in Richtung ihrer Füße, schloss dann die Augen und sank Stück für Stück durch die Fliesen. Noch während ihr Kopf verschwand, bedeutete sie den anderen, ihr zu folgen. Dann war sie weg.

Ohne auf Fort oder Cyrus zu warten, tauchte Rachel breit grinsend und kopfüber wie ein Delfin in eine Welle durch den Boden. Cyrus zuckte mit den Schultern, ließ sich dann im gleichen Tempo wie Jia nach unten sinken und bedeutete Fort, ihm zu folgen.

Fort schloss die Augen, konzentrierte sich und steuerte ebenfalls den Boden an. Nach einer gefühlten Ewigkeit schlug er die Augen auf, um zu sehen, wo er war.

Nur leider stand er noch immer im Erdgeschoss.

Mit zusammengebissenen Zähnen versuchte er es von Neuem. Er kniff die Augen zu und stellte sich vor, wie er versank – er rief es sich, so deutlich er konnte, vor Augen. Doch als er die Augen wieder aufschlug, hatte er sich keinen Zentimeter bewegt.

Warum funktionierte das denn nicht? Er trat mit dem Fuß nach unten aus und trat ins Leere. Der Boden war genauso durchlässig, wie es die Außenwand gewesen war. Warum konnte er dann nicht nach unten verschwinden wie die anderen?

Im nächsten Moment tauchte Cyrus' Gesicht vor ihm auf. »Du bist einfach zu sehr daran gewöhnt, dass der Boden dich trägt. Das musst du beiseiteschieben. Du könntest im Augenblick quer durch den ganzen Planeten gleiten, wenn du wolltest.«

»Na, das hilft ja ungemein«, flüsterte Fort mit großen Augen.

»Jetzt komm schon«, sagte Jia, deren Kopf und Arme aus dem Boden auftauchten. »Uns läuft die Zeit davon.«

Sie griff nach seinem Bein (anscheinend konnten Geistergestalten einander anfassen?!) und zog ihn nach unten, riss ihn damit aus der Vorstellung, nur auf einer Ebene gehen zu können, und zerrte ihn in die Tiefe, bevor er widersprechen konnte.

KAPITEL 34

Der Boden kam immer näher, und Fort hielt instinktiv die Luft an, als würde er in Wasser versinken. Seine Brust glitt durch die Fliesen, und im selben Moment beschloss er, wieder auszuatmen, um etwas auszuprobieren.

Sobald er mit dem Gesicht auf Bodenhöhe war, klappte er den Mund auf, um einzuatmen und zu testen, ob so etwas in einer festen Umgebung möglich war. Doch leider war im Boden keine Luft vorhanden, und kurz geriet er in Panik, weil sein Körper ihm vorgaukelte, er würde ertrinken.

Zum Glück kam er im nächsten Augenblick auf der anderen Seite hervor und konnte wieder tief Luft holen. Jia zog ihn nach unten, und sie fanden sich in Dr. Ambroses Klassenzimmer wieder.

»In einer festen Umgebung kann man nicht atmen«, verkündete er immer noch mit Herzrasen.

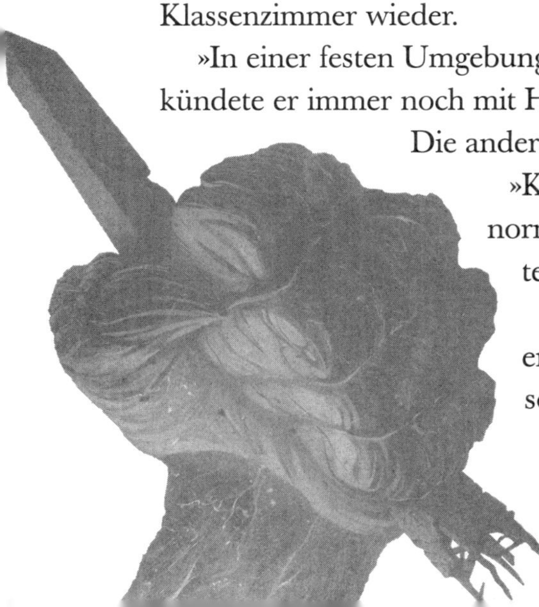

Die anderen sahen einander bloß an.

»Könntest du das denn unter normalen Umständen?«, erwiderte Jia.

»Na ja … nein«, sagte er und errötete. »Das alles ist einfach so komisch! Ich meine … Warum können wir jetzt atmen, obwohl wir fast durchscheinend sind? Wie nimmt unsere Lunge die Luft auf?«

»So was nennt sich Magie«, erwiderte Rachel. »Wenn wir nicht atmen könnten, hätte der Spruch jeden das Leben gekostet, der es vor uns ausprobiert hätte.«

»Vielleicht ist das ja in dem Zauber angelegt«, mutmaßte Jia. »Aber können wir das vielleicht später besprechen? Wir müssen noch diverse Stockwerke durchqueren, und ich will nicht erwischt werden.« Sie sah sich um. »Auf dieser Etage liegt außer dem Klassenraum bloß das Lager für die Heilbandagen. Ein Stockwerk weiter unten dürften die mächtigeren Magieartefakte liegen.«

»Diese Seite an dir gefällt mir richtig gut«, stellte Rachel mit einem anerkennenden Nicken fest.

Diesmal war Jia an der Reihe zu erröten. »Ich musste schließlich irgendwo trainieren.«

Rachel grinste breit. »Wie kannst du noch in den Spiegel schauen?«

Jia antwortete nicht. Stattdessen sank sie einfach durch den Boden und versuchte dabei, Rachels Blick auszuweichen.

Rachel selbst wartete noch einen Moment, dann tauchte sie Jia nach, und Cyrus reichte Fort die Hand, um ihm zu helfen.

»Vielleicht ist dieses Schweben einfach nicht dein Ding«, sagte er, als Fort seine Hand nahm.

»Irgendwie ist nichts von alledem mein Ding«, murmelte

Fort, während Cyrus bereits nach unten verschwand und ihn hinter sich herzog.

Zumindest ging Colonel Charles davon aus, dass in ihm Kräfte steckten, die nur zum Leben erweckt werden mussten. Hoffentlich wäre er dafür ein bisschen besser geeignet als für Geisterzauber.

Sie landeten in einem Raum, der mit Aktenschränken vollgestellt war. Jia wies ihnen den Weg zur Tür und spähte nach draußen, um sicherzustellen, dass nirgends Wachen standen. Cyrus versicherte ihnen, dass sie auch keine Kameras zu befürchten hätten, und Jia schlüpfte durch die Tür und winkte die anderen hinter sich her.

Links von ihnen lag der Aufzug, und zur Rechten erstreckte sich ein langer Gang mit Metalltüren. Diese Tütren waren samt und sonders mit komplizierten, technisch hochwertigen Schlössern gesichert, die jedoch die vier Geistergestalten nicht davon abhalten konnten, einen Blick in den einen oder anderen Raum zu werfen.

»Whoa«, sagte Rachel und zog den Kopf aus der ersten Tür. »So viele Feuerbälle hab ich ja noch nie gesehen! Da drinnen stehen *Tausende* Munitionskisten! Wer hatte denn so viel Zeit, die alle herzustellen? Die haben wir unmöglich alle selbst gemacht!«

Fort warf Jia einen ratlosen Blick zu, doch sie ging ohne ein Wort weiter.

Hinter der nächsten Tür verbargen sich merkwürdige Kisten, die wie Eierkartons aussahen, aber mit unterschiedlichen Mentalzaubern beschriftet waren: *Gedanken/Erinnerungen lesen*, *In den Schlaf versetzen* und viele mehr.

»Auf dieser Etage kann sie nicht sein«, stellte Jia fest, während Fort durch eine weitere Tür spähte. »Hier kommen zu viele Leute her – hauptsächlich Soldaten. Dr. Opps lässt nur ungern jemanden rein, dem er nicht vertraut. Sie muss sich mindestens ein Stockwerk tiefer befinden.«

Nach *drei* weiteren Stockwerken, die komplett leer zu sein schienen, fragte sich Fort allmählich, wie paranoid Dr. Opps tatsächlich war … und wie tief dieses Gebäude noch reichte. Auf jeder einzelnen Etage waren sie auf ähnliche Kammern wie die mit den Feuerbällen gestoßen, nur dass sie alle derzeit nicht benutzt zu werden schienen.

Nach zwei weiteren Stockwerken war Fort drauf und dran, das Handtuch zu werfen.

»Vielleicht ist sie ja irgendwo anders auf dem Gelände?«, schlug er an Jia gewandt vor, die mit jedem Stockwerk einen verbisseneren Gesichtsausdruck bekam.

»Sie *muss* hier sein«, sagte sie und hämmerte mit der Faust durch eine Wand, ohne auch nur die geringste Spur zu hinterlassen. »Nirgends sonst ist es so sicher.«

»Und was, wenn sie wirklich nicht mehr an der Schule ist?«, fragte Rachel. »Wir haben immerhin keinen Beweis …«

»Sie ist hier in der Nähe«, fiel Fort ihr ins Wort und hoffte insgeheim, dass es die Wahrheit war. »Kommt, gehen wir weiter.«

Sobald Jia und Rachel durch den Boden verschwunden waren, hielt Cyrus Fort auf. »Nur dass du Bescheid weißt – unsere Zeit läuft ab …«

»Was soll das heißen?«

»Na ja, bevor wir rausgeschlichen sind, habe ich gesehen, dass Sebastian immer noch wach war«, sagte Cyrus. »Also habe ich schnell in die Zukunft geguckt, und er dürfte jeden Moment bei Dr. Opps anklopfen.«

Fort riss die Augen auf. »Er will uns verpetzen?«

Cyrus nickte. »Das hätte ich womöglich schon früher erwähnen sollen, oder? Aber als Rachel aufgetaucht ist, hab ich's glatt vergessen.«

Fort holte tief Luft. »Ja, das wäre hilfreich gewesen … Wie viel Zeit haben wir noch?«

Cyrus blickte kurz ins Leere. »Keine Ahnung«, erwiderte er verunsichert. »Es ist alles irgendwie verschwommen … Entweder sind die Zauberbücher zu nah, oder hier passiert gerade etwas anderes …« Er runzelte die Stirn. »Dabei hab ich uns doch gestern Abend ohne Probleme zum Auditorium gebracht. Komisch.«

»Dann könnten hier jeden Moment Wachen auftauchen?«, hakte Fort nach und seufzte tief. »Na super.«

»Sollen wir umkehren? Vielleicht schaffen wir es noch rauszuschleichen, bevor sie uns finden.«

Fort dachte tatsächlich kurz darüber nach. Doch wenn sie jetzt umkehrten, würden sie nie wieder die Möglichkeit haben, sich hier umzusehen, weil Jia keinen zweiten Versuch zulassen und Dr. Opps sie außerdem garantiert von der Schule verweisen würde, weil sie nach der Sperrstunde die Schlafsäle verlassen hatten.

»Nein, wir machen weiter«, beschloss Fort. »Sierra zu finden ist unsere einzige Hoffnung. Sebastian weiß nicht, dass Jia und Rachel mitgekommen sind, insofern sollte es zumindest für die beiden glimpflich ausgehen.«

Cyrus nickte. »Vielleicht versteckt Sierra sich ja schon auf dem nächsten Stockwerk«, sagte er optimistisch, griff nach Forts Hand und beförderte sie beide durch den Boden.

Fünf weitere Stockwerke tiefer fragte sich Fort allmählich, ob Sierra überhaupt existierte – von einem Versteck in diesem Gebäude mal ganz abgesehen.

»Ich *verstehe* das nicht«, sagte Jia und ließ den Blick durch die Dunkelheit schweifen. »Cyrus, kannst du in der Zukunft wirklich überhaupt nichts von ihr sehen?«

Mit einem unbehaglichen Gefühl im Bauch schüttelte Cyrus den Kopf. »Von hier an ist alles nur noch verschwommen. Irgendwas stimmt nicht.«

Die anderen wechselten einen Blick.

»Vielleicht sollten wir aufhören«, schlug Rachel vor.

»Ein Stockwerk noch«, entgegnete Fort, dem klar war, dass er selbst dann weitermachen würde, wenn die anderen sich zurückzögen. »Wir können jetzt nicht aufgeben!«

»Okay. Aber wenn wir dort nichts finden, gehen wir zu Dr. Opps und erzählen ihm alles«, sagte Jia. »Vor allem, dass du mir meine Sprüche geklaut hast.«

Die Mühe brauchen wir uns wohl nicht machen, er wird uns jeden Moment hier erwischen, schoss es Fort durch den Kopf.

Sie versanken im Boden, erwarteten schon, weitere leere Kammern zu finden … doch diesmal befand sich eine einzige Tür am Ende eines kurzen Flurs. Auf der gegenüberliegenden Seite war der Aufzug.

»*Endlich* was Neues!«, rief Rachel und steuerte die Tür an. Sie steckte den Kopf hindurch, nur um ihn augenblicklich wieder zurückzuziehen. »Das müsst ihr euch sofort ansehen!«

Fort versuchte, sich an ihr vorbeizudrängeln, doch Rachel hielt ihn zurück. »Lass mich vorgehen«, sagte sie, »nur für den Fall, dass es gefährlich wird. Keine Diskussion! Dafür haben wir keine Zeit.«

Er wollte widersprechen, nickte dann aber und bedeutete ihr mit einer Geste vorzugehen. Sie hatte ja recht – sie hatten wirklich keine Zeit mehr. Doch sobald sie drinnen war, schlüpfte auch er durch die Tür und rief sich für den Fall, dass es nötig werden könnte, seinen mageren Zaubersprüchevorrat in Erinnerung.

Doch drinnen drohte keine Gefahr. Der riesige Lagerraum war bis obenhin voll mit riesigen Holzkisten. Am hinteren Ende führte eine schmale Treppe in einen abgesenkten Teil des Raums, in dem umso mehr Platz für noch größere Kisten war.

»Seht ihr das?«, rief Rachel und zeigte auf die Wand in ihrem Rücken. »Hier lagern die *richtig* krassen Sachen!«

Fort folgte ihrem Fingerzeig, und er bekam weiche Knie. Hinter Rachel waren vor der Wand riesige Glaskästen eingelassen worden – fast wie Vitrinen in einem Museum. Und genau wie im Museum lagen dort mehrere Skelette.

Nur dass es sich nicht um die Skelette von Dinosauriern oder anderen ausgestorbenen Tieren handelte.

»Sind das …«, kam es von Jia.

»Jupp«, antwortete Rachel stolz und zeigte auf eins, das aussah wie ein Tyrannosaurus Rex mit Flügeln. »Das sind *Drachen*.«

KAPITEL 35

»Die haben sie allen Ernstes die ganze Zeit hier unten vor uns versteckt«, sagte Jia und ging langsam, fast ehrfürchtig auf die Vitrinen zu. »Guckt euch diese Flügel an!«

Fort folgte ihr. Er war sich nicht sicher, ob auch er Ehrfurcht oder nicht doch vielmehr Entsetzen verspüren sollte. Die Drachenskelette waren *riesig*, und obwohl die Flügel auf dem Rücken anlagen, passten sie kaum in die Vitrinen. Und sie waren nicht die einzigen Objekte, die dort lagerten. Neben zwei gigantischen Drachenskeletten lagen vier menschliche – und Fort erschauderte.

»Das sind die Magier, die am Tag der Entdeckung gefunden wurden«, stellte er leise fest. »Die die Zauberbücher bei sich hatten. Einen von ihnen hab ich in Dr. Opps' Erinnerung gesehen.«

Zwei Magierskelette lagen neben den jeweiligen Drachen, während ein drittes links neben einem riesigen katzenhaften Skelett hing – einem Säbelzahntiger oder etwas in der Art. Das vierte lag ohne einen Begleiter da. Womöglich hatte dieser Magier kein Reittier gehabt?

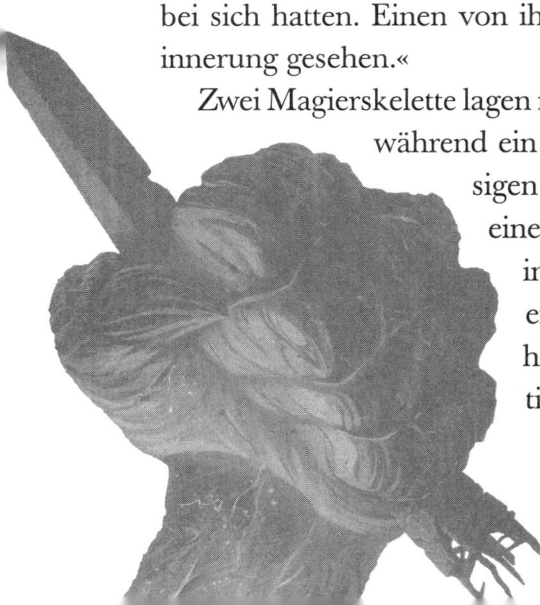

»Ich könnte nicht mal sagen, ob das Männer oder Frauen gewesen sind«, sagte Rachel. »Hat von euch Heilern jemand eine Vermutung?«

»Zwei von ihnen waren Frauen«, sagte Jia und sah genauer hin. »Das legen unter anderem die Größe und Form einiger Knochen nahe. Diese hier beispielsweise … und die hier.« Sie zeigte auf eins der Skelette, die neben den Drachen lagen, und auf das neben dem Katzentier. »Die anderen beiden waren Männer.«

»Nicht schlecht«, sagte Rachel und nickte der drachenreitenden Magierin anerkennend zu. »Schade, dass sie nicht auch ein Drachenei oder so ausgebuddelt haben.«

»Ich wünschte mir, wir wüssten mehr über ihre Geschichte«, sagte Jia. »Wo die Bücher herstammen. Wer sie geschrieben hat. Warum hatten diese Magier sie im entscheidenden Moment in der Hand? So viele Fragen, die …«

»Guckt mal, Zwerge!«, rief Cyrus ein Stück weiter links. Als die anderen sich zu ihm umdrehten, stand er vor zwei hüfthohen Skeletten, die deutlich breiter und gedrungener aussahen als ein normaler Mensch.

»Sicher, dass das nicht einfach nur Kinder sind?«, wollte Rachel wissen.

»Dafür sind die Knochen zu dicht«, erwiderte Jia und bedachte Cyrus mit einem finsteren Blick, weil er ihr ins Wort gefallen war. »Was immer das ist – Menschen waren das jedenfalls nicht.«

»Okay, aber Zwerge sind nicht real«, stellte Rachel fest.

Die anderen starrten sie einen Moment lang an, ehe ihr dämmerte, was sie gerade gesagt hatte. Sie lachte. »Okay, schon gut, ich hab's selbst gemerkt. Ja, ja.« Sie zeigte auf ein paar größere, aber deutlich schlankere Skelette, die neben den hüfthohen lagen. »Und das da – sind das dann Elfen?«

»Guckt mal, wie dünn und zart diese Knochen sind«, sagte Jia und deutete auf die Oberarme der groß gewachsenen Wesen. »Die müssen unendlich zierlich gewesen sein.«

Fort musterte die Schädel, die im Vergleich zu denen der Magier länglicher aussahen. Wie hatten sie vor ihrem Tod wohl ausgesehen? »Haben Elfen nicht spitze Ohren?«

»Ohren bestehen aber nicht aus Knochen«, wies Jia ihn zurecht. »Sie bestehen aus Knorpelgewebe, das sich zersetzt. Sieht ganz danach aus, als müsstest du wirklich noch einiges lernen, was?«

»Hey, ich bin gerade erst, äh, vorgestern hier angekommen«, entgegnete er und legte die Hand an die Scheibe, hinter der die Elfen lagen. »Glaubt ihr, die haben sie alle am selben Tag ausgegraben? Als sie auch die Drachen und die Bücher gefunden haben?«

Kopfschüttelnd zeigte Rachel auf eine Hinweistafel. »Nicht, wenn dieses Datum stimmt. Siehst du? Das war später als der Tag der Entdeckung, wenn auch im selben Jahr.«

»Und diese hier wurden fast zwei Jahre später gefunden«, sagte Cyrus und zeigte auf zwei schmalere hüfthohe Skelette. Dann beugte er sich vor und kniff die Augen zusammen. »Und zwar in Europa.«

»Die Elfen stammen auch von dort, wie es aussieht«, sagte Jia.

»Und guckt euch das an«, sagte Cyrus und zeigte auf eine kleinere Vitrine, auf der ein schwarzes Tuch gelegen hatte, das er jetzt für die anderen anhob. »Ist das ein Schwert?«

Fort sah es sich genauer an und verspürte einen merkwürdigen Schauder, als wäre es rund um diese Vitrine einige Grad kälter als im restlichen Raum. Es sah tatsächlich aus wie eine Art Schwert, bestand aber nicht aus Metall. Es sah eher aus wie ein Mineral – ein wolkiger Quarz oder so etwas. Unmittelbar daneben lagen ein gepanzerter Handschuh und eine scharf gezackte Krone, die beide aus demselben Material zu bestehen schienen. Die Krone sah aus, als wäre sie entzweigebrochen, während der Handschuh halbwegs unversehrt wirkte.

Keinen Moment lang dachte Fort darüber nach, sie zu berühren. Alle drei Gegenstände erzeugten bei ihm ein mulmiges Gefühl, ganz so als sähe er in einem Horrorfilm jemandem zu, der in einen dunklen Keller schlich.

»Wirft dieses Schwert vielleicht Flammen?«, fragte Rachel. »Wenn nicht, gibt es hier nämlich noch viel aufregendere Dinge zu sehen.«

Cyrus beugte sich über die Infotafel. »Die sind auf irgendeinem Schlachtfeld gefunden worden«, teilte er den anderen mit. »Und zwar inmitten Hunderter Skelette. Wow. Wer wohl die Krone getragen hat?«

Fort runzelte die Stirn. Er hatte dieses Material schon mal

irgendwo gesehen … Doch das beängstigende Gefühl, das er verspürte, erschwerte es ihm, sich zu konzentrieren. Wo hatte er je so ein …

Und mit einem Mal fiel es ihm wieder ein. In der Offizierskantine. Das Wesen, das dort aufgetaucht war, hatte eine Rüstung aus demselben Material getragen.

Mit weit aufgerissenen Augen schlug er das schwarze Tuch zurück. »Das lassen wir besser«, sagte er zu Cyrus, und sein Herz hämmerte wie wild.

Cyrus nickte ihm lächelnd zu und stellte zum Glück keine weiteren Fragen, die Fort höchstwahrscheinlich ohnehin nicht hätte beantworten können. Hatten diese Monster das Schwert und die Krone auf der Erde zurückgelassen, als sie … wo immer sie hinverschwunden waren? Aber noch viel wichtiger: Wie hatten sie diesen Handschuh benutzen können, der doch aussah, als würde er gerade mal auf eine Menschenhand passen? Hatten die Gegenstände einem Menschen gehört, der in ihrem Dienst gestanden hatte?

Oder was, wenn … die Giganten einst … eine menschliche Gestalt gehabt hatten?

Um sich wieder zu beruhigen, schlenderte Fort an den Vitrinen entlang und blieb erneut vor der drachenreitenden Magierin stehen. Er sah sie einen Moment lang unverwandt an, bis sein Puls sich einigermaßen beruhigt hatte.

Das Skelett schien ihn regelrecht anzustarren, doch im Gegensatz zu der Krone und dem Schwert saß ihm diesmal kein unangenehmes Gefühl in den Knochen. Langsam hob er die Hand an die Glasscheibe und blickte in die leeren Augenhöhlen. Was sie ihm alles über Magie hätte erzählen können … Jia hatte all die Fragen zu Recht gestellt. Warum waren die Bücher an ein und demselben Tag aufgetaucht? Warum gerade jetzt? Wo waren sie zuvor gewesen? Und warum war die Magie überhaupt je von der Erde verschwunden?

»Ich wünschte mir, wir könnten mit ihnen reden«, sagte er leise.

Jia machte einen Schritt auf ihn zu und betrachtete das Skelett ebenfalls. »Es gibt da einen Heilzauber, mit dem das möglich wäre. Ich kenne ihn – er steht weiter hinten im Buch. Allerdings habe ich nie auch nur darüber nachgedacht, ihn zu lernen.«

»Wie sollte der denn funktionieren?«, mischte sich Rachel verwirrt ein. »Heilst du die Stimmbänder oder was?«

»Nein, der Zauber nennt sich *Mit Toten kommunizieren*«, antwortete Jia. »Ich nehme an, man spricht mit der Seele.« Sie erschauderte. »Aber das ist mir zu gruselig, damit sollten wir lieber nicht herumexperimentieren.«

»Ich weiß nicht … Es könnte hilfreich sein«, wandte Fort ein.

Jia sah ihn finster an. »Denk nicht mal darüber nach!«

»Was liegt denn sonst noch in den Vitrinen?«, ging Rachel dazwischen. »Haben sie damals vielleicht noch mehr ausgegraben?«

Fort sah sie mit großen Augen an. »Noch mehr? Hier

müssen doch Tausende Vitrinen stehen – und ein paar dae von sind riesig!«

»Wenn die Daten hier stimmen, dann wurden diese Gegenstände über einen Zeitraum von mehr als zehn Jahren ausgegraben«, stellte Jia fest, die sich jetzt ebenfalls weiter umsah. »Wer weiß, was sie sonst noch gefunden haben.« Sie seufzte und schüttelte den Kopf. *»Deshalb* war es uns verboten, hier runterzukommen.«

»Nur Sierra haben wir immer noch nicht gefunden«, rief Fort den anderen ins Gedächtnis. Und je mehr Zeit sie vertrödelten, umso schneller würde Dr. Opps sie aufspüren. »Der Raum ist hoch interessant. Trotzdem müssen wir weiter.«

»Du hast doch gesagt, nur noch ein Stockwerk«, wandte Jia ein. »Wir können nicht die ganze Nacht suchen.«

»Aber guck doch mal, was wir schon gefunden haben!«, rief Fort. »Hier bewahrt Dr. Opps all seine geheimen Sachen auf. Bestimmt ist sie nur ein Stockwerk tiefer!«

Rachel runzelte die Stirn. »Ich weiß nicht, Fort … Jia hat vermutlich recht. Ich will nicht, dass jemand im Schlafsaal aufs Klo muss und unterwegs entdeckt, dass ich nicht mehr da bin.«

Fort warf Cyrus einen flüchtigen Blick zu und seufzte. »Ich guck nur mal kurz nach. Wenn das nächste Stockwerk leer ist, könnt ihr alle ins Bett gehen.«

»Nur *wir*?«, hakte Jia nach, während Fort sich hinkniete und den Kopf durch den Boden schob.

Genau wie das Lager, in dem sie sich befanden, bestand auch das Stockwerk unter ihnen lediglich aus einem großen Raum. Allerdings sah es dort nicht wie ein Lager aus, sondern eher wie der Hörsaal im Erdgeschoss, einschließlich des Pults in der Mitte und der abfallenden Bankreihen rundherum.

Auf dem Pult lagen zwei Bücher. Sie waren in Ketten gewickelt, die so dick waren wie Forts Handgelenke.

Langsam und mit weit aufgerissenen Augen zog er den Kopf zurück. »Das müsst ihr euch ansehen.«

»Was?«, fragte Jia.

Fort schluckte und brauchte einen Moment, ehe er sagte: »Ähm … Da liegen zwei weitere Zauberbücher.«

Die anderen wechselten einen Blick, und schließlich schüttelte Jia den Kopf. »Das ist *keine* gute Idee. Dort dürfen wir nicht hin.«

»Zu spät!«, rief Rachel und tauchte in den Boden ein. Jia fluchte in sich hinein und eilte ihr hinterher.

»Hilfst du mir?«, fragte Fort, und im nächsten Moment zog Cyrus ihn auch schon nach unten, hinter den Mädchen her.

Als sie im Hörsaal ankamen, untersuchten Rachel und Jia bereits die Bücher.

»Fass sie nicht an«, warnte Jia Rachel, die bereits die Hände nach den Ketten ausgestreckt hatte. »Womöglich sind hiermit tonnenweise Alarme verbunden.«

Rachel schnaubte und schob die Hand durch das Pult.

auf dem die Bücher lagen. »Was für einen Alarm sollten *wir* denn auslösen?«

»Das erklärt, warum in meinen Visionen alles so verschwommen war«, sagte Cyrus leise zu Fort. »Die Bücher stören meine Hellsicht, und unsere Zukunft hat genau hierauf verwiesen.«

»Kannst du sehen, was das für Bücher sind?«, fragte Fort und trat einen Schritt näher.

Jia warf ihm einen flüchtigen Blick zu und wandte sich ab. Rachel sah sie verwirrt an, nickte dann aber in Forts Richtung.

»Ja, zumindest teilweise«, sagte Rachel und zeigte auf das erste Buch. »Das hier ist *Die Magie der außersinnlichen Wahrnehmung und die Kunst des Gedankenlesens*. Auf dem anderen ist der Titel verbrannt.« Sie beugte sich näher heran und kniff die Augen zusammen. »Aber da steht so was wie *Der Zauber der Bes…* und noch etwas.«

»Der Zauber der noch etwas?«

»Der ›Besten‹ vielleicht? Also, wenn man derjenige ist, der den Zauber am besten ausführt?«, argwöhnte sie und beugte sich erneut vor. »*Der Zauber der Bes…*«

Im nächsten Moment schrillte ein gellender Alarm los und übertönte alles, was sie hätte sagen wollen.

Sie starrten Rachel an, die sofort beide Hände in die Höhe riss. »Ich war das nicht! Ich hab es nicht mal berührt!«

»Ich nehme an, Dr. Opps hat herausgefunden, wo wir hingegangen sind«, wandte Cyrus sich an Fort und drehte sich dann zu den Mädchen um, die ihn ungläubig ansahen. »Sebastian hat gesehen, wie wir rausgeschlichen sind, und hat uns verpetzt. Besser, wir verschwinden jetzt, oder …?«

KAPITEL 36

»Los!«, schrie Jia, setzte zum Sprung an und schoss durch die Decke.

Fort sah Hilfe suchend zu Cyrus, der ebenfalls begonnen hatte zu schweben, aber sehr viel langsamer als Jia war. »Ich kann nicht mal durch den Boden nach unten sinken – wie soll ich da nach oben kommen?«

»Ich kümmere mich um dich«, rief Rachel. »Halt dich gut fest!« Dann packte sie seine Geisterhände und versuchte, mit ihm nach oben zu steigen, doch zusammen waren sie sogar noch mal deutlich langsamer als Cyrus.

Kopfschüttelnd wand Fort sich aus ihrem Griff und landete wieder auf dem Fußboden. »So funktioniert das nicht. Du wirst nur ebenfalls geschnappt. Los, verschwinde, ich komme schon irgendwie klar. Hau einfach ab!«

Cyrus und Rachel starrten ihn kurz an, wechselten dann einen raschen Blick und schwebten in Richtung Decke empor.

»Versuch's mit dem Aufzug!«, rief Cyrus noch. »Vielleicht reicht die Zeit …«

Aber was immer er noch hatte sagen wollen, wurde

verschluckt, als er mit dem Kopf durch die Decke verschwand.

»Viel Glück, Fort!«, rief Rachel, hielt beide Daumen gedrückt und durchstieß ebenfalls die Decke.

Fort seufzte. Jetzt stand er allein in diesem Raum, in dem der Alarm schrillte und schrillte. Es gab nur eine Tür, die nach draußen und wahrscheinlich in Richtung Aufzug führte, genau wie Cyrus gesagt hatte. Aber wenn er den nähme, würde er den Wachen oder Dr. Opps direkt in die Arme laufen. Womöglich waren sie sogar in diesem Moment im Fahrstuhl auf dem Weg nach unten.

Aber vielleicht … könnte ihm das in die Hände spielen?

Fort sprintete los und sprang durch die Tür, hinter der tatsächlich ein kurzer Flur zum Aufzug führte. Allerdings war dort nirgends ein Bedienfeld mit Hoch- und Runter-Knöpfen angebracht. Stattdessen hingen drei Tastenfelder und zwei Codekarten-Scanner an der Wand. Um den Aufzug zu rufen, musste man anscheinend mehrere PINs eingeben und womöglich Dr. Opps' Ausweis auf den Scanner legen.

Aber zumindest gab es nirgends Kameras. Das war doch mal was. Ausnahmsweise war Dr. Opps' Paranoia hier von Vorteil.

Ein Blinken erregte seine Aufmerksamkeit, und Fort sah nach oben, wo sich über den Aufzugtüren eine Stockwerkanzeige befand. Er hatte richtiggelegen: Die Wachen waren bereits auf dem Weg nach unten. Das bedeutete, er hatte jetzt wirklich keine andere Wahl mehr.

Er holte tief Luft und sprang in der Hoffnung durch die Aufzugtür, dass er sich tatsächlich auf dem untersten Stockwerk befand und nicht in den Tod stürzen würde. Doch seine Hoffnung war vergebens gewesen. Fast hätte er laut aufgeschrien, als er den Aufzugschacht hinabsegelte, der überhaupt kein Ende zu nehmen schien. Zum Glück hatte er Anlauf genommen, als er durch die Tür gesprungen war, sodass er an der rückwärtigen Seite des Schachts landete.

Dort verlangsamte sich sein Fall so weit, dass er am Ende tatsächlich sogar zum Stillstand kam, noch ehe er die erdige Rückwand berührte. Er schwebte ein Stück zurück, um erneut tief Luft zu holen, und sah dann nach oben, wo er schon vage die sich nähernde Aufzugkabine erkennen konnte.

Das hier würde nicht leicht werden. Aber wenn er den perfekten Moment abpasste, könnte er auf die Fahrstuhlkabine aufspringen, dort warten und mitsamt dem Aufzug wieder zurück nach oben fahren. Dort wären immer noch überall Wachen und Kameras und eine Million anderer Dinge, mit denen er sich herumschlagen müsste, aber mithilfe des *Geistergestalt*-Zaubers würde er vielleicht …

Nein. Komm hierher!

Unter der Wucht des Befehls ächzte Fort laut auf. Der Ruf war so übermächtig, dass er sich zusammenkrümmte und an die Stirn fasste, um zu verhindern, dass ihm der Schädel platzte. Aber er hatte die Stimme wiedererkannt.

»Sierra?«, flüsterte er. Durch die Schmerzen zuckte sein Augenlid unkontrolliert.

Komm! *Schnell!*

Diesmal traf ihn der Befehl so heftig, dass er ihn nicht einmal mehr infrage stellen konnte. Ohne weiter darüber nachzudenken, stieß er sich von der Wand ab, während die Aufzugkabine inzwischen schon fast auf Armeslänge herangekommen war. Er schoss diagonal durch den Schacht und durchdrang ein Stockwerk tiefer die Fahrstuhltür. Ein winziger Teil von ihm war sich der Tatsache bewusst, dass nicht mehr er selbst, sondern Sierra die Kontrolle über seinen Körper hatte, aber es gab einfach nichts, was er dagegen hätte tun können.

Genau wie in Washington, als sie ihn gezwungen hatte davonzurennen.

Und seinen Vater zurückzulassen.

Komm!

Ohne dass er hätte abbremsen können, kam Fort mit seinen *Geistergestalt*-Füßen auf dem Boden auf, und er rannte den langen Flur entlang. Zu beiden Seiten gingen Türen ab, die teils offen standen und hinter denen eigenartigerweise Licht brannte. Im Vorbeilaufen sah er einen Mann und eine Frau in weißen Laborkitteln, die mit dem Rücken zur Tür standen und sich über Unterlagen beugten. Er wäre am liebsten stehen geblieben, um zu sehen, was sie trieben, dort wo sich sonst niemand aufhalten durfte. Doch er wurde einfach nicht langsamer. Der Befehl war schlicht und ergreifend übermächtig.

Komm!

Auch am Ende des Flurs stand eine Tür offen. An der Wand daneben hing eine Art Krankenakte in einer durchsichtigen Plastikhülle. Fort verlangsamte seine Schritte gerade so weit, dass er im Vorbeilaufen einen Blick darauf werfen konnte.

Patient 1, Patient 2.

Woche 27, Tag 4: Patient 1 – keine Veränderung. Patient 2 – wiederholte Somniloquie.

Fort fragte sich kurz, was das letzte Wort bedeutete, ehe er auch schon durch die Tür trat und sich in einem abgedunkelten Zimmer wiederfand. Ein paar kleine rote und grüne Lämpchen glimmten an Monitoren und Maschinen, die um zwei Krankenhausbetten herum positioniert worden waren. Beide Betten waren belegt, doch in der Dunkelheit konnte Fort nichts Genaues erkennen.

Komm!

Der Befehl in seinem Kopf steuerte ihn in Richtung des rechten Betts. Als er näher trat, sah er, dass dort ein Mädchen lag – ein Mädchen etwa in seinem Alter, allerhöchstens ein, zwei Jährchen älter. Langes braunes Haar fiel ihr über die Schultern, und unter dem Haaransatz waren an ihrem Kopf mehrere weiße Plastikdioden befestigt, die mit einer der Maschinen verkabelt waren.

Sierra. Er hatte sie nie zuvor gesehen, weil er bislang immer nur durch ihre Augen Erinnerungen wahrgenommen hatte.

Er streckte die Hand nach ihr aus und war sich nicht

einmal sicher, ob er das aus freien Stücken tat oder ob ihre Stimme in seinem Kopf es ihm befahl.

Sobald er ihre Finger berührte, explodierte ihm beinahe der Kopf.

»Hallo, ich bin Jia Liang«, sagte ein Mädchen und lächelte verlegen.

Sierra lächelte zurück und gab ihr die Hand. »Ich bin Sierra Ramirez. Schön, dich kennenzulernen.«

Jia sah sich um. »Bist du auch so nervös? Oder liegt das an mir?«

Dr. Opps tätschelte beiden die Schulter. »Es gibt keinen Grund zur Besorgnis. Wir haben einiges zu feiern. Ihr habt heute Geburtstag – alle beide. Wie alt seid ihr gleich wieder?«

»Zehn«, sagten beide Mädchen wie aus einem Mund.

Kreischend ging Fort in die Knie, konnte die Hand aber nicht von ihr wegziehen. Ein Bild nach dem anderen schoss ihm durch den Kopf – zu schnell, um es zu begreifen, zu übermächtig, um die Kontrolle darüber wiederzuerlangen.

»Damian, was machst du da?«, rief Dr. Opps und schob Sierra auf Damians Zimmer zu, in dem ein grünes Portal in der Wand klaffte. Auf der gegenüberliegenden Seite warteten drei Kreaturen in dunkler Kristallrüstung.

Sie schwebten in der Luft und waren so grässlich, dass man am liebsten wegsehen wollte. Über eine der Rüstungen schienen schreiende Menschengesichter auf- und abzugleiten. Das Wesen, das ihnen am nächsten war, streckte seine nur unwesentlich weniger grässlichen Tentakel nach ihnen aus.

»Schließ sofort das Portal!«, brüllte Dr. Opps Damian an. »Ich hab dir doch gesagt, dass du keinen Kontakt aufnehmen sollst!«

»Hab ich auch nicht«, antwortete Damian sofort und riss die Arme fast panisch hoch, um sich vor dem Portal in Sicherheit zu bringen. »Sie sind von sich aus wiedergekommen, Dr. Opps. Allerdings hab ich meinen *Beschwörungs*-Zauber angewendet, um das Tor zu öffnen. Es hat versprochen, dass es uns zeigt, wo sich die beiden letzten Bücher befinden. Sie wissen doch, was die Prophezeiung sagt.«

»Wen kümmert das jetzt?«, schrie Sierra ihn an. »Der Welt geht es gut – sie muss nicht gerettet werden! Zumindest solange du diese Ungeheuer nicht freilässt!«

Die Giganten auf der anderen Seite des Portals drehten sich langsam zu Fort/Sierra um, und Fort spürte, wie er am ganzen Leib erschauderte – wobei er nicht hätte sagen können, ob es wirklich er selbst oder Sierra war. Und dann hörte er dieses Ding in seinem Kopf sprechen.

MENSCHENKINDER, sagte es, und allein beim Klang seiner Stimme platzte Fort beinahe der Kopf. IHR AHNT NICHT, WAS IHR SOEBEN HERAUFBESCHWOREN HABT. DIESE BÜCHER WERDEN EUCH ZERSTÖREN, WENN IHR NIEMANDEN HABT, DER EUCH LEITET. LASST UNS EUCH ZEIGEN, WIE IHR DIE MÄCHTE, DIE WIR GESCHAFFEN HABEN, RICHTIG EINSETZEN KÖNNT.

»Ich habe einen Mentalzauber eingesetzt«, erklärte Damian mit einem schiefen Lächeln, obwohl auch er beim Klang der Stimme gewimmert hatte und ihm ein winziger Blutstropfen aus der Nase rann. »Ich weiß genau, dass es nicht lügt. Sie wollen wirklich nur wieder zurück nach Hause kommen.«

»Dräng es zurück, Damian!«, befahl Dr. Opps und hob sein Funkgerät an den Mund. »Wachen sofort in Zimmer 826!«

IHR HABT NUR FÜNF VON SIEBEN, sagte die Kreatur, und dass Dr. Opps stocksteif innehielt, verriet Sierra/Fort, dass er die Stimme jetzt ebenfalls hören konnte. WIR KÖNNEN EUCH ZU DEN LETZTEN ZWEI BÜCHERN FÜHREN. DIE MACHT ALLER SIEBEN STELLT DIE MACHT DER EINZELNEN BÜCHER IN DEN SCHATTEN. ZUSAMMENGENOMMEN WOHNT IHNEN DAS POTENZIAL INNE, DIE WELT ZU BEHERRSCHEN.

»Damian, schließ das Portal!«, schrie Dr. Opps mit schmerzverzerrter Stimme.

Damian ignorierte ihn und machte einen Schritt auf das Ungeheuer zu. »Nur so können wir die verbleibenden beiden Bücher finden. Wer weiß, wer sie in der Zwischenzeit aufspürt und welcher Schaden dadurch entsteht? Wir wissen nicht mal, welche Art von Magie sie enthalten – wir brauchen sie, allein um uns zu schützen. Und die Prophezeiung besagt, dass einer von uns alle sieben beherrschen muss, wenn wir die Welt retten wollen.« Er streckte die Hand nach den Tentakeln jenseits des Portals aus.

WER IMMER DIE MACHT DER SIEBEN HAT, HAT VOR KEINEM ANDEREN WESEN IM UNIVERSUM ETWAS ZU BEFÜRCHTEN, sagte die Kreatur und streckte einen Tentakel langsam nach Damian aus. DIESE MACHT KÖNNEN WIR EUCH GEBEN.

Sierra hörte, wie sich draußen mehrere Soldaten näherten. Dann schlug eine Tür zu, und mit einem Mal war es mucksmäuschenstill.

Sie schickte ihren Geist aus und keuchte entsetzt auf. Damian hatte sie mittels Mentalmagie in Tiefschlaf versetzt.

Bist du wahnsinnig?, fragte sie ihn im Geiste. *Du bringst uns noch alle um! Guck dem Ding nur mal in den Kopf!*

Ich bin nicht naiv, Sierra, entgegnete Damian. *Natürlich haben die Giganten ihre ganz eigenen Absichten. Aber zusammen haben du, Jia, Michael und ich sie unter Kontrolle. Wir lernen von ihnen, was immer sie wissen. Sobald wir fertig sind, schicken wir sie zurück in ihre Dimension.*

»Wo sind die Wachen?«, schrie Dr. Opps in sein Funkgerät, und sein Blick huschte zwischen Damian und dem Wesen hin und her.

IHR WERDET ES BEREUEN, WENN IHR DIESE MÖGLICHKEIT VERSTREICHEN LASST, sagte das Wesen in ihren Köpfen. Dann schob es langsam einen Tentakel durch das Portal, und Sierra keuchte erneut entsetzt auf, als es bis in ihre Welt reichte. WIR KOMMEN FÜRS ERSTE IN FRIEDEN. WENN IHR EUCH UNS ABER WIDERSETZT, WERDET IHR SCHON BALD AM EIGENEN LEIB VERSPÜREN, WAS EUREN VORFAHREN GESCHEHEN IST, ALS SIE VERSUCHTEN ZU REBELLIEREN.

»Damian!«, schrie Dr. Opps.

»Ich kümmere mich schon darum, Dr. …«, erwiderte Damian, nur um sich im nächsten Moment an den Kopf zu fassen und vor Schmerzen laut aufzuschreien. Er krümmte sich, hob dann langsam die Hand in Richtung Portal und murmelte ein paar unverständliche Worte.

Augenblicklich fing das Wesen an zu fauchen, und Damian schrie erneut auf – er litt Höllenqualen. Doch das Wesen wich zurück, zog seine Tentakel durchs Portal, und einen Moment später war es vollends verschwunden. Vor ihnen war nur noch blankes Mauerwerk zu sehen.

Langsam ließ Sierra die Hand sinken und entließ Damian aus ihrem Bann. Der wirbelte wütend zu ihr herum. In seinem Blick konnte Fort erkennen, dass er sich verraten fühlte

»Ich werde mich dafür nicht entschuldigen«, sagte sie. »Ich lasse dieses Wesen um keinen Preis in unsere Welt.«

Damian starrte sie noch kurz an, dann richtete er sich kopfschüttelnd auf. »Du weiß ja nicht, was du gerade …«

Er brach ab, klappte den Mund zu und riss die Augen weit auf.

Dann wisperte er einen Zauberspruch, und erneut öffnete sich das Portal in der Wand.

Schreiend entriss Fort Sierra seine Hand. Augenblicklich waren die Bilder verschwunden, und zutiefst erschöpft sackte er auf dem Boden zusammen, während hinter ihm die zwei Ärzte in Laborkitteln aus dem Nachbarzimmer hereinstürmten.

Sie riefen ihm etwas zu, doch Fort konnte kein Wort verstehen. Er drohte das Bewusstsein zu verlieren und war nicht mehr imstande zu verarbeiten, was er soeben miterlebt hatte. Nur eine Sache war ihm klar, und daran klammerte er sich wie ein Ertrinkender an einen Rettungsring.

Endlich wusste er, wer seinen Vater auf dem Gewissen hatte. Nach allem, was er gesehen hatte, bevor er zusammengesackt war, lag diese Person bloß ein, zwei Meter von ihm entfernt in einem Krankenhausbett.

KAPITEL 37

»Wir müssen seine Erinnerungen auslöschen und ihn nach Hause schicken. Dieser Energieausbruch hat unsere Schutzbarrieren vor dem Monster restlos zunichtegemacht.«

»Aber Dr. Oppenheimer – er hat sie fast aufgeweckt! Ihre Hirnaktivität ist sprunghaft angestiegen, als er sie berührt hat. Seither ist sie konstant hoch geblieben. Das können wir doch nicht außer Acht lassen!«

Langsam schlug Fort die Augen auf. Er war sich nicht sicher, ob die Stimmen bloß in seinem Kopf waren oder ob er sie tatsächlich hörte. Ein gleißendes Licht über ihm hätte ihn fast geblendet, doch er sah rechtzeitig weg und stellte fest, dass er sich in einem ganz ähnlichen Zimmer befand wie das, in dem Sierra gelegen hatte … in dem er ihre Hand berührt und …

Schlagartig strömten die Erinnerungen wieder auf ihn ein, und er musste sich zusammenreißen, um sich nicht unter Schmerzen zusammenzukrümmen. Doch er wollte nicht, dass die beiden Personen an seinem Fußende mitbekamen, dass er aufgewacht war und sie belauschte.

»Aber sehen Sie sich doch an, was diese Berührung bei ihm angerichtet hat«, sagte Dr. Opps zu der Ärztin, die Fort zuvor in Sierras Nachbarzimmer gesehen hatte. »Tut mir wirklich leid, aber das hier ist bereits jetzt viel zu weit gegangen. Charles soll mich meinetwegen meines Postens entheben und meiner Karriere ein Ende setzen. Das ist mir inzwischen egal. Sie wissen genau, dass er sich nicht zufriedengeben wird, bis auch Damian wieder aufgewacht ist.«

Colonel Charles wollte, dass Damian aufwachte?

»Damians Hirnaktivität ist quasi null«, erklärte die Ärztin. »Aber wenn Sierra aufwacht, könnten wir ausprobieren, ob sie auf Damians Erinnerungen zugreifen kann – sofern die noch vorhanden sind. Womöglich könnten wir so alles herausfinden, was wir wissen müssten über … was immer das für Kreaturen sind. Vielleicht ist sie ja imstande, einen Schwachpunkt zu finden.«

»Das lasse ich nicht zu«, entgegnete Dr. Opps und trat neben Fort. »Allerdings würde mich interessieren, ob die Verbindung zwischen Fort und Sierra gekappt wird, sobald wir Forsythes Erinnerungen auslöschen.«

Seine Erinnerungen auslöschen? Sofort schlug Forts Herz schneller. Das klang deutlich heftiger als zuvor, als sie bloß davon gesprochen hatten, dass er sich an ein paar Dinge nicht mehr würde erinnern können. Wenn sie das mit ihm vorhatten, dann musste er von hier verschwinden!

»Wissen wir in der Zwischenzeit schon, wie das passieren konnte?«, fragte Dr. Opps.

»Nicht solange sie bewusstlos ist. Aber wenn ich raten müsste, würde ich vermuten, dass die Evakuierung der Zivilisten in Washington zu kräftezehrend für sie war. Als sich dann auch noch Forsythe gegen ihren Befehl wehrte, hat sein Widerstand in ihrem Kopf letztlich dazu geführt, dass sie zusammengebrochen ist. Das Letzte, was sie gesagt hat, bevor sie ins Koma gefallen ist, war sein Name. Seither haben wir aus ihr nichts mehr herausgekriegt.«

»Trotzdem scheint sie immer noch Magie auszuüben. Sie hat ihm meine Gedanken und Dr. Ambrose zufolge sogar Zaubersprüche zugespielt, sodass er die Prüfung bestehen konnte.«

Fort gab sich alle Mühe, nicht das Gesicht zu verziehen, obwohl ihm von diesen neuen, unglaublichen Erkenntnissen der Kopf schwirrte. Endlich hatte er eine Erklärung für all das, was ihm widerfahren war. Irgendwie war Sierras bewusstloses Gehirn noch immer in der Lage, auf ihre Magie zuzugreifen.

Und die Erwachsenen würden genau das unterbinden, indem sie seine Erinnerung auslöschten.

»Ihre Werte deuten auf keinerlei bewusste Hirnaktivität hin«, fuhr die Ärztin fort. »Was immer das für eine Verbindung ist – ich gehe fast davon aus, dass lediglich sein emotionaler Zustand die Aktivität ausgelöst hat. Aber wer weiß? Wir verstehen bei Weitem immer noch nicht genug vom menschlichen Gehirn. Wenn dann auch noch Magie hinzukommt, fischen wir vollends im Trüben.«

Ehe Dr. Opps etwas erwidern konnte, betrat eine weitere Person den Raum.

»Dr. Oppenheimer, Dr. Magellan«, hörte Fort eine Stimme, die nach Colonel Charles klang. »Wie ich sehe, sind die Dinge hier unten komplett außer Kontrolle geraten.«

»Colonel«, sagte Dr. Opps, »jetzt ist wirklich nicht der Moment, um …«

»Es ist der perfekte Moment, Oppenheimer«, fiel der Colonel ihm ins Wort. »Wie konnte Forsythe hier heruntergelangen? Er taucht auf keinem der Überwachungsvideos auf. Dabei hatten wir zusätzliche Kontrollmaßnahmen ergriffen, nachdem die Kreatur aufgetaucht war.«

Dr. Opps seufzte. »Das wissen wir noch nicht. Sobald er aufwacht, befrage ich ihn. Und dann löschen wir seine Erinnerungen und schicken ihn nach Hause.«

Unwillkürlich ballte Fort die Fäuste.

»Sobald er aufwacht?«, wiederholte Colonel Charles, und Fort gefror das Blut in den Adern. »Ich habe den Verdacht, dass unser Patient Ihnen schon eine ganze Weile zugehört hat.«

Das war es also. Wenn er jetzt verhindern wollte, dass sein Gedächtnis gelöscht wurde, musste er auf der Stelle handeln.

Noch ehe die anderen auch nur mit der Wimper zucken konnten, sprang Fort aus seinem Bett und versuchte, zwischen der Frau im weißen Laborkittel und Dr. Opps hindurch auf die Tür zuzustürzen.

Leider hatte er Colonel Charles' Geistesgegenwart unterschätzt. Als er gerade an ihm vorbeisprinten wollte, packte der Mann ihn und drehte ihm den Arm auf den Rücken. Fort blieb wie angewurzelt stehen und ächzte vor Schmerzen, während sich von der Tür zwei Wachen näherten.

»Wenn er auch nur ein Wort sagt, das Sie nicht verstehen, setzen Sie den Elektroschocker ein«, befahl Colonel Charles den Wachen. »Lassen Sie ihn unter keinen Umständen einen Zauberspruch aussprechen. Habe ich mich klar ausgedrückt?«

»Ja, Sir«, antworteten die Wachen wie aus einem Mund.

»Colonel, das ist mein Patient!«, rief Dr. Magellan erbost, beugte sich über Fort und legte ihm zwei Finger an den Hals. »Geht es dir gut, Forsythe?«

»Es ging mir schon mal besser«, gestand Fort ein.

»Wie viel hast du mit angehört?«, wollte Dr. Opps wissen. Er war komplett rot im Gesicht – entweder war ihm das Ganze hochpeinlich, oder aber er war rasend vor Wut.

»Genug, um zu wissen, dass Sie meine Erinnerungen auslöschen wollen«, rief Fort und stöhnte laut auf, als Colonel Charles ihm den Arm hochriss, sodass der Schmerz bis in seine Schulter hinaufschoss.

»Colonel, bei allem Respekt für Dr. Oppenheimer – aber ich bin anderer Meinung als er«, sagte Dr. Magellan. »Sierra ist fast aufgewacht, als Forsythe sie berührt hat. Stellen Sie sich nur vor, was sie mit ihren Fähigkeiten ausrichten könnte, wenn sie wieder zu Bewusstsein käme.«

»Ihre Kräfte könnten jeden hier auf dem Stützpunkt den Verstand kosten!«, rief Dr. Oppenheimer.

»Oppenheimer, es ist ein Schüler anwesend«, ermahnte Colonel Charles ihn scharf. »Passen Sie auf, was Sie sagen!«

»Dieser *Schüler* ist in den Hochsicherheitsbereich eingedrungen, um das Mädchen zu finden«, schrie Dr. Opps zurück. »Stellen Sie sich bloß mal vor, wohin das hätte führen können!«

»Damian«, sagte Colonel Charles mit unterkühlter, abweisender Stimme, und sein Griff um Forts Arm lockerte sich. Zumindest schien er sich nicht mehr auf Fort zu konzentrieren. Wenn er sich jetzt schnell befreien könnte …

»Und wenn er aufwacht?«, fragte Dr. Opps. »Erinnern Sie sich daran, was vor sechs Monaten passiert ist? Ausgerechnet Sie sollten doch dagegen …«

»Ich werde es in Erwägung ziehen«, unterbrach ihn Colonel Charles. »Doktor, ist unser Patient entlassungsfähig?«

Erneut verstärkte sich sein Griff um Forts Arm – und Fort seufzte in sich hinein. Die einmalige Chance war vertan – sofern denn jemals eine Chance bestanden hatte.

»Es scheint ihm gut zu gehen«, sagte sie. »Wenn Sie wollen, verlegen wir ihn.«

»Das wäre gut«, sagte Colonel Charles und nickte den beiden Soldaten zu. »Bringen Sie den Jungen in die Disziplinar-Abteilung und stellen Sie Wachen ab. Ich will mich unter vier Augen mit ihm unterhalten.«

Dann übergab er Fort den zwei Soldaten, die ihn von

beiden Seiten packten, ihm aber wenigstens nicht die Arme hinter dem Rücken verdrehten.

»Das ist doch *wahnsinnig!*«, rief Dr. Opps. »Wir schicken den Jungen augenblicklich nach Hause – zu seinem *und* zu unserem Besten!«

»Ich fürchte, der heutige Abend hat das Fass zum Überlaufen gebracht, Oppenheimer«, sagte Colonel Charles, und im nächsten Moment betraten weitere Soldaten das Zimmer. »Sergeant, eskortieren Sie Dr. Oppenheimer ebenfalls in die Disziplinar-Abteilung – natürlich getrennt von dem Jungen.«

Whoa. Jetzt warfen sie Dr. Opps in … tja, was immer es mit dieser Disziplinar-Abteilung auf sich hatte. Aber zumindest würden sie Forts Erinnerungen nicht auslöschen.

»Tun Sie das nicht, Charles!«, rief Dr. Opps und wand sich im Griff zweier Wachen. »Sie wissen ja nicht, womit Sie es zu tun haben!«

»Sie hätten für Ihre Beteiligung an den Angriffen längst im Gefängnis landen müssen, Doktor«, entgegnete Colonel Charles. »Es ist ohnehin nicht zu fassen, wie lange Sie sich auf Ihrem Posten gehalten haben. Aber was heute passiert ist, gibt mir alles Recht, Sie aus dem Dienst zu entfernen. Ich habe mich schon mit dem Komitee in Verbindung gesetzt. Die Schule untersteht ab sofort meiner Leitung. Ich nehme an, sie werden Ihre Erinnerungen ebenfalls auslöschen wollen, aber die endgültige Entscheidung steht derzeit noch aus.«

»Bitte!«, rief Dr. Opps. »Sie waren nicht da, als das alles passiert ist! Ich hab selbst gesehen, wie leicht die Kreatur den Willen des Jungen unter seine Kontrolle gebracht hat …«

»Sergeant, wenn er weiter Widerstand leistet, haben Sie meinen Segen, Gewalt anzuwenden«, sagte Colonel Charles.

»Nein!«, schrie Dr. Opps erneut, doch die Soldaten schleiften ihn bereits aus dem Zimmer. Colonel Charles ging ihnen ein paar Schritte nach und schloss die Tür, sodass von draußen nichts mehr zu hören war.

»Das alles tut mir wahnsinnig leid«, flüsterte Dr. Magellan Fort zu, während die beiden verbliebenen Wachen noch einen Moment warteten, um dem ersten Trupp einen Vorsprung zu lassen. »Ich weiß nicht, wie du hier runtergekommen bist, aber ich bin froh, dass du es geschafft hast. Du könntest derjenige sein, der Sierra aufweckt – und sollte das wirklich der Fall sein, bin ich dir für immer dankbar. Ihre magischen Fähigkeiten sind viel zu stark, als dass sie hier unten weggesperrt bleiben sollte.«

»Ja, ich glaube, das schätzen wir gleich ein«, erwiderte er. Was für eine seltsame Verbindung er auch zu dieser Sierra hatte – er musste dafür sorgen, dass sie wieder aufwachte. Sie schien derzeit die Einzige an dieser Schule zu sein, die wusste, was hier vor sich ging, und es ihm möglicherweise erklären konnte.

Einer der Wachsoldaten an seiner Seite hielt ein Paar Handschellen hoch. Er sah eindeutig so aus, als würde er liebend gern Gebrauch davon machen. »Machst du Ärger?«

»Nein, ich ergebe mich«, erwiderte Fort. Und das war die Wahrheit. Er würde still und leise Folge leisten. Wenn Colonel Charles sich mit ihm unterhalten wollte – prima. Er hatte nämlich selbst auch ein paar Fragen an ihn.

KAPITEL 38

»Forsythe«, sagte Colonel Charles und ließ sich vor Forts Zelle in der Disziplinar-Abteilung – was anscheinend bloß ein beschönigender Name für Militärgefängnis war – auf einem Stuhl nieder. »Es tut mir leid, dass du hier gelandet bist, aber ich bin mir sicher, wir müssen dich nicht mehr allzu lange hierbehalten. Ich habe nur noch ein paar letzte Fragen an dich, und anschließend versuchen wir, deine Begegnung mit Sierra zu wiederholen. Diesmal sorgen wir allerdings für deine Sicherheit und überwachen dich die ganze Zeit über mit Kameras.« Fort nickte. Damit hatte er bereits gerechnet, nachdem Colonel Charles die Diskussion mit Dr. Opps eindeutig für sich entschieden hatte.

»Fangen wir mit einer einfachen Frage an«, sagte Colonel Charles mit einem freundlichen Lächeln. »Wie bist du in diese Räumlichkeiten gelangt, ohne dass dich jemand dabei erwischt hat? Hattest du Hilfe?«

Fort dachte kurz nach. Die anderen durften seinetwegen keine Schwierigkeiten bekommen – das war das Mindeste, was er tun konnte. »Nein, ich bin ganz allein dort runter …«

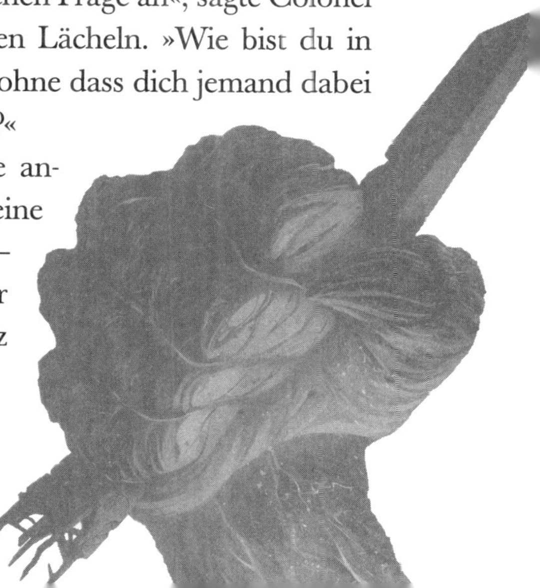

»Das ist schlichtweg unmöglich!«

»Sprechen Sie mit den Wachen«, erwiderte Fort schulterzuckend. »Die haben nicht besonders gut aufgepasst. Ich bin einfach dort reinspaziert.«

Colonel Charles kniff die Augen zusammen, und sein Lächeln verblasste. »Hier und jetzt ist nicht der Moment, um Witze zu machen, Forsythe. Wenn es nötig wäre, könnte ich deine Erinnerungen auslöschen lassen und dich sofort nach Hause schicken. Andererseits weiß ich, dass du deinem Land genauso sehr dienen willst wie ich selbst. Ich kann mich noch gut an deine Eignungsprüfung erinnern. Du bist ein Kämpfer, genau wie ich. Hilf mir in dieser Sache, und vielleicht können wir dich am Ende ja sogar an der Schule behalten, damit du in den Zerstörungskurs wechselst. Ich muss einfach nur wissen, wie du dort runtergekommen bist und wer dir dabei geholfen hat.«

Das ließ Fort erst mal sacken. Nichts anderes hatte er von Anfang an gewollt – seit er zum allerersten Mal von der Oppenheimer-Schule gehört hatte. Er würde lediglich seine Freunde verraten müssen, und er hätte es geschafft – er würde Zerstörungsmagie lernen. Das Einzige, was er dafür tun müsste, wäre, seine Freunde zu verraten. Sie im Stich lassen … genau wie er seinen Vater im Stich gelassen hatte.

Nie und nimmer würde er das tun.

»Warum wollen Sie, dass Damian aufwacht?«, fragte Fort. »Das alles ist doch nur seinetwegen passiert.«

Colonel Charles lehnte sich zurück und sah auf einen

Punkt hinter Forts Schulter. »Wie viel hast du in Sierras Kopf gesehen?«

»Ich habe gesehen, wie Damian ein … ein Portal geöffnet hat … in eine andere Dimension«, antwortete Fort und ließ den Colonel dabei nicht aus den Augen. »Ich weiß nicht, was es war – es führte an einen finsteren, schrecklichen Ort. Und dort kamen Wesen heraus wie das aus der Offizierskantine.«

»Dir ist aber klar, dass Damian sich nicht mehr unter Kontrolle hatte?«, hakte der Colonel nach und sah Fort wieder an.

»Womöglich nicht, das stimmt, aber ich hab auch gesehen, wie er ein und dasselbe Tentakelmonster zuvor schon mal durchgelassen hat«, antwortete Fort, und allein bei der Erinnerung fing sein Herz an zu rasen. »Insofern war alles *seine* Schuld. Genau deshalb will ich auch wissen, warum Sie glauben, Sie würden ihn beim nächsten Mal unter Kontrolle haben, wenn dieses Ding zurückkommt und seinen Verstand übernimmt.«

»Es ist *Oppenheimers* Schuld«, fauchte Colonel Charles und lief zornesrot an, ehe er sich wieder zusammenriss. »Dr. Oppenheimer war für Damians Ausbildung verantwortlich«, fuhr er ein wenig ruhiger fort. »Er hat zugelassen – nein: Er hat Damian dazu ermutigt, mit sogenannten Beschwörungszaubern zu experimentieren. Nur seinetwegen ist nicht nur dein Vater, sondern auch eine ganze Reihe weiterer lieber Menschen jetzt nicht mehr da.«

Bei der Erwähnung seines Vaters biss Fort die Zähne zusammen.

»Aber das stimmt doch nicht, oder?«, sagte er leise. »Nur mein Vater ist bei der Attacke ums Leben gekommen.«

Erneut kniff Colonel Charles die Augen zusammen, und Fort konnte ihm ansehen, wie er immer wütender wurde. »An der National Mall, das stimmt. Aber *mein eigener Sohn* Michael ist im Hauptquartier des Geheimdiensts gestorben, Junge – ein weiterer Schüler von Oppenheimer, den er ans Messer geliefert hat!«

Fort riss die Augen auf, und mit einem Mal ergab alles einen Sinn. Der Zerstörungsschüler in Sierras Erinnerung war Colonel Charles' Sohn gewesen. Und er war bei dem Anschlag auf den Geheimdienst gestorben.

»Das ... Das tut mir sehr leid«, sagte Fort, obwohl er wusste, wie sinnlos solche Worte waren. »Aber heißt das nicht trotzdem, dass wir Damian besser nie zurückholen sollten?«

»Du bist nicht derjenige, der die Fragen ...«, sagte Colonel Charles, brach dann aber ab, lehnte sich zurück und rieb sich die Stirn. »Vergiss Damian für einen Moment. Ich muss wissen, wie du in Sierras Krankenzimmer gekommen bist. Du hast die komplette Sicherheitsanlage umgangen. Wie hast du das gemacht? Wer hat dir dabei geholfen?«

»Ich hab es Ihnen doch schon gesagt – niemand«, erwiderte Fort. »Ich war allein.«

»Du hast Magie angewendet ...«

»Was – meine Heilzauber?« Fort zwang sich zu einem Lächeln. »Klar, ich hab ein paar Krankheiten geheilt, und schwups, war ich dort.«

Colonel Charles presste wütend die Lippen aufeinander. »Ich frage dich jetzt ein allerletztes Mal, Forsythe, wie du dort auf den Flur gekommen bist. Diesen Blödsinn höre ich mir keinen Moment länger an …«

»Oder …?«, ging Fort dazwischen. »Sie schicken mich nicht nach Hause. Sie brauchen mich, damit ich Sierra und Damian aus der Bewusstlosigkeit hole und er die ganze Welt in Gefahr bringt.«

Colonel Charles sprang auf die Beine, sodass sein Stuhl hinter ihm umkippte. »Und was, wenn ich all deine Freunde rauswerfe? Oppenheimer hat mir erzählt, dass du mit diesem Hellseher rumhängst, den wir hier aufgenommen haben. Ich kann auf der Stelle dafür sorgen, dass er ohne einen Funken Magie heimgeschickt wird.«

»Dann mal viel Glück«, sagte Fort. »Der würde Sie doch schon von Weitem kommen sehen!«

»Und was wäre mit Sebastian? Jia? Der kompletten Heilklasse?« Er grinste höhnisch. »Die schicke ich liebend gern nach Hause und fange noch mal ganz von vorne an. Oder vielleicht sollte ich das komplette Ausbildungsprogramm einstampfen?«

Fort bohrte sich die Fingernägel in die Handballen, um sich zu beherrschen. Sollte er Sebastian doch nach Hause schicken. Aber der Rest der Heiler hatte nichts verkehrt gemacht, die hatten es nicht verdient, ihre magischen Fähigkeiten einzubüßen. Und Jia … Tja. Ihr würde er eine Menge Fragen stellen müssen – mal ganz abgesehen davon, dass er immer noch ihre Zaubersprüche im Kopf hatte.

»Oder was wäre mit deiner Familie?«, fuhr Colonel Charles fort und hatte jetzt beide Fäuste um das Zellengitter geballt. »Ich könnte dafür sorgen, dass deine Tante ihren Job verliert. Ihre Wohnung. Was jetzt als Nächstes kommt – das liegt einzig und allein an *dir*, Forsythe.«

»Wagen Sie es nicht, meiner Tante etwas anzutun!«, schrie Fort und schlug gegen das Gitter.

»Dann erzähl mir, wie du an den Wachen vorbeigekommen bist!«

Fort grollte frustriert und hätte den Mann am liebsten angeschrien oder ihn sogar durch das Zellengitter hindurch attackiert, aber ihm war klar, dass er nichts riskieren durfte, was den Colonel endgültig gegen ihn aufbringen könnte. »Okay, ich erzähl Ihnen die Wahrheit.«

»Das will ich dir auch geraten haben!«

Innerlich verfluchte Fort den Colonel. »Ich habe Sierra in meinem Kopf gehört. Sie hat mir befohlen, zu ihr zu kommen. Ich konnte gar nicht anders, ich *musste* tun, was sie mir befohlen hat.« So. Das war die Wahrheit. Nicht die ganze Wahrheit, nein. Aber er hatte auch nicht gelogen.

Colonel Charles blinzelte bedächtig. »Zu diesem Zeitpunkt hatte sie keinerlei bewusste Hirnaktivität. Sie hätte dir einen solchen Befehl gar nicht zukommen lassen können.«

»Dann sagen *Sie* mir jetzt, wie ich sonst wissen konnte, dass sie dort unten ist!« Fort drehte sich zum Colonel um und funkelte ihn finster an. »Ich bin kein Arzt, trotzdem weiß ich genau, wie es sich anfühlt, wenn man die Kontrolle über seinen Körper verliert. Und es war schon das zweite Mal, dass sie das mit mir gemacht hat!«

»Mal angenommen, das ist wahr … dann erklärt es aber bloß, woher du wusstest, wohin du gehen musstest. Aber wie hast du es *unbemerkt* zu ihr geschafft?«

Tja, Fort hatte versucht, bei der Wahrheit zu bleiben und dabei seine Freunde nicht in Schwierigkeiten zu bringen. Jetzt war also der Zeitpunkt für eine Notlüge gekommen.

»Ich weiß es nicht. Sie muss ihre Magie angewendet haben, sowohl bei den Wachen als auch bei mir, damit ich den Kameras ausweichen konnte. Ich wusste doch gar nicht, wo ich überhaupt war! Bevor die Wachen mich hierhergebracht haben, war mir nicht mal klar, dass ich mich unter der Erdoberfläche befunden habe.«

Colonel Charles starrte ihn einen Moment lang an, und Fort bekam Schweißausbrüche. Er fragte sich, ob er ihm ansehen konnte, wie nervös er war. Doch dann umspielte ein vages Lächeln Colonel Charles' Lippen.

»Wenn sie *so kurz* davor ist, wieder eigenmächtig zu handeln, könnte es durchaus sein, dass wir deine Dienste gar nicht länger benötigen, Forsythe.« Er stand auf und wandte sich zum Gehen.

»He, warten Sie!«, rief Fort und kam auf die Beine. »Tun

Sie das nicht! Sie *dürfen* Damian nicht aufwecken! Sie haben doch gesehen, was passiert ist und was er angerichtet hat!«

»Genieß deine restliche Zeit hier bei uns, Forsythe«, sagte Colonel Charles. »Es sieht ganz danach aus, als würdest du am Ende heute noch heimgeschickt – und zwar ohne jede Erinnerung an diese Schule. Dein Land dankt dir für deine Dienste – wie auch immer die ausgesehen haben mögen.«

Mit diesen Worten verschwand er, und ein Soldat schloss eine weitere Sicherheitstür hinter ihm.

Frustriert boxte Fort ein paarmal brüllend in das Kissen auf der Zellenpritsche, ehe er sich wieder halbwegs beruhigte. Das würde ihm jetzt auch nicht weiterhelfen. Aber was sollte er stattdessen tun? Er hatte nicht die Macht, Colonel Charles davon abzuhalten, Damian aufzuwecken, und außer Dr. Opps – der auch nicht besser dran zu sein schien als Fort selbst – würde ihm niemand glauben …

Doch. Es gab eine Person, die tatsächlich die Macht hatte, alles zum Guten zu wenden. Eine Person, die sogar imstande war, anderer Leute Verstand unter ihre Kontrolle zu bringen oder ihre Erinnerungen auszulöschen. Die sogar Damians Erinnerungen auslöschen könnte, bevor Colonel Charles allen Ernstes dafür sorgte, dass der Junge sie erneut einsetzte.

Fort müsste lediglich zurück zu Sierra gelangen – und hoffen, dass er nicht selbst den Verstand verlor, indem er sie aufweckte.

Für einen Moment starrte er die Tür an, zählte im Kopf

bis hundert, um sicherzugehen, dass Colonel Charles wirklich verschwunden war.

Dann wandte er erneut den *Geistergestalt*-Zauber auf sich an, glitt durch die rückwärtige Wand und ließ die Disziplinar-Abteilung hinter sich.

KAPITEL 39

Fort durchquerte den Boden, als würde er schwimmen, und mit jedem Beinschlag stieß er sich nach vorne ab. Einmal pro Minute tauchte er auf und drehte sein Gesicht nur so weit wie nötig über die Erdoberfläche, sodass er einen tiefen Atemzug nehmen konnte. Es ging nur langsam voran, aber zumindest würde ihn so niemand entdecken, es sei denn, sie sähen genau im richtigen Moment nach unten.

Er erreichte den Jungenschlafsaal, ohne ertappt zu werden, und kroch durch den Boden nach oben.

»Cyrus?«, flüsterte er so leise wie nur möglich und hoffte, dass sein Freund schon auf ihn wartete. Doch der Schlafsaal war komplett verwaist. Entweder waren alle im Unterricht, oder hier ging etwas vor sich … Hatte Colonel Charles Cyrus womöglich ebenfalls verhört? Und wenn – war es Cyrus gelungen, sich nicht zu verplappern und Rachel und Jia zu verraten? Fort war sich nicht sicher, ob Cyrus' Zukunftsmagie Auswirkungen auf die Art und Weise hatte, wie sein Freund von gewissen Erlebnissen berichtete; er hatte so seine Zweifel daran, dass die Zauber der Sache dienten.

Er fluchte lautlos in sich hinein, während er sich ein letztes Mal umsah und dann wieder in den Boden eintauchte, genau wie er es zuvor bei Rachel gesehen hatte.

Das Ausbildungsgebäude war nur einen kurzen Fußmarsch entfernt; im Gegensatz dazu erwies sich das Schwimmen durch die Erde als extrem anstrengend, besonders wenn man beim Luftholen versuchen musste, nicht entdeckt zu werden. Wo immer er sich sicher sein konnte, dass ihn keine Überwachungskamera einfing, tauchte Fort halb aus der Erde auf, blieb liegen, als hätte er sich im Schwimmbad auf den Beckenrand gezogen, und erholte sich kurz, ehe er erneut nach unten abtauchte.

Schließlich hatte er das Ausbildungsgebäude erreicht. Vor Erleichterung und Erschöpfung entwischte ihm ein tiefer Seufzer. Dann lief er, statt einfach durch die Wand zu marschieren, langsam um das Gebäude herum, bis er auf Höhe des Fahrstuhlschachts ankam. Dort schlüpfte er durch das Mauerwerk und glitt mit einer Hand in der Mauer den Schacht nach unten, sodass das feste Baumaterial ihn ein wenig abbremste und er nicht unkontrolliert hinabfiel.

Noch während er in die Tiefe schwebte, kam ihm ein Gedanke. Warum sollte er in dem Schacht abstürzen, wenn das bei Böden nicht der Fall war? Die Luft war hier in seinem Zustand doch auch nicht durchlässiger, als es die Böden der Stockwerke waren. War sein Realitätssinn wirklich so stark, dass er auf den Böden stehen blieb, während er im Aufzugschacht nach unten fiel?

Doch noch ehe er zu einer Lösung kam, riss ihn ein Geräusch aus seinen Gedanken. Von oben rauschte der Aufzug in rasender Geschwindigkeit auf ihn zu. Fort quietschte kurz auf und sprang gerade rechtzeitig durch die Wand, als die Kabine auch schon an ihm vorbeischoss. Sofort sprang er ihr nach und landete auf dem Kabinendach. Auch das hätte nicht funktionieren dürfen – das Dach der Aufzugkabine war für ihn derzeit auch nicht realer als die Luft um ihn herum. Aber was immer der Magie für eine Logik innewohnte – zumindest war er nicht durch das Kabinendach gekracht.

Der Aufzug hielt im zwölften Untergeschoss – ein Stockwerk über den Skeletten und Vitrinen. Fort wartete, bis alle ausgestiegen waren, und spähte dann erst hinein. Als er sich vergewissert hatte, dass die Aufzugkabine leer war, zog er sich nach unten und drückte auf den Knopf für das fünfzehnte Kellergeschoss. Der Aufzug piepste kurz, rührte sich aber nicht vom Fleck, und erst jetzt fiel Fort auf, dass an der Kabinenwand neben den Fahrstuhlknöpfen auch ein Codekarten-Scanner hing.

Na super. Er seufzte. Einfach den Aufzug zu nehmen wäre deutlich einfacher gewesen, aber gut.

Langsam beugte er sich in Richtung Kabinenboden und schob den Kopf hindurch, um abzuschätzen, wie weit der Sprung über drei Stockwerke wäre. Es waren sicher zehn Meter, und die Vorstellung, was sein Realitätssinn mit seinen Beinen machen könnte, wenn er dort hart auf dem Boden landete, behagte ihm gar nicht. Klar, er würde sich mittels Magie heilen können, aber das bedeutete immer noch nicht, dass er sich ein Bein brechen *wollte*.

Er beschloss, es erneut mit dem Trick zu versuchen, den er angewandt hatte, bevor der Aufzug gekommen war: Er sprang in Richtung Wand und glitt daran entlang nach unten, bis er im fünfzehnten Stockwerk angekommen war, wo er den Kopf durch die Wand steckte und in den dahinter liegenden Flur spähte. Genau wie in der Nacht zuvor war dort niemand zu sehen.

Okay. Er konnte es schaffen. Er musste nur zu Sierra laufen, sie irgendwie aufwecken, ohne dabei den Verstand zu verlieren, und sie dann davon überzeugen, Damians magische Fähigkeiten auszulöschen. Ganz einfach.

Fort schlich den Flur entlang. Er hielt sich dicht an der Wand, für den Fall, dass jemand aus einer Tür herauskäme und er sich schleunigst in einem angrenzenden Zimmer verstecken müsste. Als er die Tür erreichte, hinter der tags zuvor die zwei Ärzte gestanden hatten, blieb er stehen und drückte sich durch die Wand, um nachzusehen, ob sie wieder dort waren.

Keine Ärzte. Stattdessen saßen zwei Soldaten in dem Zimmer und unterhielten sich leise miteinander. Sie schienen so abgelenkt zu sein, dass Fort es theoretisch an der Tür hätte vorbeischaffen können, ohne entdeckt zu werden. Doch jetzt, da er es so weit geschafft hatte, wollte er kein Risiko eingehen und tauchte stattdessen direkt vor der Zimmertür flach in den Boden ein. Dann schwamm er wie ein Delfin unter der Tür hindurch, musste sich mehrmals absto- ßen und kam auf der anderen Seite am entlegenen Ende des Flurs direkt vor Sierras Zimmer wieder nach oben.

Abgesehen von den zwei Patienten war das Zimmer zum Glück leer. Fort schlüpfte durch die geschlossene Tür und trat wachsam auf Sierra zu. Diesmal war er für das, was passieren würde, gewappnet. Die Schmerzen waren beinahe unerträglich gewesen, als ihre Erinnerungen komplett unkontrolliert seinen Geist überschwemmt hatten, aber wenn er darauf vorbereitet wäre, würde er es vielleicht leichter ertragen?

Er streckte seine zitternde Hand nach ihr aus, hielt inne und fragte sich kurz, ob es nicht vielleicht doch einen besseren Weg gäbe. Könnten seine Heilkräfte sie irgendwie zurückholen? Oder sollte er einfach ihren Namen rufen – vielleicht direkt an ihrem Ohr?

Nein. Er wusste, was er tun musste, und das Einzige, was ihn jetzt noch davon abhielt, war seine eigene Angst. Aber wenn er noch länger wartete, würden sie ihn schnappen. Es war nur noch eine Frage der Zeit, bis …

Als hätte jemand seinen Gedanken zu Ende gedacht, schrillten sowohl im Zimmer als auch draußen auf dem Flur Sirenen los.

»Oh, bitte«, wisperte Fort und wirbelte herum. Hatten sie ihn allen Ernstes schon jetzt entdeckt?

Aber nein. Draußen auf dem Flur rannten die beiden

Wachen aus dem Nachbarzimmer in Richtung Aufzug. Wenn sie nicht hierherkamen – was hatte dann den Alarm ausgelöst?

Ach, natürlich. Sie hatten bestimmt entdeckt, dass er aus der Disziplinar-Abteilung verschwunden war. Und unter Garantie würden sie hier unten direkt als Nächstes nach ihm suchen. Was bedeutete, dass er keine Zeit mehr hatte, um sich Gedanken darüber zu machen, was gleich passieren würde.

»Bitte, verbrutzel mir einfach nicht mein Gehirn«, flüsterte er Sierra zu und griff fest nach ihrer Hand.

»Damian!«, rief Sierra und riss schockiert die Augen auf, als die Giganten auf das Portal zuhielten. »Bist du wahnsinnig geworden?«

Damian blickte zu ihr zurück, erkannte sie aber nicht wieder. Sein Verstand verströmte lediglich grässliche Finsternis. DEIN FREUND EXISTIERT NICHT MEHR, gellte es in ihrem Kopf wider, und Schmerzen loderten darin auf.

»Damian, nicht!«, schrie Dr. Opps, doch Damian hob bloß die Hand und schleuderte ihm eine Magiekugel entgegen, die ihn auf der Brust traf. Dr. Opps krachte rückwärts gegen die Wand und ging ächzend zu Boden.

Sofort wandte Sierra einen *Gedächtnis-ausmerzen*-Zauber an und richtete ihn auf den Geist der Kreatur, doch Damian wischte den Zauber einfach beiseite, als wäre er bloß ein lästiges Insekt, und der Spruch verpuffte ohne Wirkung. AUS DEM WEG, explodierte die Stimme des Giganten in ihrem Kopf, und vor Schmerzen sackte sie auf die Knie.

Sie hatte keine Möglichkeit mehr, Damian aufzuhalten, als er weitere Sprüche murmelte. Vage spürte sie, dass sich in diesem Moment etwas ganz Fürchterliches anbahnte.

VON DER WAHREN MACHT DER MAGIE HABT IHR KEINE AHNUNG, sagte die Stimme in ihrem Kopf, während gleichzeitig der Boden unter ihren Füßen zu vibrieren begann. EURE SPEZIES HAT SICH GEGEN UNS AUFGELEHNT UND UNS BETROGEN, OBWOHL WIR VOR ETLICHEN WELTENALTERN UNENDLICH GROßZÜGIG ZU EUCH GEWESEN SIND. UND WIR WAREN IMMER NOCH GROßZÜGIG, NACHDEM WIR AUS UNSERER WAHREN HEIMAT INS EXIL VERTRIEBEN WURDEN.

»Sierra, setz ihn außer Gefecht!«, schrie Dr. Opps.

»Ich weiß nicht, ob ich es schaffe«, rief Sierra zurück, die nicht wusste, was sie als Nächstes tun sollte. Die Finsternis war einfach zu übermächtig …

»Sofort! Oder wir sterben!«

Sierra biss die Zähne zusammen und schickte ihren Geist aus, um Damians Kopf mittels Magie zu überfluten. Doch Damian lächelte nur, während die Dunkelheit in seinem Kopf standhielt und Sierra dämmerte, dass sie keine Chance hatte. Ohne groß nachzudenken, machte sie einen Bogen um seinen Verstand und übernahm die Kontrolle über Damians Körper, genau wie beim letzten Mal – obwohl sie den Gegenschlag der Kreatur schon kommen spürte.

Damals hatte das Wesen es lediglich mit Damian allein aufgenommen; Sierra würde zwar niemals imstande sein, es komplett zurückzudrängen, aber vielleicht konnte sie es zumindest ein, zwei Sekunden lang zurückhalten? Vielleicht wäre das ja genug?

DAS MENSCHENKIND HAT VON EINER PROPHEZEIUNG GESPROCHEN, DABEI IST SIE LÄNGST EINGETRETEN, fuhr das Wesen fort. IRGENDJEMAND VON EUCH HAT ES TATSÄCHLICH GESCHAFFT, DIE SIEBEN ARTEN DER MAGIE VOR UNS IN SICHERHEIT ZU BRINGEN, SODASS WIR SIE NICHT LÄNGER NUTZEN KÖNNEN, UM WIEDERZUKEHREN. ABER DIE MAGIE KANN NICHT FÜR ALLE ZEITEN VERSCHLOSSEN BLEIBEN. SIE STREBT DANACH, ZU IHREN WAHREN MEISTERN ZURÜCKZUGELANGEN. UND JETZT IST SIE WIEDERERWACHT, UM UNS WILLKOMMEN ZU HEIßEN.

»Schließ das Portal!«, fauchte Sierra und versuchte, mit ihrem Befehl Damians Körper zu steuern. Indem sie seine Stimme benutzte, übernahm sie den Spruch aus seiner Erinnerung und wandte ihn gleichzeitig an, während im selben Augenblick der erste Gigant durch das Portal trat. Doch plötzlich brach der Durchgang in sich zusammen, und beide kreischten laut auf – doch bei Damian klang es, als wäre es ein Zornes- und kein Schmerzensschrei.

WENN DU UNS WEITER EINHALT GEBIETEST, WIRST DU GLEICH LERNEN, WAS SCHMERZEN SIND! Die Stimme des Wesens donnerte in Sierras Kopf wider, und sie kreischte auf. Damian hob erneut zu einem geflüsterten Zauberspruch an, dann zu einem weiteren, und das ganze Zimmer begann, heftig zu schwanken.

Vor Schmerzen heulte Fort laut auf und sackte auf die Knie. Ihm tropfte Blut aus der Nase auf seine Hand. Entsetzt starrte er darauf und wischte sich übers Gesicht. Neben ihm stöhnte Sierra, ihre Augenlider flatterten, und er hoffte inständig, sie würde aufwachen, ehe dies alles ihn umbrächte.

Weil er genau wusste, was als Nächstes käme. Diese Erinnerung hatte er schon einmal minutenlang vor sich gesehen.

Als Nächstes würden die Monster angreifen.

Bitte, wisperte Fort. *Ich ertrage es nicht, mir das alles noch einmal anzusehen …*

Keine Ahnung, ob sie ihn gehört hatte – aber jetzt sprang ihre Erinnerung in der Zeit ein paar Minuten nach vorn.

»Sierra!«, schrie Dr. Opps vom anderen Ende des Zimmers, während die riesige schwarze Pranke mit den Klauen das halbe Gebäude mit sich riss. Die Außenmauer war zerborsten, Sonnenlicht fiel in den Raum und kämpfte gegen die Schatten an, die durch das Portal zum Reich der Giganten drangen. »Wir haben keine Zeit mehr! Befreie Damians Geist!«

Sierras Schädel fühlte sich an, als würde er jeden Moment platzen. Trotzdem nickte sie. Sie entsandte die Hälfte ihrer Kräfte in Richtung der National Mall, um die Zivilisten dort in Sicherheit zu bringen, während sie sich mit der anderen Hälfte auf Damian konzentrierte. Doch der Gigant in Damians Verstand ließ sie nicht mal mehr näher kommen. Er wandte sich Sierra zu, und sie heulte laut auf, während das Wesen Damians Zauber umlenkte und gegen sie selbst richtete …

»Was ist hier los?«, hörte sie jemanden schreien, und schlagartig verebbte die Attacke gegen ihren Kopf.

»Michael!«, schrie Dr. Opps. »Setz Damian außer Gefecht! Er ist von einer übernatürlichen Macht besessen. Tu es, jetzt!«

»Damian?«, hakte Michael nach. »Wirklich? Aber wie soll das gehen, ohne dass ich ihn verletze?«

WIR SIND ES ALLMÄHLICH LEID, gellte die Stimme des Giganten in ihren Köpfen, und jeder einzelne von ihnen schrie unter Schmerzen auf.

Trotz der Höllenqualen zielte Michael mit einem Feuerball auf Damian, der in letzter Sekunde die Hand hochriss und den Feuerball noch in der Luft zum Stehen brachte. Dann wuchs der Ball mit einem Mal auf die dreifache Größe an, schlug von Orange in ein krankhaftes Gelb um und wirbelte dann zurück in Richtung des Zerstörungsschülers, der ihn erschaffen hatte.

Ohne dass er sich gegen seinen eigenen Zauber zur Wehr setzen konnte, traf der Feuerball Michael mit Wucht auf der Brust, und er stieß einen gellenden Schrei aus.

»Jia!«, brüllte Dr. Opps, und die Heilerin robbte auf Michael zu, hob die Hand, um die Flammen auszuschlagen, wurde dann aber beiseitegefegt, als sich erneut schwarze Klauen durch den Boden schoben.

Die Pranke griff nach dem schreienden, brennenden Michael und zerrte ihn hinab in die Finsternis.

»NEIN!«, kreischte Sierra. Zorn brandete durch ihren Verstand und verlieh ihr, obwohl sie fast komplett entkräftet war, neue Energie. Sie legte alle Kraft, die ihr noch geblieben war, in einen letzten *Gedächtnis-ausmerzen*-Zauber. Der Zauber detonierte förmlich aus ihr heraus und direkt in Damians Kopf hinein, und diesmal vermochte der Gigant ihn nicht abzuwehren.

Er schrie vor Schmerzen laut auf – und langsam, aber sicher schlug seine Stimme in ihren Köpfen um in eine andere Stimme … in die von Damian.

»Was ... Was ist hier los?«, fragte er.

»Damian!«, schrie Dr. Opps. »Schließ sofort das Portal!«

»Ich ... versuch's ... Aber das Wesen ist immer noch in meinem Kopf. Ich weiß nicht, wann es wieder die Kontrolle übernimmt.«

»Sierra, vertreib das Ding aus seinem Verstand!«, kreischte Dr. Opps.

Fast schon zu erschöpft, um auch nur zu atmen, brachte Sierra einen allerletzten *Gedächtnis-ausmerzen*-Zauber zustande. In der Hoffnung, dass ihr das noch ein weiteres Quäntchen Energie verlieh, zog sie ihr Kommando von der National Mall zurück. Die Touristen waren jetzt ohnehin überwiegend weit genug von der Gefahrenzone entfernt.

Doch dann passierte etwas höchst Sonderbares. Einer der Touristen, der sich immer noch mitten im Geschehen befand, hatte sich ihrer Kontrolle entzogen. Fast schon genervt warf sie einen Blick in seinen Kopf und musste entsetzt feststellen, dass sein Vater in die Klauen des Monsters geraten war.

»Nein«, flüsterte sie, während sie die Angst und den Zorn des Jungen spürte. Doch ihr lief die Zeit davon – wenn sie ihn nicht augenblicklich von dort wegsteuerte, würde auch er ums Leben kommen. Nachdem sie ihren *Gedächtnis-ausmerzen*-Zauber eilig gegen den Giganten in Damians Kopf eingesetzt hatte, wandte sie sich wieder dem Jungen an der Mall zu und zwang ihn zu fliehen.

Doch er widersetzte sich. Und im selben Moment, da ihr Zauber den Giganten traf, fing der Junge an zurückzuschlagen. Sie war hin- und hergerissen, spürte die überwältigende Angst und die rasende Wut des Jungen und konnte an nichts anderes mehr denken.

Dann schrie sie laut auf – und Damian ebenfalls, der jetzt im Geiste mit ihr verbunden war, genau wie dieser eine letzte Zivilist an der National Mall, der sich weigerte, ihrem Zauber Folge zu leisten.

Im nächsten Moment brach die Welt um sie herum vollends in sich zusammen. Ihr Blickfeld wurde nachtschwarz, sie fiel zu Boden, und nur ein Wort blieb in ihrem Kopf haften …

»Forsythe?!«

Vor Schmerzen wälzte Fort sich am Boden hin und her, während Sierra sich abrupt im Bett aufsetzte und mit der Wucht eines Orkans eine unglaubliche Macht ausstrahlte.

Sogar über die Schmerzen hinweg konnte Fort im nächsten Moment eine weitere Stimme hören, und ihm dämmerte, dass genau das eingetreten war, was er um jeden Preis hatte verhindern wollen.

»Sierra?«, fragte Damian vom Krankenbett neben ihr.

KAPITEL 40

»Damian«, keuchte Sierra und sah zu ihm hinüber. »Bist du … du selbst?«

Langsam zog Fort sich auf die Bettkante und sah, wie Damian sich über Arme und Brust tastete.

»Ich glaube schon …« Er klang erleichtert. »Was immer du getan hast, du hast den Giganten aus meinem Kopf vertrieben.« Dann schob er die Beine über die Bettkante, setzte die Füße auf den Boden und versuchte aufzustehen, was ihm aber nicht gelang. »Was … Was ist mit mir los?«

»Du warst … bewusstlos«, erklärte Fort, der selbst kaum gerade stehen konnte und dessen Kopf vor Schmerzen hämmerte. »Du lagst im Koma, und zwar … monatelang.«

»Echt?« Damian ließ sich erschöpft zurück aufs Bett sinken und bedachte Fort plötzlich mit einem misstrauischen Blick. »Wer bist du überhaupt?«

»Fort, was hast du hier zu suchen?«, wisperte Sierra und sah ihn besorgt an. »Heißt das, alles, was ich geträumt habe … *Oh nein! Nein, nein, nein!* Es tut mir so leid! Ich hab nicht gewollt … Was habe ich … *Oh nein!*« Sie schlug die Hände vors Gesicht. »Ich habe gesehen, wie du an der Oppenheimer-Schule aufgenommen wurdest. Du hast dir solche Sorgen gemacht, und ich hab versucht, dir zu helfen … Aber hier hat jeder seine Geheimnisse. Dinge, die dir niemand erzählen wird. Ich wollte, dass du das Gleiche weißt, was sie wissen … Aber du hast immer wieder an die Attacke in Washington zurückgedacht, und da konnte ich gar nicht anders, als mich ebenfalls zu erinnern …«

»Es gab eine Attacke?«, mischte sich Damian ein und versuchte erneut, auf die Beine zu kommen. »Was ist passiert?«

Sierra riss die Augen weit auf. »Das weißt du nicht mehr?«

»Das Letzte, woran ich mich erinnern kann, ist dein Befehl, das Portal zu schließen«, erwiderte er. »Dann hat der Gigant die Kontrolle übernommen und …« Schlagartig sah er aus, als müsste er sich übergeben. »Was habe ich getan?«

Fort stemmte sich auf die Füße. Und dann ließ er seiner Wut freien Lauf. Inzwischen war ihm alles egal.

»Diese Dinge, die passiert sind – das war alles deine Schuld!«, schrie er Damian an. »Es hat einen Anschlag gegeben. Nein, zwei, um genau zu sein – bei einem hat dein Freund Michael, beim anderen *mein Vater* das Leben verloren.«

Aschfahl im Gesicht ließ Damian sich zurück auf die Matratze sinken und schüttelte den Kopf. »Ich … Es tut mir so *leid*! Ich wollte nicht … Ich hätte doch niemals …«

»Fort, es war nicht seine Schuld«, sagte Sierra leise und versuchte nun ebenfalls aufzustehen, war aber zu schwach.

»Du hast meine Erinnerungen gesehen. Der Gigant hat alles kontrolliert, nicht Damian. Damian konnte nichts dagegen tun. Es war nicht sein Fehler.«

»Außer dass du derjenige warst, der das Ding reingelassen hat«, fauchte Fort Damian an und umrundete langsam beide Betten. Er versuchte, nach außen hin ganz ruhig zu bleiben, damit der andere Junge nicht auf die Idee kam, die Flucht zu ergreifen. Fort war sich nicht sicher, ob er in seiner derzeitigen Verfassung die Verfolgung würde aufnehmen können, und er wollte nicht zulassen, dass Damian entkäme – nicht unter den derzeitigen Umständen. »Sogar nachdem Dr. Opps es dir ausdrücklich verboten hatte, hast du mit dem Wesen Kontakt aufgenommen. Du dachtest, du wärst stark genug. Deinetwegen sind Menschen *gestorben.*«

Damian sah ihn mit offenem Mund an.

»Sie hätten uns vieles beibringen können«, sagte er so leise, dass Fort ihn kaum mehr verstehen konnte. »Ich habe diesem Ding in den Kopf gesehen. Sie hatten die Magie ursprünglich *entdeckt*! Ich wusste, dass man ihnen nicht trauen durfte, trotzdem dachte ich, wir könnten uns von ihnen unterrichten lassen und sie dann wieder zurückschicken. Das Risiko wäre es wert gewesen, wenn man all das Gute bedenkt, das die Magie bewirken kann …«

»Fort, geh jetzt«, sagte Sierra, streckte die Hand nach ihm aus, und er spürte im Geist einen leichten Zug rückwärts – eher eine Bitte als ein Befehl, sich von Damian fernzuhalten. »Du … Du solltest nicht hier sein.«

»*Ich* sollte nicht hier sein?«, wiederholte Fort und wurde wider Willen laut. »Der Angriff auf Washington war *seine* Schuld! Mein Vater ist *seinetwegen* gestorben! Und du willst, dass ich einfach zurück in den Schlafsaal spaziere und all das *vergesse*?«

»Ich war das nicht«, entgegnete Damian mit heiserer Stimme, als würde er jeden Moment in Tränen ausbrechen. Doch Fort nahm es kaum zur Kenntnis. Er überlegte bereits, ob er Damian erst mit einem Lähmungszauber außer Gefecht setzen oder lieber gleich die Fäuste einsetzen sollte.

Fort, HALT!, schrie Sierra, und diesmal hallte ihre Stimme in seinem Kopf wider – ein Mentalbefehl, dem er sich nicht widersetzen konnte. Seine Beine schienen mit dem Boden verwachsen zu sein. Langsam drehte er den Oberkörper zu Sierra um, die vor Anstrengung, ihn an Ort und Stelle zu halten, am ganzen Leib zitterte. »Du weißt nicht, was hier alles vor sich geht! Das willst du nicht …«

»Du kennst mich nicht«, grollte Fort in ihre Richtung und wies ihren Zauber zurück. »Du hast ja keine *Ahnung*, was ich will!«

Ich weiß alles über dich, schrie sie ihm in Gedanken zu und sank zurück aufs Bett, weil der Zauber so sehr an ihren Kräften zehrte. *Ich bin seit Monaten in deinem Kopf, Forsythe Fitzgerald. Ich war während der Attacke da, genau wie in den Köpfen von allen anderen. Aber du bist nicht geflohen! Die anderen sind um ihr Leben gerannt, aber du bist geblieben – wegen deines Vaters. Ich musste bei dir mehr Kraft aufwenden als bei den anderen. Ich hab alles gesehen – ich habe gesehen, was du getan hast! Glaubst du wirklich, dass ich ihm nicht hätte helfen wollen?*

Fort biss die Zähne aufeinander und konzentrierte sich, um sich von ihrem Zauber zu befreien. Er konnte sehen, welche Auswirkungen ihr Machtkampf auf Sierra hatte. Doch ihre Gedanken in seinem Kopf sorgten lediglich dafür, dass er umso entschlossener war. Sie brauchte ihm keine Erklärung zu liefern, warum sein Vater gestorben war. Wenn sie Fort nicht von dort weggesteuert hätte, wäre sein Vater noch immer am Leben.

Es war nicht deine Schuld, dass sie ihn mitgerissen haben!, sagte sie in seinem Kopf. *Wenn ich dich nicht dazu gebracht hätte davonzulaufen, hättest du neben deinem Vater auf den Stufen gestanden, als das Monster ihn sich geschnappt hat. Dann wärst du jetzt ebenfalls weg. Die Schuld daran trägt einzig und allein das Monster!*

»Das stimmt nicht!«, schrie Fort. »Du hättest ihn retten können! Es hätte doch nur eine Minute gedauert, womöglich sogar weniger! Stattdessen hast du mir befohlen zu fliehen!«

»Der Gigant wusste so unendlich viel«, krächzte Damian, der inzwischen noch gebrechlicher klang und dem immer wieder die Stimme versagte. »Er hat versprochen, mir den Geist für das Universum und die vollkommene Realität zu öffnen. Er hätte mir Dinge über Magie beibringen können, die in keinem Buch der Welt stehen. Er hat behauptet, die Bücher seien von Menschen geschrieben worden – und deshalb seien sie fehlerhaft … Wir hätten die wahre Macht der

Magie nie vollends begriffen, wir hätten ihr Fesseln angelegt …«

»Es tut mir so leid«, sagte Sierra laut. Mittlerweile lag sie fast ausgestreckt auf ihrem Bett und hielt sich den Kopf, als wollte sie ihn davor bewahren auseinanderzubrechen. Mit der freien Hand wies sie auf Fort. »Es ist alles schiefgelaufen. Ich konnte nicht zulassen, dass Menschen verletzt würden! Wir hatten doch keine Ahnung, was wir da taten! Wir wollten den Leuten bloß *helfen*!«

»Und was ist mit *ihm*?«, schrie Fort und zeigte auf Damian. »Hat er auch Leuten geholfen, als dieses Monster meinen Vater umgebracht hat?«

»Du weißt genau, wie es ist, wenn man die Sprüche aus den Büchern lernen will«, sagte Sierra und ächzte vor Schmerzen. »Guck dir doch an, wie weit du mit meiner Hilfe gekommen bist. Was hättest du denn an Damians Stelle getan? Wir haben alle nicht begriffen, was die Giganten tatsächlich waren – dass sie nur darauf gewartet hatten … dass die Magie zu ihnen zurückkehrt!«

»Er war in meinem Kopf«, sagte Damian, und inzwischen erkannte Fort dessen Stimme kaum noch wieder. »Ich … Ich hab's nicht mehr ausgehalten. Er war von Anfang an da – und er wird bleiben, bis alles zu Ende geht. Abertausende, Abermillionen Jahre. Ich habe gespürt, wie sehr er uns hasst – die Menschheit, die ihn verraten hat, die ihn aus seiner Heimat ins Exil vertrieben hat. Aber mir hat er erzählt, ich könnte … alles wiedergutmachen … den Verrat durch die Menschheit … WENN NUR JEMAND DAS PORTAL ÖFFNET.

Langsam drehte Fort sich zu Damian um. Was der Junge soeben gesagt hatte, beunruhigte ihn zutiefst, ganz zu schweigen davon, dass er die letzten Worte in seinem Kopf gehört hatte. Und im selben Moment machte er eine Entdeckung, bei der sein Herz für einen Schlag aussetzte.

Damian war nicht mehr allein in seinem Körper.

Der schattenhafte, halb durchscheinende Gigant aus der Offizierskantine zwängte sich wieder in Damians Körper, übernahm die Kontrolle, und über Damians Krankenhauskittel schien langsam eine dunkle, mineralische Rüstung zu wachsen. Erst die Hände und Füße, dann sogar die Zähne des Jungen spalteten sich, und Dutzende Tentakel wuchsen daraus hervor. Sein Gesicht war nun fast vollständig von einem Helm in Form eines Totenschädels bedeckt. Binnen Sekunden war aus dem, was eben noch ein Jungenkörper gewesen war, ein Gigant geworden. Damian hatte sich durch das Wesen in einen von ihnen verwandelt.

»Nein!«, schrie Sierra und versuchte, auf Damian zuzustürzen, doch Fort riss sie zurück. »Ich dachte, ich hätte ihn davon befreit! Ich hatte ja keine Ahnung!«

Fort stellte sich schützend vor sie, hob beide Hände und vergegenwärtigte sich seine Heilzauber.

»Mag sein, dass es so war«, flüsterte er, während das Wesen jetzt in die Luft schwebte und allem Anschein nach fürs Erste nur mit seiner Verwandlung beschäftigt war. »Ich glaube, es hat nach Damian gesucht, konnte ihn aber nicht finden, solange er bewusstlos war. Sierra, du musst auf der Stelle die Magie aus seinem Gedächtnis löschen. Bevor das Wesen herausfindet, wie es sie wieder nutzen und sich zu eigen machen kann.«

»Ich versuch's«, sagte sie und richtete die flache Hand in Richtung des Giganten. Doch das Wesen starrte sie bloß einen Moment lang an, bevor Sierra zu Boden krachte, ihr Körper von einem Zittern ergriffen wurde und sich ein Schleier vor ihre Augen legte.

Im selben Moment waren Forts Beine wieder frei. Er sprang auf den Giganten zu. Der einzige Zauber, der ihm einfallen wollte und der dieses Ungeheuer womöglich beeinträchtigen konnte, war *Schwere Verletzungen zufügen*. Nachdem er den Zauber nie verinnerlicht hatte, hatte er bloß einen Versuch – aber vielleicht wäre das ja ausreichend …

»Mon …«, hob er an, doch im nächsten Moment schnellte ein Tentakel nach vorn und umschlang seinen Hals, drückte zu, schnürte Fort die Luft zum Atmen ab – und damit auch den Rest des Zauberspruchs.

WIR HABEN DENJENIGEN GEFUNDEN, NACH DEM WIR GESUCHT HABEN, explodierte eine Stimme in Forts Kopf, während sowohl das Wesen als auch Sierra nebeneinander in die Luft emporschwebten. WEITEREN WIDERSTAND DULDEN WIR NICHT.

Fort ging die Luft aus, und er kämpfte wie ein Löwe, um freizukommen oder um nur einen Atemzug zu erhaschen, doch der Gigant hielt ihn in einem eisernen Klammergriff gefangen, während sich schon der nächste Tentakel näherte und Forts Kopf gefährlich nahe kam. Erst strich der Tentakel nur leicht über ihn, dann war Forts Kopf mit einem Mal von einer Präsenz erfüllt, die zu groß war, um in seinen Schädel zu passen.

Jahrmillionen von Erinnerungen fluteten Forts Gehirn. Sterne leuchteten vor ihm auf, die bereits Generationen von Leben hinter sich hatten und dann explodierten, während Milliarden Spezies zum Leben erwachten und wieder verschwanden. Nichts aus seinem eigenen Leben spielte noch eine Rolle – nicht angesichts einer derartigen Existenz. Aus Sicht des Giganten führte Fort nicht mal das Leben eines Insekts und hatte ebenso wenig Bedeutung.

Und dann das Wissen dieser Kreatur! Es verstand Konzepte, von denen die Menschheit noch Jahrtausende entfernt war. Seine Sinne waren nicht mal auf drei Dimensionen beschränkt – und Fort konnte die Eindrücke, die aus der zehnten, fünfzehnten, zwanzigsten Dimension auf ihn einstürmten, nicht ansatzweise verarbeiten.

Tränen liefen ihm übers Gesicht, während die Kreatur seinen Geist anfüllte, und er wollte zugleich lachen, weinen und alles tun, um diesem Wahnsinn, den er gerade ertragen musste, Einhalt zu gebieten, diesen zahllosen Lebenszeitaltern, die er nicht begreifen konnte. All diese Zeit war für ihn nicht fassbar, all die Erkenntnisse über das Universum …

Bitte, hör auf, flüsterte er in Gedanken und war bereit, alles zu tun, wenn es ihn nur wieder freiließe, ihn nie wieder zwänge, all dieses Grauen mit anzusehen.

Und merkwürdigerweise gehorchte es. Der Gigant ließ von Forts Geist ab, ließ dessen Körper fallen, und Forts Wahrnehmung schrumpfte erneut auf drei Dimensionen, auf sein eigenes Leben, seine eigenen Erinnerungen, sein eigenes Zeitgefühl zusammen. Er sackte entkräftet zu Boden und schnappte nach Luft.

Dann wandte sich das Ding, das mal Damian gewesen war, von ihm ab und starrte den beiden Soldaten entgegen, die zitternd in der offenen Tür standen.

»Halt!«, schrie der eine und richtete seine Waffe auf das Wesen.

Die Kreatur sah den Soldaten nur einen Moment lang unverwandt an und hob dann einen Tentakel. DU HAST KEINEN FUNKEN MAGIE IN DIR, DAHER EIGNEST DU DICH PERFEKT ZUM SKLAVEN, DENN DAS IST DIE EIGENTLICHE BESTIMMUNG VON EUCH MENSCHEN. UND DIESMAL WIRD ES KEINE REBELLION GEBEN.

Wieder schossen Tentakel aus der Hand des Giganten und bohrten sich in die Köpfe der Wachen. Sie kreischten laut auf, und ihre Körper wurden von heftigen Zuckungen geschüttelt. Schlagartig standen sie still und kerzengerade da.

Im nächsten Moment richteten sie ihre Waffen auf Fort.

KAPITEL 41

ELIMINIERT DEN JUNGEN, befahl der Gigant, und die zwei Soldaten nahmen ihre Waffen in Anschlag.

Kaum imstande zu denken, deutete Fort auf die beiden Männer und schrie: »Phon d'cor!«

Sie verwandelten sich in Geistergestalten, und die Waffen fielen ihnen aus den substanzlosen Händen.

WAS FÜR EIN ZAUBER WAR DAS?, wollte der Gigant wissen. ES WAR EIN FEHLER, EURER SPEZIES ZU ERLAUBEN, MAGIE ANZUWENDEN, ALS IHR NOCH SKLAVEN WART. IHR HABT UNS HINTERGANGEN UND DIE MACHT AN EUCH GERISSEN.

Ein Tentakel schoss in Forts Richtung, und er versuchte noch, sich wegzuducken, war aber nicht schnell genug. Doch das Biest berührte ihn lediglich leicht am Kopf und zog sich wieder zurück. Was hatte es getan?

DIESMAL LASSEN WIR NICHT ZU, DASS DIE MENSCHHEIT ZU GENÜGEND MACHT GELANGT, UM ZU REBELLIEREN, sagte die Kreatur und streckte einen weiteren Tentakel nach ihm aus. Fort wich ihr aus, trotzdem schnitt sie durch den Ärmel seiner Uniform. Dann näherte sich ein dritter Tentakel, und Fort dämmerte, dass er nie und nimmer allen würde ausweichen können.

Zum Glück war das auch gar nicht nötig. Er würde bloß einen *Geistergestalt*-Zauber aussprechen müssen und …

Doch der Zauberspruch war verschwunden.

Fort ächzte laut auf, als der Tentakel ihn an der Schulter traf und Schmerzensblitze durch seinen ganzen Körper jagte.

»Du … Du hast mir den Zauberspruch weggenommen«, keuchte er und fiel rücklings gegen die Wand.

DU BIST BLOß EIN KIND, DAS MIT DEM FEUER SPIELT, sagte das Wesen und zog seinen Tentakel von Fort zurück. Dann erhob es sich langsam in die Luft – und nahm Sierra mit –, während die beiden Soldaten ein paar Schritte weiter bewusstlos zu Boden sackten. DU KENNST DIE WAHRE MACHT DER MAGIE NICHT. Der Gigant spähte nach oben und schoss eine Magiekugel durch die Decke, die das komplette Gebäude durchschlug und den Blick auf den blauen Himmel freigab. JETZT IST DER ZEITPUNKT GEKOMMEN, DA WIR UNS EINE ARMEE AUS SKLAVEN ERSCHAFFEN UND IHR MACHT DEN ANFANG.

Fort sackte zurück gegen die Wand. Die Schmerzen in seiner Schulter waren unerträglich. Schnell sprach er einen Heilzauber aus und biss dann die Zähne zusammen, während der Gigant und Sierra weiter nach oben schwebten.

Fort durfte sie jetzt nicht gehen lassen! Aber was hatte er

für Möglichkeiten? Die wenigen Sprüche, an die er sich noch erinnern konnte, waren nicht gerade vielversprechend, und das Wesen würde sie ihm ohnehin, kaum dass er sie ausgesprochen hatte, aus seinem Gedächtnis entfernen. Hatte es sich Damians Mentalzauber zu eigen gemacht – genau wie sich Sierra um Forts willen an Jias Zaubersprüchen bedient hatte?

Sierra! Fort sah dem schwebenden Mädchen nach. Ihre Augen waren von Schleiern überzogen. Wenn wenigstens *sie* befreit werden könnte, würde sie das Wesen mit ihren magischen Fähigkeiten wieder aus Damian austreiben können, so wie er es in ihren Erinnerungen schon mal gesehen hatte. Aber wie sollte er sie befreien, ohne selbst Magie anzuwenden? Wenn er sich bloß an irgendeinen Spruch für die Heilung des Gehirns erinnern könnte oder …

Moment. *Kopfschmerzen.* Jia hatte ihn darauf hingewiesen, dass Kopfschmerzen zu heilen eine heikle Angelegenheit war, weil der Zauberspruch das Hirn in einen früheren Zustand zurückversetzen – und dabei versehentlich auch Erv innerungen auslöschen konnte.

Was, wenn er damit eine übersinnliche Besessenheit austreiben könnte?

»Hey!«, rief Fort und stieß sich mit dem unverletzten Arm von der Wand ab. »Ich bin noch nicht fertig mit dir!«

Der Gigant hielt mitten im Schwebeflug inne und drehte den schädelbewehrten Kopf zu Fort. DU SPIELST KEINE ROLLE MEHR.

»Mag sein«, erwiderte Fort. »Aber ich weiß, *wer* hier eine Rolle spielen könnte.«

Und noch ehe die Kreatur ihm den nächsten Spruch wegnehmen konnte, stürzte er sich mit den Worten für den *Kleinere-Wunden*-Zauber auf Sierra. Er hätte auf stärkere Heilzauber zurückgreifen können, aber er wollte nicht, dass ihr Gedächtnis in einen Zustand von vor Monaten oder Jahren zurückfiel und dann womöglich all ihre magischen Fähigkeiten ebenfalls verloren wären.

»Mon d'cor!«, schrie er, während er eine Hand nach Sierras Fuß ausstreckte.

Doch der Gigant war schneller. Seine Tentakel umschlangen Forts Handgelenk, bevor er Sierra erreicht hatte, und die Kraft des Heilzaubers sickerte stattdessen in die Kreatur hinein. Fort krachte ungebremst gegen eines der Krankenhausbetten, doch er stieß sich sofort wieder ab, weil er ahnte, dass der Gigant ihm gleich auch diesen Zauberspruch nehmen würde.

Stattdessen jedoch kreischte die Kreatur qualvoll auf. Wo der Schädelhelm gesessen hatte, entdeckte Fort für einen kurzen Moment Damians Gesicht.

Im nächsten Augenblick waren die Tentakel wieder da, und das Wesen übernahm erneut die Kontrolle.

SCHMERZEN!, schrie es in Forts Kopf, der sich anfühlte, als würde er jeden Moment unter der Wucht des Giganten bersten. DU BEHERRSCHST KÖRPERMAGIE? DU HAST JA KEINE AHNUNG, WOMIT DU ES ZU TUN HAST!

Was für Magie? Und der Heilzauber … hatte dem Wesen Schmerzen zugefügt? Oder hatte es lediglich gelitten, als es für einen kurzen Moment aus Damian ausgetrieben worden war – so wie Fort es sich für Sierra erhofft hatte?

Wie dem auch sei – dieses Wissen würde er nutzen!

Mit bedrohlicher Geste, wie er hoffte, hielt Fort beide Hände in Richtung des Giganten.

»Das stimmt«, sagte er und rief sich erneut den *Kleinere-Wunden*-Zauber in Erinnerung. »Ich beherrsche die … äh … Körpermagie. Und wenn du Sierra jetzt nicht sofort gehen lässt, werde ich sie von Neuem gegen dich wenden!«

Der Gigant erschauderte, schleuderte dann aber mehrere Tentakel in die Richtung von Forts Kopf.

Fort stürzte sich auf den nächstbesten Tentakel und machte sich bereit, den Heilzauber auszusprechen, doch die Tentakel waren schneller, und der *Kleinere-Wunden*-Zauber war schlagartig aus seinem Kopf verschwunden.

DU HAST UNS VERLETZT, grollte der Gigant, und bei der Wucht seines Zorns ging Fort in die Knie. DAFÜR WIRST DU DEINER SCHLIMMSTEN ANGST BEGEGNEN.

Aus heiterem Himmel blitzten Bilder der Attacke von Washington in Forts Kopf auf, und er blieb wie versteinert stehen. In ihm lagen Furcht und Wut im Widerstreit. Das hier musste ein magischer Trick des Giganten sein. Aber warum bediente er sich dazu Forts Erinnerungen?

DEINE GRÖẞTE QUAL MÖGE SICH WIEDERHOLEN!, brüllte die Kreatur.

Doch als er erneut aufblickte, waren sowohl der Gigant als auch Sierra verschwunden.

»Nein!«, schrie Fort und stemmte sich auf die Füße. »*Nein!* Komm zurück!« Er kickte gegen das Bett und brüllte dann frustriert auf. Das war alles seine Schuld – hätte er Sierra nicht gezwungen, aus dem Koma zu erwachen, wäre nichts von alledem passiert! Dr. Opps hatte die ganze Zeit recht gehabt …

Das Wesen war inzwischen imstande, seine magischen Kräfte an der kompletten Schule anzuwenden. Fort konnte von hier durch das Loch, das es geschlagen hatte, die ersten Schreie hören und wie anscheinend irgendetwas explodierte. Würden die Zerstörungsschüler oder die Soldaten in der Lage sein, der Kreatur Einhalt zu gebieten?

Nicht, solange sie nicht die Schwäche des Monsters kannten. Die Heilzauber vermochten es zu verletzen – doch im Augenblick wusste das nur Fort allein. Er musste dafür sorgen, dass die anderen es erfuhren. Vielleicht hätten sie so noch eine Chance. Fort sprang über das leere Krankenbett und stürzte auf die Tür zu, blieb dann aber wie angewurzelt stehen, als mit einem Mal das komplette Zimmer bebte. Bebte, wie er es schon einmal erlebt hatte.

Als würde ein Schwerlaster an ihm vorbeidonnern.

Er fühlte sich, als würde ihm das Blut in den Adern gefrieren. Hatte der Gigant etwa … *Nein*. Fort war einfach nur paranoid, seit er seine alten Erinnerungen so real vor sich gesehen hatte. Das konnte einfach nicht …

Ein zweites Beben schleuderte Fort zu Boden. Von der Decke und den Stockwerken über ihm krachten Brocken durch das Loch, das der Gigant geschlagen hatte. Irgendetwas traf ihn am Rücken, und eilig suchte er Deckung unter dem nächststehenden Bett.

»Nein«, flüsterte er, hob die Arme über den Kopf und kniff die Augen zu, während das ganze Gebäude um ihn herum erzitterte. »Das darf nicht wahr sein – nicht *schon wieder!*«

Das Beben wurde immer stärker, und der Boden unter ihm vibrierte so heftig, dass Fort mitsamt dem Bett, unter dem er Schutz gesucht hatte, in die Luft geschleudert wurde. Er landete hart auf seiner gerade erst geheilten Schulter, doch der Schmerz war nichts im Vergleich zu der Angst, die er verspürte. Das Gebäude drohte jeden Moment einzustürzen.

War das hier bloß ein Traum? Eine von Sierras Erinnerungen?

Im nächsten Moment bohrte sich eine schwarze Klaue durch den Boden und schleuderte das Bett beiseite, sodass es gegen die Wand krachte. Eine zweite und eine dritte Klaue folgten.

Dann dröhnte von unten ein Brüllen herauf, das genau so klang wie jenes, das Fort in Washington und seit der Attacke immer wieder in seinen Albträumen gehört hatte.

Die Kreatur schloss seine gewaltigen Klauen um ihn wie damals um seinen Vater, und Fort wurde in die Tiefe gerissen.

KAPITEL 42

Das Monster zerrte ihn in die nachtschwarze Tiefe, und Fort fing an zu hyperventilieren. Er war nicht imstande, sich zu bewegen, und konnte keinen klaren Gedanken mehr fassen. Jetzt ging es mit ihm zu Ende. Genau wie damals mit seinem Vater. Er konnte nichts dagegen tun. Das Monster war zurückgekehrt, und Fort konnte ihm nichts mehr entgegensetzen, keine Zerstörungszauber – nichts.

Er schrie aus Leibeskräften – eher aus Angst, als dass er noch die Hoffnung gehabt hätte, irgendwer könnte ihm zu Hilfe kommen. Die einzige Reaktion war das Brüllen des Monsters, und Fort war klar, dass ihm jetzt niemand mehr helfen konnte.

Sein Atem ging immer schneller, und sein Blick verschleierte sich. Ein Teil von ihm ahnte, dass er gleich ohnmächtig werden würde, wenn er sich nicht sofort beruhigte. Aber was spielte das noch für eine Rolle? Vielleicht wäre es ja sogar besser, schon bewusstlos zu sein, wenn er … aufgefressen würde?!

»NEIN!«, schrie Fort. »Nicht noch mal! *Nicht noch mal!*« Er konnte doch nicht

schon wieder jemanden im Stich lassen – nicht wie damals seinen Vater! Auch wenn es dieses Mal um ihn selbst ging. Aber was sollte er tun? Seine Angst war beinahe überwältis gend, und nie und nimmer wäre er in der Lage …

Doch. Es gab noch einen Spruch aus dem Heilzauberbuch.

»Nen timo!«, kreischte er, und seine Hand begann, blau zu glimmen und die Finsternis um ihn herum zu erhellen, während er im Griff des Monsters weiter hinab in die Tiefe gerissen wurde. Eilig legte Fort sich die Hände auf die Brust und spürte, wie die kühle Magie in ihn hineinsickerte.

Augenblicklich verlangsamte sich seine Atmung, und die Schleier vor seinen Augen verzogen sich, obwohl er in der Faust des Monsters nach wie vor nichts erkennen konnte. Trotzdem – zumindest konnte er jetzt wieder klarer denken!

Der *Angst-überwinden*-Zauber hatte funktioniert!

Okay, überlegte Fort. *Jetzt konzentrier dich! Es muss eine Möglichkeit geben, das hier abzuwenden.*

Ja, vielleicht würde er gefressen werden, aber jetzt gerade war er am Leben, und er hatte noch ein paar letzte Zauber parat. Er rappelte sich auf, stützte sich an der nächstbesten Klaue ab und kam vorsichtig und so gut er nur konnte auf die Beine.

Merkwürdigerweise fing sein Herz sofort wieder an zu rasen, und er fragte sich kurz, ob ihn gleich erneut die Angst überwältigen würde. Doch diesmal … fühlte es sich anders an. In seiner Brust wallten Frust und Wut auf, er ballte die

Fäuste und überlegte schon, sich zwischen den Klauen des Monsters hindurchzuboxen.

Dieses Ding hatte seinen Vater auf dem Gewissen und würde als Nächstes versuchen, Fort zu verschlingen! Zorn pulsierte durch seine Adern, und er fletschte die Zähne.

»So weit wird es nicht kommen!«, schrie er und donnerte die Faust gegen den nächstbesten schuppigen Finger.

Zu seinem Erstaunen hielt das Monster inmitten seines Sinkflugs inne.

Fort wich verdutzt zurück, als die Faust des Ungeheuers sich langsam öffnete und irgendwas direkt vor ihm an zwei Stellen rot aufflackerte. Er befand sich in einer nachtschwarzen Höhle. Das rote Licht erhellte die Höhlenwände und fiel auf Kratzspuren, die das Monster mit seinen Klauen an den Wänden hinterlassen hatte. In einiger Entfernung konnte er ein seltsam grünliches Glimmen ausmachen – womöglich befand sich dort das Portal zu jener anderen Dimension und stand noch immer offen.

Aus einigen Metern Entfernung, wie es schien, starrte ihn das Monster aus rot unterlaufenen Augen an und setzte dann erneut zu einem markerschütternden Brüllen an. Allein die Wucht des Atemzugs schleuderte Fort rückwärts gegen die schuppigen Klauen, aber er rappelte sich sofort wieder auf.

»Komm schon«, schrie er, sprang auf die Füße und schwang die Fäuste in Richtung des Monsters. »Greif mich an! Los, trau dich! Du hast mir *nichts* entgegenzusetzen!«

Die Pranke hob ihn empor, in Richtung des Monsterschädels. Es bleckte seine meterlangen, speicheltriefenden Zähne.

Tief im Innern wusste Fort, dass er besser die Flucht ergreifen sollte. Die Faust des Monsters war jetzt geöffnet. Vielleicht würde er einfach abspringen können, aus der Höhle hinausklettern und zurück an die Erdoberfläche kommen …

Trotzdem war Flucht in diesem Moment das Letzte, woran er dachte. Ihm stand der Sinn nach Rache – sowohl für sich selbst als auch für seinen Vater.

Er wollte, dass dieses Monster *Qualen litt* – und zwar die gleichen, wenn nicht schlimmere als diejenigen, die er verspürt hatte, als es ihm einen geliebten Menschen entrissen hatte. Da spielte es auch keine Rolle mehr, ob es sich gerade um ein und dasselbe Monster handelte. Wenn es nach Fort ginge, dann würde dieses hier für sämtliche Untaten seiner Spezies bezahlen.

Noch während die rasiermesserscharfen Zähne immer näher auf ihn zukamen, schoss ihm ein Gedanke durch den Kopf. Bei allem Zorn, der ihn antrieb, würden seine blanken Fäuste gegen das Monster nicht allzu viel ausrichten können. Es machte ihm keine Angst, dieses Ding körperlich zu attackieren – doch er wollte ihm Höllenqualen bereiten. Wenn er doch nur einen einzigen Zerstörungszauber gelernt hätte …

Moment. Er hatte noch einen Zauber im Kopf – den hatte

er ja ganz vergessen, nachdem er ihn ursprünglich gegen den Giganten hatte einsetzen wollen.

Schwere Verletzungen zufügen. Den Spruch, den er im Heilzauberbuch gelesen hatte, als Jia ihn dabei erwischt hatte.

Der wäre perfekt!

Als die Pranke des Monsters auf Höhe des Kopfes war, wollte Fort den Zauber schon quer durch die Luft in dessen weit offenes Maul werfen – er klammerte sich wild entschlossen an den nächstbesten geschuppten Finger, hielt sich fest …

Und grinste.

»Mon d'rexenen cor!«, schrie er den *Schwere-Verletzungen*-Zauberspruch und erwartete, die wohlbekannte kühle Heilenergie in seinen Handflächen zu spüren.

Stattdessen fingen seine Hände an, rot zu glühen, und Schmerzen jagten seinen Arm hinauf bis in die Schultern. Er schrie qualvoll auf … aber das Monster ebenfalls. Und im selben Augenblick spürte Fort, wie sowohl seine Schmerzen als auch die magische Energie aus ihm hinaus- und in das Monster hineinsickerten.

Es brüllte lautstark, und der Finger, an dem Fort sich festklammerte, schien in sich zusammenzufallen – die Muskeln schrumpften, und unter Forts Griff zerbröselten sogar die Knochen.

Es funktionierte! Fort johlte begeistert, während das Monster die Pranke von seinem Maul wegbewegte. Fort ließ den verrotteten Finger los. Für den Bruchteil einer Sekunde stand lediglich tiefe Verwirrung in den blutroten Augen des Monsters, als könnte es sich nicht erklären, woher die Schmerzen gekommen waren.

»Das war *ich*«, schrie Fort und schwang erneut die Fäuste. »Das hab *ich* dir angetan! Und ich tue es wieder!«

Nur dass es nicht so weit kam. Nachdem er den Spruch nicht verinnerlicht hatte, hatte er ihn nur ein einziges Mal ausüben können.

Das Monster hielt einen Moment inne, dann hob es Fort erneut vor sein Maul. So heftig die Schmerzen auch gewesen waren – sie führten offenbar nicht dazu, dass es aufges ben wollte.

Flink kletterte Fort auf einen der gesunden Finger und klammerte sich daran fest, als das Monster ihn sich erneut in den Schlund werfen wollte. Trotz der Wirbelwinde, die um ihn herumfegten, gelang es Fort, sich festzuhalten.

Doch so schnell gab das Monster nicht auf. Es versuchte, ihn in die Luft zu schleudern, und wurde mit jedem Versuch wütender. Forts Arme schmerzten allmählich von der Anstrengung, und beim letzten Versuch rutschte er ein Stück zur Seite. Inzwischen hatte das Monster genug und schlug stattdessen mit der Pranke gegen die Felswand.

Überrascht schrie Fort auf und schaffte es fast nicht mehr rechtzeitig, um den Finger herumzukrabbeln, als das Monster auch schon die flache Pranke auf den Fels klatschte, sodass riesige Steinbrocken nach unten ins Leere fielen. Dann schlug es ein zweites Mal gegen die Wand, Forts Griff lockerte sich, und erneut flackerte Angst in ihm auf und arbeitete sich wie ein Wurm bis in sein Herz vor.

»Na *toll*«, keuchte er mit schweißfeuchten Händen. Hätte der Zauber nicht noch ein bisschen länger wirken können?

Dabei brauchte er jetzt alles andere als einen weiteren *Angst-überwinden*-Zauber. Die *Schweren Verletzungen* hatten funktioniert, aber eine Anwendung war anscheinend nicht genug gewesen. Er würde ihn wieder und immer wieder ausüben müssen, bis das Monster vernichtet wäre … nur dass er dazu nicht in der Lage war. Nicht ohne den Spruch gemeistert zu haben …

Die Pranke des Monsters krachte erneut gegen die Wand, und diesmal verlor Fort den Halt. Verzweifelt griff er nach allem, was sich in der Nähe befand. In allerletzter Sekunde gelang es ihm, sich an einer Schuppe auf dem Handrücken der Kreatur festzuhalten.

Das Monster hob die Pranke, um damit gegen die Wand zu schlagen, und Fort rutschte zur Seite und krachte gegen den Daumen. Der Aufprall war so heftig, dass es ihm die Luft aus der Lunge presste und er Sternchen vor seinen Augen tanzen sah. Doch obwohl er benommen war, gelang es ihm gerade noch, seine geschwächten Arme und Beine um die Klaue zu schlingen und sich daran festzuklammern.

Lange würde er es nicht mehr schaffen. Noch ein, vielleicht zwei Schläge, und es wäre aus mit ihm. Sofern das Monster ihn nicht zuvor auffraß …

Warum hatte der *Schwere-Verletzungen*-Zauber nicht einer

von Jias Zaubern sein können? Eine einzige Verwendung war einfach nicht genug – und er konnte sich den Spruch nicht mehr vergegenwärtigen …

… oder vielleicht doch?

Vor seinem inneren Auge flackerte eine Erinnerung auf: er und Rachel, die gemeinsam gelernt hatten – und irgendwas in der Art, dass die einzelnen Bestandteile eines Zaubers und dessen Gegenteil sich verdammt ähnlich angehört hatten … sich nur durch eine Silbe unterschieden hatten … Konnte er diese Erkenntnis womöglich auch auf den *Schwere-Verletzungen*-Heilzauber anwenden, an den er sich immer noch erinnern konnte?

Wieder schlug das Monster mit der Pranke gegen den Fels, und Forts Körper wurde von Druckwellen überrollt. Das war's – einem weiteren Schlag würde er nicht mehr standhalten.

Zum Glück schien aber auch das Monster von den Schlägen genug zu haben.

Stattdessen hob es sich den Daumen ans Maul und schien sich Fort gleich mit den Zähnen von der Pranke nagen zu wollen.

KAPITEL 43

Fort schossen in rasender Geschwindigkeit tausend Gedanken durch den Kopf, während er sich dem Maul des Monsters näherte. Die Wirkung des *Angst-überwinden*-Zaubers war verebbt, und jetzt, da er gleich aufgefressen würde, konnte er kaum mehr klar denken. Er holte tief Luft und versuchte verzweifelt, sich an die Sprüche zu erinnern, die er gelernt hatte. »Utri cor« hatte der *Krankheit-erregen*-Zauber gelautet und »*nen*utri cor« *Krankheiten heilen.* Bewirkte die Silbe »nen« die Umkehrung des ursprünglichen Zaubers?

»Nen mon d'rexe cor«, wandelte er den *Schwere-Verletzungen*-Heilzauber um, aber nichts passierte. In seinen Händen spürte er keine Magie – dafür befand er sich mittlerweile auf Höhe des Mauls. Panisch versuchte er es mit anderen Kombinationen: »Monnen d'rexe cor! Mon d'nen rexe cor!«

Doch es geschah immer noch nichts, außer dass die Kreatur ihre messerscharfen Zähne auf ihn herabsenkte. Laut kreischend duckte er sich zur Seite weg und landete in der Handfläche, während die Zähne des Monsters die Schuppen seines Daumens streiften.

Fort riss beide Arme über den Kopf, kniff die Augen zu und kauerte sich in der Handfläche zusammen.

Ein letztes Mal würde er es versuchen.

»Mon d'rexenen cor«, wisperte er.

Und plötzlich geschah etwas. Der gleiche weiß glühende Schmerz wie schon zuvor schoss ihm in die Arme, und augenblicklich riss er sie hoch, fast als wollte er sich verteidigen. Seine Fingerspitzen streiften die Zähne des Monsters, und sofort sickerte die Magie darin ein.

Diesmal schrie die Kreatur für eine geschlagene Minute.

Fort schlang den Arm um einen Finger und sah triumphierend zu, wie das Monster vor Schmerzen brüllte und immer wieder den Schädel gegen die Felswand hämmerte. Am liebsten hätte er laut losgelacht, gejohlt und gejubelt, als das Monster den Arm von sich wegstreckte, als wollte es Fort bloß nicht mehr in seiner Nähe haben.

Aus gutem Grund. Trotzdem würde es dem Monster nichts nützen. Jetzt nicht mehr. Weil Fort es tatsächlich geschafft hatte, die Sprache der Magie zu durchdringen, statt einfach nur Sprüche aus einem Buch abzulesen. Irgendwie konnte er sich sogar an die einzelnen Wörter erinnern, die er ausgesprochen hatte. Er hatte sie immer noch taufrisch und einsatzbereit in seinem Gedächtnis.

Das Monster wand sich vor Schmerzen und brüllte vor Wut, aber auch aus Angst.

»Das hast du *verdient*«, schrie Fort zu ihm hoch. »Für das, was du meinem Vater angetan hast, wirst du *leiden*!«

Er legte die Hände auf die Schuppen und wandte den Zauber wieder und immer wieder an.

Und jedes Mal strahlten die Schmerzen des Monsters spürbar aus, dass sogar Fort sie wahrnehmen konnte und ebenfalls aufschrie.

Doch die Wirkung, die sein Spruch auf das Ungetüm hatte, war tausendmal heftiger. Mit jedem neuerlichen Spruch reichte der Zauber höher hinauf durch den Arm des Monsters, bis er schließlich die Brust erreichte. Von dort aus verbreitete er sich über den gesamten riesenhaften Leib, sodass von Kopf bis Fuß sämtliche Muskeln verdörrten und die Schuppen nur so hinabrieselten.

»Na, wie findest du das?«, schrie Fort, während das Monster erzitterte und sein Körper zusehends kraftlos wurde, bis es nicht einmal mehr die Pranke heben konnte. »Das war für meinen *Vater*! Hoffentlich spürst du jedes bisschen Schmerz, das er hat erleiden müssen!«

Das Monster bäumte sich auf, und fast wäre Fort abgestürzt. Gerade noch rechtzeitig konnte er sich an einem verkümmerten Finger festhalten und attackierte das Monster aufs Neue.

»Komm schon!«, schrie er, während sein Zauber die Kreatur erschütterte. »Ist das alles, was du einstecken kannst? Ich hab noch mehr davon!«

Das Ungeheuer brüllte wieder auf, doch statt zum Gegenschlag anzuheben, schien es jetzt weiter in die Tiefe zu sinken und benutzte dabei die freie, noch unverletzte Pranke.

»Das war's also?«, schrie er, während das Monster sie beide immer näher in Richtung des jetzt lila schimmernden Durchgangs beförderte. »Du willst fliehen? Du Feigling! *Stell dich mir!*«

WAS HAST DU MIT MEINEM LAKAIEN GEMACHT?, hallte mit einem Mal die Stimme des Giganten in Forts Kopf wider, und er wimmerte unter der Wucht der Worte. ER UNTERLIEGT NICHT MEHR MEINER KONTROLLE! DU HAST UNS SCHON WIEDER SCHMERZEN ZUGEFÜGT!

Als die Stimme verebbte, machte sich Fort schon bereit für den nächsten Angriff, hielt dann aber inne. Der Gigant *kontrollierte* das Monster? Dann war die Magie, die Fort ausgeübt hatte, irgendwie auch bis zu dem Giganten durchgedrungen?

Jetzt fühlte sich seine Rache umso besser an.

Das Ungetüm schleppte sich inzwischen einhändig hinab zum Portal, während die Hand, an der Fort sich festklammerte, kraftlos an seiner Seite hinabhing. Es versuchte, schneller voranzukommen, und winselte dabei wie ein verwundetes Tier. Das Geräusch hätte Fort beinahe gerührt.

Aber es war kein Tier. Es war ein blutrünstiges, widerliches Monster, das Forts Vater auf dem Gewissen hatte. Hämisch übte er einen weiteren *Schwere-Verletzungen*-Zauber aus, und die Kreatur kreischte, ehe sie beschleunigte.

Allmählich näherten sie sich dem Portal. Das Licht wurde von den Höhlenwänden reflektiert.

Doch mit jedem neuerlichen qualvollen Kreischen schien

auch Forts Wut abzunehmen. Nicht mal die Erinnerung an seinen Vater schien ihn noch aufzustacheln – angesichts des mitleiderregenden Winselns des Monsters konnte er sich kaum noch auf seine Rachegedanken konzentrieren. Je heller das Licht aus dem Portal leuchtete, umso weniger wütend war er, bis er zu guter Letzt außer Erschöpfung und Leere gar nichts mehr spürte.

Er hatte so lange von seiner Rache geträumt, aber jetzt, da er die Macht dazu hatte, fühlte es sich fast schon … verkehrt an.

Halt! Er konnte doch jetzt nicht einknicken! Das hier tat er für seinen Vater. Es ging doch um *Gerechtigkeit*!

Wirklich?, erklang urplötzlich die Stimme seines Vaters in seinem Kopf. Unter ihm kam das Portal immer näher. *Warum machst du das wirklich, Fort? Das ist doch nicht der Junge, den ich mal kannte – der irgendwann der erste Präsident werden würde, der zugleich auch Astronaut wäre. Du folterst dieses Wesen doch nur. Was willst du damit bezwecken?*

Das Monster war jetzt drauf und dran, mit dem Unterleib durch das Portal zu schlüpfen. Gleich würde die Hand folgen, an der Fort sich festklammerte. Wenn er jetzt nicht absprang, würde er in die Dimension der Kreatur mit hinabgezogen werden.

Doch wenn er losließe, würde das Monster entkommen. Womöglich hätte er nie wieder die Chance, sich ihm entgegenzustellen.

»Es hat es nicht anders *verdient*«, flüsterte Fort und starrte dem lilafarbenen Licht entgegen. »Es … hat dir wehgetan! Es hat dich mir weggenommen!« Ein letztes Mal flüsterte er den *Schwere-Verletzungen*-Zauber und zuckte unter der weiß glühenden Hitze zusammen, hielt dann aber die Hand über die ohnehin bereits verkohlte Haut über dem Finger, an dem er sich festhielt.

Aber das hier bringt mich auch nicht wieder zurück, sagte die Stimme in seinem Kopf. *Das Ding hat doch nicht mal aus freien Stücken gehandelt. Es ist vom Giganten gesteuert worden!*

Fort seufzte. Insgeheim war ihm klar, dass die Stimme seines Vaters recht hatte. Diese Kreatur hatte das alles nicht freiwillig gemacht. Es war das Wesen in Damians Verstand, das all diese Untaten gesteuert hatte.

Auch damals, als das Monster seinen Vater verschleppt hatte.

»Ich kann doch jetzt nicht einfach aufgeben!«, rief er. »Das hier ist alles, was ich noch habe!«

Und bald nicht mal mehr das – weil das Monster dich in seine Dimension mitreißen wird, sagte die Stimme. *Genau wie damals mich.*

Fort knirschte frustriert mit den Zähnen. Einerseits schämte er sich, weil es ihm eine solche Freude bereitet hatte, dem Monster Schmerzen zuzufügen. Andererseits hatte er ein überwältigendes Urbedürfnis, jetzt nicht aufzugeben und seinen Vater nicht erneut im Stich zu lassen.

Du lässt mich doch nicht im Stich, hörte er die Stimme seines Vaters in seinem Kopf.

Er spürte, wie seine Wangen nass wurden, und erschauderte. Den Zauber, den er sich zurechtgelegt hatte, ließ er verpuffen, und die weiß glühenden Schmerzen verschwanden. Eilig sprach er einen anderen Zauber.

Diesmal glühten seine Hände eisig blau auf, und er heilte die Kreatur, ließ zu, dass die Muskeln, Schuppen und Knochen unter seinen Armen und Beinen wieder den ursprünglichen Zustand annahmen und all das ersetzten, was Fort nur Augenblicke zuvor auf so grausame Weise zerstört hatte.

Das lob ich mir, sagte sein Vater.

Wieder und immer wieder übte Fort seine Heilzauber auf das Monster aus, sodass sich in dessen zerstörtem Arm die Muskeln und das Gewebe neu bildeten. Gerade als die Kreatur mit dem Portal auf Augenhöhe war, hielt es für einen Moment inne. Jenseits davon konnte Fort weitere Monster derselben Spezies ausmachen, die alle genauso grässlich aussahen wie dasjenige, das er gefoltert hatte. Doch aus unerfindlichen Gründen taten sie ihm in diesem Moment nur noch leid.

Alles, was geschehen war, war nicht ihre Schuld. Schuld war der Gigant. Der Gigant – und Damian, der es überhaupt erst in seine Welt eingelassen hatte.

»Was ich getan habe, tut mir sehr leid«, flüsterte Fort dem Monster zu, das inzwischen nicht mehr so stark zitterte. »Ich … ähm … nehme nicht an, dass du mich noch kurz abspringen lässt, bevor du nach Hause zurückkehrst?«

Das Monster sah mit rot unterlaufenen Augen auf Fort

herab, und er fragte sich kurz, ob es überhaupt ein Wort verstanden hatte.

»Na ja, dann eben nicht«, flüsterte er. »Trotzdem – ich muss mich wirklich entschuldigen …«

Die Luft um ihn herum fing an zu flimmern, und er war wie versteinert. Was passierte denn jetzt? Hatte das Monster ihn zu guter Letzt doch durch das Portal geschleppt?

Nein. Um ihn herum waren nirgends mehr riesenhafte Wesen zu sehen. Stattdessen schwebte er urplötzlich über einer Art Schlachtfeld. Es waren die Überreste der einstigen Oppenheimer-Schule.

KAPITEL 44

Die Oppenheimer-Schule war nur noch Schutt und Asche. Von den Jungs- und Mädchenschlafsälen waren lediglich Trümmer übrig, und das Ausbildungsgebäude war halb eingestürzt. Hier und da lagen Wachen bewusstlos am Boden, doch die meisten hatten sich inzwischen aufgerappelt, sich direkt unter Fort zu einer strengen Formation aufgereiht und blickten reglos ins Leere. Neben ihm in der Luft schwebte der Gigant mit Sierra an der Seite.

DU HAST UNS SCHMERZEN ZUGEFÜGT UND DIE KONTROLLE ÜBER UNSEREN LAKAIEN ZERSCHLAGEN, donnerte die Stimme des Giganten in Forts Kopf.

Dann schien ihn eine unsichtbare Macht herumzuwirbeln, sodass Fort sich ihm direkt gegenübersah und näher herangezogen wurde. Er versuchte zurückzuweichen, aber das Wesen schien es nicht einmal zu bemerken.

WIR HATTEN ANGENOMMEN, DIE KÖRPERMAGIE WÄRE AUS DER WELT VERSCHWUNDEN, fuhr das Wesen fort, und jedes einzelne Wort fühlte sich in Forts Kopf wie ein Nadelstich an. DANN IST ES EBEN JETZT SO WEIT.

Die Tentakel des Wesens streckten sich ihm entgegen und umfassten Forts Kopf, doch diesmal bohrten sie sich in seine Ohren, die Nase, den Mund. Wenn er auch nur ein bisschen Luft übrig gehabt hätte, hätte er laut geschrien, doch es fühlte sich an, als würde er ertrinken, die Sprüche in seinem Kopf waren schlagartig ausgelöscht und hinterließen bloß Finsternis – Schatten des Giganten, die sich genauso grässlich anfühlten wie die Erkenntnis aus Sierras Krankenzimmer: dass die Menschheit einst diesen alten Kreaturen als Sklaven gedient hatte und er nichts mehr tun konnte, rein *gar nichts mehr*, um …

Dann war die Verbindung unterbrochen, und Fort fiel vor Erleichterung beinahe in Ohnmacht, als die Tentakel sich von ihm zurückzogen und er wieder Luft bekam. Er blickte zu dem Giganten auf, der stumm neben ihm in der Luft schwebte.

»Du … hast nicht gewonnen«, stieß Fort mühsam hervor. »Ich bin nicht … der einzige … Heiler …«

Die Magie, die Fort in der Luft hielt, manövrierte ihn langsam um die eigene Achse, sodass er nach unten sehen konnte. Vor Verzweiflung fing er fast an zu weinen.

Aufgereiht hinter den Soldaten standen seine Mitschüler aus Dr. Ambroses Heilkurs und all die anderen aus der Oppenheimer-Schule. Genau wie die Soldaten waren sie ohne Ausnahme der Kontrolle des Giganten unterworfen.

Dann entdeckte Fort auch die Lehrer seitlich neben den Schülern. Da stand Dr. Opps, dort Colonel Charles … und sogar Dr. Ambrose neben Bryce, der eindeutig weniger fies dreinblickte, jetzt da sein Gehirn fremdgesteuert war.

Dort unten stand jeder Einzelne, den Fort in den letzten Tagen kennengelernt hatte. Am liebsten hätte er gebrüllt, gekämpft – *irgendetwas getan.* Es war seine Schuld, dass die Giganten freigekommen waren. Was immer er zuvor getan hatte, war zielgerade auf diesen Moment zugelaufen. *Er* hatte Sierra aufgeweckt, und das hatte wiederum dazu geführt, dass auch Damian aufgewacht war.

Und alles nur, weil er seine Rachegedanken nicht hatte ablegen können.

»Bitte, tu das nicht«, flüsterte er, obwohl ihm klar war, dass der Gigant nicht auf ihn hören würde.

DIE MENSCHEN HABEN NIE VERSTANDEN, WAS DIE EINZELNEN AUSPRÄGUNGEN DER MAGIE WAHRHAFT BEDEUTEN, sagte der Gigant und ließ die Tentakel über die versammelte Menge unter ihnen schweifen. WAS IHR ZERSTÖRUNG NENNT, ENTSPRICHT LEDIGLICH EINEM BRUCHTEIL DER MACHT, DIE WAHRE ELEMENTARMAGIE MIT SICH BRINGT. IHR HABT KÖRPERMAGIE BENUTZT, UM WUNDEN ZU HEILEN. ABER IHR HÄTTET SIE EBENFALLS EINSETZEN KÖNNEN, UM EUCH, WIE WIR ES GETAN HABEN, EINE NEUE ERSCHEINUNGSFORM ZU VERLEIHEN.

Eine neue *Erscheinungsform*? Fort schnappte nach Luft. Der Handschuh, den er im unterirdischen Lager des Ausbildungsgebäudes entdeckt hatte! Er bestand aus demselben Material wie die Rüstung, die der Gigant trug – nur war der Handschuh für die Hand eines Menschen gefertigt gewesen …

Womöglich hatte er recht gehabt, und die Giganten waren einst wirklich Menschen gewesen? Oder zumindest hatten sie ähnlich ausgesehen?

DREI VON SIEBEN, DIE EINST GEHERRSCHT HABEN, SIND VON UNS HEUTE NOCH ÜBRIG, fuhr der Gigant fort, und seine Tentakel bildeten Muster in der Luft – eine ausgeklügelte Wellenbewegung, der Fort kaum folgen konnte. Durch die Bewegung der Tentakel ging vor ihnen ein Riss durch den Himmel wie durch ein Gewebe aus Raum und Zeit. UND JETZT WERDEN WIR ÜBRIGEN DREI DIE HERRSCHAFT AUF DER ERDE WIEDER ÜBERNEHMEN.

Der Riss erweiterte und verfestigte sich zu einem schimmernd grünen Portal. Und auf der anderen Seite …

Fort bekam keine Luft mehr, war kaum noch imstande zu verstehen, was er dort vor sich sah, konnte den Blick aber auch nicht abwenden.

Jenseits des Portals kreischten Farben einander um den Verstand, und die Zeit schluchzte vor Trauer. Gebirge unbegreiflichen Zorns wüteten auf einen zerrissenen, gebrochenen Himmel ein, während düsterer Regen in ein und demselben Moment in sämtliche Richtungen fiel. Und unmittelbar vor diesem Hintergrund standen zwei menschenähnliche Gestalten, die beide die gleiche mineralische Rüss tung trugen wie der Gigant, der sich Damians bemächtigt hatte.

Doch da hörte die Ähnlichkeit auch schon auf.

Einer der Giganten war übersät mit schreienden menschlichen Gesichtern, als wäre sein Leib angefüllt mit zu Tode verängstigten Menschen. Der zweite sah aus, als bestünde er aus reinem Feuer, das an den Rändern schwarz um ein weißes Inneres loderte.

DIE ZEIT IST REIF, MEIN BRUDER, MEINE SCHWESTER, UM IN UNSERE WELT ZURÜCKZUKEHREN, sagte der Gigant zu den beiden, die sich jenseits des Portals befanden. KOMMT, KEHRT IN UNSERE HEIMAT ZURÜCK, MACHEN WIR SIE UNS ENDLICH WIEDER ZU EIGEN.

Verzweifelt versuchte Fort, sich zu befreien, und kämpfte gegen die magische Kraft an, die ihn in der Luft an Ort und Stelle hielt, doch es fühlte sich an, als wollte er gegen eine Felswand anrennen. Er schrie frustriert auf, wollte und *konnte* sich nicht vorstellen, was als Nächstes passieren würde.

Wenn ein Gigant derart leicht die Kontrolle über einen kompletten Militärstützpunkt übernehmen konnte – hätten drei dann nicht die Macht, die ganze Welt zu übernehmen?

Nur … was sollte Fort dagegen ausrichten? Er verfügte über keine Zauber mehr, nicht mal mehr Heilzauber. Sierra war der Kontrolle des Giganten unterworfen und somit ebenfalls geschlagen.

Aber vielleicht war sie ja noch bei Bewusstsein – irgendwo tief im Innern ihres Verstands? Konnte sie ihn vielleicht sogar hören? Bestand ihre Verbindung noch immer?

Sierra? Bist du … noch da?

Einer der Giganten näherte sich dem Portal, und Fort konnte spüren, welche magische Kraft von dort ausstrahlte. Das Flammenwesen machte eine Bewegung, und ein Geysir aus Lava schoss direkt vor der Ruine des Schulgebäudes in die Luft und setzte einen nahe liegenden Wald in Brand.

Der Gigant mit den kreischenden Gesichtern zeigte vage in Richtung der Soldaten, und wie auf ein Kommando drehten sie sich zu ihm um und sahen bewundernd zu ihm empor.

ZUSAMMENGENOMMEN BERGEN DIE SIEBEN ARTEN DER MAGIE DIE MACHT ÜBER JEDWEDE REALITÄT, erklärte der erste Gigant an Fort gewandt. UND DIESE MACHT WIRST DU GLEICH ERLEBEN. ANSCHLIEẞEND WIRST DU FÜR DIE SCHMERZEN, DIE DU UNS ZUGEFÜGT HAST, AUS DER WELT GETILGT.

Fort fing an zu hyperventilieren – was genau hatte »getilgt« zu bedeuten? Diesmal hatte er keinen *Angst-überwinden*-Zauber zur Hand, der ihn beruhigt hätte, aber das war angesichts dessen, was ihm gleich bevorstand, nur noch am Rande wichtig.

Genau wie damals, als sein Vater gestorben war, fühlte er sich einfach komplett hilflos. Doch allein die Erinnerung an ihn rief plötzlich etwas in Fort wach, und so gut er konnte, rang er die Verzweiflung nieder.

Er durfte jetzt nicht einknicken – nicht nachdem er selbst all dies hier verursacht hatte! Er *durfte* nicht!

Im nächsten Moment ächzte in seinem Kopf eine nur allzu bekannte Stimme. *Immer wenn du … dich dagegen wehrst, weißt du, dann … hab ich solche Kopfschmerzen …*

Sierra? Fort schöpfte Hoffnung. *Bist du noch da?*

Kaum, antwortete sie. *Ich kann eigentlich nur noch … mit dir reden. Ich hab nicht … hab nicht mehr die Kraft, um … gegen die Wesen anzukämpfen.*

So schnell, wie die Hoffnung in ihm aufgekeimt war, verkümmerte sie wieder. Fort musste mit ansehen, wie die Schüler es den Soldaten gleichtaten und sich dem Giganten mit den kreischenden Gesichtern zuwandten, als hätte er nicht nur ihre Gehirne, sondern auch gleich ihre Seelen miterobert.

Doch dann fiel Fort etwas Merkwürdiges auf. Anders als bei den Soldaten hatten sich nicht alle Schüler gleichzeitig dem Wesen zugewandt. Vier von ihnen hatten tatsächlich fast überrascht ausgesehen, als die anderen sich bewegt hatten, und die Bewegung dann hektisch imitiert.

Er kannte die vier nur zu gut. Es waren Cyrus, Rachel, Jia und Sebastian.

Fort riss die Augen weit auf. *Sierra? Du musst Cyrus etwas von mir ausrichten! Er muss es erfahren!*

Ich kann's versuchen, erwiderte sie. *Er ist nicht allzu weit weg, insofern sollte ich … imstande sein, ihn … zu erreichen. Aber was willst du …*

Glaub mir einfach, gab Fort in Gedanken zurück. *Sag ihm, dass die Heilzauber das Monster in Damian verletzen können. Vielleicht könnte man es damit in die Flucht schlagen. Und er soll irgend-*

was unternehmen, damit er selbst und die anderen sich gegen Mentalzauber schützen. Was immer er glaubt, was nötig ist, um uns alle zu retten …

Was? Du glaubst … Dafür ist es zu spät. Es ist doch schon hier … und zwei weitere auch.

Bitte, sag es ihm einfach!, flehte Fort sie im Geiste an.

Sierra antwortete nicht, und Fort konnte nur hoffen, dass sie ihn gehört hatte und nicht von dem Giganten überwältigt worden war.

Die zwei anderen Giganten hatten inzwischen das Portal erreicht, und der Flammende war drauf und dran hindurchzutreten. Im selben Moment kam von irgendwo unter ihnen … ein Klatschen.

»HEY!«, rief jemand. »Wartet kurz! Wir haben hier etwas für euch – ein Willkommensgeschenk!«

Fort sah nach unten, und ein Lächeln machte sich auf seinem Gesicht breit, als er sah, wie Rachel sich zu dem Giganten in Damian umdrehte.

WIE KANNST DU DICH UNSERER KONTROLLE ENTZIEHEN?, donnerte die Stimme des Giganten so heftig über Rae chel hinweg, dass sie zu Boden ging, doch sie rappelte sich sofort wieder auf und grinste.

»Du hast ja keine Ahnung, *wie* mächtig ich bin«, entgegnete sie. »Aber das kann ich dir ja gleich zeigen.«

So schnell, dass Fort es kaum mitbekam, riss sie die Arme nach oben und schleuderte dem Giganten eine Magiekugel entgegen.

Vollkommen mühelos parierte der Gigant das Geschoss mit einem Tentakel und steuerte es zu ihr zurück, sodass Rachel beiseitespringen musste, um nicht getroffen zu werden.

Trotzdem kreischte der Gigant im selben Moment schmerzhaft auf und zog den Tentakel zurück, an dem jetzt etwas zu kleben schien – eine Bandage!

WAS IST DAS?, brüllte es und ließ die Bandage mittels eines Blicks in Rauch aufgehen. DU WAGST ES ALLEN ERNSTES, KÖRPERMAGIE AUF MICH ANZUWENDEN?

Vor ihnen fing das Portal an zu flackern, und die zwei Giganten wichen ein Stück zurück. Die Schmerzen mussten den Beschwörungszauber unterbrochen haben, genau wie sie den Einfluss auf das Monster im Ausbildungsgebäude gestört hatten.

»Du sollst das nicht verbrennen«, rief Sebastian hinter Rachel. »Aber egal.« Dann hielt er zwei Taschen hoch, die beide von Dr. Ambroses Heilbandagen nur so überquollen. »Wir haben noch mehr davon.«

KAPITEL 45

Der Gigant sah höhnisch auf Forts Freunde hinab. AN DIR KANN ICH GLEICH EIN EXEMPEL STATUIEREN UND ALLEN ZEIGEN, WAS MIT REBELLISCHEN MENSCHEN AB SOFORT PASSIERT, brüllte es und formte mit seinen Tentakeln einen gigantischen Feuerball.

»Lauft!«, schrie Fort, doch wo hätten seine Freunde hinlaufen sollen – geschweige denn Deckung suchen? Die meisten Gebäude lagen in Trümmern, und diejenigen, die noch nicht vollends eingestürzt waren, würden gegen etwas derart Zerstörerisches keinen Schutz bieten.

»Wir haben doch *das hier*, Neuling!«, schrie Rachel, und ein Blitz schoss aus ihren Fingern in Richtung des Giganten. Das Wesen leitete den Blitz um, sodass er in die Ruine der Offizierskantine einschlug. Allerdings implodierte so auch der Feuerball, den es erschaffen hatte, und die Magie sickerte wieder in den Giganten zurück.

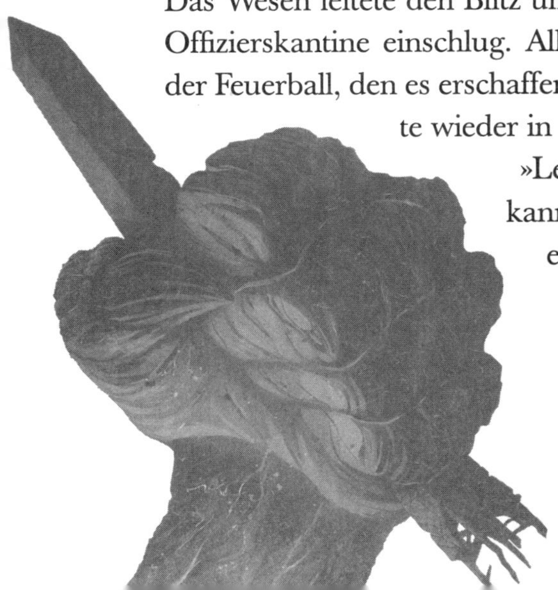

»Lenkt ihn ab!«, schrie Fort. »Er kann nicht sämtliche Zauber auf einmal abwehren!«

»Hör sofort auf, unseren Plan auszuposaunen!«, rief Sebastian und hielt Rachel eine Bandage hin, die eine Magiekugel hineinschoss, mit der er anschließend auf den Giganten zielte.

Diesmal leitete die Kreatur das Geschoss in den brennenden Wald hinter der Schule um, noch ehe es ihr auch nur annähernd hätte gefährlich werden können.

DAS PORTAL, sagte eine eigenartige Stimme in Forts Kopf, die ähnlich klang wie die des Giganten und doch irgendwie anders und die nicht annähernd so schmerzhaft war. WIR VERNICHTEN DIESE MENSCHEN FÜR DICH, WENN DU DAS PORTAL AUFHÄLTST!

ICH BRAUCHE EURE HILFE NICHT, fauchte der Gigant in Damian, drehte sich dann aber doch zu dem Portal um, streckte seine Tentakel aus, und der schimmernde Durchgang nahm erneut Gestalt an.

Fort ächzte auf.

Er ahnte bereits, dass sie gerade eine riesige Chance vergeben hatten. Ihr Ablenkungsmanöver schien zu funktionieren – nur dass einzeln abgeschossene Zauber nicht die Lösung waren. Nicht, solange die Kreatur unfassbar mächtige Geschosse auf Rachel und seine anderen Freunde zurückfeuern konnte.

Nein, sie würden mehr brauchen – irgendetwas, das der Gigant nicht einfach beiseitewischen konnte wie ein lästiges Insekt.

Sierra?, rief Fort in Gedanken. *Ich weiß, dass du Damian nicht befreien kannst, aber kannst du irgendwie noch sein Bewusstsein erreichen?*

Keine Antwort. Währenddessen bereitete Rachel eine weitere Magiekugel vor, doch noch ehe sie sie abschießen konnte, schleuderte das Wesen ihr seine Tentakel entgegen, die immer länger und schärfer zu werden schienen. Einer erwischte Rachel am Bein und fügte ihr eine Schnittwunde zu, sodass sie zu Boden ging, während ein weiterer Jia streifte, die neben Rachel zusammensackte.

Sierra!, rief Fort. *Wir haben keine Zeit mehr! Du musst …*

Ich hab ihn!, schrie sie zurück, und im selben Moment konnte Fort eine dritte Präsenz spüren, auch wenn sie noch schwächer als Sierra war. *Damian, kannst du mich hören? Ich bin's, Sierra!*

Ich … Ich komme nicht gegen ihn an, hallte Damians Stimme in Forts Kopf wider. *Sierra, es tut mir so leid … Ich hätte sie niemals in unsere Welt einlassen dürfen. Das ist alles meine Schuld!*

Dann schämte sich Damian inzwischen dafür, was er getan hatte? *Gut.* Aber dafür hatten sie jetzt keine Zeit. Wenn es nach Fort ging, musste Damian endlich Widerstand leisten und den Giganten aus seinem Verstand vertreiben, genau wie Fort es in Washington mit Sierra gelungen war. Doch dafür musste Damian wütend genug sein und sich jetzt nicht in Selbstmitleid suhlen.

Damian, es … war nicht deine Schuld, sagte Fort und ballte die Fäuste, um alles zu tun und zu ihm durchzudringen. Er hasste es zu lügen, aber sofern es dazu diente, dass seine Freunde gerettet würden, war ihm jedes Mittel recht. *Du warst nicht bei Sinnen. Trotzdem müssen wir jetzt verhindern, dass der Gigant die Kontrolle übernimmt. Du musst ihn mit all deiner Kraft zurückdrängen! Wenn wir ihn ablenken, können wir es vielleicht schaffen, ihn hart genug zu treffen und dich zu befreien!*

Immer noch am Boden liegend schoss Rachel gleich zwei Blitze auf das Portal ab – aus jeder Hand einen. Der flammende Gigant hinter dem Portal leitete den ersten um, sodass er ins Ausbildungsgebäude einschlug und es sofort in Brand setzte. Der Gigant in Damian fing den zweiten Blitz noch in der Luft ab, verlangsamte ihn und schoss ihn dann zurück auf Rachel.

Sie kreischte laut auf, doch nur Zentimeter vor ihrem Gesicht blieb der Blitz unvermittelt in der Luft stehen.

SAG MIR SOFORT, WIE DU DICH MEINER KONTROLLE WIDERSETZEN KANNST, MENSCH!, grollte das Wesen.

Trotz der schweren Wunde im Bein stemmte Rachel sich hoch und machte ein paar Schritte zurück, bis sie außer Reichweite des Blitzes war. Doch der Blitz folgte ihr, blieb konstant auf Augenhöhe.

»Das verrat ich dir nicht«, flüsterte sie, und der Blitz zischte bedrohlich.

Damian, wir brauchen dich jetzt*!*, schrie Fort.

Ich kann nichts tun, rief Damian zurück. *Meine Magie kann hier nichts mehr ausrichten!*

Hier geht es nicht um Magie, schrie Fort zurück, und sein Herz raste wie wild, als der Blitz sich Rachel langsam näherte. *Hier geht es um* dich, *um deine Willenskraft, um deine Stärke! Nimm alles zusammen, was du hast – die ganze Wut, die Unge-*

rechtigkeit, alles, was dieses Wesen dir je angetan hat, und setze diese Gefühle ein, um zu kämpfen*! Du kannst es schaffen!*

DANN GEHT ES MIT DIR JETZT ZU ENDE, verkündete der Gigant und hob einen Tentakel, um den Blitz freizugeben. Rachel riss beide Arme vors Gesicht, der Blitz zischte, und …

Der Gigant jaulte vor Schmerzen laut auf. WAS MACHST DU … DU KANNST DICH MEINER KONTROLLE NICHT ENTZIEHEN! WENN NÖTIG, TILGE ICH AUCH NOCH DEN LETZTEN REST DEINES VERSTANDS …

Jetzt da die Kreatur kurz abgelenkt war, rollte sich Rachel zur Seite – gerade rechtzeitig, ehe der Gigant den Blitz wie nebenbei losschickte. Die elektrische Ladung explodierte direkt vor ihnen Füßen, und Rachel schrie auf, weil sie ihr den Rücken versengte, doch das hielt sie nicht davon ab, sofort den nächsten Zauber vorzubereiten.

»Rachel, *jetzt*!«, schrie Fort, als er sah, dass das Portal erneut zu flimmern begann und die zwei Giganten auf der anderen Seite wieder zurückwichen. *Sierra, nimm dir ebenfalls den Giganten vor! Wenn wir ihn mit vereinten Kräften ablenken, kann Rachel ihn leichter mit einem Zauber treffen!*

Unten am Boden schnappte sich Cyrus ein paar Bandagen aus den Taschen und hielt sie Rachel hin. Sie bestückte sie mit zwei Magiekugeln, und er schoss sie dem Giganten entgegen. Diesmal jaulte er umso lauter auf.

Er widersetzt sich, schrie Sierra in Forts Kopf. *Ich kann nicht … Es tut so weh!*

Es … bringt mich um!, rief Damian und kreischte gequält auf. Gleichzeitig konnte Fort auch den Giganten schreien hören, als Rachels Magiekugeln einschlugen – eine in seine Brust, die augenblicklich aufflammte. Die andere schoss durch die Öffnung in seinem Schädelhelm und mitten zwischen die Tentakel, die aus dem Gesicht der Kreatur wuchsen.

Einen solchen Schrei hatte Fort noch nie gehört. Sein Kopf explodierte regelrecht, und fast wäre er ohnmächtig geworden. Beinahe blind vor Schmerz konnte er kaum erkennen, wie das Portal heftig aufflackerte und dann urplötzlich und völlig unvermittelt erlosch.

Im selben Moment stürzte Fort aus dem Klammergriff der Magie, die ihn in der Luft gehalten hatte, ungebremst zu Boden. Als er hart aufschlug, strahlten sofort ungeheuere Schmerzen von der Seite, auf der er gelandet war, durch seinen ganzen Körper.

Sierra war im selben Moment unten aufgeschlagen und stöhnte laut – und einen Augenblick später krachte auch das Wesen selbst, begleitet von qualvollen Schreien, die in ihren Köpfen gellten, hart auf der Erde auf. Panisch riss es sämtliche Tentakel in die Luft und versuchte, an die Bandage in seinem Helm zu gelangen, verbrannte sich aber lediglich daran.

»Jetzt!«, schrie Cyrus, und zwei Gestalten sprinteten an Fort vorbei, stürzten sich auf die Kreatur und hielten sie am Boden fest. Erst Jia und im nächsten Moment auch Sebastian schlugen mit beiden Händen immer und immer wieder auf die Tentakel ein und wandten einen Heilzauber nach dem anderen an.

NICHT!, schrie das Wesen in ihren Köpfen, und obwohl Fort sehen konnte, welche Schmerzen es den beiden Heilern zufügte, hörten die beiden nicht eine Sekunde lang auf, weiter Zauber anzuwenden.

Immer mehr Tentakel verbrannten unter ihren heilenden Händen, und darunter kamen nach und nach menschliche Finger zum Vorschein, dann Hände, dann Arme. Die dunkle Mineralrüstung zerfiel unter ihren Berührungen, und darunter tauchten zwei menschliche Beine auf.

DIE MAGIE IST FÜR *UNS* WIEDERAUFERSTANDEN!, brüllte der Gigant. UM *UNS* ZU DIENEN, NICHT DER MENSCHHEIT! IHR KÖNNT NICHTS DAGEGEN AUSRICHTEN. WIR WERDEN DIE MENSCHHEIT BEHERRSCHEN – ODER WIR TILGEN EUCH EIN FÜR ALLE MAL VON DER –

Mit einem Mal brach die Stimme in ihren Köpfen jäh ab. Der letzte Tentakel löste sich in Rauch auf, und übrig blieb lediglich ein jämmerlich dreinblickender Junge in einem Krankenhauskittel.

»JA!«, schrie Sebastian und sprang auf die Beine. Dann drehte er sich zu den anderen um und verkündete mit einem breiten Grinsen: »Ich habe soeben die Welt gerettet. Gern geschehen.«

KAPITEL 46

Jia kniete neben Fort auf dem Boden und fuhr mit beiden Händen über seine gebrochenen Gliedmaßen. Kühle Heilenergie sickerte in ihn hinein, und sofort verebbte der Schmerz.

»Jetzt dürftest du dich besser fühlen«, sagte sie und sah ihn leicht verängstigt und besorgt an.

»Du hast mich angelogen«, sagte er und blickte mit Verbitterung zu ihr hoch, obwohl er eigentlich zu erschöpft dafür war. »Ich meine – nicht hinsichtlich des Heilzaubers. Es fühlt sich schon besser an. Aber du *wusstest*, dass Sierra noch hier war.«

Er stemmte sich hoch, doch auch das kostete ihn mehr Kraft, als er hatte.

»Ich wusste das nicht«, entgegnete Jia leise und wandte sich einen Moment von ihm ab. »Ich dachte wirklich, dass sie nach Hause geschickt worden wäre. Aber so oder so hätte ich dir nicht erzählen können, was bei den Anschlägen in Washington passiert ist. Weißt du überhaupt, wie oft Dr. Opps mir angedroht hat, meine Erinnerungen aus-

zulöschen, wenn ich auch nur ein Wort sage? Er hätte mich auf der Stelle rausgeworfen. Und obwohl diese ganze Sache hier total verquer war, ist die Schule nun mal das Einzige, was ich noch habe. Zumindest bis meine Eltern zurückkommen … falls sie das jemals tun werden.«

Fort schnaubte und versuchte, sauer auf sie zu sein, aber insgeheim war er einfach nur froh, dass er noch am Leben war. »Ach, und du warst schon mit zehn Jahren hier? Kein Wunder, dass du allen anderen so weit voraus bist!«

»Wie bitte?«, rief Sebastian aus einiger Entfernung, wo er sich gerade um Sierra kümmerte. Er schnaubte. »Mir war schon immer klar, dass ich nicht nur der Zweitbeste bin.«

»Niemand ist besser als Jia«, ging Sierra dazwischen und setzte sich auf. »Trotzdem danke.«

Sebastian sah sie misstrauisch an. »Wer bist du überhaupt?«

Sierra hielt kurz inne und starrte das Medaillon an, das von Sebastians Hals baumelte. »Hat Dr. Opps dir das ausgehändigt?«

»Nein, die hat Cyrus uns vor rund einer Stunde gegeben«, erklärte Jia. »Er meinte, die würden wir brauchen, also Sebastian, Rachel und ich. Und wenn wir nicht auf ihn hören würden, würden wir verlieren. So was in der Art hat er zumindest gesagt.«

»Und ich hatte recht«, sagte Cyrus und fuchtelte in Sebastians Richtung. »Ich bin mithilfe meiner Kräfte sämtliche Szenarien im Kopf durchgegangen, und das hier war das einzige, bei dem wir auch nur die leiseste Chance hatten zu verhindern, dass die Giganten in allernächster Zeit die ganze Welt beherrschen würden.«

»Warte«, sagte Rachel und bedachte ihn mit einem merkwürdigen Blick. »Hast du nicht gesagt, wir würden *auf jeden Fall* siegen, wenn wir drei uns zusammentäten?«

Cyrus verzog das Gesicht. »Na ja, so richtig … *gesehen* habe ich nicht, dass wir *siegen* würden … Es war alles total chaotisch. Die Zukunft rund um den Zeitpunkt der Attacke war einfach nur komplett vernebelt. Aber ich habe ganz fest daran geglaubt!«

»Du hast *was*?«, hakte Rachel nach. »Ich war nur deshalb nicht zu Tode verängstigt, weil ich dachte, du hättest vorausgesehen, dass wir das Ding *besiegen* würden!«

»Aber das war doch gut, oder?«, entgegnete Cyrus. »Wenn du nicht dermaßen selbstbewusst gewesen wärst, würden wir womöglich jetzt Mister Tentakel für den Rest unseres Lebens als Sklaven dienen.« Rachel starrte ihn wortlos an.

»Ich hab nie behauptet, dass ihr die Welt retten würdet«, gab Cyrus zu und errötete leicht. »Okay, klar, ich hab einfach geraten. Aber wenn wir verloren hätten, hätte es ohnehin keinen von uns mehr geschert, weil unser Verstand dann sowieso fremdgesteuert gewesen wäre. Hilft das vielleicht ein bisschen?«

Ihr klappte die Kinnlade runter, und sie schüttelte den Kopf. »Wir beide, Zukunftstyp, wir haben noch ein Hühnchen miteinander zu rupfen.«

»Kann ich das mal kurz sehen?«, fragte Sierra Sebastian und zog ihm im nächsten Moment auch schon das Medaillon vom Hals. »Und deins auch?«, rief sie Rachel zu, die immer noch fassungslos Cyrus anstarrte. Nach einer Weile zuckte sie mit den Schultern und warf Sierra ihr Medaillon zu.

»Wozu willst du die sehen?«, erkundigte sich Sebastian.

»Psst«, sagte Sierra und tätschelte ihm die Wange.

Er ging sofort zu Boden und fiel in einen tiefen Schlaf. Rachel keuchte überrascht auf, nur um es ihm im nächsten Moment gleichzutun.

»Was *machst* du denn da?«, rief Fort und riss die Augen weit auf. »Das sind … Rachel ist meine Freundin! Sie haben uns das Leben gerettet!«

»Und jetzt schlafen sie sich erst mal aus«, entgegnete Sierra und warf eins der Medaillons zu Damian hinüber, der es aus der Luft auffing. Dann drehte sie sich zu den langsam wieder erwachenden Soldaten und Mitschülern um und hielt beide Hände hoch. Augenblicklich verstummte das Gemurmel und Geächze, und stattdessen wehten leise Atem- und Schnarchgeräusche zu ihnen herüber.

»Was soll das?«, rief Fort und hob langsam die Hände, um sie aufzuhalten … Nur wie sollte er das anstellen? Er hatte keinen einzigen Zauberspruch mehr im Kopf. Der Gigant hatte sie alle aus seinem Gedächtnis gelöscht.

»Jia«, sagte Sierra, trat auf das Heilmädchen zu und nahm sie bei der Hand. »Ich bin froh, dich wiederzusehen. Irgendwie fühlt es sich an, als hätten wir uns gerade erst vor ein paar Minuten noch unterhalten, aber es … ist schon eine ganze Weile her, oder nicht?«

»Sechs Monate«, sagte Jia traurig und fiel Sierra um den Hals. »Ich bin auch froh, dich wiederzusehen, Erry. Sie wollten mir einfach nicht sagen, ob es dir gut geht oder was überhaupt passiert war. Ich habe mir solche Sorgen gemacht – und dann sind all diese Dinge mit Fort passiert … Ich wusste gar nicht mehr, was ich noch glauben sollte!«

»*Mich* hast du wohl gar nicht vermisst?«, fragte Damian und grinste schief, während er in seinem Krankenhaushemd vorsichtig auf die Beine kam.

Jia sah ihn finster an. »Dich habe ich noch nie leiden können.«

Damian zuckte mit den Schultern. »Okay, schon in Ordnung. Aber nur für alle Fälle – ich konnte dich immer gut leiden. Sierra, gäbe es da eine Möglichkeit, wieder an Klamotten zu kommen?«

Sierra nickte und murmelte etwas in sich hinein, und aus heiterem Himmel waren sie beide in Jeans, T-Shirts und Jacken gekleidet.

»Ist bloß ein Mentalzauber«, erklärte sie Fort. »So sehen uns die Leute, bis wir uns echte Kleidungsstücke suchen können.«

»Ich bringe euch Uniformen«, sagte Jia. »Also, falls noch welche überlebt haben.« Dann rannte sie los, und Fort drehte sich zu Sierra um, weil er diverse Fragen an sie hatte.

Doch sie war inzwischen auf Damian zugelaufen und hatte ihm mit geschlossenen Augen die Hand auf die Schulter gelegt.

»Wir haben die Giganten ein für alle Mal zurückgedrängt«, sagte Sierra und tippte auf das Medaillon. »Wenn du dieses Schutzmedaillon trägst, können sie dich nicht finden. Ich muss es wissen – ich habe es schließlich selbst hergestellt. Dr. Opps hatte darauf bestanden, nachdem er herausgefunden hatte, dass ich seine Gedanken lesen konnte. Damit sollte dich nie wieder jemand aufspüren können – geschweige denn in deinen Verstand eindringen.«

»Gut«, sagte Damian. »Damit kann ich hoffentlich die übrigen magischen Bücher finden.«

Sierra sah ihn stirnrunzelnd an. »Du nimmst all dieses ›Auserwählten‹-Gerede doch nicht wirklich ernst?«

Damian zuckte mit den Schultern. »Wer soll es denn sonst machen? Wir brauchen die Macht, um die Giganten zu vernichten, falls sie je zurückkommen. Und dazu sind alle sieben Bücher notwendig. Du hast es doch selbst gehört. Nur mittels dieser Kräfte kann die Welt gerettet werden.«

»Ich meine, es hieß: ›die Welt beherrschen‹«, mischte sich Fort ein, und obwohl er zutiefst erschöpft war, brandete erneut Zorn in ihm auf. »Und wer hat überhaupt gesagt, dass du irgendwo hingehst? Du kannst hier nicht weg, nicht nach allem, was passiert ist. Zu dem Angriff in Washington ist es nur *deinetwegen* gekommen!«

Damian sah ihn verwirrt an. »In meinem Kopf – gerade

während des Kampfes – hast du aber etwas anderes behauptet.«

»Ich hab dich *angelogen*«, schrie Fort ihn an. »Du solltest dich ihm widersetzen, und das bedeutete, du durftest nicht mehr nur wie ein Häuflein Elend dasitzen – auch wenn du dieses Gefühl ganz zu Recht gehabt hast!«

Noch während er Damian anblaffte, hatte Fort selbst ein schlechtes Gewissen. Sosehr er Damian beschuldigen wollte – der Junge war genauso wenig für die Attacken verantwortlich wie die Monster.

Damian verzog das Gesicht. »Du … Du hast ja recht. Und ich weiß wirklich nicht, wie ich mich dafür entschuldigen kann. Allerdings sollte dir klar sein, dass ich all das nicht aus freien Stücken getan habe. Du hast den Giganten in deinem Geist doch genauso gespürt wie ich. Ich habe nicht …«

Das laute Rotorengeräusch mehrerer sich nähernder Hubschrauber unterbrach ihn, und sie drehten sich um. Der Wald jenseits des Stützpunkts und das Ausbildungsgebäude standen noch immer in Flammen, und irgendwer hatte entweder den Rauch gesichtet oder aber Verstärkung angefordert, ehe der Gigant sämtliche Bewohner des Stützpunkts seiner Kontrolle unterworfen hatte.

»Kann sein, dass die ein, zwei Nummern zu groß sind, aber es wird hoffentlich gehen«, sagte Jia, die im selben Moment mit zwei Uniformen wiederkam und sie Damian und Sierra in die Hand drückte. Sie streiften sie eilig über ihre

Jeans und Jacken. Die Uniformen verschmolzen mit der Illusion, und einen Augenblick später lagen zwei Krankenhauskittel vor ihnen auf dem Boden.

»Ich muss los«, sagte Damian und wandte sich in Richtung des zerstörten Stützpunkteingangs. »Wenn sie mich hier entdecken, werfen sie mich hinter Gitter, und dann werde ich nie die Macht finden, die ich brauche, um diese Kreaturen zu vernichten.«

»Du kannst jetzt nicht gehen – nicht solange du Magie beherrschst«, wandte Fort ein. »Das ist viel zu gefährlich. Sierra sollte die Magie stattdessen aus deiner Erinnerung löschen. Nur so sind wir wirklich sicher.«

Fort, sagte Sierra in seinem Kopf, und er drehte sich verblüfft zu ihr um. *Was, wenn er recht hat? Was, wenn diese Wesen einen anderen Weg finden, um wiederzukommen, und dann keiner weiß, wie man sie besiegen kann?*

Wie bitte?, gab er zurück. *Das alles ist doch nur seinetwegen passiert – und weil es Magie gibt!*

Zum Teil, entgegnete sie. *Teils aber auch meinetwegen. Und wegen Dr. Oppenheimer. Es haben diverse Leute ihren Beitrag dazu geleistet. Aber vielleicht könnten wir alles wiedergutmachen?*

Wir? Fort sah sie verwirrt an. *Du meinst doch nicht etwa, dass …*

Ich kann genauso wenig zulassen, dass sie mich einsperren, fiel sie ihm ins Wort und lächelte ihn schief an. *Du weißt genau, dass Colonel Charles einen Mentalschüler niemals aus der Schule hinausspazieren ließe – jetzt erst recht nicht mehr. Er hat gesehen, welche Macht ich habe, und ich weiß auch, dass er dich genau aus diesem Grund hierhergebracht hat: weil du Damian und mich aufwecken solltest. Tja. Uns beide kriegt er nicht zu fassen. Er sinnt genauso sehr auf Rache wie du, weil sein Sohn der Erste war, der … bei der Attacke auf den Geheimdienst sein Leben verloren hat.*

Verstehe, sagte Fort. *Ich behaupte ja auch nicht, dass Damian allein verantwortlich ist … Aber was, wenn diese Wesen ihn noch mal angreifen?*

Genau deshalb haben wir die Medaillons, erwiderte Sierra. *Außerdem bin ich ja jetzt wieder wach und geheilt und kann dafür sorgen, dass wir außer Sicht bleiben. Wir sind sicher – vor ihnen und vor der Phänomenabwehrbehörde.*

»Sie sind gleich da«, sagte Jia leise. »Wenn ihr wegwollt, dann solltet ihr *jetzt* verschwinden.«

»Ich setze meine Mentalkräfte ein, damit niemand von euch sich daran erinnert, wo ich hingelaufen bin«, kündigte Damian an und blickte entschuldigend in die Runde. »Tut mir leid – aber es ist zu eurer eigenen Sicherheit. So könnt ihr den Soldaten ehrlich antworten, dass ihr nichts wisst.«

»Mach dir keine Gedanken, ich kümmere mich darum«, sagte Sierra und trat neben ihn.

Damian schaute verdutzt, und sie legte den Kopf schief, als redete sie in Gedanken mit ihm. Am Ende nickte er und drehte sich zu den anderen um. »Ich danke euch – für alles, was ihr getan habt. Und noch mal: Ich weiß gar nicht, wie ich mich für all das entschuldigen kann, was vorgefallen ist.«

Dann wandte er sich ab, griff nach Sierras Hand, und zu

zweit marschierten sie los. Sofort stellte Fort sich ihnen in den Weg, auch wenn er nicht wusste, wie er sie aufhalten sollte. Trotzdem war er nicht willens, Damian einfach so ziehen zu lassen, nicht mit derart übermächtigen Kräften, nicht nachdem … nach allem, was ihnen widerfahren war.

»Stellt euch nur vor, ihr verliert noch einmal die Kontrolle«, knurrte er den Jungen an. Am liebsten hätte er hinzugefügt: *Denk daran, was beim letzten Mal passiert ist – und wer am meisten darunter gelitten hat.*

Damian seufzte und hob eine Hand, die anfing, matt rot zu glühen. »Ich will nicht gegen dich kämpfen müssen«, sagte er, »aber du musst uns jetzt ziehen lassen. So ist es für uns alle am besten.«

Bitte, Fort, sagte Sierra in seinem Kopf. *Wir sprechen uns wieder – und zwar schon bald. Aber wir müssen jetzt gehen, wenn wir noch eine Chance haben wollen.*

Die Hubschrauber kreisten inzwischen direkt über ihren Köpfen und setzten zur Landung an.

Fort biss die Zähne zusammen. Am liebsten hätte er den beiden widersprochen. Wenn er Damian nur lange genug auf dem Stützpunkt festhalten könnte, würden die Soldaten ihn einsperren, und Dr. Opps würde einen Weg finden, ihm die Magie abzunehmen, und erst dann wären sie alle wirklich sicher …

Fort, sagte sein Vater in seinem Kopf. *Was hab ich dir immer über ein Leben in Angst gesagt? Steck jetzt bloß nicht den Kopf in den Sand.*

Mach ich doch gar nicht!, schrie er im Geiste zurück, auch wenn er wusste, wie lächerlich es war, dass er in seiner Fantasie Zwiegespräche führte.

Bist du dir sicher?, hakte sein Vater nach. *Geht es dir gerade tatsächlich um Sicherheit … oder nicht vielmehr um Rache?*

Fort seufzte laut. *Ich weiß es nicht, ehrlich*, dachte er. Doch dann schoss ihm noch etwas anderes durch den Kopf. Wenn er diese zwei Dinge nicht unterscheiden konnte, dann hatte er ein viel größeres Problem.

Ich hoffe, du behältst recht, sagte er zu der imaginären Stimme seines Vaters in seinem Kopf.

Ich bin du, erklärte die Stimme, *und wann hättest* du *jemals falschgelegen?*

Fort verdrehte in Gedanken die Augen, trat dann aber einen Schritt zur Seite und ließ Damian und Sierra vorbei.

»Geht, aber haltet die Magie *unter Kontrolle*«, gab er Damian mit auf den Weg. Und – für seinen Vater – fügte er noch hinzu: »Denn du wirst nicht jedes Mal einen Meistermagier an deiner Seite haben, der für dich die Kohlen aus dem Feuer holt.«

Damian nickte ihm ernst zu und zog dann Sierra hinter sich her. Sie bedachte ihn noch mit einem Lächeln, ehe beide im Laufschritt in Richtung Wald verschwanden.

»Whoa, haben die sich in Luft aufgelöst?«, fragte Jia.

Fort blickte Sierra und Damian nach, wie sie den Stützpunkt hinter sich ließen. »Sieht ganz danach aus«, murmelte er, während um sie herum die Hubschrauber landeten.

KAPITEL 47

»Tja, Forsythe«, sagte Colonel Charles, der in einem Raum mit einem riesigen Spiegel an der Wand Fort gegenübersaß. »Das hier fühlt sich irgendwie bekannt an, oder nicht? War es wirklich erst gestern, dass wir uns in der Disziplinar-Abteilung unterhalten haben? Das kann einfach nicht sein! Seither ist so viel passiert!«

Schulterzuckend starrte Fort auf seine Hände hinab, die mit Handschellen am Tisch festgekettet waren.

»Ich habe schon mit deinen Mitschülern gesprochen und mir ihre Version der Ereignisse angehört«, fuhr Colonel Charles fort. »Und deine Version ist mir jetzt in weiten Teilen ebenfalls bekannt. Gibt es noch irgendetwas, das du hinzufügen willst?«

Fort überlegte kurz und nickte. »Ich habe eine Frage. An wie viel können *Sie* sich erinnern?«

Colonel Charles wandte den Blick ab. »Du meinst – welche Erinnerung mir der Gigant noch gelassen hat? Ich weiß, dass ich aus dem Ausbildungsgebäude eine Explosion gehört habe, nachdem ich dir erst Minuten zuvor meine

Wachen nachgeschickt hatte. Das Nächste, woran ich mich erinnern kann, ist eine Stimme, die mir befiehlt, dagegen anzukämpfen, was immer sich da in meinem Kopf festgesetzt hat. Genau das hab ich gemacht – und dann bin ich inmitten der komplett zerstörten Schule wieder zu mir gekommen.« Er verzog das Gesicht. »Leutnant Maynahan hat mir erzählt, dass ein paar Männer Widerstand leisten konnten, ehe der Gigant seine Macht ausgespielt und sie unter seine Kontrolle gebracht hat.«

»Ich glaube, genau das war seine Art der Macht«, sagte Fort. »Der Gigant meinte, sie hätten die Magie überhaupt erst entdeckt. Anscheinend hat früher jeder von ihnen eine andere Fähigkeit gehabt. Wahrscheinlich war dieser Gigant der Meister der Mentalmagie.«

Colonel Charles nickte. »Aber das erklärt immer noch nicht, warum wir alle auf einmal eingeschlafen sind, kurz nachdem wir von ihm befreit wurden. Was weißt du darüber?«

Fort schluckte trocken. »Nichts. Ich bin selbst auch irgendwann erst wieder aufgewacht, genau wie Sie …«

»Du und deine Freunde habt es geschafft, das Wesen in die Flucht zu schlagen«, sagte Colonel Charles und sah Fort ernst an. »Dafür können wir euch gar nicht genug danken.«

»Und Sie danken mir, indem Sie mich nach Hause schicken?«

Fort wusste genau, was als Nächstes kommen würde. Selbst wenn er die Wahrheit wesentlich besser kannte als

Colonel Charles, hatte er doch viel zu viel mit angesehen, als dass er würde bleiben dürfen. Außerdem war er von Anfang an nur deshalb herbeordert worden, um ein mentalmagisch begabtes Mädchen aus dem Koma aufzuwecken, das mittlerweile jedoch spurlos verschwunden war.

Colonel Charles sah ihn eine Weile unentschlossen an. Dann streckte er seine Hand über den Tisch und schloss Forts Handschellen auf. »Ach was. Du bleibst bis auf Weiteres hier in der Oppenheimer-Schule.«

Fort blinzelte verdutzt. »Und … äh … was jetzt?«

»Du hast ohne den geringsten Zweifel bewiesen, dass wir Heiler brauchen«, sagte Colonel Charles. »Ohne dich hätten wir die Schwäche der Giganten vermutlich nie entdeckt. Und daher werden wir die Zahl der Heilschüler auch deutlich erhöhen. Nachdem Zerstörungsmagie auf die Giganten anscheinend wenig bis gar nicht wirkt, brauchen wir umso mehr mächtige Heiler, um … uns alle zu beschützen.«

Fort sah ihn überrascht an. »Dann darf ich echt bleiben? Und weiter Magie lernen?«

»Ich würde dir sogar erlauben, Zerstörungsmagie zu lernen. Allerdings scheint bei allem, was wir gesehen haben, dein Talent woanders zu liegen.«

»Ich glaube, ich bleibe ganz gern bei den Heilzaubern«, sagte Fort mit einem Lächeln. Dann stand er auf und rieb sich die Handgelenke, wo die Handschellen gesessen hatten. »Also … darf ich jetzt gehen?«

Colonel Charles schüttelte den Kopf und bedeutete Fort

mit einer Geste, noch einmal Platz zu nehmen. »Da ist jemand, der mit dir reden will. Anschließend … Tja, fast hätte ich gesagt: Anschließend gehst du zurück in den Unterricht. Aber erst müssen wir eine neue Schule finden. In der Zwischenzeit muss ich mich um andere Dinge kümmern. Hier draußen sind wir zwar halbwegs abgeschirmt, aber es hat, wie man hört, in der Nähe ein paar heftige Explosionen gegeben – und andere übersinnliche Vorkommnisse. Ich muss dringend eine Pressekonferenz anberaumen. Die Gerüchteküche brodelt.«

Fort kniff die Augen zusammen. »Und mit wem soll ich reden?«

Im nächsten Moment kam Dr. Opps herein.

Fort ballte die Fäuste, als der Doktor ihm gegenüber Platz nahm. Dieser Mann war zumindest indirekt dafür verantwortlich, dass Forts Vater gestorben war.

»Ich weiß, dass du eine Menge Fragen an mich hast, Forsythe«, sagte Dr. Opps leise.

»Zum Beispiel, wie Sie mich anlügen und mich hierherbringen konnten, obwohl Sie das eigentlich gar nicht wollten«, blaffte Fort ihn an, und obwohl er ganz ruhig hatte bleiben wollen, war er sofort laut geworden. »Zum Beispiel wie es sein kann, dass es vor meiner Zeit einen kompletten Schuljahrgang gegeben hat, der für den Angriff auf Washington mitverantwortlich war – und nicht irgendeine Gruppierung oder ein fremdes Land, wie Sie uns weismachen wollten. *Solche* Fragen meinen Sie?«

Hilflos hob Dr. Opps die Hände. »Natürlich, und noch viele mehr. Ich habe … eine Reihe Fehler gemacht, Forsythe. Die Fragen, die du mir eben gestellt hast, sind nur die Spitze des Eisbergs. Aber ja, ich schulde dir …«

»Eine Entschuldigung.«

»Ja. Und es tut mir aufrichtig leid. Aber das reicht natürlich nicht ansatzweise aus. Ich dachte, eine Schule unter dem Dach des Geheimdiensts zu gründen würde für die Schüler bedeuten, dass sie sicher wären, während die Zivilbevölkerung einfach nichts davon mitbekäme. Ich hatte ja keine Ahnung, dass der Gigant, als er Damians Geist unter seine Kontrolle gebracht hat, ausgerechnet eine der am dichtesten bevölkerten Gebiete angreifen würde, sodass sein Handlanger den größtmöglichen Schaden anrichten konnte. Dass du und dein Vater ausgerechnet in jenem Moment dort wart, tja, das war … unverzeihlich.«

»Ganz richtig«, sagte Fort leise. »Dann … erinnern Sie sich an die beiden? An Damian und Sierra?«

»Sierra, natürlich«, sagte Dr. Opps. »Colonel Charles kann sich an sie nicht mehr erinnern, und es ist auch besser so. Ich kann mir nicht vorstellen, dass er unsere beiden Ausbrecher lange frei laufen lassen würde.« Er seufzte. »Aber ich will dich mal was fragen: Du wolltest Rache, als wir uns erstmals begegnet sind. Doch nach allem, was Colonel Charles mir erzählt hat, hättest du das Monster umbringen können, das dich in den unterirdischen Stockwerken attackiert hat. Trotzdem hast du es nicht getan. Warum nicht?«

Fort bohrte sich die Fingernägel in die Handballen und ließ dann langsam wieder locker. »Was meinem Vater passiert ist, sollte keinem anderen je passieren. Nur das wollte ich sicherstellen.«

»Du wolltest die Menschen beschützen.«

Fort nickte. »Vor Monstern wie diesem … und vor Leuten wie Ihnen.«

Dr. Opps seufzte. »Das hab ich wohl verdient … Vor dem Zwischenfall … oder vielleicht besser: Bevor Damian den Giganten in unsere Welt gelassen hat, hatte das Militär lediglich in beratender Funktion Zutritt zu dieser Schule. Im Nachhinein hat das Komitee, das der Schulverwaltung vorsitzt, Colonel Charles die gleichrangige Führung der Schule übertragen. Ich habe anfangs gehofft, er würde auf mich hören, um eure Sicherheit zu gewährleisten, aber das ist eindeutig nicht passiert …«

»Eindeutig nicht«, sagte Fort, der vor Wut inzwischen fast platzte.

»Ich habe wohl gedacht, ich könnte die Schule zumindest davor bewahren, zu einer Waffenschmiede zu verkommen, die Kindersoldaten ausspuckt, die zur Magie statt zum Sturmgewehr greifen. Ich glaube immer noch, dass das verhindert werden kann. Aber dafür sind Schüler nötig wie du, die mit gutem Beispiel vorangehen.« Er streckte ihm die Hand entgegen. »Daher möchte ich dich dazu einladen, dauerhaft hierzubleiben, ohne weitere Verpflichtungen. Du hast deinen Platz an dieser Schule mehr als verdient.«

»Ich bleibe nicht, nur damit Sie sich weniger schuldig fühlen«, fauchte Fort ihn an.

»Nein, das solltest du auch nicht«, erwiderte Dr. Opps und starrte auf die Tischplatte hinunter. »Du solltest hierbleiben, weil du rechtschaffene Gründe dafür hast. Und ich glaube, wir alle brauchen genau davon so viel, wie wir kriegen können. Ich hätte nur eine Bitte …«

»Ernsthaft?«, fragte Fort abweisend. »Sie wollen *mich* um etwas bitten?«

»Versuch immer daran zu denken, was du mir gerade erzählt hast«, sagte Dr. Opps und stand auf. »In derselben Sekunde, in der du vergisst, dass du hier bist, um Menschen zu beschützen … tja. In derselben Sekunde haben wir beide verloren.«

Er wandte sich zum Gehen, hielt dann aber noch einmal inne. »Du hättest Damian und Sierra davon abhalten können zu verschwinden, nehme ich an. Warum hast du es nicht getan?«

Fort wandte das Gesicht von ihm ab. »Ich kenne Sierra nicht lange genug. Aber ich war in ihrem Kopf, und sie hat bereits zu viel von mir gesehen. Insofern … Wenn sie glaubt, dass sie Damian vertrauen kann, lasse ich mich gern überzeugen, dass ich ihn falsch eingeschätzt habe.«

Dr. Opps nickte. Dann ging er und zog die Tür leise hinter sich zu.

KAPITEL 48

»Hallo, Cyrus«, sagte Dr. Opps und setzte sich zu dem mit Hellsicht begabten Jungen, der sich gerade über Satellit im Fernsehen die Pressekonferenz ansah. Colonel Charles versicherte soeben der Öffentlichkeit nicht nur, dass die PAB eine weitere Attacke abgewehrt habe, sondern dass diesmal auch keinerlei Opfer zu beklagen seien. »Ich bin froh, dass dir nichts passiert ist.«

»Bin ich auch«, murmelte Cyrus und hielt den Blick auf den Bildschirm gerichtet, wo die Reporter jetzt ihre Fragen nach vorn riefen. »Auch wenn ich eigentlich hätte wissen müssen, was da auf uns zugekommen ist. Ich guck mir meine eigene Zukunft immerhin regelmäßig an.«

»Wissen Sie, was diesmal den Angriff provoziert hat?«, fragte einer der Reporter im Fernsehen.

»Ja, eine ausländische Gruppierung, die sich ›Aufkommender Sturm‹ nennt«, antwortete Colonel Charles. »Wir wissen inzwischen, wo sie sich versteckt hält, und sind kurz davor, sie unschädlich zu machen.«

»Aufkommender Sturm?«, raunte Cyrus.

»Ich dachte, wir hätten uns für ›Sturmflut‹ entschieden?«, erwiderte Dr. Opps schulterzuckend. »Das Militär hat Erhebungen zu ein paar unterschiedlichen Namen gemacht. Anscheinend wollten sie, dass es düster klingt, aber nicht zu bedrohlich, als dass sofortige Maßnahmen eingefordert würden. Eine anständige, undefinierbare Gruppierung, der wir statt unseren Schülern die Schuld zuschieben können.«

Cyrus nickte, sagte aber nichts.

Dr. Opps beugte sich zu ihm hinüber. »Hast du gewusst, dass all das passieren würde, als du erfahren hast, dass ich Forsythe hier in die Schule bringen würde? Ich ahne schon, dass ihr euch nahesteht. Wahrscheinlich hast du auch einen Blick in *seine* Zukunft geworfen.«

Cyrus lächelte. »Klar wusste ich es. Aber auch wenn er nicht hergekommen wäre, wäre Sierra irgendwann wieder aufgewacht – und Damian ebenfalls. Nichts hätte sie aufhalten können. Allerdings wusste ich, dass Colonel Charles nicht länger warten wollte, nicht nachdem Sierra im Schlaf immer und immer wieder Forts Namen geflüstert hat.«

Dr. Opps wich überrascht zurück. »Du wusstest, dass … Aber warum hast du mir all das denn nicht rechtzeitig erzählt?«

»Weil Sie dann darauf bestanden hätten, Fort wieder heimzuschicken, auch wenn es Sie Ihren Posten gekostet hätte«, erklärte Cyrus immer noch mit Blick auf den Fernseher. »Und Sie werden in den nächsten Monaten hier noch eine wichtige Rolle spielen müssen.«

Dr. Opps machte große Augen und erschauderte leicht. »Manchmal jagst du mir wirklich Angst ein, Cyrus.«

»Das hör ich oft«, erwiderte er und schmunzelte in sich hinein.

»Was passiert also als Nächstes?«

»Als Nächstes?«, fragte Cyrus. »Die Giganten werden nicht aufgeben, und irgendwann finden sie einen Weg zurück. Sie müssen sicherstellen – und zwar schleunigst –, dass bis dahin die Schüler hinreichend ausgebildet sind. Sonst wird die Welt unvorstellbar leiden. Die Giganten haben der Menschheit die Magie überhaupt erst gebracht, Dr. Opps. Wenn wir sie nicht beherrschen, bis die Wesen zurückkehren, war's das mit uns. Dann werden wir ein für alle Mal vernichtet.«

»Und das … hast du vorausgesehen?«

Cyrus drehte sich zu ihm um und lächelte bloß, sagte aber nichts weiter.

Mit einem Seufzer rieb Dr. Opps sich die Augen. »Okay. Und Damian und Sierra? Ist Damian tatsächlich derjenige, der die sieben Arten meistern kann? Wird er derjenige sein, der uns alle rettet?«

Cyrus antwortete nicht sofort. »So weit in die Zukunft kann ich nicht sehen.«

»Aber er *ist* der Auserwählte, auf den die Bücher anspielen, oder?«

Cyrus zuckte mit den Schultern. »Dachte ich auch erst – nach allem, was Sie mir über ihn erzählt haben. Aber dann hat Fort mir berichtet, was er von dem Giganten erfahren hat – dass nämlich einst ein Magier, der sämtliche sieben Arten der Magie beherrschte, die Magie von der Erde verbannt hat, um sicherzustellen, dass die Giganten nie mehr zurückkämen. Womöglich spielen die Bücher ja auf diese Person an.«

»Hoffentlich nicht – oder sie werden uns wirklich vernichten, wenn sie zurückkommen«, sagte Dr. Opps. »Und Fort? Spielt er weiter eine Rolle, oder ist seine Aufgabe hiermit erfüllt?«

Diesmal musste Cyrus lachen. »Oh, auf den kommt noch eine Menge zu, glauben Sie mir. Für ihn geht es gerade erst los.«

»Was meinst du damit?«, hakte Dr. Opps nach, während sich im Fernsehen Colonel Charles bei den Reportern bedankte und das Rednerpult verließ, obwohl die Reporter immer noch Fragen nach vorn riefen.

Cyrus zuckte erneut mit den Schultern. »Ach, nichts.«

Dr. Opps seufzte. »Ich bin einfach nur froh, dass Sierra weg ist. Ich habe mich nie ganz wohl in meiner Haut gefühlt, solange jemand in der Nähe war, der meine Gedanken lesen konnte. Da wusste man nie, welche Geheimnisse durchgesickert sind.«

»Was denn für Geheimnisse?«, fragte Cyrus.

Mit einem Lächeln auf den Lippen lehnte Dr. Opps sich zurück. *Geheimnisse wie etwa, auf welche Weise das Monster von Washington von den Giganten kontrolliert wurde*, dachte Dr. Opps.

Es hätte niemals einen Menschen mit in die Tiefe gerissen, wenn es nicht den Befehl dazu bekommen hätte. Was bedeutet, dass Forts Vater noch immer am Leben sein könnte.

»Es gibt einen Grund, warum ein Geheimnis geheim ist«, sagte er schließlich und stand auf. »Hat wie immer Spaß gemacht, mit dir zu plaudern, Cyrus.«

»Hey, Bandage!«, brüllte jemand, als Fort gerade auf die Behelfsunterkunft zulief, die die Armee mitten auf dem Gelände für sie errichtet hatte. Fort warf einen Blick über die Schulter und entdeckte Trey, Chad und Bryce, die auf ihn zumarschierten.

»Geht das ein andermal?«, fragte Fort. »Ganz ehrlich? Ich bin echt müde. Erst diese Sache mit diesem Wesen und dann, na ja, dieses zweite Monster …«

»Wir wissen, was du durchgemacht hast«, sagte Trey und kniff die Augen leicht zusammen. »Deshalb wollten wir … äh … uns bei dir bedanken.«

Fort riss die Augen auf, als der Junge ihm allen Ernstes die Hand entgegenstreckte.

»Soll das ein Scherz sein?«, fragte er und starrte auf Treys Hand hinunter.

Doch der lachte nur. »Nein. Ich muss zugeben, für einen Heiler bist du echt ziemlich gut. Hast dieses Monster vernichtet und so.«

»Außerdem hat er die Schule zerstört«, flüsterte Bryce, sah Fort dabei aber nicht an.

»Und uns das Leben gerettet«, ergänzte Chad und tätschelte Fort die Schulter. »Aber wehe, du setzt dich noch mal auf eins unserer Feldbetten!«

»Meinetwegen«, sagte Fort und lächelte in sich hinein, als die drei Jungs weiterliefen. Damit hatte er nicht gerechnet. Aber vielleicht würde es jetzt, da sämtliche Geheimnisse und verborgenen Pläne für diese Schule ans Tageslicht gekommen waren, hier ja sogar besser werden – oder irgendwo anders. Denn nachdem das komplette Gelände in Schutt und Asche lag, konnten sie auf Dauer nicht bleiben. Trotz der Müdigkeit verspürte Fort zum ersten Mal seit sechs Monaten beinahe so was wie Entspannung. Es fühlte sich gut an, dass endlich sämtliche Geheimnisse gelüftet und …

Geheimnisse wie etwa, auf welche Weise das Monster von Washington von den Giganten kontrolliert wurden, sagte Dr. Opps' Stimme in seinem Kopf. *Es hätte niemals einen Menschen mit in die Tiefe gerissen, wenn es nicht den Befehl dazu bekommen hätte. Was bedeutet, dass Forts Vater noch immer am Leben sein könnte.*

Fort brauchte einen Moment, bis ihm dämmerte, was er da gerade gehört hatte. Als er es schließlich begriffen hatte, fiel er inmitten des Gerölls auf die Knie und bekam kaum noch Luft.

Ich dachte mir, das solltest du wissen, sagte Sierra in seinem Kopf. *Aber bitte, Fort, stell mit dieser Information nichts Dummes an, okay? Ich … Ich will nicht, dass du dein Leben riskierst.*

Doch Fort konnte ihr nicht mal antworten. Er konnte nicht mehr klar denken.

Sein Vater … war möglicherweise noch am Leben?

Er ballte die Fäuste. Das konnte doch nicht wahr sein! Oder vielleicht doch? War sein Vater in all dieser Zeit ein Gefangener gewesen? Hatte er in der Dimension des Monsters gelitten … oder hatten die Giganten ihn irgendwohin verschleppt?

Wenn das wirklich wahr war, wenn es auch nur die geringste Möglichkeit gab, dass diese Information stimmte, dann konnte Fort nur noch eines tun.

Er musste Beschwörungsmagie lernen.

DANKSAGUNG

Oh, oh. Das klingt, als würde es zu nichts Gutem führen … Hoffentlich kann jemand verhindern, dass Fort noch mehr Chaos anrichtet!

Ha, war nur ein Scherz. Er wird alles in Schutt und Asche legen. Aber selbst wenn die Welt zerstört würde – wäre dag bei nicht wahrhaft magisch, dass man auf dem Weg dorthin Freunde gefunden hätte?

Nee, gefunden wird in unserem Fall definitiv die Magie.

Danke meinen lieben Lesern, besonders euch, die ihr die *Weltenspringer*-Saga gelesen und euch jetzt auf etwas Neues eingelassen habt. Ich weiß, dass sich *Giganten* anders anfühlt, aber ich glaube, wenn ihr mir vertraut, werdet ihr feststellen, dass sich euch eine Menge coole, gruselige, witzige, schreckliche und spaßige Ereignisse bieten.

Danke auch euch allen, die ihr diese Serie überhaupt möglich gemacht habt, angefangen mit (in chronologischer Reihenfolge) meiner Verlobten Corinne, meinem Literaturagenten Michael Bourret und meiner Lektorin bei Aladdin, Liesa Abrams. Danke auch an meine Verlegerin Mara Anastas, an Chriscynethia Floyd, an Caitlin Sweeny, Alissa Nigro, Christian Vega und Anna Jarzab aus dem Marketing; an Nicole Russo und das ganze Presse-Team; an Elizabeth

Mims aus dem Lektorat; an Sara Berko aus der Herstellung; an Laura Lyn DiSiena, die das Buch gelayoutet hat; an Michelle Leo und das Leseförderungs-/Bibliotheks-Team; an Stephanie Voros und die ganze Lizenzabteilung; an Gary Urda, Christina Pecorale, Jerry Jensen, Karen Lahey, Christine Foye, Victor Iannone und an all die anderen Kollegen aus dem Vertrieb; und an die hinreißende Vivienne To, die Forts Katastrophentag durch ihr Umschlagbild zum Leben erweckt hat.

Freut euch auch gleich auf das zweite Buch – es kommt noch viel schlimmer, versprochen. Und das wird lustig!

James

Riley, James
Giganten
Die Magie erwacht
ISBN 978 3 522 50650 2

Aus dem Amerikanischen übersetzt von Leena Flegler
Umschlagillustration: Vivienne To
Umschlagtypografie: Sabine Reddig
Innentypografie und Satz: Eva Mokhlis, Swabianmedia, Stuttgart
Reproduktion: DIGIZWO GbR, Stuttgart
Druck und Bindung: GGP Media GmbH, Pößneck
Printed in Germany.

FSC
www.fsc.org
MIX
Papier aus verantwortungsvollen Quellen
FSC® C014496

Die amerikanische Originalausgabe erschien unter dem Titel
The Revenge of Magic bei Aladdin, an imprint of Simon & Schuster Children's
Publishing Division, 1230 Avenue of the Americas, New York,
New York 10020

Riley, James
Giganten
Die Magie erwacht
ISBN 978 3 522 50650 2

Aus dem Amerikanischen übersetzt von Leena Flegler
Umschlagillustration: Vivienne To
Umschlagtypografie: Sabine Reddig
Innentypografie und Satz: Eva Mokhlis, Swabianmedia, Stuttgart
Reproduktion: DIGIZWO GbR, Stuttgart
Druck und Bindung: GGP Media GmbH, Pößneck
Printed in Germany.

Die amerikanische Originalausgabe erschien unter dem Titel
The Revenge of Magic bei Aladdin, an imprint of Simon & Schuster Children's
Publishing Division, 1230 Avenue of the Americas, New York,
New York 10020